古典文獻研究輯刊

八 編

曾 永 義 主編

第 15 冊

宋代傀儡戲研究

劉 琳 琳 著

國家圖書館出版品預行編目資料

宋代傀儡戲研究／劉琳琳 著 — 初版 — 新北市：花木蘭文化
出版社，2013〔民 102〕
序 2+ 目 6+246 面；19×26 公分
（古典文學研究輯刊 八編；第 15 冊）
ISBN：978-986-322-391-7（精裝）
1. 傀儡戲 2. 宋代
820.8   102014671

ISBN-978-986-322-391-7

古典文學研究輯刊
八 編 第十五冊   ISBN：978-986-322-391-7

宋代傀儡戲研究

作 者 劉琳琳
主 編 曾永義
總 編 輯 杜潔祥
出 版 花木蘭文化出版社
發 行 所 花木蘭文化出版社
發 行 人 高小娟
聯 絡 地 址 235 新北市中和區中安街七二號十三樓
            電話：02-2923-1455／傳眞：02-2923-1452
網 址 http://www.huamulan.tw 信箱 sut81518@gmail.com
印 刷 普羅文化出版廣告事業
初 版 2013 年 9 月
定 價 八編 24 冊（精裝）新台幣 42,000 元

宋代傀儡戲研究

劉琳琳　著

作者簡介

劉琳琳，晉北人氏。承黍薯之養，閱風沙之景，外形粗獷，行事慷慨，然累於嬌嬌之名，堂堂鬚眉屢被誤作女子。父母皆以教書為業，無暇寵溺，幼時散養於校園。日日薰染書聲書香，竟自識文墨，五歲虛齡即「非正式」入學。少雖穎慧，卻有仲永之歎；不惑無成，總疑人生多舛。敏於文而誤習理科，性喜靜而錯為記者。及至為方寸之博士帽再度負笈，始有志於學術。然亦不諧，竟成為人作嫁之編輯。既無容穎之囊，人又惰怠，立言大計遙遙無期。荏苒數載，只有散稿半篋，論文一冊。才淺筆弱，不期匡世風，傳薪火，惟不汙人耳目，余意足矣。

提　　要

　　傀儡，是指以具有可塑性的材質製作而成，可以被外力操控而動的擬人形物。傀儡戲，是指傀儡師操縱傀儡，使之做出的體現他預定意圖的表演。廣義的傀儡戲包括以傀儡進行的歌舞、戲曲、百戲、儀式戲劇等。本書更多地採用其狹義的內涵，即以傀儡代言角色，進行一個既定故事的表演。

　　中國的傀儡戲自漢代初現端倪，唐代漸趨完善，至宋代則呈現出大盛的局面。宋後，在戲曲的強勢衝擊下，傀儡戲盛景不再，但它並沒有絕對地衰落，甚至消亡，而是依附於戲曲、民俗等載體之上，頑強地生存至今。

　　本書研究的對象是宋代傀儡戲。全書分五章：

　　第一章討論傀儡戲的源流。辨析前人幾種傀儡戲起源觀，提出自己的「民間遊戲說」；並指出其形成於南北朝時期；以時間為序，簡述中國傀儡戲由隋唐至今的發展歷程。

　　第二章梳理有關宋代傀儡戲的文獻及文物資料，並逐條加以簡評。揀摘相關史籍筆記資料二十九條；對十一種傀儡戲文物進行述評。

　　第三章研究宋代傀儡戲的物理形態，論證杖頭傀儡是由唐宋時的「磨合羅」演化而來；藥發傀儡是以某種機械裝置提供動力，在預設的軌道上表演預定動作的傀儡形態；肉傀儡是以小兒後生模仿杖頭、懸絲傀儡而來，所以具有兩種形態；影戲的本質是一種動畫戲。

　　第四章分析宋代傀儡戲的藝術形態以及繁盛原因。考證宋代傀儡戲可能採用的器樂、歌唱及劇本的文學形態；逐一分析政治、經濟等可能造就宋代傀儡戲盛景的因素。

　　第五章探討宋代傀儡戲與中國古典戲曲發生之間的關係，對孫楷第先生所提出的「傀儡說」進行闡述、辨訛以及補正。並在此基礎上，對中國戲曲發生的時間和構成要素分別展開論述。

序

　　劉琳琳君的博士論文《宋代傀儡戲研究》的出版，是我盼望中的事情，今天得到這個消息，可以說是牛年新春收到的一份令我欣喜的禮物。

　　我之所以期盼著這部書的出版，基於兩個方面的原因。

　　一是這部書自身的學術價值。對於傀儡戲的研究，自先賢孫楷第先生《傀儡戲考原》以來，鮮有專著問世。傀儡戲研究已經成爲中國戲曲史研究中一個相當薄弱的環節。琳琳以宋代傀儡戲爲中心，描述傀儡戲源流，探討傀儡戲在宋代繁盛的原因，以及與戲曲形成的關係問題等等，全面而系統。對前賢未能解決，或解決得較爲模糊的一些問題，都提出了自己的看法。諸如杖頭傀儡、藥發傀儡、肉傀儡、影戲、舞鮑老等的具體內涵與形態，都描述得比較清楚。在前人研究的基礎上，向前推進了一步。這對傀儡戲研究、戲曲史研究，都有啓發意義和參考價值。這是琳琳用自己的努力，對這個學術研究的薄弱環節作出的貢獻。

　　二是我很讚賞琳琳的學術態度。每一篇博士論文的完成，都是很不容易的。劉琳琳課題的特殊之處在於，現有的文獻不足以支撐他解決問題，他必須在資料方面有新的開拓，新的獲取。於是琳琳走出了書齋，到傀儡戲發達的地區進行走訪調查，即所謂田野調查。山西、福建、陝西等地都留下了他的足迹。他把田野調查所獲得的材料，與文獻記載、文物遺存互相印證發明，提出了自己的看法。這使我想起了王安石在《遊褒禪山記》中所發的那段有名的感歎：

　　　　古人之觀於天地、山川、草木、蟲魚、鳥獸，往往有得，以其求思
　　　　之深而無不在也。夫夷以近，則遊者衆；險以遠，則至者少。而世

之奇偉瑰怪非常之觀，常在於險遠，而人之所罕至焉。固非有志者
不能至也。有志矣，不隨以止也，然力不足者，亦不能至也。有志
與力而又不隨以怠，至於幽暗昏惑，而無物以相之，亦不能至也。
然力足以至焉，於人爲可譏，而在己爲有悔，盡吾志也而不能至
者，可以無悔矣。其孰能譏之乎！此余之所得也。余於僕碑，又以
悲夫古書之不存，後世之謬其傳而莫能名者，何可勝道也哉！此所
以學者不可以不深思而慎取之也。

要想見識奇偉瑰怪的非常之觀，固然要有志，不畏險遠，而且要有力，還不
能隨大流半途而廢，多爭取一些可能借助的手段支持「相之」。攻讀博士期間
時間有限，各方面的條件有限，很難做到完美，做到窮盡，但這樣做了，也
「可以無悔矣」。學術是一個不斷發展的過程，成功的博士論文，都會有這樣
的訪幽探奇發現新境界到達新高度的過程。琳琳這樣做了，他才有可能對孫
楷第先生的《傀儡戲考原》進行辨析和補證，收穫自己的學術成果。當然，
他的結論是否正確，還有待學術界的檢驗，尤其是有的問題，證據尚嫌不
足，有待進一步歷險且遠，尋求更多的新證據。

劉琳琳 2004 年至 2007 年在我這裏攻讀博士學位。我於傀儡戲沒有研
究，而琳琳有知難而進的精神，我認爲他們應當有比我更廣闊的學術道路。
論文的寫作，固然應當解決學術問題，但同時，也應當是撰寫者道德品德意
志的鍛鍊，是人格修養的過程。「古之學者爲己，今之學者爲人」，孔夫子的
警誡，如今似乎有些淡漠了。我希望這些年輕的博士們，多一些「爲己」之
學者。

琳琳其人長大，而做事踏實心細，對人友善熱情。去年他喜得千金，現
在論文又要出版，福已雙至。這篇序，既是向琳琳祝賀，也是爲他、爲他的
妻女祈福。

張燕瑾
二〇〇九年三月二日於京華煮字齋中

目次

緒　論

一、基本概念界定

「傀儡」一詞首見於東漢應劭的《風俗通義》。〔註 1〕雖距今已有一千八百餘年的歷史，但一直以來並未對它有一個全面準確的定義。大家一方面似乎已經對傀儡的形象司空見慣，一方面又對諸如鮑老、皮影等是否屬於傀儡範疇而含糊其辭。而且，史籍中經常可以見到「木人」、「木偶」等詞與「傀儡」混用，甚至現在許多人已經用「木偶」取代了「傀儡」一詞的位置。因此，在論述之初，有必要對這些基本概念和相關詞彙進行界定和描述。

（一）傀儡與傀儡戲

《辭海》中對「傀儡」一詞的解釋是：「木偶戲裏的木頭人。也作爲木偶戲及傀儡戲的簡稱。比喻受人利用、毫無自主權的人或集團，以及無意義的機械行爲。」〔註2〕這個解釋中有兩層意義，第二層是引申義。在現代的語言應用中，這個引申義更普遍一些。相對於傀儡兩千年的歷史而言，《辭海》中對其本義寥寥數語的解釋顯得太過簡略，並沒有全面反映出傀儡的物理特徵和社會定位。參考有關的文獻資料和已發現的相關文物，拙見可以對傀儡作出如下的描述。

首先，傀儡的外形是擬人或擬物的。一般來說，傀儡多被雕造成人的形狀，但根據表現內容的具體要求，也可以模仿作動物甚至植物的樣子（當然，

〔註 1〕原書雖寫作「魁樏」，但根據後世對此詞多有訛寫分析，應劭所指的應該即是「傀儡」。

〔註 2〕《辭海》，上海辭書出版社，1979 年版，頁 584。

植物的語言和動作應是完全擬人化的），比如在一些神話或童話故事中。

傀儡外形的擬人和擬物有兩種情況。一方面是對高度仿真的追求，一個偶人，不僅五官要栩栩如生，身體各部分也要盡量符合人體的解剖結構。如泉州傳統傀儡的「籠腹」和「布帷腰」。〔註 3〕另一方面，藝人們也有相當大的創作空間。由於個體的審美差異和地域文化的不同，傀儡的外形也會體現出一定的個人風格和地域特色。如著名木偶雕刻藝術大師江加走和徐年松的作品，即帶有鮮明的個人烙印。而他們的下一代，也已堪稱大家的江朝鉉先生和徐竹初先生，在繼承父業的基礎上又分別各有揚棄。而一些在文學作品、民間傳說和長期演出實踐中已經相對典型化了的角色，其傀儡形象也會呈現出明顯的寫意特徵。如合陽線戲的「癩包子」、泉州傀儡戲中的「鍾馗」等，他們的形象已經是在對生活原型模仿的基礎上進行了充分的藝術加工，從而使它們在外形上即已傳達出超出其物理本體的意義。這種意義的載體有線條、輪廓、彩繪、衣飾等幾種——中國古代戲曲應該於此受益良多。

其次，傀儡應該是可以動作的，它的動作受人力的支配和控制。但操縱者並不與傀儡直接接觸，而是通過某種裝置來進行力的傳導。這種傳導裝置可以是自上而下的幾縷懸絲，也可以是向上托舉的幾根把杆。在宋代文獻中屢有記載的懸絲傀儡、杖頭傀儡、藥發傀儡，即是因為這種傳導方式的不同而得名。

從這個角度來界定，一個被做成人形的玩偶並不能稱其為傀儡，即使它裝有可以活動的四肢。當我們用手握住它，並使它做出相應的動作時，它依然不能被稱作傀儡。只有當我們藏於它的身後，通過絲線、把杆等裝置來使它「運動如生」；或是給它安上一個電動裝置，然後打開開關時，它才是一個真正意義上的傀儡。此時，觀看者的注意力只在傀儡的動作上，而並不會感覺到是誰的手在操縱著這些動作。傀儡的這一特性可以歸納為：傀儡的動作要完全地體現操縱者的意圖；而操控的動作和過程卻要盡量地隱藏起來。

明清之際興起的布袋傀儡似乎是一個特例。表演中，藝人是直接將手伸入布袋狀的傀儡內進行操縱，而沒有通過任何的傳導裝置。對之略作分析可以發現，藝人托舉傀儡的手所起的作用，其實是和杖頭傀儡中把子的功能相

〔註 3〕對泉州傀儡結構的詳細描述見《懸絲傀儡》一節。

當的。〔註4〕而且，藝人的手雖然直接與傀儡相接觸，但由於伸套其中，觀眾只能看到傀儡的動作，而並不會感覺到這隻手的存在，事實上也形成了一種距離感，與上段所論並不矛盾。

第三，傀儡的材質並無特殊要求，任何具有可塑性的材料都可以被製成傀儡。在古代，傀儡一般是用木頭雕造而成，所以傀儡在很多時候被徑稱為木偶。而從上述分析可知，只要是擬作人或動物的形狀，可以被操控而動的，就具備了作為傀儡的充要條件。《辭海》的釋義中將「木頭人」作為傀儡的必要條件顯然是不全面的。

第四，傀儡具有雙重的社會功能。一是作為娛樂的戲具。在文獻記載和文物形象中，傀儡可以隨樂起舞，也可以是小兒的玩具；演百戲則魚龍曼衍，搬故事則優孟衣冠。在宋代，瓦舍中的日常演出與節慶時的狂歡遊行，都有傀儡活動的身影。

第二種功能是作為一些宗教和巫、儺儀式的參與者。其一，傀儡作為儀式戲劇中的角色，以某個神、鬼的身份進行一些戲劇表演，內容往往是相對固定的，與儀式的主題密切相關。如四川的梓潼陽戲、泉州傀儡戲的「相公爺踏棚」。各地均有所見的祈雨、求子、祈福禳災等儀式中，也多有傀儡參演者。其二，傀儡作為儀式中的一個重要道具，沒有太多的戲劇表演，只是用以增加儀式的莊重、神秘。宋代浴佛儀式中的藥發傀儡應屬此例。〔註5〕在這些儀式中，偶像是被附加了許多神秘內容的，本就令人敬畏，倘再有所動作，對參與者的心理衝擊可想而知。中央電視臺科教頻道 2006 年 7 月 20 日的《走近科學》欄目播出了一期《神像「說話」之謎》節目，在銀川蘇峪口風景區新落成的三清觀中，一尊剛塑好金身的持國天王在數碼相機的顯示屏上居然口眼張合，就像是在活靈活現地說話！許多香客慕名前來。雖然科學家很快通過實驗作出了解釋，證明這只不過是一個普通的視覺誤差現象，可觀中的香火依然旺了不少。可見長久以來，以傀儡作為這些儀式的道具並非偶然。

《辭海》中對「傀儡戲」的解釋是：

> 戲曲類別，有三種。(1)即木偶戲。古代多用傀儡戲這一名稱。或稱傀儡子、魁礧子、窟礧子。傳說淵源於漢代。三國時馬鈞所製木偶

〔註4〕對於布袋傀儡與杖頭傀儡的淵源，《肉傀儡》一節中有詳細的論述。

〔註5〕詳見《藥發傀儡》一節。

能表演各種技藝。據唐封演《封氏聞見記》，唐大曆年間，有人「刻木為尉遲鄂公、突厥鬥將之戲，機關動作，不異於生」。宋有杖頭傀儡、懸絲傀儡、藥發傀儡、水傀儡等；元、明、清以來傀儡戲均有流行。近數十年來一般均稱為木偶戲。(2)宋代的舞隊。用人戴面具表演，節目有《耍和尚》、《瞎判官》等。見宋周密《武林舊事》。(3)宋代的肉傀儡。表演形式不詳。有人認為是有大人托舉兒童，使之模仿木偶的動作。〔註6〕

將傀儡戲分成上述三種情況是不妥當的。宋代的舞隊名目繁多，但並不都著面具，後文中對此有專門的論述，〔註7〕此不贅言。而且，將面俱稱為「傀儡面兒」，將戴面具的演出歸入傀儡戲的範疇，僅見於宋代。由兒童戴面具模仿年長者表演的「鮑老」，在明、清的文獻記載中更是自成一派，與傀儡戲無涉。

肉傀儡之稱僅見於南宋，在《武林舊事》等書的記載中，它是明確屬於當時傀儡戲的一種的，與杖頭傀儡、懸絲傀儡、藥發傀儡、水傀儡同屬。上述釋義中將之單列一類，與其它四種傀儡並列，不知所本者何。

其實傀儡戲的涵義從其字面上即可理解。所謂傀儡戲，就是以傀儡作戲，是傀儡師操縱傀儡，使之作出的體現他預定意圖的表演。廣義的傀儡戲外延極大，包括以傀儡為主角的歌舞、戲曲、百戲、儀式戲劇等。而狹義的傀儡戲內涵單一，專指用傀儡所作的戲劇戲曲表演。本書所論的傀儡戲，多用其狹義的概念。

（二）木人、木偶與傀儡

在有關傀儡戲的史料記載中，木人、木偶這兩個名詞出現的頻率極高。以至於給人們造成了一種錯覺，認為木人、木偶與傀儡是三個意義完全等同的概念。相對於傀儡二字在視覺上即帶來的晦澀，木人與木偶這兩個詞則顯得非常的明白曉暢。因此，木偶、木偶戲的稱謂逐漸取代了傀儡和傀儡戲也是可以理解的。但事實上，木人、木偶與傀儡這三個詞的所指還是不盡相同的，並不能隨意混淆。

1. 木人一詞在《戰國策》中即已出現，清代仍有所見，現代漢語中卻極少使用。它的意義僅指以木質做成的人形，內涵極寬泛，並未限定其外形大

〔註 6〕 《辭海》，上海辭書出版社，1979 年版，頁 584。

〔註 7〕 見《傀儡面兒與鮑老》一節。

小、可否動作，甚至都不需要如偶像般雕出具體的五官。結合不同文獻的內容和語境，可以將它的使用分爲如下五種情況。

（1）靜止不動的木刻人像

《資治通鑒》卷二百一十八：

> 巡使郎將雷萬春於城上與潮相聞，語未絕，賊弩射之，面中六矢而不動。潮疑其木人，使諜問之，乃大驚。〔註8〕

《三國演義》第一百四回「隕大星漢丞相歸天　見木像魏都督喪膽」：

> 只見中軍數十員上將，擁出一輛四輪車來，車上端坐孔明：羽扇綸巾，鶴氅皂縧。懿大驚曰：「孔明尚在！吾輕入重地，墮其計矣！」急勒回馬便走……鄉民奔告曰：「……前日車上之孔明，乃木人也。」懿歎曰：「吾能料其生，不能料其死也！」〔註9〕

《清史稿》卷三百七十二《陳化成傳》：

> 二十二年五月，敵來犯，泊外洋，以汽舟二，列木人兩舷，繞小沙背鄉西臺，欲試我炮力。化成知之，不發，敵舟旋去，以水牌浮書約戰。〔註10〕

上引三例中，皆強調其不可動，稱其爲木人，一是因爲其木質、人形；二是因爲其與生人相對，是不能動作的死物。

（2）古代一些機械裝置中的木刻人形構件

《宋書》卷十八《禮志五》：

> 指南車，其始周公所作，以送荒外遠使。地域平漫，迷於東西，造立此車，使常知南北……其制如鼓車，設木人於車上，舉手指南。車雖回轉，所指不移。〔註11〕

《宋史》亦記指南車，「上刻木爲僵人，其車行，木人指南。」〔註12〕還有記里鼓車：

〔註8〕〔宋〕司馬光撰《資治通鑒》，卷二百一十八，中國文史出版社，2005年版，頁5771。

〔註9〕〔明〕羅貫中著《三國演義》第一百四回，上海古籍出版社，2004年版，頁616。

〔註10〕趙爾巽等撰《清史稿》，卷三百七十二，吉林人民出版社，1995年版，頁8917。

〔註11〕〔梁〕沈約撰《宋書》，卷十八，中華書局，2000年版，頁335。

〔註12〕〔元〕脫脫等撰《宋史》，卷一百四十九《輿服志》，中華書局，2000年版，頁2337。

> 記里鼓車，一名大章車。赤質，四面畫花鳥，重臺，勾闌，鏤拱。
>
> 行一里，則上層木人擊鼓；十里，則次層木人擊鐲。〔註13〕

與之相近的是《金史》所記的「水運渾天儀」：

> 置木櫃以爲地平，令象半在地上，半在地下，又立二木偶人於地平
> 之前，置鐘鼓使木人自然撞擊以報辰刻，命之曰《水運渾天俯視圖》。
>
> 〔註14〕

在這些記載中，所謂的木人是有一些小幅活動的。但不管是指南車上隨著輪軸左右旋轉的木人，還是記里車上身軀固定，只有雙臂前後擺動的木人，〔註15〕它們都只是爲了外形的美觀才被雕作人形。作爲這兩種機械裝置的末端構件，它們完全可以是一個簡單的箭頭，一副結實的鼓槌。

（3）由藝人操縱，作為歌舞、百戲的表演者

唐朝詩人李端的一首《雜歌》中有兩句爲：「犀燭江行見鬼神，木人登席呈歌舞。」〔註16〕裴松之注《三國志》記扶風馬鈞巧思絕世，曾受詔作水轉百戲：

> 以大木雕構，使其形若輪，平地施之，潛以水發焉。設爲女樂舞象，
> 至令木人擊鼓吹簫；作山嶽，使木人跳丸擲劍，緣絚倒立，出入自
> 在；百官行署，春磨鬥雞，變巧百端。〔註17〕

在這種情況下，木人一詞的含義與上文對傀儡一詞所作的界定完全相合。上述二例所記，實際就是兩次廣義上的傀儡戲表演。

（4）巫術中的木質人形道具

《戰國策》卷三十・燕二：

> 秦欲攻安邑，恐齊救之，則以宋委於齊，曰：「宋王無道，爲木人以
> 寫寡人，射其面，寡人地絕兵遠，不能攻業，王苟能破宋有之，寡
> 人如自得之。」已得安邑，塞女戟，因以破宋爲齊罪。〔註18〕

〔註13〕〔元〕脫脫等撰《宋史》，卷一百四十九《輿服志》，中華書局，2000年版，頁2338。

〔註14〕〔元〕脫脫等撰《金史》，卷二十二《曆下》，中華書局，1975年版，頁522。

〔註15〕相關的機械原理在《藥發傀儡》一節中略有敘述。

〔註16〕《全唐詩》，卷二百八十四，中華書局，1999年版，頁3237。

〔註17〕〔晉〕陳壽撰，〔宋〕裴松之注《三國志》，卷二十九《魏書・方技傳》，中華書局，2005年版，頁599。《藥發傀儡》、《水傀儡》兩節對此段均有述及。

〔註18〕〔漢〕劉向編集《戰國策》，卷三十，齊魯書社，2005年版，頁341。

司馬遷《史記》卷六十九《蘇秦列傳》也有與此相同的記載。〔註19〕《漢書》卷四十五《蒯伍江息夫傳》：

> 是日，上春秋高，疑左右皆爲蠱祝詛，有與亡，莫敢訟其冤者。充既知上意，因言宮中有蠱氣，先治後宮希幸夫人，以次及皇后，遂掘蠱於太子宮，得桐木人。太子懼，不能自明，收充，自臨斬之。罵曰：「趙虜！亂乃國王父子不足邪！乃夫亂吾父子也！」〔註20〕

同書卷六十三《武五子傳》：

> 充典治巫蠱，既知上意，自言宮中有蠱氣，入宮至省中，壞御座掘地，上使按道侯韓說、御史章贛、黃門蘇文等助充。充遂至太子宮中掘蠱，得桐木人。〔註21〕

《資治通鑒》中也有類似的後宮巫蠱案記述：

> 是時，方士及諸神巫多聚京師，率皆左道惑眾，變幻無所不爲。女巫往來宮中，教美人度厄，每屋輒埋木人祭祀之。因妒忌恚詈，更相告訐，以爲祝詛上，無道。上怒，所殺後宮延及大臣，死者數百人。上心既以爲疑，嘗晝寢，夢木人數千持杖欲擊上，上驚寤，因是體不平，遂苦忽忽善忘。〔註22〕

《金史》卷六十四《章宗欽懷皇后傳》：

> 先皇平昔或有幸御，李氏嫉妒，令女巫李定奴作紙木人、鴛鴦符以事魘魅，至絕聖嗣。〔註23〕

《聊齋誌異》卷五《長治女子》：

> 道士急以利刃剖女心，女覺魂飄飄離殼而立。四顧家舍全非，惟有崩崖若覆。視道士以己心血點木人上，又復疊指詛咒，女覺木人遂與己合。〔註24〕

上引幾則材料所記大約即是我國古代的「厭勝」巫術。厭勝，又稱魘勝、魘鎮，意思爲以詛咒壓伏其人。在原始宗教的靈魂觀念中，人們認爲個人、家

〔註19〕〔漢〕司馬遷著《史記》，卷六十九，中華書局，1982年版，頁2274。

〔註20〕〔漢〕班固著《漢書》，卷四十五，中華書局，2000年版，頁1676。

〔註21〕〔漢〕班固著《漢書》，卷六十三，中華書局，2000年版，頁2074。

〔註22〕〔宋〕司馬光撰《資治通鑒》，卷二十二，中國文史出版社，2005年版，頁575。

〔註23〕〔元〕脫脫等撰《金史》，卷六十四，中華書局，2000年版，頁1016。

〔註24〕〔清〕蒲松齡著《聊齋誌異》，卷五，上海古籍出版社，2005年版，頁217。

族乃至全部落的靈魂都與某個特定的地方或物體相關，是可以寄居於某處的。於是，施行這類巫術的巫師會將某個人的生辰八字、毛髮、指甲皮膚等人靈魂的象徵載體，書寫或藏於人偶中，用針刺或用髒東西塗污等手段來施法詛咒，意圖使被詛咒的人得病或死亡。〔註 25〕西方學者弗雷澤的《金枝》中，以「相似律」和「接觸律」對這種原始巫術進行了理論上的總結。在這種巫術中，施法的對象多是人，所以用來承載對象靈魂的道具也要被做成人形。但是，並無定則這個道具必須要用木頭雕造，相關記載中也有紙人、布人等。只是木人一次雕作成形後可以反覆使用，又易於攜帶，所以更得巫師們的青睞。

（5）禪宗寓言、偈語中的喻體，常與「石女」、「泥人」等相對

《五燈會元》〔註26〕卷六「鄧州中度禪師」條：

　　木人常對語，有性不能言。

卷八「玄泉彥禪師法嗣」條：

　　三寸不能齊鼓韻，啞人解唱木人歌。

卷十二「淨土思禪師法嗣」條：

　　木人把板雲中拍。

卷十三「雲岩晟禪師法嗣」條：

　　木人方歌，石女起舞。……

　　木人石女笑分明。……

　　木人解語非干舌，石女拋梭豈亂絲。……

　　泥人落水木人撈。……

卷十四「曹山霞禪師法嗣」條：

　　孤峰頂上木人叫，紅焰輝中石馬嘶。

「投子青禪師法嗣」條：

　　妙用全施該世界，木人閒步火中來。

「丹霞淳禪師法嗣」條：

〔註25〕民間習俗中，厭勝巫術也有善求，如長輩給晚輩厭勝錢以祈保其平安；新落成的房宅也用「泰山石敢當」等厭勝物來驅除邪祟。

〔註26〕《五燈會元》是宋朝釋普濟將《景德傳燈錄》等五種重要燈錄彙集刪簡而成，共二十卷。成書於南宋淳祐十二年（1252），寶祐元年（1253）初刻。是禪宗最重要的典籍之一，有「禪宗語要，具在五燈」之說。此據中華書局，1984年版。

石女喚回三界夢，木人坐斷六門機。……

木人嶺上歌，石女溪邊舞。……

卷十八「黃龍清禪師法嗣」條：

木人占吉兆，夜半露龜爻。

關於我國傀儡戲的起源，有自印度傳入一說。本書第一章中對此觀點進行了辯駁。從上引禪宗語錄中可見，木質人形、可歌可言者，禪師們習稱其爲木人。我國早期的傀儡戲並未採用更爲直白的「木人戲」的稱呼，而是選擇了相對較爲詰屈聲牙的「傀儡」二字，也可以作爲我國傀儡戲並非直接源自印度佛教的一個證據。但也要注意到，禪宗初創於北魏，我國傀儡戲由漢魏時以歌舞爲主轉型到搬演故事也在這一時期，禪宗故事中生動的木人形象應該是對我國早期傀儡戲影響至深的。本書第一章對此也有一定的論述。

2. 木偶一詞在許多情況下的用法都與「木人」相同。

如《史記》卷一百四《田叔列傳》：

趙禹曰：「吾聞之，將門之下必有將類。傳曰『不知其君視其所使，不知其子視其所友』。今有詔舉將軍舍人者，欲以觀將軍而能得賢者文武之士也。今徒取富人子上之，又無智略，如木偶人衣之綺繡耳，將奈之何？」〔註27〕

《水經注》卷十五：

水出北山鄅溪，其水南流，世謂之溫泉水。水側有僵人穴，穴中有僵尸。戴延之《從劉武王西征記》曰：有此尸，尸今猶在。夫物無不化之理，魄無不遷之道，而此尸無神識，事同木偶之狀，喻其推移，未若正形之速遷矣。〔註28〕

《西遊記》第三十九回「一粒金丹天上得　三年故主世間生」：

那魔王大怒，教文武官：「拿下這野和尚去！」說聲叫「拿」，你看那多官一齊踴躍。這行者喝了一聲，用手一指，教：「莫來！」那一指，就使個定身法，眾官俱莫能行動。眞個是校尉階前如木偶，將軍殿上似泥人。〔註29〕

〔註27〕〔漢〕司馬遷著《史記》，卷一百四，中華書局，1982年版，頁2780。

〔註28〕〔北魏〕酈道元著《水經注》，卷十五，浙江古籍出版社，2001年版，頁244。

〔註29〕〔明〕吳承恩著《西遊記》第三十九回，人民文學出版社，1980年版，頁475。

《舊唐書》卷一百八十四《楊復恭傳》：

> 先皇帝嗣位之始，年在幼沖，群豎相推，奋專大政。於是毒流宇内，兵起山東，遷幸三川，幾淪神器。……韓全誨等每懷憤惋，曾務報仇，視將相若血仇，輕君上如木偶。〔註30〕

《金史》卷五十一《選舉志一》：

> 武舉，嘗設於皇統時，……左右錯置高三尺木偶人戴五寸方板者四，以槍馳刺，府試則許馳三反，省試二反，程試三反，左右各刺落一板者。〔註31〕

《聊齋誌異》卷三《小二》：

> 里無賴子窺其富，糾諸不逞，逾垣劫丁。丁夫婦始自夢中醒，則編菅燃照，寇集滿屋。二人執丁，又一人探手女懷。女袒而起，戟指而呵曰：「止，止！」盜十三人，皆吐舌呆立，癡若木偶。〔註32〕

幾則所記之木偶均指靜止不動的木刻人像。而一些機械裝置中僅能做簡單重複動作的木人有時也被稱作木偶。

《金史》卷二十二《曆下》：

> 仍置木櫃以為地平，令象半在地上，半在地下，又立二木偶人於地平之前，置鐘鼓使木人自然撞擊以報辰刻，命之曰《水運渾天俯視圖》。〔註33〕

《明史》卷二十五《天文志一》：

> 明太祖平元，司天監進水晶刻漏，中設二木偶人，能按時自擊鉦鼓。太祖以其無益而碎之。〔註34〕

「木偶」也指由人操縱的可動木人，即作為傀儡的代名詞。

《隋書》卷七十六《文學志・孫萬壽傳》：

> 飄飄如木偶，棄置同芻狗。〔註35〕

《樂府雜錄》「傀儡子」：

> 自昔傳云：「起於漢祖，在平城，為冒頓所圍，其城一面即冒頓妻閼

〔註30〕 〔後晉〕劉昫等撰《舊唐書》，卷一百八十四，中華書局，2000年版，頁3251。
〔註31〕 〔元〕脫脫等撰《金史》，卷五十一，中華書局，2000年版，頁765。
〔註32〕 〔清〕蒲松齡著《聊齋誌異》，卷三，上海古籍出版社，2005年版，頁122。
〔註33〕 〔元〕脫脫等撰《金史》，卷二十二，中華書局，1975年版，頁522。
〔註34〕 〔清〕張廷玉撰《明史》，卷二十五，中華書局，2000年版，頁240。
〔註35〕 〔唐〕令狐德棻等監修《隋書》，卷七十六，中華書局，2000年版，頁1167。

氏，兵強於三面。壘中絕食。陳平訪知關氏妒忌，即造木偶人，運機關，舞於陴間。關氏望見，謂是生人，慮下其城，冒頓必納妓女，遂退軍。〔註36〕

《新唐書》卷一百一十四《崔彥曾傳》：

戍者怒，殺都將王仲甫，脅糧料判官龐勛爲將，取庫兵，剽湘、衡，虜丁壯，合眾千餘北還，自浙西趨淮南，達泗口。所過先遣俳兒弄木偶，伺人情，以防邀遏。〔註37〕

《資治通鑑》卷二百四十八：

臣光曰：董重質之在淮西，郭誼之在昭義，吳元濟、劉稹，如木偶人在伎兒之手耳。〔註38〕

巫術中的木人道具也有被稱作木偶者。如《新唐書》卷一百三十一《李勉傳》：

羌、渾、奴刺寇州，勉不能守，召爲大理少卿。然天子素重其正，擢太常少卿，欲遂柄用。而李輔國諷使下己，勉不肯，乃出爲汾州刺史。歷河南尹，徙江西觀察使。屬兵睦鄰，平賊屯。部人父病，爲蠱求厭者，以木偶署勉名埋之，掘治驗服，勉曰：「是爲其父，則孝也。」縱不誅。〔註39〕

《舊唐書》卷一百三十一《李勉傳》亦記此事：

賊帥陳莊連陷江西州縣，偏將呂太一、武日升相繼背叛，勉與諸道力戰，悉攻平之。部人有父病，以蠱道爲木偶人，署勉名位，瘞於其隴，或以告，曰：「爲父禳災，亦可矜也。」捨之。〔註40〕

《三國演義》第九十一回「祭瀘水漢相班師　伐中原武侯上表」：

自丕納爲貴妃，因甄夫人失寵，郭貴妃欲謀爲后，卻與幸臣張韜商議。時丕有疾，韜乃詐稱於甄夫人宮中掘得桐木偶人，上書天子年

〔註36〕〔唐〕段安節著《樂府雜錄》，《中國古典戲曲論著集成》第一冊，中國戲劇出版社，1959年版，頁62。

〔註37〕〔宋〕歐陽修、宋祁撰《新唐書》，卷一百一十四，中華書局，2000年版，頁3338。

〔註38〕〔宋〕司馬光撰《資治通鑑》，卷二百四十八，中國文史出版社，2005年版，頁6988。

〔註39〕〔宋〕歐陽修、宋祁撰《新唐書》，卷一百三十一，中華書局，1975年版，頁4507。

〔註40〕〔後晉〕劉昫等撰《舊唐書》，卷一百三十一，中華書局，2000年版，頁2472。

月日時，爲魘鎮之事。丕大怒，遂將甄夫人賜死，立郭貴妃爲后。
〔註41〕

《元史》卷一百六十三《李德輝傳》：

七年，帝以蝗旱爲憂，命德輝錄囚山西、河東。行至懷仁，民有魏
氏發得木偶，持告其妻挾左道爲厭勝，謀不利於己。〔註42〕

但「木偶」與「木人」又不是完全相同。據《辭海》和《說文解字》的解釋，
「偶」還有兩層含義：一爲俑，與喪祭有關；一爲像，與神鬼、宗教有關。
許多學者都支持傀儡戲源於喪家樂一說，其邏輯推理一般是由木偶而偶，再
由偶而俑。而且，考古發現似乎也爲此說提供了足夠的證據。但是這些木製
的樂俑是否即是傀儡的前身還是非常值得懷疑的——如果俑和木偶的邏輯關
係可以成立的話，那麼再造一個「傀儡」這樣晦澀的詞似乎再無必要。對此
本書第一章也有拙見闡發。

宋人蔡伸曾作一闋【踏莎行】詞，題記中曰：「泰姬胡芳來常隸籍，以其
端嚴如木偶，人因目之爲佛，乃作是云。」可見在傀儡戲十分發達的宋代，
傀儡與木偶二詞還是多有不同，木偶的一種意義是指與神鬼或宗教有關的
偶像。

《水經注》卷二十四：

泰山有下中上三廟，牆闕嚴整，屆中柏樹夾兩階，大二十餘圍，蓋
漢武所植也。赤眉嘗斫一樹，見血而止，今斧創猶存。門閣三重，
樓榭四所，三層壇一所，高丈餘，廣八尺。樹前有大井，極香冷，
異於凡水，不知何代所掘，不常濬渫而水旱不減。庫中有漢時故樂
器及神車、木偶，皆靡密巧麗。〔註43〕

《南史》卷六十二《鮑泉傳》：

元帝乃數泉二十罪，爲書責之曰：「面如冠玉，還疑木偶，須似蝟毛，
徒勞繞喙。」〔註44〕

由上二例可知，南北朝時的神佛造像有時被稱作木偶。這種木偶「面如冠玉」，

〔註41〕〔明〕羅貫中著《三國演義》第九十一回，上海古籍出版社，2004年版，頁
533。

〔註42〕〔明〕宋濂等撰《元史》，卷一百六十三，中華書局，2000年版，頁2548。

〔註43〕〔北魏〕酈道元著《水經注》，卷二十四，浙江古籍出版社，2001年版，頁
387。

〔註44〕〔唐〕李延壽撰《南史》，卷六十二，中華書局，2000年版，頁1022。

顯然是經過了細緻的粉彩加工。

　　《明史》卷二百八《戚賢傳》中記有一則趣事：

> 戚賢，字秀夫，全椒人。嘉靖五年進士。授歸安知縣。縣有蕭總管
> 廟，報賽無虛日。會久旱，賢禱不驗，沉木偶於河。居數日，舟過
> 其地，木偶躍入舟，舟中人皆驚。賢徐笑曰：「是特未焚耳。」趣焚
> 之。潛令健隸入岸傍社，誡之曰：「水中人出，械以來。」已，果獲
> 數人。蓋奸民募善泅者為之也。〔註45〕

此木偶即是蕭總管廟中的神像。一個不迷信於此的機智縣令在同一群頑劣奸
民的智鬥中占得了上風。與神鬼有關的例子如下。

　　《聊齋誌異》卷一《妖術》：

> 鬼益怒，吼如雷，轉身復剁。公又伏身入；刀落，斷公裙。公已及
> 脅下，猛斫之，亦鏗然有聲，鬼僕而僵。公亂擊之，聲硬如析。燭
> 之，則一木偶，高大如人。弓矢尚纏腰際，刻畫猙獰；劍擊處，皆
> 有血出。〔註46〕

《海國圖志》卷二十七：

> 凡人手所作之木偶、土石，及山川、祖宗等神，皆不可奉。蓋拜祭
> 之禮，止可施於神天，不可施於他人，以分此心，宜全心一意，以
> 敬神天也。〔註47〕

通過以上的辨析，可以看出木人、木偶二詞的內涵與外延雖有重合，但亦各
有偏重。在實際運用中，它們都可以作為傀儡的代指，但這只是它們眾多含
義中的一種。現代語言的發展作出了一個看起來頗令人費解的選擇：「木人」
一詞渺無蹤迹；「傀儡」更多地在使用它的引申義；「木偶」卻完全替代了「傀
儡」原來的位置。我想這一現象的形成大約有三個原因：一是因為「木人」
一詞過於文言，不適合在白話文的環境中生存；二是因為「傀儡」在白話文
中顯得比較晦澀，難以與其所指的實物建立聯繫，抽象出來的喻義卻日漸深
入人心；三是「木偶」一詞文白皆宜，上口易誦，且其俑、像二意已逐漸淡
化，傀儡的涵義於是凸現了出來。

　　但即使「木偶」只剩下與「木人」相同的幾種涵義，用它來完全代替「傀

〔註45〕〔清〕張廷玉撰《明史》，卷二百八，中華書局，2000年版，頁3666。
〔註46〕〔清〕蒲松齡著《聊齋誌異》，卷一，上海古籍出版社，2005年版，頁21。
〔註47〕〔清〕魏源著《海國圖志》，卷二十七，中州古籍出版社，1999年版，頁235。

儡」仍然是不太嚴密的。根據上文對「傀儡」所作的界定，「傀儡」對材質並無要求，而「木偶」卻有一個「木」的限制。「傀儡」的活動性有著鮮明的個性特徵，而「木偶」於此項卻並不苛責。「傀儡」一詞自誕生之日起就內涵專一，「木偶」卻可以兼指數物，對於一個專有名詞而言，「木偶」並不具有排他性。因此，本書在提及論述對象時，除了引述中使用的「木偶」一詞不作改動外，其餘論述中均使用「傀儡」一詞。

二、研究對象描述

本書的研究對象是宋代傀儡戲。在中國戲劇史上，傀儡戲不僅起源和形成比戲曲要早，而且其更多地保留了原生態的戲劇因子。因此，對傀儡戲進行深入的研究，有助於我們從形態上，而不是在尋章摘句中去勾勒中國戲曲起源之初的輪廓。

（一）中國傀儡戲概述

關於傀儡戲的歷史，中國民間的傀儡藝人中流傳著這樣九個字：起於漢；興於唐；盛於宋。以文獻、文物和現存的幾種傀儡形式來看，這種說法應該是正確的。所謂起於漢，一則民間以陳平爲傀儡戲之始祖。〔註 48〕唐段安節《樂府雜錄》及宋灌圃耐得翁《都城紀勝》並記傀儡戲起於陳平六奇解圍事。《樂府雜錄》曰：「傀儡子，自昔傳云：『起於漢祖，在平城，爲冒頓所圍。其城一面即冒頓妻閼氏，……陳平知閼氏妒忌，即造木偶人，運機關舞於陴間。閼氏望見，謂是生人，慮下其城，冒頓必納妓女，遂退軍。』後樂家翻爲戲。」〔註 49〕對於這種說法，孫楷第先生用極精錬之文進行了反駁和考證。他認爲陳平的秘計應該是送美人圖於閼氏，借其妒以出圍。木美起舞只是民間傳說而已。〔註 50〕二則正史中亦記漢之有傀儡戲事。《舊唐書·音樂志》云：「窟礓子亦云魁礓子，做偶人以戲。善歌舞。本喪家樂，漢末始用於嘉會。」〔註 51〕《通典》卷一四六與此文同。〔註 52〕

〔註 48〕泉州傀儡戲在「相公爺」跳棚時的唱段有：「問道傀儡哪人造，當初陳平先生造出來……」。

〔註 49〕〔唐〕段安節著《樂府雜錄》，《中國古典戲曲論著集成》第一冊，中國戲劇出版社，1959 年版，頁 62。

〔註 50〕孫楷第《傀儡戲考原》，上雜出版社，1952 年版，頁 1、2。此書題作者名爲「孫楷弟」，顯爲訛寫，下文一律改做「孫楷第」。

〔註 51〕〔後晉〕劉昫等撰《舊唐書》，卷二十九，中華書局，2000 年版，頁 725。

〔註 52〕〔唐〕杜佑撰《通典》，卷一百四十六，浙江古籍出版社，2000 年版，頁 764。

　　1979 年在山東萊西縣西漢墓中出土了一具大木偶，可作爲傀儡戲起於漢的又一力證。

　　山西省浮山縣文化館退休幹部孟珍〔註 53〕，一直致力於本縣木偶戲的研究，在他所著的《浮山木偶戲史》〔註 54〕一書中，寫到西漢大將軍霍去病因征匈奴功高，獻木偶參軍椿朝賀於擒昌縣（即今之浮山縣，漢時始置）。據筆者調查，霍去病之父霍仲儒爲浮山縣霍寨村人，去病弟霍光墓至今仍存於該縣平里村。〔註 55〕當地有關霍氏父子的民間傳說極多，孟老所寫或非空穴來風。該縣另一致力浮山木偶戲研究與保護的老幹部魯光岱更是認爲：參軍戲應與霍去病勞軍有關，其最初形式就是木偶戲。〔註 56〕

　　「興於唐」也可以從上述諸方面證之。有關唐代傀儡戲演出的史料較之以前數量極大地增加，同時這些史料的有效信息也非常豐富。《舊唐書・音樂志》記：「散樂有窟礧子等戲。玄宗以其非正聲，置教坊于禁中以處之。」〔註 57〕段成式《酉陽雜俎・前集》卷八云：「高陵縣捉得鏤身者宋元素，……右臂上刺葫蘆，上出人首，如傀儡戲郭公者。」〔註 58〕段安節《樂府雜錄・傀儡子》也有郭郎〔註 59〕的記載：「其引歌舞有郭郎者，髮正禿，善優笑，凡戲場必在俳兒之首。」〔註 60〕關於唐代傀儡戲已有分類稱呼的記載見於韋絢《劉賓客嘉話錄》：「大司徒杜公在維揚也，常召賓幕閒語：『我致政之後，必買一小駟八九千者，飽食訖而跨之，著一粗布襴衫，入市看盤鈴傀儡足矣。』……司徒公後致仕，果行前志。」〔註 61〕據孫楷第先生考證，盤鈴即今之鈸，則此類傀儡戲已有固定打擊樂器伴奏。且杜公入市觀戲，亦可見當

〔註 53〕孟珍，男，1939 年 1 月出生。

〔註 54〕該書爲手寫草稿本，目前未出版。

〔註 55〕平里村距霍光出生地南霍村約一公里。霍光墓前有清雍正九年石碑，落款爲歲在辛亥九月七日縣令錢標立。該村村民直至解放前仍保持每年上墳、見官不跪的傳統。

〔註 56〕魯光岱，男，1949 年出生。現退休。此說法據當地民間傳說而來。

〔註 57〕〔後晉〕劉昫等撰《舊唐書》，卷二十九，中華書局，2000 年版，頁 725。

〔註 58〕〔唐〕段成式著《酉陽雜俎》前集卷八，《唐五代筆記小說大觀》，上海古籍出版社，2000 年版，頁 613。

〔註 59〕郭郎、郭公、郭禿其實一也。北齊時已有記載，今韓國仍有所謂「郭禿閣氏劇」。

〔註 60〕〔唐〕段安節著《樂府雜錄》，《中國古典戲曲論著集成》第一冊，中國戲劇出版社，1959 年版，頁 62。

〔註 61〕〔唐〕韋絢《劉賓客嘉話錄》，《唐五代筆記小說大觀》，上海古籍出版社，2000 年版，頁 797。

時已有固定的劇場。另據封演《封氏聞見記》卷六「道祭」條記載，唐代傀儡戲已有演出歷史故事者。

再引唐代詠及傀儡戲的二詩一賦。詩一題爲王梵志所作，詩題不詳，且有闕字：〔註62〕

> 造化成爲我，如人弄郭禿。
> 魂魄似繩子，形骸若柳木。
> 挈取細腰肢，□□□□□。
> □□□底月，似提樹響風。
> 攬之不可見，抽牽動眉目。
> 繩子乍斷去，即是乾柳樸。

王梵志（約590～660）爲初唐詩僧，此詩所記當不晚於唐高宗顯慶五年。這是迄今所見到最早的詠傀儡戲詩，不僅證明了初唐時的懸絲傀儡已經發展到了可以「抽牽動眉目」的精巧階段，同時也說明了當時提線傀儡被稱作「弄郭禿」，或是當時的「郭公戲」中有一種是用懸絲傀儡所演的。

另一首詩是天寶年間人梁鍠所作，詩題爲《詠木老人》：〔註63〕

> 刻木牽絲作老翁，雞皮鶴髮與眞同。
> 須臾弄罷寂無事，還似人生一夢中。

這首詩的可貴之處在於透露了當時傀儡戲表演的一些美學特徵。偶人之裝扮要「與眞同」，以實爲主；而演出時則要喚起觀衆「還似人生一夢中」的聯想，應以寫意爲主。且表演的綜合效果要使觀者忘卻時間的流逝，只覺「須臾弄罷」，方能有「寂無事」的大段留白。這與中國古典戲曲一貫的美學特徵是非常相似的。

福建閩縣（今福州）人林滋所作的《木人賦》則以較長的篇幅對唐代的傀儡藝術作了記述。全文如下：〔註64〕

〔註62〕此詩見於敦煌寫本伯3833內之王梵志詩輯。劉復輯《敦煌掇瑣》（民國十四年國立中央研究所歷史語言研究所刊本）未載此詩。項楚《王梵志詩校注》雖有收錄（上海古籍出版社，1991年版，頁291），但卻無「挈取細腰肢」與「抽牽動眉目」間的四句。此姑錄全詩，個別訛脫處已依項楚先生校注改正。

〔註63〕此詩載《全唐詩》，卷二○二，中華書局，1960年版。一題《傀儡吟》，一題《詠窟磊子人》。詩作者一云李白，一云明皇。觀其意境，倒頗似明皇亂後之歎。

〔註64〕此賦載《全唐文》，卷七六六，中華書局，1983年版。《閩南唐賦》亦收錄。

何伊人兮異常！爰委質以來王。想具體之初，既因於乃雕乃斲，及抱材而至，孰知爲棟爲梁！

原夫始自攻堅，終資假手。雖克己於小巧之下，乃成人於大樸之後。來同辟地，舉趾而根底則無；動必從繩，結舌而語言何有？

心遊刃兮在茲，鼻運斤兮罔遺。兀若得木公之狀，塊然非土偶之資。曲直不差，既無蠹於今日；短長合度，寧自伐於當時！

莫不脫枯槁以前來，投膠漆而自進。低回而氣岸方肅，佇立而衣裾屢振。穠華不改，對桃李而自逞芳顏；朽質莫侵，指蒲柳而詎驚衰鬢！

既手舞而足蹈，必左旋而右抽；藏機關以中動，假丹粉而外周。生本林間，苟有「參乎」之美；立當君所，何慚「柴也」之儔！

是則貫彼五行，超諸百戲。誤穿節以瞪目，疑聳幹於奮臂。如令居杞梓之上，則樹德非難；若使赴湯火之前，則焚軀孔易。

進退合宜，依然在斯。既無喪無得，亦不識不知。亦異草萊，其言也無莠；情同木訥，其行也有枝。

可謂暗合生成，潛因習熟。雖則刓身於斤斧，曷若守株於林麓！宜乎削爾肩，刳爾腹，既有亂於眞宰，寧取笑於周穆！

《泉州木偶藝術》一書中對林滋的這篇賦作了這樣的評價：林滋雖然是借木人諷刺假手他人，受操縱以呈百態者，但是他從木偶的開始製作，到造型的精巧完美，以及表演藝術的高超逼眞，收到良好的戲劇效果等等，都作了詳細的描述。這無疑是一篇對中國木偶藝術研究頗有價値的文章。〔註65〕

　　文物方面，在敦煌莫高窟第31窟的壁畫中有早期杖頭傀儡的形象。說明此時的傀儡戲已經出現了新的發展，懸絲傀儡一枝獨秀的局面即將成爲歷史。

　　福建泉州傀儡戲的音樂有許多吸收自晉唐古韻的南音。其樂器中至今保留著的曲頸琵琶、拍板、尺八等，與唐墓壁畫中所見之古樂器形制幾乎完全相同。泉州木偶劇團尙能完整演出的《目連救母》劇中，不但保留了從佛

〔註65〕莊晏成、許在全、張敬尊《中國木偶藝術源流初探》，陳瑞統編《泉州木偶藝術》，鷺江出版社，1986年版，頁3。

圖1：泉州傀儡戲傳統樂器

筆者拍攝於泉州木偶劇團文物陳列館。

圖2：唐李壽墓壁畫樂伎線圖

筆者拍攝於山西師範大學戲曲文物研究所戲曲博物館。

經、變文向舞臺演出過渡的痕迹，而且劇中許多的插科打諢，都與唐代的參軍戲一脈相承。〔註66〕陝西合陽的線戲則是從偶人的造型就可看出盛唐遺風。其固定的調笑角色「來報子」（亦稱「癩包子」）或許就是「郭禿」的嫡傳吧。山西浮山的木偶戲更是借唐高祖在當地建天聖宮祭祀老子的東風，組織班社，習傳演出，一直是每年「天基聖節」的主要演出內容。〔註67〕據孟珍先生考證，當時的木偶班有二十多個，有名的高手班有十數個。其中紅聖班、凰城班、玉祥班、月山班等，到清末民初均有繼承人。

圖3：山西浮山「凰城班」傳人吳春安

筆者拍攝於吳春安先生家中。

宋代傀儡戲發展到了一個空前的高度。《東京夢華錄》、《武林舊事》、《夢梁錄》、《都城紀勝》、《繁勝錄》五書記載甚為詳細。這種極盛表現在幾個方面：一是有了明確的分類，計有杖頭、懸絲、肉傀儡、水傀儡、藥發傀儡五種；二是有了明星級的專業表演者，如杖頭之任小三、懸絲之盧金線、肉傀

〔註66〕詳見福建省藝術研究所，1991年編《福建目連戲研究文集》。

〔註67〕天基聖節唐初即有，但對民間藝術參與慶祝所記不詳。孟珍先生據當地民風民俗和民間傳說以證，力主唐時木偶戲、鑼鼓、秧歌與宮廷道樂曾同舞於天聖宮。

儡之張逢喜兄弟、水傀儡兼藥發傀儡之李外寧；三是有了固定的表演場地；四是演出技藝亦臻爐火純青之境，水傀儡都可弄得「百憐百悼」。五是在杖頭、懸絲等成熟傀儡形態的影響下，產生了影戲、鮑老等泛傀儡形態。〔註68〕六是傀儡戲已經在一定程度上深入到了日常生活中。在幾幅宋代的嬰戲圖中，有小兒玩耍傀儡戲的內容；在銅鏡等日用器物、瓷枕等隨葬明器上，也間有傀儡戲的畫面刻繪。

（二）關注宋代傀儡戲的四個原因

論文之所以把研究重點集中在宋代傀儡戲，是因爲對我國戲曲史上一些現象的思考。

1. 傀儡戲於漢代開始出現人神共娛的萌芽，唐代全面走上戲劇表演的舞臺，宋代呈現出鼎盛之狀，而宋後的史料筆記、文物遺迹中卻不再是民間舞臺藝術的主角。中國戲曲卻是至唐始現雛形，宋代漸與歌舞百戲分庭抗禮，元代達到了第一個高峰。傀儡戲與古典戲曲在這個時期出現了一個時間上的重疊。

2. 陝、晉、豫三省交界處爲漢、唐、宋三代文化沉澱的地方；江、浙、閩三省沿海的溫州、寧波、昆山、泉州，則是兩宋文化南移的重鎮。此兩個文化圈至今仍是我國木偶戲極爲活躍之處，而南戲與梆子聲腔卻又分別由此二處唱響。傀儡戲與古典戲曲在這裏又出現了一個地域上的重疊。

3. 中國戲曲的服飾、臉譜、丑淨的程式動作一直未有合理的解釋，學者們於此處過多地把目光集中在了巫儺文化對戲曲的影響之上。研究範圍的局限導致了許多說法的相互矛盾。傀儡戲對於服飾、臉譜等戲劇的物質外殼的運用是早於戲曲的。有了這個中介，戲曲似乎可以更直接地取得戲劇表演所必需的間離效果。而且以傀儡演生活，其動作的誇張和虛擬自然難免，這又可以爲戲曲中丑、淨的程式動作提供一個直接的模範。此處我們不妨以現代戲爲例作一思考，角色穿著和觀眾一樣的常服，畫一個「三塊瓦」的威猛臉譜，上來起霸、雲手、拉山膀，是無論如何都不會喚起觀眾的認同感的。在

〔註68〕對影戲及鮑老下文有專門的節次論述。之所以稱此二者爲泛傀儡形態，於影戲是因爲其外觀、操縱等物理形態基本符合上文對傀儡的界定，故可稱之爲「平面傀儡」，惟其源流、藝術特點等均相對獨立，故又不能完全與上五種傀儡形式同列；於鮑老則是因爲其表演時所戴的面具在宋代有時被稱作「傀儡面兒」，其本身也被歸爲「大小全棚傀儡」中的一項，但它又與肉傀儡相別，顯然並非完全承襲傀儡戲的形式與內容。

現存的宋金戲曲文物中，雜劇角色的著裝與當時的
「時裝」並無多大差別，絹畫「眼藥酸」中畫有很
多眼睛的衣服已是最爲誇張者。而包括名伶丁都賽
在內的眾多雜劇名角也並沒有太異於生活的動作。
〔註69〕樣板戲曾經在現代戲的程式動作中有所突
破，但那更多的是借鑒了西方芭蕾舞劇的經驗。當
然我們並不是把這一切盡皆歸功於傀儡戲，從而抹
煞了巫儺歌舞對戲曲的催生作用，但長期輕視傀儡
戲的現狀也應該引起學界足夠的重視。

　　4. 對元雜劇之一人主唱體制的解釋迄今仍無力
論，而山陝交界處的線胡戲經歷代口耳相授，至今
仍保留著一「說戲人」主唱，眾「搭戲的」幫腔的
傳統。在福建閩西北的大腔傀儡和北派布袋傀儡
中，「隔簾說古」的表演形式；「頭手」主戲、「副手」
配戲的表演體制，也爲我們研究這一課題提供了一
些新鮮的線索。

　　漢、唐、宋、元，傀儡戲由隱而顯，又由顯入
隱。宋代是這個漸變過程的分水嶺。傀儡戲與「眞
戲曲」在時間和地域上的雙重重疊不會只是巧合。
宋代傀儡戲或許是打開中國戲曲起源之謎的一把鑰
匙。筆者雖非智者，願以綿薄之力，爲後來者建磚瓦之功。

**圖4：北宋
「丁都賽」畫像磚**

筆者拍攝於山西師範大學戲
曲文物研究所戲曲博物館。

（三）研究現狀綜述

　　與傀儡戲在戲曲史上的重要地位相比，對它的研究顯得相對冷清。自孫
楷第先生《傀儡戲考原》之後，幾十年來專注於此的著作罕得一見。專論宋
傀儡的著作筆者至今尚未發現。

　　我想這種冷清的原因很簡單，就是對傀儡戲的認識不夠深入。在元雜劇
這個壁立千仞的里程碑左右，傀儡戲只像是耀日下的一隻手電筒，不走近它
斷難發現它也在戲曲史的長河中貢獻著自己的光和熱。而且在黎明到來之
前，甚至它竟是僅有的幾盞指路燈之一！許多治戲曲史的大家都僅是把它當

〔註69〕現存宋金時期此類戲曲文物數量頗多，可詳參山西師範大學戲曲文物研究所
　　　　編《宋金元戲曲文物圖論》，山西人民出版社，1987年版。

作中國戲曲的一種，論述極爲簡短，而且所論大同小異。近年來各地有一些學者陸續對本地區的傀儡戲作了相關的專題研究，雖然目前還只是淙淙細流，但我相信它一定會彙成一條澎湃的大河奔騰向海，最終引起學界對中國戲曲史的重新思考。

1. 前人之著述

除孫楷第先生《傀儡戲考原》外，其他學者關於傀儡戲的著述大體可分爲兩大類。第一大類是從戲曲史的角度來觀照傀儡戲，其內容細究之又可分爲兩類。一部分專論傀儡戲的起源；另一類是把傀儡戲作爲眾多戲劇形式中的一種進行論說。前者以董每戡先生《說傀儡》、《說傀儡補說》爲代表；後者則數量較多，如王國維先生《宋元戲曲史》、任半塘先生《唐戲弄》、周貽白先生《中國戲劇史長編》、張庚、郭漢城先生《中國戲曲通史》、廖奔、劉彥君先生《中國戲曲發展史》、趙山林先生《中國戲劇學通論》等著作中均有專門的章節。

第二大類是專就傀儡戲的本體進行研究，又可以其所論內容的不同分爲四類。其一是將中國傀儡戲作爲一個整體的研究對象，代表作當數劉霽、姜尚禮先生主編的《中國木偶藝術》；其二是對一些地域特徵明顯的傀儡戲進行專門研究，可見有葉明生先生《福建傀儡戲史論》（上下冊）、黃少龍先生《泉州傀儡藝術概論》、黃笙聞先生《線戲簡史》（內部發行）、孟珍先生《浮山木偶戲史》（未出版）等；其三是對傀儡戲家族中的一些分類形態單獨考辨，如黃維若先生《藥發傀儡考略》、麻國鈞先生《中越水傀儡漫議》、翁敏華先生《傀儡戲三辨》、江玉祥先生《中國影戲》等；其四是借他山之石以攻玉，對傀儡戲與其它領域的關係進行交叉研究，略舉如康保成先生《佛教與中國傀儡戲的發展》、夏敏先生《傀儡戲與辟邪巫術》、汪曉雲先生《侏儒與傀儡關係探源》等。

2. 前人之觀點

從數量上來看，著墨於傀儡戲的著述也頗爲可觀，但其基本的觀點和材料大多不出孫楷第、任半塘、董每戡三位大家之圍。總結起來，前人對傀儡戲的討論主要集中在三個方面：傀儡戲、影戲的起源；傀儡戲分類形態的考辨；對戲曲起源之「傀儡說」支持或反駁。其中主要觀點簡述如下。

(1)對於傀儡戲的起源，學界一般認爲喪祭中的俑、偶是傀儡的前身，而「喪家樂」是傀儡戲的發端。除此而外的兩說影響均有所不及。一是孫楷第

先生的「方相說」，認為傀儡戲源自漢之舞方相；一是「印度東傳說」，代表學者是董每戡先生。

對於影戲的起源，各家的分歧更多地集中在具體的起源時間上，而對「影」字的理解基本趨同。顧頡剛先生提倡「周代說」；虞哲光先生和董每戡先生則主張「漢代說」；孫楷第先生和江玉祥先生認為唐五代是影戲的初始期；王國維先生、佟晶心先生、周貽白先生的觀點是影戲之始不會早於宋代。

（2）在宋代傀儡戲家族中，藥發傀儡、肉傀儡以及鮑老等幾種分類形態由於文獻記述不詳，且文物資料中少有所見，對其具體形態如何一直未有定論。學者們對藥發傀儡的解釋有兩種，分別是「煙火說」和「藥動力說」。其中前者支持者甚眾，後者由康保成先生和黃維若先生主張。對肉傀儡的解釋有五種，孫楷第先生認為是大人擎兒童歌舞，許多學者都從此說；董每戡先生兼主「布袋戲說」與「臺閣說」；周貽白先生與康保成先生均主張「雙簧說」；王兆乾先生的觀點是「假面戲曲說」。學界對鮑老的認識一直比較模糊，甚至對它是否屬於傀儡都沒有一個統一的看法。王國維先生的「婆羅說」、周貽白先生的「抱鑼說」、王兆乾先生的「菩佬說」、翁敏華先生的「外來說」等等，多是從語言學的角度進行推斷，論力稍顯不足。

（3）自孫楷第先生提出戲曲之源為宋之傀儡戲、影戲後，學界對此論點一直爭議頗大。一個有意思的現象是，觀點明確的支持者與反對者均為數不多，而居中間立場的學者卻人數甚眾。

3. 前人研究之成就與不足

諸位學者尺短寸長，各有灼見燦燦，合力為我國傀儡戲的研究做出了極大的貢獻。其成就主要有兩點，一是對傀儡戲的發展史做出了較為全面的梳理；二是對許多交叉課題進行了積極的探索。但不可否認，與戲曲史的其它領域相比，傀儡戲研究的力度和廣度還是略有欠缺的。其不足之處可以總結為「三個桎梏，兩個模糊」。

第一個桎梏是，在傀儡戲起源的問題上，一直難以突破「俑」、「偶」二字。而且，許多學者在論及此問題時，大都採用對俑、偶二字的字形、字義進行訓詁溯源的研究方法，不僅新意乏陳，探索之路也日顯陜仄。

第二個桎梏是，在影戲發生的問題上，過於拘囿在「影」的源流上。光與影是極為常見的自然現象，人們在很早以前就開始關注並總結其中的規

律。在中國，以「小孔成像」爲代表的光學科學成就爲數甚多。而影戲之「影」並非光影之「影」，以此角度分析影戲的發生無異於緣木求魚。

第三個桎梏是，在考釋藥發傀儡時，難脫「藥→火藥」的思維定式。火藥是中國古老的四大發明之一，除軍事用途外，以之製作煙火的歷史也頗爲久遠。在宋代的雜手藝中，不乏以煙火爲戲者，可見此思路的謬處甚明。這一桎梏長期難以突破著實令人費解。

兩個含糊則表現爲：對影戲、鮑老是否屬於傀儡範疇含糊不清；在傀儡戲與戲曲的關係上觀點不明。

首先，傀儡戲與影戲經常被並舉，卻又彷彿是毫不相干的兩物。儘管二者形態各異，源流迥然，但它們的物理形態和操作原理卻是基本相同的。以廣義的傀儡概念相度，將影戲稱爲平面傀儡應該是可以成立的。而對於鮑老的認識更是不夠深入，有的將之目爲與傀儡戲並列的一種藝術形式，有的則直接將它與傀儡混爲一談。

其次，自孫楷第先生提出戲曲起源的「傀儡說」後，支持其論點的學者雖然不多，但對孫先生所舉的幾項論據卻頗爲猶豫，提不出有力的反駁。是以長期以來對傀儡戲與戲曲的關係寡有力論，甚至連明確表示支持或反對「傀儡說」的論述都罕得一見。

從有關研究現狀來看，這一領域還需要許多的拓荒者，還需要能耐得住寂寞，埋頭耕耘的精神。本書力爭在前人研究的基礎上稍進一步，或揚其長，或辨其訛，或以己之陋見啓後來者之智。誠然，可供研究的宋傀儡資料是少了些，可以借鑒的研究方法也單一了些。但是治中國戲曲史就不能迴避傀儡戲，研究傀儡戲就無法繞過宋代傀儡戲這座高峰。以困難爲藉口而舍本逐末的研究是不負責任的。

三、要解決的問題和預期成果

本書著力在宋代傀儡戲這塊相對冷清的研究領域中埋頭耕耘，一是把前人的相關研究作一總結；二是力爭忠實還原宋代傀儡戲的整體輪廓和具體形態。並以此爲基礎，在孫楷第先生《傀儡戲考原》的百尺竿頭上，對戲曲起源的「傀儡說」進行辨析補正和進一步的理論構建。

（一）擬解決的四個問題

1. 對傀儡戲的起源及形成提出新的見解。以往學界在此問題上或是太過

拘囿於俑、偶二字，從而將「喪家樂」作爲傀儡戲的唯一源頭；或是完全忽視我國原始傀儡戲的蹤迹，從而認爲傀儡戲純粹由印度東傳。本書結合文獻記載與出土西漢大木偶的具體形象，對上述諸說進行了辯駁，提出傀儡戲應與西漢時的民間遊戲及城市發達的百戲密切相關，並論證傀儡戲由演歌舞百戲向演故事轉化的時期應在南北朝初期。

2. 對有關宋代傀儡戲的資料進行梳理和分析，並籍此勾勒宋代傀儡戲的全貌。現存有關宋代傀儡戲的記載多集中於《東京夢華錄》、《武林舊事》、《夢粱錄》、《都城紀勝》、《繁勝錄》等五書中。孫楷第先生《傀儡戲考原》已經對這些記載進行了詳盡的分析。但孫先生專力於此的時候戲曲文物學尚未如今之蔚爲大觀；一些地方史志中的偶戲資料近年也逐漸有所發現。把這些文字和文物資料綜合進行整理分析應該是這個研究的基礎工作。

在搜集到的文字資料中，有六首詠及傀儡戲的宋詩未見於前人著述中。十一種宋傀儡文物也是第一次被作爲一個整體類別進行論述。其中幾種文物雖然前人已有述及，但筆者並未就此作一學舌之語。對所有文物的描述和分析都是重新審視和思考的結果。

3. 對宋代傀儡戲的各個分類形態進行辨析；對戲劇史上一直懸而未解的杖頭傀儡的形成、藥發傀儡及肉傀儡的形態、影戲的形成時期等問題提出新的觀點；對此前鮮有論及的「鮑老」的形象做出全面的描述，並據此對宋人的傀儡戲觀念進行分析。

宋代以後，杖頭傀儡與懸絲傀儡是最主要的兩種傀儡戲形態。直到今天，二者的藝術成就和活躍程度仍不分伯仲。懸絲傀儡的形成發展軌迹十分明瞭，但杖頭傀儡的形成則比較模糊。本書根據幾種杖頭傀儡文物及宋代民俗分析，「磨合羅」應該是杖頭傀儡的前身，北宋初期它才逐漸完成了由玩具向戲具的轉化。

水傀儡、藥發傀儡一直不是戲劇史家關注的重點。雖偶有文章論及，亦是蜻蜓點水。本書會把此二者放於宋代戲劇演出的大背景中，參考現存的一些演出形態，對它們進行分類論述，力爭使二者的形象立體起來，生動起來。藥發傀儡此前多認爲是焰火表演或是以火藥爲動力的翻轉百戲。詳究之亦有矛盾之處：宋代已有燃放煙花爆竹的記載，何必再另冠以藥發傀儡之名？且《都城紀勝》中之雜手藝專有「火戲兒」一條，則藥發傀儡必另有其實。以火藥爲動力之說者顯然沒有考慮到，此動力並非最佳動力，作爲一個表演項

目，有一定的危險性，缺乏必要的穩定性。

至於肉傀儡，各家論述分歧頗大。孫楷第先生認爲是「擎一二女童舞旋」；董每戡先生認爲應與布袋傀儡接近；王國維、任半塘、周貽白等先生皆各執一詞。筆者在對南北傀儡戲考察後認爲，肉傀儡亦分兩種：一種爲小兒後生輩模仿傀儡進行戲劇表演，自懸絲傀儡出，宋代瓦舍中演出者多爲此類。今泉州梨園戲中小梨園所演之「大出蘇」仍有此形態之餘響。另一種是成人以支架將兒童托於頭上進行模仿戲劇〔註70〕的表演，自杖頭傀儡出，多見於歲末年初之社火舞隊中。今北方農村仍多有之，呼爲「腦閣」。內蒙古呼和浩特市郊土默特左旗畢克齊鎮臘鋪村因世代傳習此藝而被稱爲「腦閣村」。〔註71〕

鮑老在此前並未有太多的論述。它似乎與傀儡戲關係密切，但具體形象爲何則不甚了了。本書將它與南宋時出現的「傀儡面兒」一詞綜合進行論述，辨明了它的外觀特點、演出時間及內容，並認爲它之所以被劃入傀儡戲的範疇正是宋代人傀儡戲觀念發展深化的一個體現。

在上述分析的基礎上，本書還將對宋代傀儡戲的演出、藝人、音樂及文學、生存環境等進行全面深入地分析，並籍此總結宋代傀儡戲繁盛的原因。現在全世界都在加強非物質文化遺產的保護工作，這些分析的結果不僅有助於我們對宋代傀儡戲的認識，更會具有一定的現實意義。

4. 辨析宋代傀儡戲的源與流，並在此基礎上分析傀儡戲對後世戲曲影響的具體方面及程度。

宋代傀儡戲上承漢唐之伎藝，下啓元明之戲劇，其重要的地位自不容忽視。而宋傀儡之「源」是單一還是多元，是繼承還是創新，對傀儡戲緣何於宋而大盛有著直接的研究意義。宋後傀儡戲的盛極而衰與元劇、南戲的雙峰聳立形成了鮮明的對比。對這一現象的解讀就是我們研究宋傀儡之「流」的意義所在。

中國戲曲起源於傀儡戲一說，王國維先生在《錄曲餘談》中偶有表示，但尚未認眞。周貽白先生表示出半信半疑的態度。杜璟先生《中國戲劇之價值》、常任俠先生《中國古典藝術》等文中，均表示贊同此說。而此說以孫楷第先生《傀儡戲考原》中主張最力。筆者於此問題進行了大量的考察和思考，

〔註70〕 此處所指戲劇爲此前已成熟的化裝故事表演藝術形式，如傀儡戲。
〔註71〕 此稱呼有據可考已有 270 年的歷史。

認爲傀儡戲不是中國戲曲的唯一源頭，卻在諸多方面對戲曲的起源產生了極爲重要的影響。宋室南渡加劇了傀儡戲的雅俗分化，其雅者於南方促生了南戲的形成，並且北漸對元雜劇產生影響；其俗者在北方民間頑強生存，促生了板腔體系統的成熟，並於明清之際唱徹大江南北。

（二）寫作方法

文獻與文物的相互發明應該是中國戲曲史研究的最佳方法。本書在選題階段，筆者即對此二方面的資料做了大量的搜集。除經常徵引的《東京夢華錄》等五書外，還從福建泉州購得《泉州傳統戲曲叢書》一套十五卷、《泉州木偶藝術》、《泉州海外交通史料彙編》等書；從陝西合陽和山西浮山複印到《合陽文史資料（地方戲專輯）》、《浮山文史資料彙編》以及三十餘個珍貴的民國偶戲抄本。文物方面拍攝或收集到數百張照片，如宋代「嬰戲圖」、「嬰戲瓷枕」、「骷髏幻戲圖」、「杖頭傀儡銅鏡」、「肉傀儡銅鏡」、繁峙縣金代影戲壁畫、浮山縣元代木偶戲臺、明清傀儡頭梢、戲衣及戲箱、劇本等。

圖5：山西孝義木偶皮影博物館藏　　　圖6：山西孝義木偶皮影博物館藏
**　　　明代杖頭傀儡頭梢　　　　　　　　　清嘉慶皮影戲臺**

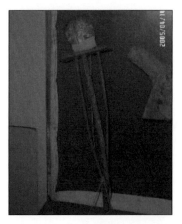

筆者拍攝於山西孝義木偶皮影博物館，同窗展出的還有明代傀儡戲衣。

筆者拍攝於山西孝義木偶皮影博物館，與其相鄰的還有約爲光緒時皮影戲臺一座，近代皮影戲臺一座，近代皮影、木偶、大戲三下鍋戲臺一座。

由於實物資料的不足，寫作準備階段還大量運用了田野調查的方法。筆者先後走訪了泉州木偶劇團、泉州梨園戲實驗劇團、泉州市南音協會、泉州市海上交通歷史博物館、泉州市博物館、泉州市地方戲研究社、泉州市高甲

戲劇團、合陽縣新藝線偶團、孝義市皮影木偶劇團、孝義市木偶展演團、孝
義市皮影木偶博物館、浮山縣木偶藝術團、山西師範大學戲曲文物研究所等
單位，並對二十多位老藝人、老幹部進行了探訪。拍攝圖象資料近一百多分
鐘，照片五百餘張，取得碑刻拓片數張。

　　泉州傀儡戲與山陝傀儡戲是我國傀儡戲史上南與北、雅與花的代表，對
這兩個樣本進行田野調查所得來的材料將是本書的重要參考之一。它與文
獻、文物三者相互的印證可以幫助我們盡可能地還原宋代傀儡戲的本來面
目，重新定位宋代傀儡戲在中國戲曲史上的坐標。當然，由於數百年的滄海
桑田，許多傳統的藝術、民俗等或許已多有演化，並不能完全忠實地反映當
時的情狀。因此，本書對田野考察得來的材料還是採取了相對謹慎的態度，
並未過多地進行直接引用。但作為觀點形成的基礎和一些現象源流的佐證，
這些材料毫無疑問是不可或缺的。甚至，當我們面壁於書齋，困厄於研究資
料的匱乏而「白頭搔更短」時，田野考察往往會讓我們有「柳暗花明又一村」
之感。豐富的材料會帶來許多質變式的頓悟，再次回到書齋，原來貌似平淡
的、隻言片語的文獻資料也會變得鮮活起來。

第一章　中國傀儡戲的源流

　　蜿蜒的黃河在流經山西省吉縣時，河道突然變窄變低，於是原本緩平的水流激蕩咆哮，形成了壯觀的壺口瀑布。而在不遠處的下游，巨浪翻騰後的泡沫逐漸消散，黃河依舊靜靜地向東流去。我國的傀儡戲雖然在宋時出現了空前絕後的繁榮，但這盛景也並非是憑空突兀。在壺口瀑布的澎湃前，黃河已經從巴顏喀拉山脈東流千里，集聚了足夠的能量。宋代的社會環境無疑是適合傀儡戲生存和發展的，之前近千年一直掩映於歌舞百戲光輝下的傀儡戲於此時地陡然驚濤拍岸，綻開了一朵絢美的浪花。

　　研究壺口瀑布時，我們當然不能只關注於這方圓數百米的壯美。放眼望去，從青海的山巔到山東的入海口，瞭解這 5464 公里的全貌才能更好地對壺口一地作出評價。本章的意義正在於此，溯清我國傀儡戲的源流，辨明它兩千年來形成發展的過程，對於我們全面深入地瞭解、評價宋代傀儡戲是必要的，也是不無裨益的。

第一節　中國傀儡戲的起源

　　在中國戲曲最終形成前的眾多泛戲劇形態〔註1〕中，傀儡戲無疑是戲劇因

〔註 1〕泛戲劇形態的概念由黃竹三先生在《論泛戲劇形態》一文中提出。他說在戲曲萌芽到形成的時間裏「有種種類似戲劇但又不完全是戲劇的表演，它們具有某些戲劇的因子——人物裝扮和情節故事，具有某些戲曲的外觀系列如歌唱、舞蹈、說白、表演動作，但未融合為一，因此未能認為是真正的戲劇，在探討戲劇發展歷史時常常提到它們，卻無以名之，這類表演，我們不妨稱之為泛戲劇形態。」此文原載《文學遺產》1996 年第 4 期，1997 年韓國《中

素最爲完備的一種。它在音樂、文學、服飾臉譜、表演程序等諸多方面實則爲戲曲的形成提供了直接的營養。因此，探究傀儡戲的起源有助於我們對戲曲本質的認識。

一、前人觀點辨析

關於傀儡戲的起源，學界的眾多論述可以歸納爲三種觀點：第一種認爲源於儺儀中的方相之舞；第二種認爲它的前身是由陪葬之俑發展而來的「喪家樂」；第三種則認爲中國的傀儡戲根本是源自印度。〔註2〕此外還有根據《樂府雜錄》所載遽斷傀儡戲的第一次演出是在漢初陳平解高祖平城之圍時的城樓上。這幾種說法中，陳平創始一說多流傳於民間木偶藝人中。「陳平起教，傀儡先師」。陝南安康道情《張良辭朝》第一場陳平出場自表：

> 六出奇謀謀漢高，計擒韓信入籠牢。
>
> 曾作木偶傀儡戲，白登解圍千古嘲。〔註3〕

與此相關的傳說還有高祖劉邦以傀儡救駕有功，加以封賞，並珍藏於御庫。漢文帝時，蔡太后病危，文帝親自祈天治病無效。群臣獻策，搬出庫中傀儡爲戲具，敬天驅邪，以表虔誠，太后之病遂痊愈。從此傀儡戲始作爲宮廷中賓婚嘉會、敬神驅邪之用。這種說法帶有明顯的民間特色。對宮廷的仰視，意欲在諸行藝人中擡高自己的地位，都可能是創編並傳播這一起源說的心理基礎。在一時一地，以一人的心智腦力，創造出如此複雜的傀儡戲，其困難自不待言，且陳平大可請真實的女優於城頭婆娑起舞，其面容體態自比木人要姣好婀娜。此說雖近無稽，但也給我們提供了一個重要的信息：傀儡戲在漢初還沒有普遍出現，甚至根本就沒有成形。

與上述的民間傳說相比，學術界的三種觀點顯然要嚴謹許多。孫楷第先生主張傀儡戲源於漢之舞方相，《傀儡戲考原》中述之甚詳。他的出發點是「蓋傀儡爲歌舞戲。凡歌舞戲之起，皆有所仿象，擬某種事狀而爲之。」孫先生認爲這種「事狀」即爲「方相」，漢人所謂「魁頭」者是。其論證分兩個層面，「吾謂魁櫑即方相，以方相行事考之而得其解，以魁櫑魁頭字義考之而通其

國戲曲》第4輯轉載。

〔註2〕「方相說」由孫楷第先生提倡；「印度說」的代表是董每戡先生；三者中「喪家樂說」支持者最多。

〔註3〕唱詞引於黃笙聞先生《線戲簡史》（內部版）。平城即今山西大同市，白登位於大同市陽高縣內。

說。」〔註4〕方相氏是儺儀中的主要角色，他有相對固定的裝扮：黃金四目，掌蒙熊皮，玄衣朱裳；有相對固定的動作：執戈、揚盾、擊刺、騰挪。他的形象則是大而醜。《周禮‧夏官司馬》記：「方相氏狂夫四人。」鄭注：「方相猶言放像可畏怖之貌。」倘從孫先生之說，傀儡由模仿方相而來，則應該繼承這些形象和動作特徵。而無論是北齊「髮正禿，善優笑」的郭郎，還是唐代「雞皮鶴髮與眞同」的木老人，都與方相之意相去甚遠。此爲「方相」說之一疏。方相的職能是驅鬼逐疫，其活動時的氛圍應該是肅穆之至，而傀儡戲卻是崇尚滑稽，二者的美學特徵也是南轅北轍。此爲「方相」說之二疏。先蠟一日驅儺的習俗周代已有記述，傀儡戲有據可考的出現時間應在西漢，難道這種模仿進行了六百餘年？此爲三疏。民間傀儡戲班皆有所尊之戲神，雜陳如偃師、陳平、李耳者，亦有隨大戲尊唐明皇、田都元帥爲祖師爺。雖未有統一的行業神祇，但各各皆有出處。如此戲出自舞方相，在這些民間信仰中應該會有些許痕迹可循，而在相關記述及筆者的田野調查中，卻並沒有發現此類遺迹。此亦可證「方相」說之謬。

　　源於「喪家樂」一說支持者甚眾。它包含了兩層含義，準確的表述是傀儡源於俑，而傀儡戲源於喪家樂。《說文解字》與《辭海》對「俑」的解釋都是陪葬用的偶人，從字義上看，俑與喪家樂正如傀儡與傀儡戲的一樣形成了一種內在的聯繫。而詳加辨析，這種聯繫中也有一些矛盾之處。以俑取代活人陪葬應該是交感巫術中相似律的表現。〔註5〕作爲明器的俑應該分爲兩種，一種是驅除邪祟，保護墓主人，正如孫楷第先生所述之方相，在四川三星堆的文物中即有此類實物，面目誇張可怖，身材表現出不合比例的長。〔註6〕另一種則貌似常人，多爲奴隸、樂人等，功能是表達人們事死如生的思想，其代表當數始皇的百萬地下兵馬俑。這兩種俑都是對現實生活的模仿，希望死者在墳墓中還能享用生前的一切。以三代至秦漢對於墓葬習俗的重視，把明器作爲遊戲之物是極不嚴肅的。山東萊西西漢墓出土的大木偶以及江蘇邗江

〔註4〕孫楷第先生此論見於《傀儡戲考原》，上雜出版社，1952年版，頁5～10。

〔註5〕相關理論在弗雷澤《金枝》（中國民間文藝出版社，1987年版）、馬林諾夫斯基《巫術科學宗教與神話》（中國民間文藝出版社，1986年版）中多有闡發。簡言之，相似律就是因此象彼而使彼此靈魂相通；接觸律則是因彼此相互接觸而使二者靈魂相通。

〔註6〕此類文物人面部多呈方形，眼睛極大，耳後或有小孔。似爲以面具蒙作「黃金四目」之狀。

圖7：長沙馬王堆漢墓出土
　　西漢木樂俑（一）

圖8：長沙馬王堆漢墓出土
　　西漢木樂俑（二）

縣五代墓出土的關節木俑，〔註7〕都應該是生前愛
看傀儡戲的墓主人特選的隨葬之物。正如在解讀山
西侯馬金墓中的戲臺模型時，〔註8〕不能因為其與
晉南現存的元代戲臺形制相仿而推斷此由彼出。可
以說，作為明器的俑與傀儡各有不同的產生與發展
軌迹，二者不可能是源與流的關係。此外還有兩種
俑偶不是作為明器之用。其一是用作巫術中的道
具，作偶人為要加害人之像，巫師認為可以通過攻
擊偶人的相應部位而使對方產生病痛。這樣的俑偶
似乎只求意到而並不重其外貌似像，更不必給偶人
加上繩索機關，使其活潑如生。第二種是用來存亡
者的魂氣，即所謂的「魖頭」，或是充當喪祭中的
「尸」。在這種儀式中，俑偶是受祭者，是鬼神的象
徵，它並不需要起舞娛人。況且設祭者多是亡者的
後人，在先祖魂氣所附的俑偶上打孔穿線，顯然有
違情理，倘再提之歌舞，更屬大不敬之舉。

圖9：三星堆出土
　　青銅立人像

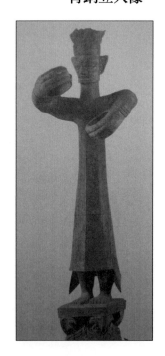

〔註7〕二者具體形象可見劉霽、姜尚禮編《中國木偶藝術》，中國世界語出版社，1993
　　　年版。
〔註8〕侯馬104號金墓中有一磚雕戲臺模型，為山花向前的歇山頂建築，表演區有
　　　磚雕雜劇俑。

對於「喪家樂」的理解，過去一直局限在喪禮上所用之樂。果如是，則參考現在廣大農村地區的葬禮，所請之樂不過是當地較流行的器樂班或戲班，並無專請某一類戲之說。〔註9〕如果傀儡戲初期專用於喪禮，為什麼後來會用於氣氛完全相反的嘉會之中呢？由此足以提起對「喪家樂」一詞含義的懷疑。〔註10〕「喪家樂」最早出現於應劭《風俗通義》中，文曰：

> 時京師賓婚嘉會皆作魁䃜。酒酣之後，續以輓歌。魁䃜喪家之樂；輓歌，執紼相偶和之者。天戒若曰：國家當急殄悴，諸貴樂皆死亡也。自靈帝崩後，京師壞滅，戶有兼屍蟲而相食。魁䃜輓歌，斯之效乎？」〔註11〕

其後《舊唐書・音樂志》中又記：「窟礧子亦云魁礧子，作偶人以戲，善歌舞。本喪家樂，漢末始用之於嘉會。」杜佑《通典》卷一四六所記與上文同。此三者中，應劭所記為當時之事，當為可信。杜佑所本也只為前代史書，或即因襲《風俗通義》所載。應劭在漢靈帝三年舉高第，六年拜太山太守，作此段文時靈帝已崩，漢王朝已至風雨飄搖之際。愚見他所語的「喪家樂」與「輓歌」更可能表達的是一種象徵意義——盛世不再，國破在即，而京師的嘉會中依然燈紅酒綠，歌管盈耳。作為唯一的醒者，應劭感歎這虛假的繁華即是國破家亡的不祥預兆，「魁䃜輓歌，斯之效乎？」刻木為人很容易讓人聯想到明器中的桐人，盛世中傀儡戲的滑稽戲樂會沖淡這種聯想，而彼時的應劭，應該是很深切地感受到了這種不吉，從而斥傀儡戲為「喪家樂」。

俑既非傀儡的前身，「喪家樂」也不是傀儡戲的專利，後世將此二者聯繫起來自然有失偏頗。同方相之舞一樣，這種偏頗都源自於本末倒置的錯覺。傀儡的特點是它本身沒有生命，戲者可以自由地賦予它命名、樣貌、動作等。因此它非常適合作為宗教、祭祀的道具。〔註12〕印度是佛教的發源

〔註9〕以山西農村為例，蒲劇、晉劇、北路梆子、耍孩兒甚至長子說書都曾活躍於喪禮之上。上世紀八十年代後期至今，縣市歌舞劇團多變為私人承包經營，喪家亦以請此類團體演唱流行歌曲為時髦。

〔註10〕如依應劭所記，傀儡當屬喪家樂無疑。然將傀儡稱為喪家樂僅此一見，並無其它史籍記載支持，應文之可信度並非不可撼動。再加之原文中時有情緒化的筆觸流露，筆者之疑由此而生。

〔註11〕〔宋〕范曄撰《後漢書》，《後漢書志》，卷十三《五行志一》，中華書局，1965年版，頁3273。《後漢書》中的八志取自晉人司馬彪所撰《續漢書》，此段為梁時劉昭注引《風俗通義》文。

〔註12〕現在我國傀儡戲表演仍然分為兩大流派，一為娛人演出；一為儀式演出。「目

地，也是傀儡戲的大國，即是一證。福建的梨園教也是由道士來操縱木偶，完成祈福禳災的各種科儀。〔註13〕所以，可考的喪儺祭儀中出現的傀儡，應該是給已有的傀儡賦予了新的功能，是流而不是源。可以試想，如果將此源流顛倒，我國的傀儡戲必不會以滑稽爲美，而是會籠罩著肅穆的氣氛；傀儡也不會成爲小兒手中的玩具，而是同天王殿中的四大天王一樣，魁偉可怖。

　　持傀儡戲由印度東傳而來觀點的學者往往會以「偃師刻木」的故事作爲論據，此典出自《列子》，茲引原文如下：

> 周穆王西巡狩……有獻工人名偃師……王薦之曰：「若與偕來者何人
> 邪？」對曰：「臣之所造能倡者。」穆王驚視之，趣步俯仰，信人也。
> 巧夫！鎖其頤則歌合律，揮其手則舞應節，千變萬化，惟意所適。
> 王以爲實人也，與盛姬內御並觀之。技將終，倡者瞬其目以招王之
> 左右侍妾，王大怒，立欲誅偃師；偃師大懾，立剖散倡者以示王，
> 皆傅會革木膠漆白黑丹青之所爲。王諦視之，內則肝膽心肺腎脾腸
> 胃，外則筋骨支節皮毛齒髮，皆假物也，而無不畢具者。合會復如
> 初見。王試廢其心，則口不能言；廢其肝，則目不能視；廢其腎，
> 則足不能步……〔註14〕

這則典故影響深遠，至今民間仍有傀儡戲班奉偃師爲行業祖師，有的學者還以此爲據，將我國傀儡戲史直溯至周朝。〔註15〕這顯然是不對的，《列子》一書已經辨明是魏晉間人託古的僞作，而且書中所記的木人很難讓人相信它的真實性。即使在科學如此發達的今天，要造出一個如此高度仿真的機器人來也是不可能的。所以這只是一則寓言而已。但這則寓言的出處引起了一些學者的興趣，因爲魏晉之時正是我國逐漸接受佛教經義的時期，而佛典中以機關木人喻俗世浮華的例子多有出現，試舉一則：

> 一工巧者應時國王，喜諸技術，即以木材作機械木人，形貌端正，
> 生人無異，能歌工舞，舉動如人，且能言辭，工巧者假以爲其子。

　　連」傀儡爲此二者結合之典範。但漢唐有關傀儡戲的記載均未提及用於某種
　　儀式，由此推論傀儡戲是在產生之後才被宗教儀式所利用。
〔註13〕福建省藝術研究院葉明生先生於此有精深研究，可參其《福建傀儡戲史論》
　　一書。中國戲劇出版社，2004年版。
〔註14〕《列子》「湯問」篇，上海辭書出版社，2003年版，頁99。
〔註15〕陳瑞統編《泉州木偶藝術》一書多有此說。鷺江出版社，1986年版。

> 國王使作技，歌舞跪拜進止，勝於生人，更能眨眼色視夫人。王遙
> 見之，心懷忿怒，促敕傳者，斬其頭來。工巧者知，啼泣，長跪請
> 命曰：「吾有一子，其重愛之；坐起進退，以解憂思；愚意不及，有
> 是失耳。假使殺者，我當共死，……。」王不聽，工巧者復白王言：
> 「若不活者，願自手殺，」王以爲可，工巧者乃拔一肩搊，機關解
> 落，碎散在地，王爲驚愕：「吾如何瞋一木材？」乃以此技巧天下無
> 雙……即賜金億萬兩。〔註16〕

此爲以寓言勸喻戒色、戒瞋者。與偃師之事相較，木人散落的描寫顯然不夠
生動，也許這正顯示了佛教文化與我國傳統文化的融合——佛教的勸誡之意
加上了中醫的經絡五行。但這些機關木人的寓言能否作爲傀儡戲由印度傳入
我國的證據還是值得懷疑，在佛教東漸之前，我國已有傀儡的活動。如果說
佛典爲傀儡戲提供了新的表演內容，大概沒有什麼異議。而因此得出結論說
傀儡是本土自生，傀儡戲卻是源自印度，那就是以偏概全了。

二、「傀儡」與傀儡戲探源

要辨清傀儡戲之源，首先要瞭解「傀儡」一詞的含義。陳志良先生與日
本的鹽谷溫先生認爲「傀儡」是譯音。〔註17〕邢公畹先生從語言學角度論證
「傀儡」是漢語中的一個雙音節詞，與「鬼」或「鬼魂」同源，並非外來
語。〔註18〕康保成先生的觀點是「傀儡」爲「骷髏」之音轉，意義上仍與殉
葬之俑相通。〔註19〕本書緒論部分已經對「傀儡」一詞作了較爲詳盡的界
定，此不復贅。其實「傀」、「儡」二字本身即已透露出了許多有用的信息。
傀，《說文解字》訓曰：「偉也，從人，鬼聲。」《辭海》釋文爲：「①怪異；
②獨立貌。」儡，在《說文解字》爲：「相敗也，從人，畾聲。」《辭海》解
釋：「憔悴，羸瘦。」由字義可知，傀儡最初應爲形容詞，所形容的對象是高
大、怪異又相貌不整的人形之物。《辭海》「儡儡」條又有：「『儽』，一本作
『儡』。」《說文解字》中「儽」爲「垂貌，從人，累聲」。而「儽」又與「累」
互通，在「累」的釋文中有捆綁、繩索之意。《左傳·成公三年》：「兩釋累
囚，以成其好。」杜預注：「累，繫也。」《漢書·李廣傳》：「禹（李禹）從

〔註16〕〔晉〕竺法護譯《生經》，《大正藏》第三冊，頁87～88。
〔註17〕引自任半塘《唐戲弄》，上海古籍出版社，1984年版，頁420。
〔註18〕邢公畹《傀儡戲尋根》，《尋根》1995年第5期。
〔註19〕康保成《佛教與中國傀儡戲的發展》，《民族藝術》2003年第3期。

落（絡）中以劍斫絕累。」顏師古注曰：「累，索也。」〔註20〕這幾個字意又豐富了「傀儡」所狀之物的形象：高大、瘦瘠、怪異，以繩索繫之以下垂，成委頓之貌的人形物。以此來對比山東萊西岱墅村西漢墓所出土的木人，〔註21〕應該是基本吻合的。由此看來，以「傀儡」這個形容詞來指代這種可以活動的木人並非偶然。而且，從上述所論中還可以得知：最早的傀儡都是刻木牽絲的。這也就解釋了我國傀儡戲史上的一個怪現象：文人詠及傀儡的詩詞中，幾乎沒有懸絲而外的其它種傀儡；有關傀儡戲演出的文獻、文物中，懸絲傀儡也總是顯得一枝獨秀。

圖10：山東萊西西漢墓出土大木偶

圖片採自陳義敏、劉峻驤主編《中國曲藝·雜技·木偶戲·皮影戲》。

「傀儡」所指既已辨明，溯其源起當非難事。此前學界幾乎一致認為「俑」是傀儡的先聲，並給出了一個「活人陪葬→束草為靈→土木為俑→活動木俑→參與喪樂→獨立為戲」的發展軌迹。但這種觀點顯然忽視了墓葬文化發展的完整性，以及古人事鬼神至誠的嚴肅性。對此前文已有述及，此不贅言。不過，先出的俑偶文化應該是對傀儡的產生有一定影響的。首先是「傀」字的選擇。俑、偶的本意是陪葬的桐人，意涉鬼神。「傀」，形似人，卻有鬼意。這是俑、偶對傀儡得名的影響。其次是製作的技藝。畢竟俑、偶的製作已有相當長的歷史，以此為業的工匠群體積纍了一定的雕造經驗。也許這些巧匠就是最早製作傀儡的人，幾根木條，幾段繩索，博小兒一樂，或彼此遊戲以娛開暇。

雖然無法考證傀儡究竟於何時何地為何人所創，但它毫無疑問是源自於民間的。與大多數民間伎藝一樣，它起初應該是沒有一個音義統一的名稱的。走入城市，走向上層，有了相對固定的「戲」的模式和內容後，人們才會注

〔註20〕以上所引字義見《辭海》，上海辭書出版社，1979年版。《說文解字》，中華書局，2003年版。

〔註21〕本書中多次提到此文物，別處不再配圖。上頁插圖採自陳義敏、劉峻驤主編《中國曲藝雜技木偶戲皮影戲》，文化藝術出版社，1999年版。木偶身長193釐米，另有一有孔的銀質短棒，可提線調度木偶。

意它，從而命名它。也就是說，是先有傀儡戲〔註22〕，而後有傀儡之稱。長沙馬王堆三號墓葬於漢文帝十二年，出土的帛畫上有偶人舞樂的形象，同期賈誼的《新書》卷四「匈奴」篇中記：「但樂：吹簫，鼓韶，倒挈，面者更進，舞者蹈者時作。少間，擊鼓，舞其偶人。」兩者互證，當時偶人舞樂已作為一個單獨的節目演出，但並未以傀儡戲名之。

漢武帝時，國力強盛，四夷臣服，民間的角抵百戲紛紛入城演出，且規模空前。《漢書·武帝紀》：「元封三年（前 108 年）春，作角抵戲，三百里內皆來觀。……六年夏，京師民觀角抵於上林平樂館。」倘如前論，在這場大規模的民間諸藝匯演中，也應該有傀儡戲的一席之地。

在福建泉州，人們稱傀儡戲為「嘉禮戲」。雖然今天上距漢晉已逾兩千餘年，這一稱呼的歷史傳承已難以考證。但泉州文化的肇始是永嘉之時的衣冠南渡，而且因為其特殊的地理環境，泉州一帶沉積了大量的中原傳統文化，當地的許多語彙至今仍然保留著活化石般的原始風貌。因此，「嘉禮戲」這一稱呼十分值得重視。「嘉禮」為古代吉、凶、賓、軍、嘉五禮之一。《周禮·春官·大宗伯》記：「以嘉禮親萬民。」鄭玄注：「嘉禮之別有六。」即飲食、昏冠、賓射、饗燕、脤膰、賀慶等禮。〔註23〕百戲中的傀儡戲或許因為表演精彩而得到上層的賞識，從而成了嘉禮中的常客，直至「京師賓婚嘉會皆用魁欃」，因此有市民直以「嘉禮戲」來稱呼傀儡戲。嘉禮一詞的古音與傀儡一詞的讀音幾乎相同，但字形與傀儡的其它訛名「魁欃」、「窟磊」〔註24〕等差別甚大。合理的解釋是，嘉禮戲經當時的文士斟酌音義字形而最終定名為傀儡戲，但它畢竟是植根民間的藝術，訛傳中不免出現一些音近而意遠的別名。正與唐代著名的歌舞戲《踏謠娘》亦被俗呼為《談容娘》同理。

另有一條資料也值得注意。何新《諸神的起源》「古崑崙——天堂與地獄之山」一章中引王菉友《侍行記》卷五：「考崑崙者當衡以禮勿求諸語。上古地名多用方言，崑崙乃胡人語，譯其聲無定字。……要之為胡語『喀喇』之轉音，猶言黑也。」何新先生深以為然，並舉《晉書》卷三二《李太后傳》中一例：

> 時后為宮人，在織坊中。形長而色黑，宮人皆謂之崑崙。

〔註22〕 此處的傀儡戲概念為廣義之傀儡戲，即不僅是以傀儡演故事，也包括傀儡樂
　　　　舞及簡單的滑稽表演。
〔註23〕 「嘉禮」釋義見《辭海》，上海辭書出版社，1979 年版，頁 1252。
〔註24〕 傀儡的同音訛名極多，此不臚列。

以此二條所推導出來的結論是，古「崑崙」一詞可指稱形高大且色黑之物。
而現存最早的傀儡實物萊西大木偶的形象正是體量巨大而頭部色黑，對這兩
個極爲明顯的特徵學界一直未有實質的解釋。可以假設，「傀儡」一詞的源頭
也有可能是「崑崙」。古時的崑崙山一說即泰山，一說爲祁連山，二者都被尊
爲神山。如是則傀儡最早是在一些特定儀式中作爲倍受尊崇的神物出現。前
引《晉書》中所謂形長色黑者稱之爲崑崙，應是由「崑崙奴」一詞而來。可
知遲至晉時，由南洋及北非一帶入華的黑種人已被稱爲崑崙。因此還有一種
可能是，漢初來華的「崑崙奴」中有以演藝爲生者，傀儡則是民間藝人模仿
他們的形象製成，早期傀儡戲的內容也應該是對「崑崙奴」演藝動作的直接
模仿。當然，這兩種可能只是根據一些零星史料的思考生發，對其更深一步
的研究還有待於新史料的發掘和新文物的發現。

　　漢代關於傀儡戲的記載只有片言隻語，文物形象也只有零散的幾個，這
些有限的材料很難爲我們構建出一個飽滿生動的傀儡戲的形象。它在嘉會中
的演出應是以樂舞爲主，但它生長在民間，一些有敘事內容的民歌也會爲它
提供表演的內容，而與角抵百戲的長期共存更會使這種可塑性極強的藝術形
式兼收並蓄，極大地豐富自己的內涵，爲進行完整的戲劇表演打好基礎。就
傀儡戲的源頭而言，民間的遊戲給傀儡戲帶來了生命，而上述諸種給傀儡戲
注入了戲劇的靈魂，披上了表演的外衣。

第二節　中國傀儡戲的形成

　　在我國，廣義的「傀儡戲」概念一直有兩種所指：一是指以傀儡所作的
歌舞表演；二是指以傀儡代言角色，配合唱念做科演出既定的故事。前者如
唐人李端《雜歌》所寫之「木人登席呈歌舞」，今亦有福建泉州木偶表演大師
黃奕缺先生的《馴猴》爲此類之佼佼者。後者則是戲劇史上需要探討的真正
對象，不妨稱之爲狹義的傀儡戲〔註25〕。本書所論即以此爲主。

　　對於傀儡戲的形成，戲劇史的研究者們並沒有給予足夠的重視。大家似
乎都默認了這樣一個規律：俑偶發展成爲可以活動的傀儡後，〔註26〕傀儡戲

〔註25〕從宋代開始，傀儡戲這個概念才更多地偏向狹義的所指。宋前則把有傀儡參
　　　與的演出統稱爲傀儡戲。
〔註26〕筆者認爲俑偶並非傀儡的前身，詳見拙文《傀儡戲起源辨》，《中國戲劇》2006
　　　年第1期。

自然就隨之形成。事實上傀儡戲的形成過程並非如此透明，它形成的具體時期、初期的活躍區域、形成的充要條件、相關因素的糅合以及它的早期形態等，都是極有研究價值卻一直沉睡至今的謎題。

圖11：山東萊西西漢大木偶分解示意圖

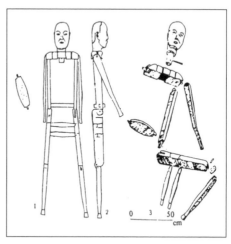

圖片採自葉明生《福建傀儡戲史論》。

根據已知的文物和文獻資料，可以粗略地為傀儡戲的形成時期定一個上下限。上限為西漢，根據山東萊西西漢墓出土的木傀儡形象，〔註27〕其時雖然已經有了可以進行傀儡戲表演的主體，但其身軀龐大，關節活動也極其有限，做簡單的舞蹈尚可，進行戲劇表演恐怕就難以為之了。下限為南北朝，因為隋時已有了一批傀儡戲的劇目，如《劉備過檀溪》等。學者們對這一問題的論述多於此處止筆。董每戡先生推斷說：「漢以後、唐以前的六朝，這傀儡已能扮演簡單的故事。」〔註28〕丁言昭先生也推論：「中國木偶戲的正式形成，大約在由漢到隋這一歷史階段。」〔註29〕在劉霽、姜尚禮主編的《中國木偶藝術》中，表達的觀點是：「至遲在公元550年至577年的北齊時代，中國已正式形成了由人直接操縱、木偶裝扮具體人物、當眾表演簡單故事的木偶戲。」〔註30〕從漢初至北周亡，期間長達七百餘年，以此作為傀儡戲形成的時期顯然太過籠統。為了便於研究，我們不妨將這一時間段再細分為三個單元分別詳加辨析。

首先是漢代。山東萊西西漢墓出土的木傀儡形制還比較原始，而應劭《風俗通義》中所記的傀儡已可與輓歌相和起舞，成為京師賓婚嘉會中必演的節目。可見傀儡本身在漢代的發展是非常迅速的，這種發展的前提是必須有大量的演出實踐。據此推斷，貫穿兩漢數百年方興未艾的百戲中極有可能

〔註27〕配圖採自葉明生《福建傀儡戲史論》，中國戲劇出版社，2004年版，頁4。
〔註28〕董每戡《說劇》，人民文學出版社，1983年版，頁37。
〔註29〕丁言昭《中國木偶戲發展簡述》，《戲劇藝術》1983年第1期。
〔註30〕劉霽、姜尚禮主編《中國木偶藝術》，中國世界語出版社，1993年版，頁174。

是有傀儡參與的。在河南南陽發現的一塊漢代百戲畫像石中，畫面最右方的
舞者頭部及體形明顯大於跪坐作樂的其他三人，且其舞蹈動作極怪異，雙膝
深蹲，兩肘對稱彎曲，這四個大幅動作的關節正是早期傀儡最易活動的地
方，也許這就是百戲中傀儡演出的實際形象。〔註31〕根據張衡《西京賦》等
資料記載，並參山東、四川、河南等地出土的漢代百戲石刻及畫像石，漢代
的百戲有扛鼎尋橦、跳丸擲劍的雜技；有總會仙唱、戲豹舞羆的歌舞；有魚
龍曼衍、吞刀吐火的幻術等等，場面盛大，蔚為壯觀。在這種以奇壯為美的
表演中，傀儡有存在的一席之地也不足為奇。但表演故事的傀儡戲大約還是
沒有出現的，因為一個小舞臺的唱念做打必然被淹沒在這喧鬧的海洋中，沒
有觀眾，它自然就失去了存在的價值；另一方面，演故事必然要以唱念鋪陳
情節，以細節塑造人物，這種相對的冗長拖沓顯然與百戲整個的演出氛圍格
格不入，也就不會有生存的空間。

圖12：河南南陽漢墓百戲石刻

　　《東海黃公》應該是百戲中戲劇性最強的一個節目了。它有固定的人物，
即黃公與老虎；有固定的情節，黃公少時伏虎有術，及老卻因酒羸憊，為虎
所害；有固定的裝扮，黃公絳繒束髮，配赤金刀；有固定的表演程序，以「粵
祝」舞步冀厭白虎。〔註32〕此戲最早出現在三輔之地，對陝西戲曲頗有研究
的黃笙聞先生認為這個節目極可能是用傀儡演出的。〔註33〕由於沒有確證，
我們並不能確切地肯定或是排除這種可能性。但正如前文所論，百戲中的節

〔註31〕配圖採自互聯網全國文化信息資源共享工程 www.ndcnc.gov.cn，廖奔、劉彥
　　　　君《中國戲曲發展史》對此亦有圖說，山西教育出版社，2000 年版，頁 65。
〔註32〕《東海黃公》的故事在張衡《西京賦》中有隻語言及，葛洪《西京雜記》則
　　　　記述稍詳。
〔註33〕黃笙聞《線戲簡史》第一章「懸偶誦經」中多舉此說。1999 年 12 月內部版。

目並不以故事取勝，東海黃公表演的主要內容應是「立興雲霧，坐成山河」，
這是一個幻術類的節目。其結尾處以黃公不能復行法術，即不售於猛虎收場
只是爲了增加一種滑稽的效果，此類表演在今天的魔術節目中仍多有出現。
既然以表演者個人爲主，以奇技紛呈的幻術爲主，《東海黃公》所謂的戲劇性
應該是居於從屬地位的。因此，即使這個節目以傀儡所演，也不能稱之爲「傀
儡戲」。更何況，幻術加上滑稽對表演者要求極高，眞人演出都會優劣懸殊，
以傀儡登臺的可能性並不大。

　　東漢中後期，傀儡歌舞已經單獨演出於賓婚嘉會中。可以推知其時傀儡
的製作工藝與操縱技巧應該已經有了長足的進步，表演的美學特徵也已與
百戲大相徑庭。綜觀兩漢，傀儡由原始拙樸的遊戲之物逐漸成爲一門藝術，
在百戲雜藝中久經歷煉，特點日益鮮明，技藝日益純熟，直至形成了自己
的美學風格。雖然還不能稱爲傀儡戲，但已經爲粉墨登場做好了物質上的
準備。

　　其次是三國及兩晉。這是中國歷史上非常動蕩的兩百年，漢末的群雄蜂
起才歸於天下鼎足而三；司馬氏的黑暗政治又代之以五胡的躍馬中原。在這
樣的環境中傀儡戲自然難以形成，但這個時期也並非可以一筆帶過。第一，
傀儡表演的技藝進一步發展。裴松之注《魏書・杜夔傳》，引傅玄所敘扶風馬
鈞爲魏明帝作水轉百戲事：

　　　設爲女樂舞象，至令木人擊鼓吹簫；作山嶽，使木人跳丸擲劍，緣

　　　絙倒逆，出入自在，百官行署；舂磨鬥雞，變化百端。〔註34〕

此時的傀儡已不單是「超諸百戲」，而是已把百戲的許多內容納入到了它的表
演中！這種巨大的表現力預示著中國傀儡戲的第一個春天已是呼之欲出了。
第二，特殊的歷史爲傀儡戲集聚了眾多的故事題材。三國時的風雲際會造就
了無數的英雄，或運籌帷幄，或力敵千軍。他們的事迹在民間代代相傳，人
物形象逐漸清晰，故事也相對穩定連續。傀儡戲一俟形成，極易把這些內容
搬上舞臺。《大業拾遺》載隋煬帝於曲水之上大宴群臣時，所看的水傀儡戲就
有《曹瞞擊蛟》、《魏文興師》、《馬躍檀溪》等三國劇目。兩晉時的玄怪文學
中，也有不少故事被傀儡戲吸收。干寶《搜神記》中的韓朋夫婦的故事，至

〔註34〕此段史料戲劇史家多有引用，作爲水傀儡發展的佐證。筆者認爲這種表演是
　　　　以流水爲動力，使傀儡沿預定軌道動作，與水傀儡旨異，應該是藥發傀儡的
　　　　先聲。詳見《藥發傀儡》一節。

今仍演於陝西合陽線戲中，劇名《青陵臺》或《雙鴛鴦》。

此外，還有一則民間傳說與三國時的傀儡表演有關。李昆俊、李自讓所著的《河東線偶記》中，記有關公附曹之時，採用「韜晦之計」自保，首創懸絲傀儡的說法。〔註35〕此說不見於他處，但作者來自關公故里，文中有些信息還是值得注意的。一種可能是此則傳說屬於關公信仰的一部分，一些民間傀儡班將自己的行業祖師附會於關公身上。另一種可能是關公附曹時帶去了家鄉的傀儡，以漢末及魏初有關傀儡演出的記載，這種情況並非不可能。民間的口頭遺產雖不能作爲實據，但也爲我們提供了一種新的思路：懸絲傀儡或許是因爲關公曾經親自耍弄而名聲大噪，從而被稱爲「關公戲」，而北朝時對傀儡的異稱「郭公」也有可能是「關公」之訛。〔註36〕

第三個時間單元是南北朝。傀儡戲最有可能形成於這個時期，其原因有三：首先是演出場所的相對固定。有了精湛的製作操控技藝，有了豐富的故事資源，所缺的東風只是一個能讓此二者接觸、磨合並最終融爲一體的「戲場」。這個戲場要求一個相對和平的環境，能夠長期存在，還要有足夠的觀眾。在經過長期的動亂之後，在佛教東傳三百餘年之後，同時滿足這些條件的只有一個地方，那就是寺院。「南朝四百八十寺，多少樓臺煙雨中。」那時佛教的鼎盛歷來爲後人所讚歎。楊衒之在《洛陽伽藍記》中，記載了北魏時的寺院中多有百戲上演。如長秋寺，每逢四月四日，眾人擡著佛像遊行：「辟邪師子，導引其前。吞刀吐火，騰驤一面。彩幢上索，詭譎不常。奇伎異服，冠於都市。」相類的有昭儀尼寺、景明寺。禪虛寺上演角抵戲，景樂寺「常設女樂」，還有「剝驢投井，植棗種瓜，須臾之間皆得食」之類的幻術表演。

唐以前的都城，不僅四周有「城」和「郭」的建設，城郭之內也由一重重的牆垣分隔成不同功能的區域。作爲居民聚居點的「里」或「坊」和作爲商業區的「市」皆四壁高聳，出入之門由官兵把守，早晚定時開閉。而在我國都城建設史上，北魏第一次有計劃地把居民的「里」整個建成，作出了整齊的布局，規定了統一的規格。〔註37〕這種整齊的規劃對於戲劇史的重要意義就是加強了「戲場」的穩定性。不僅南北朝如此，唐代仍依此舊例，「長安

〔註35〕《河東線偶記》筆者並未親見。此說引自黃笙聞先生《線戲簡史》，1999年12月內部版，頁16。
〔註36〕在山西南部，「關」、「郭」二字的方言讀音極爲接近。
〔註37〕詳參楊寬《中國古代都城制度史研究》，上海人民出版社，2003年版。

戲場，多集於慈恩。小者在青龍，其次薦福、永壽。尼講盛於保唐，名德聚之安國。」宋代雖然打破了這種「坊市」制度，但其聚集遊藝之處的「瓦舍」、「勾欄」，依然得名於寺院戲場。〔註38〕

其次是觀眾群的形成。佛教的繁盛，基礎是善男信女數量的劇增。《洛陽伽藍記》卷五記載：

> 京師，東西二十里，南北十五里，戶十萬九千餘。廟、社、宮室、府曹以外，方三百步爲一里，里開四門，門置里正二人，吏四人，門士八人，合有二百二十里，寺有一千三百六十七所。〔註39〕

文中「合有二百二十里」爲「三百二十里」之誤。《魏書·世宗紀》載：景明二年「九月丁酉發內發五萬人，築京師三百二十坊，四旬而罷。」戶「十萬九千餘」與「寺有一千三百六十七所」兩個數字說明，數量甚眾的市民群體確爲寺院的香火提供了保證，而依憑寺院的「戲場」，自然也不乏觀眾。從出入寺院的心理分析，這些觀眾又可分爲兩種情況。一是歷亂之後參透虛無，誠心禮佛以求得精神上的寄託。駐足觀戲或係偶爾爲之，或爲感喟世事。二是在短暫的休養生息中享受難得的和平。流連戲場或爲消閒度日，或爲品評伎藝。後者是眞正意義上的觀眾，他們在早期戲劇史上的貢獻是巨大的。

第三是職業藝人隊伍的壯大。漢末的賓婚嘉會中，作傀儡的應該已是以此爲業的專門藝人。但他們只是遊走於舉辦嘉會的朱門大戶之間，收入及演出都不會太固定，很難說他們已融入到城市之中，更遑論以他們爲主體的文化演藝市場的形成。南北朝時，城市規劃整齊，戲場相對固定，一些以此爲圓心的藝人活動區域必然會隨之形成。《洛陽伽藍記》卷四載：

> 出西陽門外四里，御道南有洛陽大市，周回八里。……市東有通商、達貨二里，里內之人，盡皆工巧，屠販爲生，資財鉅萬。……市南有調音樂律二里，里內之人，絲竹謳歌，天下妙伎出焉。……市西有退酤、治觴二里，……市北慈孝、奉終二里，……〔註40〕

〔註38〕對「瓦舍」、「勾欄」二名歷來多有解釋，筆者以爲康保成先生的考論最爲合理。見康保成《「瓦舍」、「勾欄」新解》，《中國古代戲曲與古代文學研究論集》，中華書局，2001年版，頁32。

〔註39〕〔北魏〕楊衒之著《洛陽伽藍記》，韓結根校注，山東友誼出版社，2001年版，頁207。

〔註40〕〔北魏〕楊衒之著《洛陽伽藍記》，韓結根校注，山東友誼出版社，2001年

由所引可知在「洛陽大市」的周圍，每面各設二「里」，居民大致以所操職業聚居。「妙伎」佔有兩個「里」，人數應該不少。以此推斷，在每處規模較大的戲場周圍，或也有「妙伎」們聚居爲里。這些藝人們生活在城內，演出在戲場，自然是不折不扣的職業藝人。龐大的藝人隊伍活躍於規模固定的演藝市場，競爭在所難免，創新也不足爲奇。如果有一天，弄傀儡的藝人和說唱故事的藝人聯合作場，把平日裏只會隨樂婆娑而舞、學人走索尋橦的傀儡裝扮成關羽、張飛、劉玄德，並且掛出了一個「傀儡戲」的招牌。這一新的藝術形式也許就此而生。

另一個可能的早期傀儡戲藝人群體是僧人。他們並不是以此來謀生，卻會利用傀儡演故事來宣揚佛教教義。東漸之前的印度佛教即和傀儡戲關係密切，佛經中以木人起喻的例子比比皆是。唐代詩僧王梵志與寒山皆有以傀儡戲勸喻世人的詩作傳世。〔註41〕見諸唐人記載的俗講變文，當然有可能在南北朝時就出現在寺院的日常活動中。而且，由於佛經中木人寓言的存在，僧人們或許更容易注意到傀儡這個宣教的絕佳工具。

此外，北齊時出現的「郭禿」一詞也可作爲傀儡戲已經形成的證據。《顏氏家訓・書證》載：

> 俗名傀儡子爲郭禿，有故實乎？答曰：《風俗通》云：諸郭皆諱禿。
> 當是前世有姓郭而病禿者，滑稽調戲，故後人爲其象，呼爲郭禿，
> 猶文康象庾亮爾。〔註42〕

作者顏之推關於郭禿一名的推論雖然不一定成立，但文中明確告訴我們，當時的傀儡戲是演故事的。因爲作者以「文康樂」比傀儡戲，而「文康樂」據《隋書・音樂志》載，是「假爲其面，執以舞，象其容。」即由演員裝扮成庾亮的樣子，模仿他的動作，表演他的故事。據此推斷，當時傀儡戲中有一個常見的角色，形象特徵是禿頂，圍繞他有一系列的滑稽故事上演。如前文所述，此時的傀儡形象已經過了數百年的發展，不可能全部以本來的光頭示人，此禿頂角色當是作爲故事的主要人物吸引了大家的目光，進而影響到了民間對這一戲種的命名。〔註43〕倘如是，北齊時的傀儡戲已經走出了歷史劇

版，頁147。筆者認爲以職業聚居的現象在民間應很普遍，並在今天的城市地名上留下了許多痕迹，如北京的「棉花胡同」、「羊肉胡同」等。

〔註41〕印度佛經中多以木人喻肉體之虛無，王梵志與寒山的詠傀儡詩亦承此旨。

〔註42〕〔北齊〕顏之推著《顏氏家訓》，卷六，明正德十三年顏如環刻本。

〔註43〕如雲南的「關索戲」，所演也並非皆爲關索事迹。「關索」已成爲一個有著明

與佛教劇的窠臼，開始表現更爲廣闊的現實生活題材，這種進步也是符合一種民間藝術形態的發生發展規律的。

　　綜上所論，可以對我國傀儡戲的形成做出這樣的描述：在漢代的百戲演出中，傀儡的製作與操控技藝不斷提高，爲傀儡戲的形成打下了形式上的基礎；六朝志怪、民間的三國傳說與佛教的宣教寓言作爲豐富的故事資源，爲傀儡戲的形成提供了內容上的支持；南北朝時城市戲場的成形爲傀儡戲搭建了表演的舞臺；一批民間藝人定居城市，以演出爲職業，最終在文化市場頗爲激烈的競爭氛圍中催生了傀儡戲這種新的藝術形式。這個過程至遲在北齊以前即已完成。

第三節　中國傀儡戲的發展

　　我國許多傳統民間藝術的發生發展似乎都遵循著這樣一條規律：在民間萌芽，在城市文化市場中進化並成形，急速地發展後盛極而衰，再回到民間依靠民俗的傳統得以保存延續。傀儡戲也不例外，北齊時已受到皇族的寵愛，在隋朝短短三十多年中，也留下了一行深深的足印。唐代則大量演出於宮廷民間，並最終於兩宋時全面綻放。其後的幾百年間，傀儡戲雖然在彳亍前行，但其盛景相對難覓於文物文獻中。

一、承上啓下的隋代傀儡戲

　　據唐杜寶所撰《大業拾遺》記載，煬帝曾使黃袞造水飾，「總七十二勢，皆刻木爲之」，「木人長二尺許，衣以綺羅，裝以金碧，皆能運動如生，隨曲水而行」。〔註44〕總結其所演故事，有《大禹治水》、《黃龍負龜》、《靈龜授書》、《姜嫄履巨》、《文王渡河》、《磻溪垂釣》、《武王濟孟》、《穆王西遊》、《王母瑤池》、《子晉吹簫》、《始皇入海》、《桓帝遊河》、《曹瞞擊蛟》、《魏文興師》、《五馬渡江》、《桓公問愚》、《馬躍檀溪》、《子羽過江》、《周處斬蛟》、《許由洗耳》、《孔愉放龜》、《巨靈開山》、《莊惠觀魚》、《鄭弘還風》、《張益過江》、《陽谷浴日》、《長虹吞舟》、《秋胡戲妻》、《趙簡吏女》、《屈遇漁父》、《秦王宴河曲》……，計七十餘種。其中《大禹治水》、《巨靈開山》、《文王

顯類型特徵的角色名稱。

〔註44〕〔宋〕李昉等編《太平廣記》，卷二百二十六《伎巧二‧水飾圖經》，中華書局，1961年版，頁1735～1736。

渡河》、《武王濟孟》、《磻溪垂釣》、《周處斬蛟》等數十種，在今天晉陝的傀儡戲、影戲中仍有保留。孫楷第先生認為這是以水激發木人，與三國時馬鈞所造百戲同，〔註45〕應該是不對的。如以水流推動機關，則木人應固定一處，方能獲得動力。而此處記載木人隨曲水而行，當是只借助水之浮力，其運動如生必定是有人力操縱。由此看來，這種在水面上表演一些簡單故事的藝術形式，當是水傀儡無疑。此戲前代不見記載，或為煬帝時首創，但從其所演劇目看，它的表現力已極為豐富。愚見這種水傀儡是在當時已臻成熟的懸絲傀儡戲的基礎上發展而成，它正可以作為一面鏡子，反射出隋時城市傀儡戲的盛況。

另據《隋書‧柳䚮傳》：「煬帝在東宮時與䚮親狎。及嗣位，帝每與嬪后對酒，時逢興會，輒遣命之。至與同榻共席，恩若友朋。帝猶恨不能夜召，於是命匠刻木偶人，施機關，能坐起拜伏，以像於䚮。帝每在月下對酒，輒令宮人置之於座，與相酬酢而為歡笑。」〔註46〕

孫楷第先生據此「疑隋時已有以人駕使之傀儡戲」，結論雖有些保守，但孫先生的分析是正確的，要使木人諧帝之意，機關之巧不足為之，必然是有人操縱。參《隋書‧孫萬壽傳》中孫萬壽所作五言詩，有「飄飄如木偶，棄置同芻狗」〔註47〕二句，所詠當為懸絲傀儡，有巧手驅策才能飄飄如生，否則便同芻狗般俯伏不動。以藝人操縱的木刻「柳䚮」，竟然能使隋煬帝以為生人，相與酬酢，可見其時的傀儡藝術已經成熟，初創的水飾可以借鑒它的七十餘種劇目，也就不足為奇了。

二、傀儡戲興於唐的五點證據

按照民間的說法，我國的傀儡戲是「起於漢，興於唐，盛於宋」。有關的史料和文物雖然並不充足，但也足以證明：唐代是我國傀儡戲發展的第一個高峰期。

（一）傀儡戲形式逐漸多樣

唐詩中詠及傀儡戲者有「刻木牽絲作老翁」、「繩子若斷去，即是乾柳樸」

〔註45〕孫楷第《傀儡戲考原》，上雜出版社，1952年版，頁19。

〔註46〕〔唐〕令狐德棻等監修《隋書》，卷五十八《柳䚮傳》，中華書局，2000年版，頁954。

〔註47〕〔唐〕令狐德棻等監修《隋書》，卷七十六《文學志‧孫萬壽傳》，中華書局，2000年版，頁1167。

等句，可見懸絲傀儡仍是唐代傀儡的一種主要形式。封演《封氏聞見記》中所載的傀儡戲祭盤，則是藥發傀儡〔註48〕在唐代的表演：「刻木為突厥鬥將、楚漢鴻門之象，設機關以動，良久乃畢。」〔註49〕在《舊唐書・順宗紀》中，所記於御宴上侑觴的「水嬉」，或許有水傀儡的存在。

> 嘗侍宴魚藻宮，張水嬉，彩艦雕靡，宮人引舟為櫂歌，絲竹間發，
> 順宗歡甚。〔註50〕

所謂「宮」者，必不至大容江河，水嬉之處充其量為園囿之中的曲水池塘，演出範圍定不會脫離順宗視野，「彩艦雕靡」的大小也就可想而知了。參《東京夢華錄》關於北宋水傀儡的記載，這裏隨宮人之歌樂嬉戲的，極有可能包括水傀儡。而且二百年前隋煬帝的「水飾」即已相當精巧，此番亦是臨水設宴，情狀相似，水傀儡的出現並不顯得突兀。

以上三類為唐代傀儡戲的操縱方法區分所得。此外，以主要伴奏樂器亦可分作兩類。一是以打擊樂伴奏，如韋絢《劉賓客嘉話錄》記述大司徒杜公致政後，著粗布襴衫，入市所觀之「盤鈴傀儡」，又如皮日休《新秋言懷寄魯望三十韻》中所寫，「有心同木偶，無舌並金鐃」。愚見此類或多演歷史、神話故事。既云此類為「盤鈴傀儡」，則必還有與之相對之不用打擊樂伴奏者，愚見此類或以樂舞為主，即使有故事，也是以才子佳人等為主。

（二）演出效果令人讚歎

梁鍠《詠木老人》：「須臾弄罷寂無事，還似人生一夢中」，為唐代傀儡戲的藝術效果作出了典型的評價。稍後顧況的《越中席上看弄老人》又有「此生不復為年少，今日從他弄老人」的感喟。盧綸《焦籬店醉題時看弄郎翁伯》寫道：「洛下渠頭百卉新，滿筵歌笑獨傷春。何須更弄郎翁伯，即我此身如此人！」〔註51〕

另據《北夢瑣言》，蜀後主王衍荒於酒色，嘗云：「切道斷人生幾何！有

〔註48〕此種傀儡戲似是預設機關，以蓄積的動力驅策木人演出設定的動作。應為宋代藥發傀儡的前身。詳見《藥發傀儡》一節。
〔註49〕〔唐〕封演著，趙貞信校注《封氏聞見記校注》，卷六「道祭」條。中華書局，2005 年版，頁 61。
〔註50〕〔後晉〕劉昫等撰《舊唐書》，卷十四《順宗本紀》，中華書局，2000 年版，頁 278。
〔註51〕「弄老人」與「弄郎翁伯」二戲據任半塘先生所攷為唐代傀儡戲。見《唐戲弄》，上海古籍出版社，1984 年版，頁 427。

分者任作傀儡。」降後唐後，在咸陽撰曲子云：「盡是一場傀儡！」〔註52〕王後主在蜀地多閱傀儡戲，對傀儡戲的美學特徵看來理解頗深，所語之意境比上三者又深遠些。

這是唐代文人眼中的傀儡戲，他們所注目的是傀儡戲中的一類題材，在這些戲中，不僅傀儡的形象逼真到「雞皮鶴髮與眞同」，而且表演中顯出了極強的張力，喚起了觀眾許多的聯想。市井所演的通俗類的傀儡戲或難以達到這樣的效果，進入士大夫的詩文，但也可以吸引如杜佑這樣的公卿致政後專程前去觀看，亦足見其表演的精彩。

唐代傀儡戲的教化效果也值得一提。王梵志借傀儡寫出「造化成爲我，如人弄郭禿。魂魄似繩子，形骸若柳木。……」的詩句。寒山的《詩三百三首》中，有一首寫道：「寒山出此語，此語無人信。蜜甜足人嘗，黃蘗苦難近。順情生喜悅，逆意多瞋恨。但看木傀儡，弄了一場困。」〔註53〕二位詩僧皆以傀儡戲勸喻眾生，禪意頗深。

（三）表演者及觀眾的社會構成呈現多樣化

如前所述，唐代傀儡戲的觀眾不僅有普通的布衣百姓，還有君王、公卿、文人、士子、僧人等，這說明這種藝術形式已經被整個社會所認可。表演者也不再是普通的民間藝人，修養較高的文人雅士也參與到了傀儡戲的創作表演中。《全唐文》卷四三三有陸羽自傳，文中記其在天寶前，曾加入伶黨：「以身爲伶正，弄木人、假吏、藏珠之戲。」陸羽曾作參軍戲腳本，任半塘先生推斷他或許也曾撰傀儡戲的腳本。〔註54〕陸羽們的加入既說明了當時傀儡戲具有極強的藝術魅力，同時又會推動傀儡戲的繼續進步。

（四）影響地域的進一步擴大

傀儡戲是形成於城市戲場中的，〔註55〕在相當長的一段時間內，它的活躍範圍應該是在繁華的都市，如杜佑《通典》中所云：「今閭市盛行焉。」〔註56〕以至於天子對其也不感到陌生，「玄宗以其非正聲，置教坊于禁中以處

〔註52〕〔五代〕孫光憲著《北夢瑣言》。《唐五代筆記小說大觀》下卷，上海古籍出版社，2000年版。

〔註53〕《全唐詩》，卷八百六，中華書局，1999年版，頁9185。

〔註54〕任半塘《唐戲弄》，上海古籍出版社，1984年版，頁418。

〔註55〕詳見《我國傀儡戲的形成》一節。

〔註56〕〔唐〕杜佑著《通典》，卷一百四十六，浙江古籍出版社，2000年版，頁764。

之。」〔註57〕孫楷第先生一語道破玄宗心機，「意非屏之，乃好之至也。」
〔註58〕而在唐代中後期，傀儡戲的影響地域顯然已不只局限於都市。咸通五
年，叛將龐勳自浙西入淮南界，「每將過郡縣，先令倡卒弄傀儡，以觀人情，
慮其邀擊。」〔註59〕

　　軍隊中的將士來自五湖四海，其中竟有專門表演傀儡戲的倡卒！足見此
戲流佈已廣，將士們好之甚深。而各地的百姓在觀看傀儡戲時竟能表現出不
同的「人情」，也證明此戲已融入他們的生活甚久，他們已不再著意於表象的
新奇，而開始品評戲中的情節和人物了。

　　馬端臨《文獻通考》卷一四八【夷樂部】「高麗條」，有「傀儡並越調來
賓曲，李勣破高麗所進也。」〔註60〕的記述。內容雖然不一定正確，卻提示
我們，唐初傀儡戲可能已經傳入了朝鮮半島。在日語中，「傀儡子」被稱爲
「Kukutsu」，這個讀音非常接近傀儡戲的一個俗稱「郭禿」。宋代已基本上沒
有了「郭禿」的稱呼，北齊時此稱呼才開始形成，在此時間段內的唐朝又是
古代中日文化交流最頻繁的時期，據此推斷，日本的傀儡戲也極可能是唐代
由中國東傳。

（五）唐代傀儡戲的劇場形制探討

　　孫光憲《北夢瑣言》卷三記載，崔安潛鎮蜀三年，「頻於使宅堂前弄傀儡
子，軍人百姓，穿宅觀看，一無禁止。」〔註61〕演出地在堂前，觀戲者又頻
「穿宅」，可見是在一個天井式的院子內。在這個有限空間內演戲，要容納更
多觀眾的唯一方法是表演區域背靠一壁，且要擡高其水平位置。而崔氏又於
三年內頻弄傀儡，似乎可以推定在使宅堂前的這個院子裏，靠某一壁的地方
有一座常設的戲臺。唐道宣《四分律刪繁補闕行事鈔》卷中二寫道：「若露地
食，應持作障幕。諸師不曾見此衣，謂如傀儡子戲圍之類。」〔註62〕這樣的

〔註57〕〔後晉〕劉昫等撰《舊唐書》，卷二十九《音樂志》，中華書局，2000年版，
　　　　頁725。

〔註58〕孫楷第《傀儡戲考原》，上雜出版社，1952年版，頁19。

〔註59〕〔後晉〕劉昫等撰《舊唐書》，卷一百七十七《崔愼由傳》，中華書局，2000
　　　　年版，頁3118。

〔註60〕〔元〕馬端臨著《文獻通考》，卷一百四十八《樂考二十一‧東夷》，浙江古
　　　　籍出版社，2000年版，頁1293。

〔註61〕〔五代〕孫光憲著《北夢瑣言》，《唐五代筆記小說大觀》下卷，上海古籍出
　　　　版社，2000年版。

〔註62〕〔唐〕道宣撰《四分律刪繁補闕行事鈔》，蘇淵雷、高振農選輯《佛藏要籍選

傀儡戲圍障在宋代的戲曲文物中很常見，〔註63〕即使今天的木偶戲演出，也仍在用這樣的裝置來分隔偶人與操縱者。唐代還沒有杖頭傀儡出現的確切記錄，在崔安潛府中演出的應該是懸絲傀儡，一塊戲圍在戲臺上分出了前後場，而要讓觀眾徹底看不到操縱者，還需要在臺前上方橫掛一條帳額，來遮擋傀儡師胸部以上的部分。這種形制的傀儡戲臺筆者在山西、福建都曾見到，帳額上多寫有「內簾四美」、「五美園」之類的字樣。倘如上文分析，崔安潛堂前的傀儡戲臺亦如此制，那將是我國劇場史上的一個驚人的進步。要知道這已經是一個標準的「一面觀」戲臺，而據常非月《詠談容娘》詩，天寶年間的「踏謠娘」，其表演場地還是「馬圍行處匝，人簇看場圓」呢！

圖 13：山西孝義木偶皮影博物館藏杖頭傀儡戲臺

筆者拍攝於山西孝義木偶皮影博物館。戲臺年代約為晚清至民國。帳額正中匾額上書「五美園」，兩旁次間帳額處各有一扇形匾額，分別書有「鏡花」、「水月」。明間兩側楹聯為「為其像人而用之，不當若自其口出」。

三、宋、元、明、清四代的傀儡戲

我國傀儡戲發展到宋代，呈現出了大盛的局面。種類更多而且有了準確的稱呼，優秀藝人層出不窮，表現內容也極大豐富。它在音樂、文學、表演程序及舞美等諸多方面都對此後的「真戲曲」產生了直接深遠的影響。

刊》（十），上海古籍出版社，1994 年版，頁 669。原文句讀似不妥，今從任半塘《唐戲弄》所引改之。
〔註63〕如中國歷史博物館藏宋代《傀儡戲銅鏡》；臺灣故宮博物院藏宋代劉松年作《傀儡戲嬰圖》。

　　元明清三代，傀儡戲掩映在雜劇與傳奇的光輝之下，並未引起太多文人史家的注意。在已知的元明清戲曲文物中，有特色的傀儡戲形象已是很少見到，大都只是對當地大戲的純粹模仿。從這兩方面看，宋後的傀儡戲確實是盛景不再。中國戲曲的大幕才剛拉開，這個曾經超諸百戲、藝冠俳兒之首的先行者已經被迅速地邊緣化。

（一）宋後傀儡戲的兩個特點

　　這時期的傀儡戲發展呈現出兩個特點：一是表現出極強的可塑性；二是種類形態在進化中優勝劣汰，遺傳和變異的「生物現象」並存。所謂可塑性，是指傀儡戲可以靈活地選擇表現內容和社會功能，從而呈現出較爲穩定的生存狀態。在整個趙宋時代，傀儡戲吸收了音樂、文學、舞蹈、雜手藝等多方面的營養，將其娛樂功能發展到了極致。宋代以後，這種可塑性表現爲三個結合：一是與戲曲相結合；二是與民俗相結合；三是與魔術雜技等民間技藝相結合。〔註 64〕「戲曲者，謂以歌舞演故事也。」〔註 65〕隨樂起舞是傀儡的基本技藝，演故事也已積纍了唐宋數百年的經驗，因此，不論是元雜劇、明清傳奇還是花部諸腔，傀儡戲都可以從形式上很容易地加以仿傚。直至今天，搬演當地所流行曲種的劇目仍是各地傀儡戲演出的主流。由於形態相似，人們只以「大戲」、「小戲」區分二者。

　　與民俗結合的現象使許多學者產生了誤解，他們據此推斷傀儡戲的起源及形成與古時的巫、儺、喪葬習俗有關。〔註 66〕姑且不論上述民俗各有自己的發展脈絡，僅就前述唐宋傀儡戲的發展來看，這種推論顯然難以成立。從初唐「抽牽動眉目」的弄郭禿，到南宋內容豐富的「大小全棚傀儡」，〔註 67〕此種戲劇形式以形似爲美、以滑稽爲美，一直洋溢著一種喜劇的氣氛，與巫、儺、喪葬的神秘肅穆迥然相異。而且唐宋二代，巫術照行、儺儀例舉，與傀儡戲的興盛並行不悖，以人們對後者的接受程度之深分析，二者應該沒有直接的源流關係。也就是說，傀儡戲與民俗的結合更有可能是宋代以後才

〔註 64〕本書所論限於戲曲史範疇內，對後兩個結合的論述將從簡。

〔註 65〕王國維《戲曲考源》，洪治綱主編《王國維經典文存》，上海大學出版社，2003年版，頁 1。

〔註 66〕此種觀點曾被學術界普遍接受。具體學者的觀點及辯駁詳見拙文《傀儡戲起源辨》，載《中國戲劇》2006 年第 1 期。

〔註 67〕〔宋〕周密著《武林舊事》卷二「舞隊」條，《東京夢華錄》（外四種），中華書局，1962 年版，頁 371。

出現的現象，主要原因即是宋後傀儡戲不再是戲劇舞臺的主角，大批藝人回歸民間，爲謀生計參與到婚、喪、巫、儺等儀式中去，而傀儡的可塑性又使這種參與顯得極爲容易。有二證可舉：北方的民俗活動中少有傀儡戲蹤迹而南方則較爲普遍，可見此風興起在宋室南遷之後，此爲其一。活躍於福州城郊及福清、長樂、平潭等地的詞明線戲形態古樸，擅演還願戲，其操縱杆「架頭」與宋李嵩《骷髏幻戲圖》中的提線裝置相似，〔註 68〕或爲宋代遺制，此爲二證。

第三個結合有一些復古的意味。傀儡戲在起源之初即與百戲雜藝共處，而且此後長期把百戲的內容作爲自己的表演題材之一，即使在宋代的戲劇舞臺上，一些靈怪故事中依然會摻雜著魔術、雜技的成分。宋後傀儡藝人在民間流動作場時，這些一人即可表演的簡單內容被經常採用也不足爲奇。

之所以借用「遺傳」與「變異」這兩個生物學上的名詞來表述宋後傀儡戲發展的另一個特點，是因爲這個過程確實有一些類似生物演化的特點。一方面，傀儡戲的一些種類形態代代相傳，保持了相當的穩定性，如懸絲、杖頭二種，不僅存在形態及美學特徵少有變化，許多傳統劇目也是師徒繼承，一直保留到今天，如泉州傀儡戲的「落籠簿」。另一方面，在「物競天擇，適者生存」的法則作用下，藥發傀儡、肉傀儡宋後少有蹤迹，水傀儡在明代又曇花一現後也倏然消隱。〔註 69〕而懸絲、杖頭二者也並非克隆式的遺傳，懸絲傀儡的鈎牌〔註 70〕形式、線數等都有改革；杖頭傀儡則在傳播中又衍生出了其它兩種形態：布袋傀儡與鐵枝傀儡。布袋傀儡在中國活躍於福建、廣東、臺灣等地，據傳初創於明穆宗年間。從其出現的時間和區域分析，它應該是杖頭傀儡南漸一支的後裔。鐵枝傀儡從其表演場地及操縱方法很直觀地可以看出，它是杖頭傀儡與影戲結合的產物。〔註 71〕

（二）元、明、清傀儡戲史迹鈎沉

元代有關傀儡戲的記述目前可見有三種。元末明初人吳昌齡所撰雜劇《西

〔註 68〕詳細考述見葉明生《福建傀儡戲史論》第二章第四節「閩中沿海詞明線戲」。中國戲劇出版社，2004 年版。

〔註 69〕在今之越南還有一種於水面上以木刻偶像演故事的藝術形式，或爲我國唐宋水傀儡的遺存。

〔註 70〕鈎牌即懸絲傀儡用以提線的裝置，有的地區並不用這種稱呼。

〔註 71〕布袋與鐵枝二者源於杖頭的觀點爲筆者愚見，並未見其他學者有相關論述。對此筆者將另撰專文以證。

遊記》第六齣「村姑演說」，胖姑兒描述傀儡戲演出道：「爺爺好笑哩。一個人兒將幾扇門兒，做一個小小的人家兒。一片綢帛兒，妝著一個人，線兒提著木頭雕的小人兒。（唱）【梅花酒】那的他喚做甚傀儡，黑墨線兒提著紅白粉兒，妝著人樣的東西。」〔註72〕參照山西洪洞水神廟明應王殿元雜劇人物形象，此時的傀儡戲和雜劇一樣有了一定的面部化裝。《朱明優戲序》〔註73〕作於元至正二十六年，朱明是元代末年的木偶藝術家。序文載：「朱明氏，世習窟儡家。」可知朱明是代代相傳的木偶世家。序文云：「明手益機警而辯舌，歌喉又悉與手應，一談一笑，眞若出於偶人肝肺間，觀者擊之若神。」可見此時傀儡戲的操縱技藝依然保持著極高的水平，而且表演有唱有念有作科，就表面來看與眞戲曲並無兩樣。在表演《尉遲平寇》、《子卿還朝》等木偶戲時，「不無諷刺所繫，而誠非苟爲一時耳目玩者也。」這與元雜劇的現實主義風格也是相一致的。元朝僧人圓至寫的《觀傀儡詩》云：「錦襠叢裏鬥腰肢，記得京城此夕時。一曲太平錢舞罷，六街人唱看燈詞。」〔註74〕詩中所記應該是上元節時的情形，據周貽白先生考證，《太平錢》故事有二，主人公一爲張老，一爲朱文，「看燈詞」爲《太平錢》中的一節。在山西浮山縣城原有一座元代杖頭傀儡戲臺，解放後被人爲拆毀。從當時拍攝的照片看，屋頂及斗拱的形制都與晉南現存的元代戲臺極爲相似，只是形體上小了許多。可以推想元代的傀儡戲臺或也是仿雜劇戲臺而建，因爲佔地較少，故多有建在城市中者，在「六街人」歡慶節日時，有傀儡戲在這裏演出。

　　明代關於杖頭傀儡戲的記載不多，明人于愼行《谷山筆塵》中提到：「今俗……又有以手持其末，出之帷帳之上，則正謂之窟儡子矣。」〔註75〕但其在民間仍有迹可尋。廣東高州縣的杖頭傀儡戲，相傳於萬曆年間由福建傳入。貴州石阡的杖頭木偶戲，在明代已趨成熟，許多至今健在的杖頭木偶戲老藝人承襲祖輩技藝，已有七輩的歷史。于愼行所見傀儡戲大約以杖頭居多，《谷山筆塵》又云：「今俗懸絲而戲，謂之偶人，亦傀儡之屬也」。一「正謂」，一「亦屬」，于氏顯然重杖頭而輕懸絲，事實上明代所見資料中懸絲傀儡仍然較多。明初有福建上杭白砂梓坑人賴發奎，塘豐人李法佐、李法祐兄弟及溫發明四人，到浙江杭州學演提線木偶戲，引進了浙江高腔，帶回了十八個木偶，

〔註72〕王季思主編《全元戲曲》第三卷，人民文學出版社，1999 年版，頁 431。
〔註73〕〔元〕楊維楨《東維子文集》卷十一，四部叢刊本。
〔註74〕引自周貽白《中國戲劇與傀儡戲影戲》，《戲劇學習》1957 年第 2 期。
〔註75〕〔明〕于愼行著《谷山筆塵》卷十四，明天啓四年刻本。

稱「十八羅漢」。泉州提線木偶戲供奉的戲神「相公爺」，據說就住在「杭州鐵板橋頭」。明人謝肇淛《長溪瑣語》載：「大金所一民婦懷孕彌月，家中偶抹傀儡，演《五顯傳奇》」。〔註 76〕這是傀儡戲與民俗結合的實例。萬曆三年成書的《中華大帝國史》、萬曆三十年成書的《中國對巴達維亞的貿易》中都載有明代提線木偶戲的演出。〔註 77〕黃河邊上的東王莘里村，原有一座過街戲樓，上嵌有萬曆年間的小石碑，碑上有「每逢春秋聖節，獻演小戲，以答慈庥」之句。〔註 78〕崇禎癸科舉人李灌和線腔藝人一道對合陽的提線木偶戲進行了大膽的改革。他們將木偶的提線由五根增加到七至九根，且角有多到十三根的，操縱起來更加靈活，並且給木偶的身子裏加進了棉胎，使其形體顯得更加豐滿，同時還吸收了碗碗腔、東路秦腔的某些成分，使唱腔更加哀婉動人，入耳中聽。〔註 79〕

　　明人王昕的《三才圖會》中還有一幅明代的提線《傀儡戲圖》，〔註 80〕這是明代提線傀儡藝人在都市豪宅庭院中搭臺演出的真實寫照。萬曆年間進士、禮部尚書東閣大學士李廷基，爲泉州提線木偶戲班寫有「頃刻驅馳千里外，古今事業一宵中」的對聯。〔註 81〕明代詩人貝瓊也曾寫過讚美江西提線傀儡戲的詩《玉山窟儡歌》，詩中寫道：「玉山窟儡天下絕，起伏進退皆天機。巧如驚猿木杪墜，輕如快鶻峰尖飛。流蘇帳下出新劇，河梁古別傳依稀。黃龍磧裏健兒語，李陵臺前漢使歸。當筵舞劍不避客，頓足踏地爭牽衣。玉簫金管靜如水，西夏東山相是非……」〔註 82〕還有明文學家唐寅、李攀龍等都有吟提線傀儡的詩歌傳世。此外，在明代的小說《金瓶梅》中也多次提到在辦喪事的時候，請來一個提線木偶班，演《殺狗勸夫》等戲文。〔註 83〕

〔註 76〕　〔明〕謝肇淛著《長溪瑣語》，《叢書集成續編》第 54 冊，上海書店出版社，1994 年版，頁 7。
〔註 77〕　見劉霽、姜尚禮主編《中國木偶藝術》，中國世界語出版社，1993 年版，頁 183。
〔註 78〕　引自《渭南地區戲曲志》，三秦出版社，1989 年版。
〔註 79〕　見《合陽戲曲志》，陝西省合陽縣文化局編。
〔註 80〕　〔明〕王昕著《三才圖會》「人事」卷。上海古籍出版社，1988 年版。
〔註 81〕　黃錫鈞《泉州嘉禮古今談》，陳瑞統主編《泉州木偶藝術》，鷺江出版社，1986 年版。
〔註 82〕　〔明〕貝瓊《清江詩集》，四庫明人文集叢刊《白雲稿（外三種）》，上海古籍出版社 1991 年版，頁 219。
〔註 83〕　〔明〕蘭陵笑笑生著《金瓶梅》第五十五回、八十回，文學古籍刊行社，1975 年版。

　　由於時距較近，清代傀儡戲的遺迹相對較多，其形式已與現在的傀儡戲相近。齊如山在《托偶戲》中說道，杖頭傀儡戲在清代「北數省各地皆有之。」〔註84〕同治二年范祖述《杭俗遺風》中稱杭州的杖頭木偶戲爲「木人戲」。「木人約長尺半許，各樣腳色衣帽行頭均全……臺以布幔約五尺高，遮護人身，布幔之上，僅見木人，其桌椅及臺上應用之物均令高出，不啻戲臺一般。所演各戲，與人演等，又能滾獅子，滾龍燈，但不多得。」〔註85〕這段記載提到了傀儡戲除演故事外的雜伎演出。《燕京歲時記》載：「京師……戲劇之外，又有托偶……托偶即傀儡子，又名大臺宮戲」。〔註86〕《道咸以來朝野雜記》亦有記載：

> 其式小於戲臺，而高與等，下半截以隔扇圍之，內可隱人，與內外隔絕。傀儡人高三尺許，裝束與伶人一般，下面以人舉而舞之，其舉止動作，要與伶人一般，謂之肘摟子。歌者與場面人皆另外齊備，坐於臺內，與外不相見，當年所謂關防者也。……大臺宮戲所唱皆皮黃，並有武戲與大戲等，間有票班助之歌唱。當年淨角金秀山、劉永春，皆恒加入串演，小生德珺如唱青衫時，尤以此爲樂，所以能轟動一時。〔註87〕

當時還把這種於幕後唱奏、以傀儡木人代替伶人動作的演出形式稱之爲「鑽筒子」。宮戲鼎盛時期，木偶戲亦有四大名班之譽，如「四義班」、「金鱗班」等。

　　上述內容說明當時傀儡戲與戲曲的融合已經是水乳交融，相得益彰。清代前期，傀儡戲也有頻繁的中外交流。乾隆五十八年萬壽盛典時，在熱河行宮曾有懸絲傀儡戲的演出，當時英國特使馬戞爾尼在他撰寫的《乾隆英使覲見記》中描述了當時的情景：「場中方演傀儡之劇，其形式與演法，頗類英國之傀儡戲，唯衣服不同。……雖刻木爲人，牽絲使動，然演來頗靈活可喜」。〔註88〕法國熱比雍神甫康熙年間時在宮廷供職，其所著《張誠日記》中記載

〔註84〕《大公報》1935 年 8 月 4 日號。

〔註85〕〔清〕范祖述著《杭俗遺風》，六藝書局，民國十七年版。

〔註86〕〔清〕富察敦崇《燕京歲時記》，《十二月》「封臺」條，光緒三十二年北京文奎堂刊本。

〔註87〕〔清〕崇彝著《道咸以來朝野雜記》，北京古籍出版社，1982 年版，頁 93～94。

〔註88〕〔英〕馬戞爾尼著《乾隆英使覲見記》，劉半農譯，天津人民出版社，2006 年版，頁 123。

隨康熙北巡輞輯地區時帶有傀儡戲，其「表演情況與歐洲的相像」。〔註89〕在北方，乾隆四十一年修撰的陝西《臨潼縣志》記載了清代臨潼縣內的懸絲傀儡演出。相隔不遠的合陽線戲也有了進一步的發展，出現了鼎盛繁榮的景象。僅十餘萬人口的合陽縣就有線戲戲班三十多個（一說七十多個），有不少線戲藝人還被陝西的朝邑、大荔、澄城，山西的芮城，河南的靈寶等地的提線木偶戲班聘爲教練，清代末期，還湧現出了一批享有盛名的線戲藝人，如王漢武、王孝前、李銀選、王玉潤、馬來訓等。〔註90〕《杭俗遺風》記載了清代杭州的懸絲傀儡戲：「演者在高處提之而出，擡步舉措，宛然如生，翻騰跌撲，亦錄便敏捷。人家壽誕生日亦有用以娛賓客者，若在新年時，則演於空場上」。《晉水常談錄》記：「刻木象人，外被以文繡，以線牽引，宛然如生，謂之傀儡。泉人最工此技」。〔註91〕在清代，泉州的提線木偶戲相當發達，出現了著名的提線戲班「虎班」，其代表人物有藝人何綻等。清代中期，上杭黃潭傀儡戲由江西傳入，後又傳到永定。光緒年間上杭的提線傀儡進入了最盛時期，全縣一百多個戲班，在唱腔上引入了二黃和西皮。〔註92〕清末，江蘇的興化、蘇州、南京都流行提線木偶戲。清末民國初年的提線木偶戲幾及全國，而且傳到海外。泉州提線木偶藝人蔡慶元帶戲班赴新加坡、檳榔嶼、呂宋等地演出，盛況空前。曾有對聯贊云：「實力檳榔都演過，大小呂宋褒獎來」。〔註93〕

（三）布袋戲、扁擔戲（被單戲）〔註94〕與鐵枝傀儡戲〔註95〕

關於布袋傀儡的身世，一說是明穆宗隆慶年間，由龍溪縣的落第秀才孫巧仁所創。一說是三百年前，泉州一布袋木偶戲班渡海去臺灣謀生，中途遭颱風，漂流到漳浦縣白石鄉，當地人跟木偶藝人學技藝，由此，布袋木偶戲在龍溪地區各縣流傳。〔註96〕臺灣學者認爲臺灣北部的傀儡戲，是閩西或漳

〔註89〕〔法〕熱比雍神甫《張誠日記》，熱比雍神甫漢名張誠。載《清史資料》第五輯，中華書局，1984 年版。

〔註90〕黃笙閩先生《線戲簡史》中對這些藝人有詳細記述，1999 年內部版。

〔註91〕〔清〕蔡鴻儒著《晉水常談錄》，手抄本，泉州市圖書館藏。

〔註92〕詳參葉明生《福建傀儡戲史論》，中國戲劇出版社，2004 年版。

〔註93〕張泉俤《木偶戲漫話》，載《福建戲劇論叢》1984 年第 1 期。

〔註94〕布袋戲、被單戲配圖採自劉霽、姜尚禮主編《中國木偶藝術》，中國世界語出版社，1993 年版。

〔註95〕鐵枝戲配圖採自葉明生《福建傀儡戲史論》，中國戲劇出版社，2004 年版。

〔註96〕《閩南木偶戲》，福建龍溪專署文化局編印。

州布袋木偶戲的支流，臺灣北管布袋戲的道白是用漳州調。臺灣的掌中戲大致是道光、咸豐年間，從泉州、漳州、潮州等三個地方直接傳入的。〔註97〕清代《晉江縣志》中載：「近復有掌中弄巧，俗名布袋戲」。亦有傳說萬曆年間的魏忠賢當政時，朝政腐敗，民不聊生，平民以自製泥、木偶頭像抒發心中的忿恨，後由說書人掌舉「偶像」進行表演，幾經歷代藝人的創造發展，才日趨完整。〔註98〕

圖14：臺灣「金泉同」布袋戲臺　　圖15：清錢廉成《被單戲圖》

　　所謂「扁擔戲」、「被單戲」其實是一種縮小的杖頭傀儡戲，或是布袋傀儡戲。應該是單個的流浪藝人在衢州撞府的實踐中創造的。清康熙年間李振聲撰《百戲竹枝詞》中有《獨角班》一首，這是目前已知有關扁擔戲的最早記載。乾隆六十年成書的《揚州畫舫錄》也記載了這種演出形式：「鳳陽人圍布作房，支以一木，以五指運三寸傀儡，金鼓喧鬧，詞白則以叫嗓子，均一人為之，謂之肩擔戲」。〔註99〕這和清末《一歲貨聲》記載的北京扁擔戲的演出形式基本一樣，不過後者記述得更為詳盡：

　　一人挑擔鳴鑼，前囊後籠，耍時以肩擔支起前囊，上有木雕小戲臺，下垂其藍布圍，人籠皆其中，籠內取偶人，鳴鑼街哨，連耍帶唱，劇目有八大齣之名：《香山還願》、《鍘美案》、《高老莊》、《五

〔註97〕劉霽、姜尚禮主編《中國木偶藝術》，中國世界語出版社，1993年版，頁184。
〔註98〕許金界《布袋戲五代世家》，陳瑞統主編《泉州木偶藝術》，鷺江出版社，1986年版。
〔註99〕〔清〕李斗著《揚州畫舫錄》，中華書局，1960年版。

鬼捉劉氏》、《武大郎詐屍》、《賣豆腐》、《王小二打老虎》、《李翠蓮》。〔註100〕

清代戲劇理論家李調元有《被單戲》詩:「擊鼓其鐺曲未終,街頭去處忽匆匆,世間多少無窮事,盡在肩頭一擔中」。〔註101〕《燕京歲時記》還說:「苟利子即傀儡子,乃一人在布帷之中,頭頂小臺,演唱打虎,跑馬諸雜劇。……凡諸雜技皆京南人為之,正月最多,至農忙時則捨藝而歸耕矣」。〔註102〕

鐵枝傀儡戲也較為晚出。其成因大約是喜歡看影戲的人們不滿於影戲只能於夜間掌燈演出,遂借鑒杖頭傀儡戲的操縱方法而創。《潮州市戲劇志》載,鐵枝木偶戲源於潮州的皮影戲。最初用稻草束為身型。泥塑為頭,紮紙為手,著戲裝,在偶人背後使雙手各安長 8 寸至 1 尺的硬鐵線一根。因藝人仍在玻璃窗後操縱偶人,故稱「圓身紙影」,後來廢去玻璃窗,改為小戲臺,用 3 幅竹簾為幕,藝人在竹簾後操縱偶人,改稱「陽窗紙影」。大約在清代末年,逐漸形成了別具一格的鐵枝木偶藝術。〔註103〕

圖16:福建詔安鐵枝戲《樊梨花》劇照

圖片採自葉明生《福建傀儡戲史論》。

第四節　中國傀儡戲的現況〔註104〕

一、現代傀儡戲的三起三落

從清末到現在的一個多世紀裏,中國的傀儡戲經歷了三起三落。

〔註100〕〔清〕蔡省吾著《一歲貨聲・耍傀儡子》,《北京志・文化藝術卷・戲劇志》,北京出版社,2000 年版,頁 58。

〔註101〕〔清〕李調元著《弄譜百詠》,載《函海》三十五,《函童山詩選》卷三十八,道光五十年萬卷樓刊本。

〔註102〕〔清〕富察敦崇著《燕京歲時記》,《正月》「耍耗子、耍猴兒、耍苟利子、跑旱船」條,光緒三十二年北京文奎堂刊本。

〔註103〕《潮州市戲劇志》,潮州市戲劇志編委會,1988 年內部版。配圖採自葉明生《福建傀儡戲史論》,中國戲劇出版社,2004 年版。

〔註104〕現在對傀儡戲的普遍稱呼是木偶戲,此處為保持行文統一,仍用此稱。

第一起是在辛亥革命後的二十多年間。這一時期，雖然廣大農村仍以傳統班社為主體，搬演著傳統的傀儡戲，但在上海、北京、天津等大城市中，一些受西方文化影響的人們借鑒國外的表演形式，利用現代的布景和道具、燈光，對傳統的傀儡戲進行了改革。上海的陶晶孫組織了新式的木人戲社，演出了他創作的《堪太和熊治》及他翻譯的《運貨便車》等劇。虞哲光則自製木偶，自己表演，在上海專為兒童演出了《文天祥》、《臥薪嘗膽》等劇，並曾赴北京進行演出。

這是傀儡戲史上第一次真正的中西碰撞，所以這些變革不僅在當時反響強烈，對後來傀儡戲的發展也是影響深遠。

抗戰開始後，傀儡戲曾一度衰落，但從上世紀四十年代直至文革前，傀儡戲不僅很快復興，而且迅速迎來了一個新的黃金時期。

解放初期傀儡戲的繁榮根源於體制的改變。除了少量的私人班社，各地大多組成了由政府出資，並派新文藝工作者參加行政管理和藝術創作的縣、市、地區、省屬的木偶劇團。由於沒有了生活上的後顧之憂，且有了充足的人才資源，此時的傀儡戲在劇目創作、表演藝術、舞美道具等多方面都呈現出了一片姹紫嫣紅的繁榮。1955 年 4 月，在北京舉辦了首屆全國木偶戲、皮影戲觀摩演出會，〔註 105〕將這一時期傀儡戲的盛景推向了高潮。來自福建、廣東、浙江、湖南、江蘇、四川、山東、河北、山西、陝西、青海、黑龍江等十二省市的木偶戲、皮影戲劇團參加了演出。展演劇目有《蔣幹盜書》、《大名府》、《宇宙鋒》、《打金枝》、《周仁回府》、《黃飛虎反五關》、《鬧公堂》、《火燒濮陽》、《水擒龐德》、《路打不平》、《出岐山》、《斗牛

圖 17：第一屆全國木偶戲皮影戲觀摩演出會節目單之一

圖片採自劉霽、姜尚禮主編《中國木偶藝術》。

────────────────

〔註 105〕右圖節目單圖片採自劉霽、姜尚禮主編《中國木偶藝術》，中國世界語出版社，1993 年版。

宮》、《西篷擊掌》、《攔馬過關》、《華亭會》、《斷橋》、《盜仙草》、《豬八戒揹媳婦》、《火焰山》、《哪吒鬧海》、《打面缸》、《小放牛》、《范壽山》、《秧歌舞》等。

這次匯演的雖然大多是傳統劇目，但經過改編，許多都已經注入了新的思想內容。1960 年 1 月，第二屆全國木偶戲、皮影戲觀摩演出會在北京舉行。這一屆的參演劇目中，新創作的現代戲已可與改編的傳統戲分庭抗禮。這種蓬勃發展的局面在文革中遭到了極為嚴重的破壞，但傀儡戲隨物賦形的生存特性使它再次表現出頑強的生命力。1975 年 12 月，第三屆全國木偶戲、皮影戲調演在北京舉行，十四個省、市、自治區的木偶、皮影劇團參加了演出。劇目有《智取威虎山》、《杜鵑山》、《沙家浜》、《平原作戰》、《白毛女》、《紅燈記》、《紅色娘子軍》、《半夜雞叫》、《紅松崗》、《誇爺爺》、《打豬草》、《紅小兵學雷鋒》、《小虎賣瓜》、《看女兒》、《小小銀球傳友情》、《學大寨誇豐收》、《小紅哨》、《帶響的弓箭》、《漁港螺號》、《南瓜生蛋》、《向陽河畔》、《東海小哨兵》、《乒壇新苗》、《山村新曲》、《追車》、《爭上工地》、《甘茶迎親人》等。可以看出，此時的傀儡戲有著很深的「文革」烙印，傳統劇目受損嚴重。但在造型、舞美、燈光、音響等方面的現代化嘗試中，還是取得了一些寶貴的經驗。

上世紀七十年代後期至九十年代初，擺脫文革束縛的傀儡戲很快迎來了又一個繁花似錦的季節。以福建泉州木偶劇團於 1978 年創作的《火焰山》為代表，一大批優秀劇目爭相怒放。1981 年 11 月，在北京舉辦的第四屆全國木偶戲、皮影戲觀摩演出會中，一批優秀的創作劇目再次表現出了全面的進步。這一時期，中國木偶皮影藝術學會成立，極大地促進了傀儡戲的理論研究。一些研討會和培訓班的舉辦，一方面研究和解決了相關問題，一方面又加強了國內同行的交流，提高了從業人員的整體素質。而隨著改革開放的深入，獨特的中國傀儡藝術也開始走出去、請進來，在國際交流中既展示了自己的魅力，又汲取了國外傀儡藝術的營養。

二十世紀末，各地的木偶劇團大多已完成了機構改革。沒有了大鍋飯和鐵飯碗，個人承包成了許多劇團的組織形式。從形式上看，正如一座座堞垛森然、次第相連的城堡，原來在全國縱橫交錯，綿亙不絕，卻在一夜之間轟然倒地。代之的是一些氈馬相隨，逐水而居的游牧部落。雖然杜絕了人浮於事、浪費嚴重等體制弊端，但在全國範圍內，這種單兵作戰、組織渙散

的情況還是阻礙了傀儡戲的前進步伐。另一方面，影視劇、流行音樂等現代快餐文化對傳統舞臺藝術摧枯拉朽般的攻勢也加速了現代傀儡戲的第三次衰落。

二、現代傀儡戲的四個特點

總結我國傀儡戲的現況，有以下四個特點：

第一，傀儡形態〔註106〕**在全國的分佈有一定的地域性。**

在宋代的大都市中，杖頭、懸絲、藥發、水傀儡與肉傀儡往往同演於勾欄之中，並無在一地厚此薄彼的現象。而在當代，京、津地區的傀儡戲幾乎只有杖頭一種；福建則以懸絲爲主，間有布袋；山西、陝西交界處多演懸絲，呼爲「線胡戲」；而晉南的浮山與晉中的孝義則是以杖頭歷代相傳；在四川，作爲娛樂演出的傀儡戲只有杖頭、被單（實際是一種縮小了的杖頭傀儡或布袋傀儡）兩種，在陽戲、慶壇等儺祭演出中，才可見懸絲傀儡的蹤迹。此外，江蘇、廣東二省雖有多種傀儡形態，但均以杖頭爲主流；海南與湖南的傀儡戲分別源自廣東、福建，所以一重杖頭，一重懸絲。臺灣省只有懸絲、布袋兩種形態，但二者都很活躍，並無主次，究其源，都是福建傀儡戲的後裔。

這種不均衡的主要原因是各地的歷史傳統不同。福建泉州保留了晉、唐、宋以來的多種古代中原文化，而在傀儡戲史上，懸絲一種佔有絕對的優勢，它隨南遷的貴族落根於晉水之濱是極有可能的。與之相類的是陝西合陽的線戲，西安作爲漢唐古都，自然有大量的傀儡戲藝人聚演於此，動亂之後，流落於黃河古渡兩邊也是合情合理。這或許就是在盛行杖頭傀儡的北方，合陽線戲能獨樹一幟的原因。雖然從現存形態看，泉州懸絲與合陽線戲差異甚大，但可以推斷，二者應

圖18：吳春安先生表演懸絲傀儡戲

筆者拍攝於吳春安先生家中。

〔註106〕傀儡形態從外觀和本質上最直接的體現都是其操縱方式的不同。從這個角度來分類，現代傀儡的形態有杖頭、懸絲、布袋、鐵枝四種。

同源於漢、唐之長安。惟南渡者留其雅，北漸者取地方之俗而已。山西浮山的杖頭傀儡歷史也十分悠久，據當地老藝人講，唐初在浮山（時稱神山縣）建天聖宮，祭祀道教始祖老子，杖頭傀儡就與當地的秧歌同演於神誕日的社會上。更爲久遠的說法是漢武帝時，霍去病大攻匈奴，班師途經家鄉浮山，就曾以杖頭傀儡戲爲三軍將士接風。〔註107〕近來，浮山木偶藝術團也演出懸絲的節目，但只是團長吳春安赴泉州學藝後所引進。〔註108〕

傀儡戲至宋而集大成。宋後則無力與戲曲相抗衡，長期蟄伏於民間，所以，這種形態上的不均衡至遲應該在元、明即已形成。

第二，傀儡戲在全國的分佈也體現出一定的地域性。

在我國的三十餘個省、直轄市、自治區中，眞正的傀儡戲大省只有福建、陝西、山西、四川、廣東、江蘇等幾個。其中福建、陝西、四川唐代即有傀儡戲活動的記載，山西也有民間傳說宋代以前傀儡戲即已頗爲興盛。可見這種地域上的不均衡也是歷史沉澱的表現。

第三，當代傀儡戲的觀眾群以少年兒童為主。

這一特點實際上反映出了一個很重要的事實：傀儡戲正逐漸擺脫明清以來一直作爲戲曲附庸的地位，它獨特的以滑稽爲美的特性日漸明顯。從現代傀儡戲拉開帷幕之始，革新的主要內容之一就是揚棄傳統戲曲的形式，借鑒西方舞臺藝術，創作適合傀儡特性的劇目。上世紀三、四十年代，虞哲光先生就將自己編演的《文天祥》等劇的目標觀眾定位爲兒童。1960年的第二屆全國木偶戲、皮影戲觀摩演出會上，除了《大鬧天宮》、《三調芭蕉扇》等少年兒童喜聞樂見的神話劇上演，還出現了《鋼鐵小英雄》等現實性極強的現代兒童劇。到1981年第四屆全國木偶戲、皮影戲觀摩演出會時，上演的近三十餘種劇幾乎全都是兒童劇，而且古裝劇只占到五分之一左右。

除了傀儡戲自身的發展外，傳統戲曲的衰落也加速了這種趨勢。戲曲式微，觀眾流失，一些原來創新條件不足，多演傳統戲曲的傀儡戲劇團只好另闢出路，把歌舞、雜技、魔術等作爲表演的內容，也迎合了小觀眾們的胃口。

〔註107〕類似上述兩種的傳說在當地極多，此據筆者2005年4月在浮山對吳春安、孟珍、魯光岱三位先生的採訪整理。

〔註108〕吳春安學習泉州傀儡戲後並未全部照搬，而是根據自己多年的舞臺經驗進行了一些改進。

第四，傀儡戲在整體的衰微中也孕育著新變。

首先，傀儡戲與電影、電視結合，利用現代電子媒介擴大了自己的傳播範圍，穩固了自己的生存狀態。中國傀儡戲的「觸電」，始於 1947 年 11 月。設立在吉林興山鎮的東北電影製片廠在經過一段時間的嘗試後，由陳波兒編導，拍攝了我國第一部木偶片《皇帝夢》。此後的五十多年間，傀儡藝術與電影藝術的融合日益深入，出現了《阿凡提》（系列片）、《瓷娃娃》、《曹沖稱象》、《假如我是武松》、《愚人買鞋》、《西嶽奇童》（上集）、《奇怪的球賽》、《蛐蛐》、《嶗山道士》、《真假李逵》、《魚盤》、《擒魔傳》（連續片）、《大盜賊》（連續片）、《連升三級》、《一夜富翁》、《小裁縫》、《小天鵝和紅房子》、《喵嗚是誰叫的》、《不射之射》（中日合拍）等許多優秀的作品。在一些電視節目中，傀儡還因為能做出真人無法完成的動作而被用作科學教育、情景再現的道具，甚至在演播室中，憨態可掬的傀儡還會客串一把主持人。

山西省孝義市皮影木偶劇團在當代傀儡戲與影視結合嘗試中取得了相當的成功。他們在上世紀九十年代經營不景氣的情況下，選擇與香港某影視機構合作，由該機構負責市場開發，他們則放下包袱，編演傀儡戲，不僅解決了全團工作人員的就業、生活問題，而且演出了好作品，爭得了大效益。目前，這個聯合體準備在孝義市投資建設傀儡戲影視基地，實現與旅遊業的強強聯合。

其次，從形態上看，一直以來懸絲傀儡所具有的優勢已經大大減弱，杖頭、布袋二者與之形成了三足鼎立的局面。這種變化的原因也與現代傀儡戲的革新有關。懸絲傀儡更擅長於演出傳統的劇目，所以空間越來越小，而杖頭與布袋二種因為操縱相對簡單，被大量使用。杖頭傀儡的手地被從水袖中解放出來後，解決了偶人穿時裝的問題；無腿腳的缺陷也用增加拁子等方法加以彌補。這些革新使偶人的動作、形象都接近於常人，演出現代劇目遊刃有餘。

第三，傀儡的材質也大量革新，只以土木為偶成為過去。活躍於當代傀儡戲臺上的偶人除傳統的木質外，還有以布、毛絨、塑料等多種材質做成。而在影視作品中，折紙、橡皮泥，甚至以電腦三維技術所作的電子傀儡都時有出現。

第二章 文獻和文物中的宋代傀儡戲

　　時間久遠，資料匱乏，儘管杖頭、懸絲等幾種傀儡戲在今天仍然十分活躍，但在戲曲和民俗的衝擊改造之下，數百年間傀儡戲歷經幾度興衰，此時的傀儡戲與宋代已有了太多的不同。要想較爲準確地還原宋代傀儡戲的形象，對相關文獻資料的整合和文物形象的解讀就顯得尤爲重要。本章並不是蜻蜓點水地堆積一些現象，斷章取義地總結出一些特點，而是將目前可見的宋代傀儡戲資料略作篩選，分類臚列，並稍加評析，力圖以樸素的筆墨勾勒出一個較爲原生態的宋代傀儡戲概貌。所引文獻資料有史書、筆記兩種；文物資料分別採自福建泉州木偶劇團、泉州市博物館南音戲曲陳列館、山西師範大學戲曲文物研究所、山西浮山木偶藝術團、山西孝義皮影木偶展演團、山西孝義皮影木偶博物館、互聯網全國文化信息資源共享工程（www.ndcnc.gov.cn）。

第一節　宋代傀儡戲文獻資料彙評

一、《東京夢華錄》等五書中的傀儡戲資料

　　文獻資料中，以記錄諸雜伎藝、風俗民情的宋人筆記最有價值，計有五種：孟元老《東京夢華錄》、灌圃耐得翁《都城紀勝》、西湖老人《繁勝錄》、吳自牧《夢粱錄》、周密《武林舊事》。五書中，《東京夢華錄》所記爲汴京之事，時段約在徽宗宣政間，前載作者紹興十七年丁卯自序，時距南渡尚爲不遠，可以作爲北宋的代表。而其餘四書，所記皆爲行都臨安之事。《都城紀勝》

前有端平二年乙未自序，所載爲寧宗、理宗間事。《繁勝錄》成書年代不詳，據孫楷第先生考證，西湖老人生世或應晚於耐得翁，其書成至少當在理宗淳祐之後。《夢粱錄》自序末署甲戌中秋，其時爲度宗咸淳十年，孫楷第先生因其書中幾處直稱度宗廟號，考之應作於度宗之後。序署甲戌，或是書後成而序先作，或是紀年傳寫有誤。《武林舊事》雖未在序中署明紀年，但據其內容應成於宋亡之後。就五書的內容而言，《東京夢華錄》相對獨立，其餘四書則各有因襲。其中，《繁勝錄》所記之伎藝人與《夢粱錄》多有雷同；《武林舊事》除間有耳目親聞外，更多的是雜取諸書。

五書中有關傀儡戲的資料共二十三條，列表如下：

書名出處	資　料　內　容	簡　要　評　析
《東京夢華錄》卷五「京瓦伎藝」條	「……般雜劇：杖頭傀儡任小三，每日五更頭回小雜劇，差晚看不及矣。懸絲傀儡，張金線。李外寧，藥發傀儡。……」	此三者皆演雜劇於瓦舍中。獨杖頭五更頭回，令人費解。
《東京夢華錄》卷六「元宵」條	「……李外寧藥法傀儡，小健兒吐五色水……」	詳見下文《藥發傀儡》
《東京夢華錄》卷七「駕幸臨水殿觀爭標錫宴」條	「……又有一小船，上結小彩樓，下有三小門，如傀儡棚，正對水中。樂船上參軍色進致語，樂作，彩棚中門開，出小木偶人，小船子上有一白衣垂釣，後有小童舉棹划船，遶繞數回，作語，樂作，釣出活小魚一枚，又作樂，小船入棚。繼有木偶築球舞旋之類，亦各念致語，唱和，樂作而已，謂之『水傀儡』。……」	此段一則細述了水傀儡演出詳情，二也提示了當時傀儡戲棚的一些信息：上有彩樓，下開小門。此形制與後世的戲臺已基本一致。但中間的第三個小門似乎是水傀儡演出時特有。
《東京夢華錄》卷七「駕登寶津樓諸軍呈百戲」條	「……有假面具披髮，口吐狼牙煙火，如鬼神狀者上場。著青帖金花短後之衣，帖金皂袴，跣足，攜大銅鑼隨身，步舞而進退，謂之『抱鑼』。……」	南宋舞隊中有「抱羅裝鬼」一目。但「抱鑼」與「鮑老」讀音甚近，有學者以其爲一物，可存疑。南宋時，戴面具作戲被視爲傀儡戲的一種。
《東京夢華錄》卷七「池苑內縱人關撲遊戲」條	「……隨駕藝人池上作場者，宣、政間，張藝多、渾身眼、宋壽香、尹士安小樂器，李外寧水傀儡，其餘莫知其數。……」	李外寧隨駕作場，足見其藝精；他在瓦舍中又以演藥發傀儡見長，足見其藝博。
《東京夢華錄》卷八「七夕」條	「……七月七夕，潘樓街東宋門外瓦子、州西梁門外瓦子、北門外、南朱雀門外街及馬行街內，皆賣磨喝樂，乃小塑土偶耳。悉以雕木彩裝欄座，或用紅紗碧籠，或飾以金珠牙翠……」	七夕以魔合羅競巧是宋代的重要民俗。這很有可能與杖頭傀儡的起源有密切的關係。

《都城紀勝》「瓦舍眾伎」條	「……雜手藝皆有巧名：踢瓶、弄碗、……藥法傀儡、……弄懸絲傀儡（起於陳平六奇解圍）、杖頭傀儡、水傀儡、肉傀儡（以小兒後生輩爲之）。凡傀儡敷演煙粉靈怪故事、鐵騎公案之類，其話本或如雜劇，或如崖詞，大抵多虛少實，如巨靈神朱姬大仙之類是也。……」	此段將藥發傀儡與其它四種傀儡分列。似乎當時藥發傀儡已不再敷演故事，而是一種逞巧的技藝。懸絲等四種則已有固定演出的話本，題材內容也極爲廣泛，但少有現實題材，更擅演神話故事。
《繁勝錄》「街市點燈」條	「……禁中大宴，親王試燈，慶賞元宵，每須有數火，或有千餘人者。全場傀儡、陰山七騎、小兒竹馬、蠻牌獅豹、胡女番婆、踏蹺竹馬、交袞鮑老、快活三郎、神鬼聽刀。清樂社（有數社每不下百人）：……鬥鼓社：……福建鮑老一社，有三百餘人；川鮑老亦有一百餘人。……」	此段說明傀儡戲已成爲南宋城市狂歡的一個重要節目，但形式是否是懸絲、杖頭？演出何種節目？仍需考證。此種狂歡應該有各地的表演隊伍來京參加，單列福建、四川說明他們是其中的佼佼者。
《繁勝錄》「關撲」條	「螺鈿交椅、……懸絲獅豹、土宜巧粽、杖頭傀儡、……耍三郎、泥黃胖、……賣客弟子，喝弄泥丸，鹹酸蜜煎，旋造羹湯，唱耍令，學象生，弄傀儡，般雜班，瓶掇酒，點江茶蔬菜，關撲船，亦不少。」	懸絲獅豹、杖頭傀儡、耍三郎、泥黃胖應該有同樣特點：皆作人物造型；形態小；易操作。賣客爲招徠顧客隨地就可弄傀儡，說明傀儡戲演出極爲靈活機動。
《繁勝錄》「御街撲賣摩侯羅」條	「御街撲賣摩侯羅，多著乾紅背心，繫青紗裙兒；亦有著背兒、戴帽兒者。牛郎織女，撲賣盈市。賣荷葉傘兒，家家少女乞巧飲酒。」	似乎可以這樣分類：只於七夕售賣的、不能動作要弄的稱爲摩侯羅；平時或買賣、或戲於棚內的即爲杖頭傀儡。
《繁勝錄》「瓦市」條	「南瓦、中瓦、大瓦、北瓦、蒲橋瓦。惟北瓦大，有勾欄一十三座。常是兩座勾欄，專說史書，喬萬卷、許貢士、張解元。……杖頭傀儡，陳中喜。懸絲傀儡，爐金線。……水傀儡，劉小僕射。……」	水傀儡演於勾欄的記載並不多，劉小僕射據他書記又長於杖頭。爐金線據孫楷第先生考證應該就是常於御前祗應的傀儡藝人盧逢春。
《夢粱錄》卷一「元宵」條	「……姑以舞隊言之，如清音、遏雲、掉刀鮑老、胡女、劉袞、喬三教、喬迎酒、喬親事、焦鎚架兒、仕女、杵歌、諸國朝、竹馬兒、村田樂、神鬼、十齋郎各社，不下數十。更有喬宅眷、汗龍船、踢燈鮑老、馳я社。官巷口、蘇家巷二十四家傀儡，衣裝鮮麗，細旦帶花朵□肩、珠翠冠兒，腰肢纖嫋，宛若婦人。……」	傀儡參加節慶演出的又一條記載，其形象略有所見：衣裝鮮麗，有裝作婦人嫋娜的傀儡被稱爲「細旦」。另可見鮑老已經發展細化爲若干分支。據福建泉州傀儡藝人傳說，戲神相公爺本姓蘇，老家杭州蘇家巷。或與此條所記有關。
《夢粱錄》卷十三「夜市」條	「……又有擔水斟兒，內魚龜頂傀儡面兒舞賣糖。……」	假面被稱爲「傀儡面兒」正是南宋傀儡戲深入生活的一個證據。詳見下文《「傀儡面兒」與「鮑老」》。

《夢梁錄》卷十三「諸色雜貨」條	「……及小兒戲耍家事兒，如戲劇糖果之類：行嬌惜、宜娘子、……黃胖兒、麻婆子、橋兒、棒槌兒，及影戲線索、傀儡兒、獅子、貓兒。……」	戲劇糖果或可解釋為做成故事人物造型的糖果，因為「行嬌惜」是「全棚傀儡」中的一目。可以看出傀儡已經是極為常見的小兒玩具。
《夢梁錄》卷十九「社會」條	「……又有錦體社、臺閣社、窮富賭錢社、遏雲社、女童清音社、蘇家巷傀儡社、青果行獻時果社、東西馬塍獻異松怪檜奇花社。……」	由此可見蘇家巷確為臨安城傀儡戲的中心。
《夢梁錄》卷二十「百戲伎藝」條	「……凡傀儡，敷演煙粉、靈怪、鐵騎、公案、史書歷代君臣將相故事話本，或講史，或作雜劇，或如崖詞。如懸絲傀儡者，起於陳平六奇解圍故事也，今有金線盧大夫、陳中喜等，弄得如真無二，兼之走線者尤佳。更有杖頭傀儡，最是劉小僕射家數果奇，大抵弄此多虛少實，如巨靈神姬大仙等也。其水傀儡者，有姚遇仙、賽寶歌、王吉、金時好等，弄得百憐百悼。兼之水百戲，往來出入之勢，規模舞走，魚龍變化奪真，功藝如神。……」	此段與《都城紀勝》的雜手藝所記極為相似，「朱姬大仙」訛闕為「姬大仙」，或為因龔耐得翁所作。但此段記錄了幾位著名藝人，殊為珍貴。據此段所記，水傀儡與水百戲應完全不同，前者應演故事，風格「百憐百悼」；後者則更重魚龍變化的「奇」。
《武林舊事》卷一「聖節」條	「……第七盞，鼓笛曲，《拜舞六么》。弄傀儡，《踢架兒》，盧逢春。……第十三盞，方響獨打，高宮《惜春》。傀儡舞，鮑老。……第十九盞，笙獨吹，正平調《壽長春》。傀儡，《群仙會》，盧逢春。……祗應人：都管：周朝清陸恩顯……弄傀儡：盧逢春等六人。……」	這是傀儡戲參加宮廷雜劇演出的實例之一。其它節目演罷皆有斷送曲，獨傀儡戲無，有待研究。盧逢春應即金線盧大夫，則《踢架兒》與《群仙會》應該是懸絲傀儡所演。
《武林舊事》卷二「元夕」條	「……內人及小黃門百餘，皆巾裹翠蛾，效街坊清樂傀儡，縹繞於燈月之下。……至節後，漸有大隊如四國朝、傀儡、杵歌之類，日趨於盛，其多至數千百隊。……」	傀儡參加元夕舞隊多有記述。這裏宮女與太監在燈月下模仿傀儡戲應該是肉傀儡的演出實例。
《武林舊事》卷二「舞隊」條	「大小全棚傀儡：查查鬼（查大）、李大口（一字口）、賀豐年、長瓠斂（長頭）、兔吉（兔毛大伯）、吃遂、大憨兒、粗旦、麻婆子、快活三郎、黃金杏、瞎判官、快活三娘、沈承務、一臉膜、貓兒相公、洞共觜、細旦、河東子、黑遂、王鐵兒、交椅、夾棒、屏風、男女竹馬、男女杵歌、大小斫刀鮑老、交衰鮑老、子弟清音、女童清音、諸國獻寶、穿心國入貢、孫武子教女兵、六國朝、四國朝、遏雲社、緋綠社、胡安女、鳳阮秸琴、撲蝴	這裏所記的大小全棚傀儡幾乎將宋人筆記中所見的所有舞隊節目全部包括。其中有些據題目分析只有傀儡才能演出，如《穿心國入貢》，而《抱羅裝鬼》為假面戲，鮑老也被正式歸入傀儡行列。似乎當時把假面化裝、動作異於平常的所有演出統稱為傀儡戲。

	蝶、回陽丹、火藥、瓦盆鼓、焦鎚架兒、喬三教、喬迎酒、喬親事、喬樂神（馬明王）、喬捉蛇、喬學堂、喬宅眷、喬象生、喬師娘、獨自喬、地仙、旱划船、教象、裝態、村田樂、鼓板、踏橇、撲旗、抱羅裝鬼、獅豹蠻牌、十齋郎、要和尚、劉袞、散錢行、貨郎、打嬌惜。其品甚夥，不可悉數。首飾衣裝，相衿侈靡，珠翠錦綺，炫耀華麗，如傀儡、杵歌、竹馬之類，多至十餘隊。……」	
《武林舊事》卷三「西湖遊幸」條	「……至於吹彈、舞拍、雜劇、雜扮、撮弄、勝花、泥丸、鼓板、投壺、花彈、蹴鞠、分茶、弄水、踏混木、撥盆、雜藝、散耍、謳唱、息器、教水族飛禽、水傀儡、鬻水道術、煙火、起輪、走線、流星、水爆、風箏，不可指數，總謂之『趕趁人』……」	與路歧藝人相比，「趕趁人」的活動範圍大約要小些。他們似乎只是在城市內的人群聚集處作場，表演的內容包括傀儡戲在內。水傀儡能在西湖上表演，足見其規模頗大，布衣百姓應該是罕得一見的。
《武林舊事》卷六「諸色伎藝人」條	「……傀儡（懸絲、杖頭、藥發、肉傀儡、水傀儡）：陳中喜、陳中貴、盧金線、鄭榮喜、張金線、張小僕射（杖頭）、劉小僕射（水傀儡）、張逢喜（肉傀儡）、劉貴、張逢貴（肉傀儡）……」	此段的可貴之處在於記錄了兩位專演肉傀儡的藝人。
《武林舊事》卷七「乾淳奉親」條	「……上恭領聖旨，索車兒同過射廳射弓，觀御馬院使臣打毬，進市食，看水傀儡。……又有踏混木、水傀儡、水百戲、撮弄等，各呈伎藝，並有支賜，太上喜見顏色，曰：『錢塘形勝，東南所無。』……」	相較於民間，宮廷似乎更中意於水傀儡，這或許和宮內多池苑有關。
《武林舊事》卷八「人使到闕」條	「……次日又賜內中酒果、風藥、花餳。赴守歲，夜筵用傀儡。……」	傀儡戲可以於守歲時招待北使，足見其在當時諸伎藝中的地位。

二、其它文獻中的傀儡戲資料

散見於史書方志的幾條資料雖然不及筆記中記錄得詳盡，數量也頗為有限，但因為記錄的角度不同，有些信息恰能與筆記所載形成互補，同樣是彌足珍貴。筆者所檢出的相關資料摘錄如下：

1. 《宋史》卷四七四：「作芙蓉閣、香蘭亭宮中，進倡優傀儡，以奉帝為遊燕。」〔註1〕

〔註1〕〔元〕脫脫等撰《宋史》，卷四百七十四《賈似道傳》，中華書局，2000年版，頁10659。

《宋史新編》卷一八七：「宮中進倡優傀儡，奉帝爲遊燕。」〔註2〕

簡評：宮中往往不是一種藝術形式的起點，而是終點，因爲太多的教條束縛著創新。帝好之反映出傀儡戲在當時的繁盛程度。另一方面，一種純粹的民間藝術能被王公大夫接受，也反映出了它雅俗共賞的特點和極強的可塑性。

2. 《宋季三朝政要》：「宮中排當頻數，倡伎傀儡，得入應奉。」〔註3〕

簡評：此條所記與上條頗近，只是略含一些鄙夷的態度。似乎倡伎傀儡能入宮應奉是因爲宴席數量太多。綜合兩條，可知宮中招民間傀儡藝人應奉遊宴的次數相當頻繁，內廷教坊似乎並無專此藝者。

3. 《宋史》卷二百九十：「在藩鎮日常役兵工作木偶戲人，塗以丹白，舟載鬻於京師。」〔註4〕

簡評：以藩鎮士兵造作傀儡，數量當極可觀，常以舟載鬻於京師，可見京師傀儡戲市場之一斑。戲人雕作好後還要塗以丹白，當時的傀儡戲應該是普遍有裝飾的。只是不知這些戲人是按藝人的要求定做，還是按當時常演的戲劇故事成套製作，抑或是普遍施以丹白，再由藝人以服飾道具等賦予其人物形象。

4. 紹熙三年（1192）二月，時任漳州太守的朱熹頒發《勸農文》，內云：「約束城市鄉村，不得以禳災祈福爲名，斂掠錢物，裝弄傀儡。」〔註5〕

簡評：歷代官員頒文禁戲屢見不鮮，朱熹本就是一個重道明理的老夫子，自然也容不得百姓雜聚觀戲而輕於農事。傀儡戲除娛樂之外的另一個重要功能就是禳災祈福，現在福建的許多地區仍然用傀儡戲驅除邪祟，祐庇嬰兒。看來這個傳統由來已久，而且當時應該有傀儡戲藝人專門以此營利，收錢物作爲戲資。

5. 朱熹《勸農文》頒佈後五年，其學生傅伯成知漳州，朱熹門生陳淳呈

〔註2〕 〔明〕柯維騏撰《宋史新編》，卷一百八十七《賈似道傳》，《續修四庫全書》第三百一十一冊，上海古籍出版社，1995～2002年，頁104。

〔註3〕 〔宋〕無名氏著《宋季三朝政要》，《筆記小說大觀》（五），江蘇廣陵古籍刻印社，1984年版，頁173。

〔註4〕 〔元〕脫脫等撰《宋史》，卷二百九十《楊崇勳傳》，中華書局，2000年版，頁7901。

〔註5〕 〔宋〕朱熹《晦庵先生朱文公文集》，卷一百，四部叢刊初編集部。

給他一篇《上傅寺丞論淫戲》，文曰：某竊以此邦陋俗，常秋收之後，優人互湊諸鄉保作淫戲，號「乞冬」。群不逞少年，遂結集浮浪無賴數十輩，共相唱率，號曰「戲頭」。逐家聚斂財物，豢優人作戲，或弄傀儡。築棚於居民叢萃之地，四通八達之郊，以廣會觀者。至市鄽近地，四門之外，亦爭爲之，不顧忌。今秋自七八月以來，鄉下諸村，正當其時，此風在在滋熾。〔註6〕

簡評：此段材料極爲可貴。文獻中詳記宋代農村演戲情況的資料極爲
少見，此段一記漳州農村演戲集中的時間是七八月秋收以後，
且是「乞冬」這個民俗活動的主要內容；二記演戲的組織方法，
是「戲頭」逐家收取錢物，雇請優人，這種形式至今仍可見於
一些農村演戲活動中；三記所演內容，傀儡戲只是其中一種，
那另外的「戲」是什麼形式呢？或許當時南戲已經極爲成熟，
長期活躍於商業演出的舞臺了；四記演戲的劇場，是臨時築棚
於村鎮相連之處，之前學界以爲鄉村演戲的場地主要是當地的
神廟劇場。此段於中國演劇史、民俗史、劇場史等多方面都有
極爲重要的價值。

6. 清雍正間人鄭得來撰《連江里志》記載：「蔡太師作壽日，優人獻技，
有客以絲繫僮子四肢，爲肉頭傀儡戲，觀者以爲不祥。」〔註7〕

簡評：清人記宋事，時代相隔久遠，不免對其可信度產生懷疑。但所
記內容與肉傀儡產生的時間、初期形態均可以吻合，鄭氏撰此
段或有所本，應可採信。此段詳釋可見下文《肉傀儡》一節。

第二節　宋代傀儡戲文物述論〔註8〕

在已發現的戲曲文物中，與宋代傀儡戲有關的並不多。就其所表現的傀

〔註6〕〔宋〕陳淳《北溪先生大全文集》，卷四十七，四川大學古籍整理研究所編《宋
集珍本叢刊》第七十冊，線裝書局，2004 年版，頁 274。

〔註7〕〔清〕鄭得來《連江里志》卷四「事類」，手抄本，頁 18。轉引自葉明生《福
建傀儡戲史論》，中國戲劇出版社，2004 年版。

〔註8〕本節所引文物說明及圖片來源見附錄三。十一種文物形象散見於《中國戲劇
圖史》、《中國木偶藝術》等書，除第一、第五、第七、第九種文物引起較多
注意外，其餘幾種都只有片言隻語的簡介。本節述論內容並未學語前人，皆
爲筆者管見。

儡形態來看，只有懸絲、杖頭二種，且以懸絲為主。對於這種現象，我想可以有兩種解釋，一是當時的傀儡戲演出市場中，以懸絲傀儡最為活躍，杖頭次之，其他幾種則在數量和影響上尚不能與二者比肩。二是因為懸絲與杖頭的操作特點都很明顯，而水傀儡和藥發傀儡則只有在動態時才能顯出其特性，靜止時與雕塑無異，不宜作為繪畫、瓷枕圖案等戲曲文物載體的表現對象。至於肉傀儡，大約是因為其表演主體已是真人，在文物中或有出現，但被誤認作雜劇演出的場面了。本節所述的文物有：墓葬文物三種，包括兩件瓷枕、一件雕磚；民間日用器物兩種，分別是一塊方形銅鏡和一塊長柄桃形銅鏡；傳世繪畫六種。

十一種文物分述如下：

1. 河南濟源宋三彩瓷枕（一）

瓷枕正面中部為一幅小兒戲懸絲傀儡圖。畫面左側是欄杆的一角，欄杆外似乎是一個池塘；右側是一棵大樹，倒懸的枝葉將它與欄杆之間的空地蔭蔽起來，正是一個消暑納涼的好去處。在這塊空地上玩耍的是三個小兒，居左的手提一種打擊樂器，樂器橫面為圓形，繪有

圖19：河南濟源宋三彩瓷枕（一）

1976 年出土於河南省濟源縣勳掌村。通體施綠釉，間以黃釉和褐紅釉。枕面長 48.8 釐米，寬 18 釐米。

五角形的圖案，應該就是《夢粱錄》卷二十「伎樂」條所記的小提鼓；中間小兒正在吹著一支管狀樂器，形似笛或觱篥，他左腿微屈，面向擊鼓小兒方向作行走狀，彷彿說明鼓在這兩件樂器中居主導地位；右邊的小兒腰微屈，亦面向擊鼓者，右手舉一懸絲傀儡，傀儡身長約小兒半臂，頭戴圓形黑色頭巾，頷下有長髯，身著黃褐色長衫，雙腿彎曲，應該是在配合鼓笛做著動作，但操縱它的裝置極為簡單，只是一根豎向的短棍上弔著兩根提線。這幅圖雖然只是小兒戲耍的一個場景，並非真正的傀儡戲表演，但也從側面提供了當時傀儡戲的一些信息：演出的數量和質量必定極高，小兒們可以經常看到，模仿戲弄時也是有板有眼；鼓和笛雖不一定是傀儡戲僅有的伴奏樂器，卻一定是最主要的兩種，是以宋人才會有「從他鼓笛弄浮生」的詩詠。

2. 河南濟源宋三彩瓷枕（二）及摹本

這件瓷枕的正面中部以捲曲紋圈出了一個菱形，約占整個畫面的三分之一，中間所繪大約是一個故事，兩人便服對坐，左側一人戴展耳襆頭，身著官服，袖手站立。菱形圖案外的四角分別是四個圓形，內中各繪一憨態可掬的兒童。左下角的兒童爬坐於地，左手支撐身體，右手舉著一個杖頭傀儡耍弄。傀儡無腳，身長約兒童半臂，由一根命把自下支撐，雙臂橫向伸展，且無操縱杆相連，應該不能自如活動，可見這只是一件極簡單的玩具而已。與懸絲傀儡相比，杖頭的結構本就要簡單一些，而且杖頭傀儡的歷史又極短，所以這個玩具看起來沒有懸絲玩偶複雜也是正常的，但無論如何，能作為日常生活器物中的圖案，說明杖頭傀儡戲在宋代也已是非常繁盛。畫面中傀儡下方有一個三角架支撐的玩具，類似蹺蹺板，有人猜測這大概與杖頭玩具的操縱有關，但在宋代蘇漢臣的《秋庭戲嬰圖》中（右下為該圖局部），兩小兒在一鼓形凳上玩耍的正是這種平衡玩具，可見它是獨立的，與杖頭傀儡無關。

3. 河南南召宋金墓杖頭傀儡磚雕拓片

這塊磚雕上刻的是四個兒童玩耍的場面，四人的動作表情各有呼應。左第一人面向第二人，左手前伸，右手上掛著一個扇形物，有可能是一種打擊樂器；第二人屈膝深蹲，左手舉一杖頭傀儡，頭轉向右側，看著右邊兩人。右側兩人似乎在表演什麼故事，一人站立，身體前傾，雙手拿一個前有尖角的棍形物，指著橫倒在地上的一個杖頭傀

圖 20：河南濟源 宋三彩瓷枕（二）及摹本

圖片採自劉霽、姜尚禮主編《中國木偶藝術》。廖奔《中國戲劇圖史》並未收錄此種文物。

圖 21：宋蘇漢臣 《秋庭戲嬰圖》（局部）

圖片採自伊永文《行走在宋代的城市》。

傀，旁邊一人坐於地上，雙手握一個球狀物，也對著地上的傀儡。與上圖濟源宋瓷枕上的杖頭玩偶相比，雖然同樣只有一根命地支撐，但這塊磚雕上的傀儡應該進化了一些：傀儡的手臂下垂貼近身體，可見其已能隨身軀的轉動做出一些動作；它已經不再是單純舉著的玩偶，而是可以被賦予相當的情節，成為孩童戲耍中的重要道具了。

圖22：河南南召宋金墓杖頭傀儡磚雕拓片

1981 年於河南省南召縣雲陽鎮五紅村宋金墓中發現。墓為磚砌仿木結構，平面六角形。墓中於二窗櫺下雕出嬰戲圖二幅，分別耍弄杖頭傀儡。

4. 宋《蕉石嬰戲圖》局部杖頭傀儡

此圖的主題依然是小兒在納涼時的嬉戲。但與上幾幅圖不同，畫中的三個小兒在遊戲中已不是同等的參與者，一張布幔將他們分隔開來，布幔後是表演區，手舉杖頭傀儡的小兒正在做著某種表演；布幔前是觀眾區，兩小兒蹲坐於前，一個饒有興味地觀看著，另一童子面向他斜伸出右臂，似乎做著有關表演內容的交流。他們玩耍的主題十分明顯——就是在模仿著勾欄中杖頭傀儡的演出場景。圖中傀儡的形象畫得比較潦草，並不能提示我們當時杖頭傀儡的形象如何，甚至看上去只是一片三葉草，但是這種表演形式還是給了我們一些啟示：既然以布幔相隔，說明這種表演突出的是傀儡戲，而表演者的形象可以被觀眾忽略，這應該是杖頭傀儡戲技藝成熟的標誌之一。

圖23：宋《蕉石嬰戲圖》局部杖頭傀儡

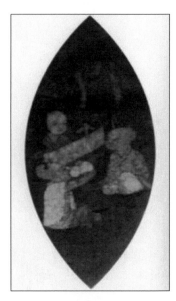

無名氏作。畫高 23.7 釐米，寬25 釐米。現藏北京故宮博物院。

5. 宋杖頭傀儡銅鏡

圖爲鏡背所鑄圖案，畫面背景是一處高臺建築下的臺階，七個兒童在臺階前的空地上游戲，一塊布幔橫於中間，正後方一兒童兩手各舉一杖頭傀儡，從髮髻來看應該是一個女童，二傀儡形象比較生動，皆作武將裝扮，手中各執長型兵器，表演的應該是戰爭故事；布幔左側坐著的女童雙手持小槌兒，面向右邊表演的傀儡擊鼓伴奏；前面的小觀眾有四名，除最右側的童子扭頭向畫面外觀看外，其餘三人均面向布幔之上，看得津津有味；中間的童子左手撐地，半躺半坐，右手也舉著一個小傀儡，傀儡雙袖較長，似乎是一個女性人物，童子身後放著一幅拍板——這是唐、宋歌舞節目中的常用伴奏樂器，或許這個長袖傀儡表演時是伴有歌唱的。值得注意的是畫面最後坐於臺階上的袖手男童，如果他是觀眾，那應該坐於幔帳之前，既然身處表演區中，手中卻既無傀儡又無樂器，他極有可能是這場傀儡演出的另一個主角——「說戲人」！即垂髻女童是根據他的說唱來操縱不同的傀儡，或躍馬提槍進行交鋒，或嫋娜出場翩躚起舞。這種一人主說唱眾人配合幫腔表演的形式至今仍可見於一些傳統的傀儡戲班社中。

6. 宋・蕭照《中興禎應圖》（局部）賣傀儡商販

圖中一商販左手擎一杖頭傀儡玩具，應該正在叫賣。傀儡頭後有兩個菱形狀翹起，似乎是牛耳襆頭；商販肩背後的口袋中還有一個傀

圖 24：宋杖頭傀儡銅鏡

銅鏡現藏北京故宮博物院，長寬各 10.9 釐米，邊厚 0.2 釐米，圓鈕高 0.2 釐米。

圖 25：宋蕭照《中興禎應圖》中賣傀儡商販

圖片採自廖奔《宋元戲曲文物與民俗》。

儡露出，頭戴渾裹。看來這時的杖頭傀儡已經有了相當的進步，玩具已擺脫了模式化，而是每個都有不同的裝扮，應該是當時杖頭傀儡戲發展的一個寫照。圖中的傀儡玩具向右傾斜，商販手舉的杷子卻指向左前，二者之間有一個明顯的角度，看來支撐這個傀儡直立的應該不止一根杷子。傀儡左手高揚，手腕處有一根斜向下的柱狀物，方向恰與商販手舉的方向重合；傀儡右手向下斜指，如無支撐，它或者會垂直向下，或者會與肩膀齊平，與身體成直角。從力學角度分析，這個傀儡玩具應該是在雙手腕部各有一根杷子，也就是說，它的雙手是可以自由活動的。這也符合杖頭傀儡的發展軌迹，手臂從固定到活動，再到由人操縱做出複雜動作。

7. 宋・李嵩《骷髏幻戲圖》

畫作者李嵩，南宋錢塘人，善畫人物，尤擅佛像。畫面背景爲一磚砌高臺，上有方牌，書「五里」，康保成先生考證此磚臺爲「五里堠」，即此處距上一堠已有五里；堠下一骷髏頭戴短腳襆頭，屈右腿坐於一貨郎擔前，右手執一懸絲傀儡進行表演，傀儡的形象竟也是個小骷髏；他旁邊站一婦人，懷抱嬰兒正在哺乳；對面一婦人領一幼童觀看，童子幾乎伏於地上，顯然看得十分入迷。從具體形象來看，這幅畫反映當時的懸絲傀儡製

圖 26：宋李嵩《骷髏幻戲圖》

畫藏北京故宮博物院，絹面設色，縱 27 釐米，橫 26.3 釐米，呈圓扇形。

作與操縱技藝已相當成熟，操縱杆由長短不同的三根橫杆固定於手持的縱向短棒上，上面所繫的提線約二十根左右，骷髏傀儡的四肢、肩、髖等關節都有動作，引得小兒竟伸手前向。葉明生先生在田野調查時發現，福建福清詞明線戲的操縱杆「架頭」造型獨特，卻與畫中大骷髏所持的操縱杆極爲相像，也可作爲福建傀儡戲與宋代傀儡戲關係密切的一個佐證。從這幅畫作的意義

分析，它顯然是為弘佛法而作，畫中大骷髏比喻挈婦將雛的路歧藝人，為了生活奔波勞碌，還要強顏歡笑作戲以娛他人，卻不知受這般苦只為這骨骼外的一副臭皮囊！此畫的深意不僅與佛經中屢以木人喻虛空的法理相合，也與文人「須臾弄罷寂無事，還似人生一夢中」的感歎相通。

8. 宋《百嬰圖》局部

畫面正中是一個由四根立柱支撐的方形臺，臺四邊飾以帶狀花紋，似乎是一個專門的表演區域。臺上前三分之一處立有一塊幔帳，高約至小兒肋部，幔後兩兒童一手持鈎牌，一手勾挑提線，各操縱一懸絲傀儡，二童子手法純熟，二傀儡也栩栩如生；左側童子身後站立的小兒側目認真看著二人的表演，配合表演的可能不大，更像是一個學藝者；臺

圖 27：宋《百嬰圖》局部

筆者拍攝於泉州木偶劇團文物陳列館。廖奔《中國戲劇圖史》稱此圖為清人所繪，但未云何據。此圖從題材、人物造型、畫風都極似宋作，即使其為清人所繪，摹寫宋作的可能性也極大。

下左側有一兒童手持拍板作伴奏狀；右側的兒童看著臺上，右手斜指，好像是在指導臺上二人表演。整幅畫表現的內容不像遊戲，也不像是正式表演，卻像是一個正式的班社在排練——臺下右側的兒童就是這個節目的導演。南宋舞隊「大小全棚傀儡」中有「女童清音」一社，或者當時也有專以兒童演傀儡戲的班社；再或當時的傀儡戲班為了儲備人才，而招收兒童學徒，都是有可能的。

9. 宋・劉松年《傀儡嬰戲圖》

畫作表現的是四個小兒在花園的假山旁耍弄懸絲傀儡的場景。左起第一人雙手執槌擊鼓，鼓被固定於一張反覆於地的方凳上，他同時回頭看著表演區；第二人雙手支撐身體前傾，直視傀儡；第三人雖背向表演區，但正回頭觀看，二、三人之間的地上散放著笛、鈸等伴奏樂器；畫面右方是表演區，一個橫向放倒的長方形凳構成了「戲臺」的主體：凳面是傀儡表演的背景；凳腿上立起的四根長竿圍成了一個相對獨立的表演區，一小兒正站立其中操

縱傀儡；小兒面前橫向懸著一塊帳額，從三面將表演者擋住，正面還有可以書寫戲臺楹聯的窄條，這個簡易的戲臺與福建省常見的「內簾四美」型戲臺（如下圖左）極為相似；小兒身後還放了一個打開的戲籠，形狀也與福建傀儡戲班常用的戲籠（如下圖右）類似，此又可作為福建傀儡戲悠久歷史的一個證據。在小兒操縱下起舞的傀儡貌似鍾馗，形狀衣冠均極生動，小兒左後方的長竿上還掛著三具傀儡，造型同樣逼真，但傀儡身上可見的操縱線只有五條，作為表演顯然太少，可見這個戲臺是四個頑兒因地制宜的模仿，四具傀儡也還只是精巧的小兒戲具而已。

圖 28：宋劉松年《傀儡嬰戲圖》

畫藏臺灣故宮博物院。

圖 29：泉州博物館藏古代傀儡戲臺與戲箱

筆者拍攝於泉州市博物館南音戲曲陳列館。

10. 宋人繪《百子嬉春圖》

圖題百子，嬉戲情態各不相同，或三五為夥，或獨自淘玩。遊戲內容也是五花八門，有對枰手談者，有憑案撫琴者，有攀折春枝者，還有放風箏、舞獅者等等。畫面右上角是一座高臺，邊緣立有華麗的欄杆。臺前端稍左處，一小兒俯身於欄杆巡杖之上，右手托腮，左手提一具懸絲傀儡正在要弄。傀儡約有六條提線，外形較為潦草，動作卻十分生動——雙手作大鵬展翅狀揚起；右膝微蹲，左膝彎曲向前。各個著力的關節外觀柔和，使整個舞蹈動作看起來全無僵硬之感，線位分佈顯然相當合理。

圖 30：宋人繪《百子嬉春圖》

無名氏作。此畫原載《四朝選藻冊》，題蘇漢臣作，後人對此頗有爭議，但將它歸入宋時的嬰戲圖應該是不謬的。

在他的左下處，與高臺拐角相對的地方立有一塊高大的豎長方形影幕，四周無另外的框架，只以向後折回的兩邊固定。上方一邊折痕明顯，應該可以向後折回，以固定左右兩邊，增加影幕的穩定性。幕後一小兒仰頭舉手，是表演者；幕前幾小兒指點雀躍，是觀看者。學界一般認為這是一個影戲表演的場景，但細究之疑點頗多。圖繪時地顯然是白晝室外，並不具備影戲表演的最佳條件。假設當時有借日光作影戲者，也需要在觀眾區遮擋光源，以在影幕上獲得清晰的成像。與其它兩種宋金影戲文物（見下文《影戲》節）比較，這裏的影幕有三異：無框、形巨、豎置。無框應為置放及移動方便；形巨自然是要取得較大的影像；豎置則表明所演圖象並不需要太多的左右活動空間。所以此景可能並非是狹義影戲所指的紙影或皮影表演。將畫作放大後，幕後小兒手舉處並未發現影人。綜合上述分析，拙見以為這有可能是宋代手影戲的演出實例。

11. 河南博愛宋代「肉傀儡」銅鏡

把這柄銅鏡定名為「肉傀儡」銅鏡還是有待商榷的。鏡背鑄有多人於池塘邊消夏的圖象，其中有一小兒騎於一成人頸項之上，廖奔先生在其所著的《宋元戲曲文物與民俗》和與劉彥君合著的《中國戲曲發展史》中，皆斷言這就是宋代肉傀儡演出的實例。其實仔細分析畫中各人物的動作表情不難發現，他們兩兩成組，互相之間雖有呼應，但並無直接聯繫。而且從理論上講，廖奔先生認為這是肉傀儡的前提是認可了孫楷第先生關於肉傀儡的論斷，但孫先生的觀點並未得到普遍的認可，董每戡先生、王兆乾先生、葉明生先生等都對孫先生的觀點進行過辯駁，且都有自己的論點提出。為一個並不站得住腳的理論尋找實物根據，謬誤自然在所難免。拙文《肉傀儡辨》（《戲劇》2006年第 2 期）對此有詳細的辨析，認為肉傀儡既非是小兒騎肩演出，也不是架空飛動的臺閣，雙手擎舉的布袋傀儡與此更是相去甚遠。肉傀

圖31：河南博愛宋代「肉傀儡」銅鏡

1976年出土於河南省博愛縣月山，長20釐米，寬9.5釐米。現藏博愛縣文物管理所。

儡應是小兒後生對傀儡戲表演的模仿，有出於杖頭傀儡者，今存如晉、冀、蒙及甘肅、陝西等地的腦閣（方言記音詞）、高擡；有出於懸絲傀儡者，今存如泉州梨園戲中的「大出蘇」。

第三章　宋代傀儡戲分類形態辨析

　　宋人對傀儡戲的分類是根據其物理外觀上的特徵作出的，有杖頭傀儡、懸絲傀儡、藥發傀儡、水傀儡、肉傀儡五種。影戲雖然沒有被冠以傀儡之名，但根據它的外觀形態，可以將之視爲一種「平面傀儡」。

　　幾種傀儡形態中，懸絲傀儡的歷史淵源較爲明晰，本章著重從藝術角度對其進行比較分析；其它五種則偏重史論，兼及藝術。畢竟，辨明其發生的時間和機理，瞭解其初期的原始形態，才是對其進行深入研究的基礎所在。

第一節　杖頭傀儡

　　孫楷第先生《傀儡戲考原》中，對杖頭傀儡的敘述只有寥寥數行。「杖頭傀儡，今北京猶有之，謂之『托偶』。其傀儡較大扮演時人物尤多者，謂之『大臺宮戲』。宋時所行，當是後一種。」〔註1〕「大臺宮戲」是清代北京對杖頭傀儡戲的一種稱呼，所唱爲皮黃，並有武戲與大戲，戲臺與偶人裝束均極排場，間有票班助唱，一些名角也常以唱此爲樂，如金秀山、劉永春、德珺如等。〔註2〕顯然，當時杖頭傀儡戲的繁華使孫楷第先生產生了錯覺，誤以爲其與懸絲傀儡一樣歷史悠久，都是宋代傀儡戲臺上的主角。而翻檢文獻資料時，我們發現有關宋代杖頭傀儡戲的記載罕得一見；文人詩詞凡詠及傀儡戲者，皆云刻木牽絲；在已發現的戲曲文物中，雖有杖頭傀儡的形象，但其

〔註1〕孫楷第《傀儡戲考原》，上雜出版社，1952年版，頁21。
〔註2〕詳述可參〔清〕富察敦崇《燕京歲時記》，光緒二十三年北京文奎堂刊本。
　　　〔清〕崇彝《道咸以來朝野雜記》，北京古籍出版社，1982年版。

造型極爲原始簡單，似乎難以承載太多的故事。種種證據顯示：杖頭傀儡並不是宋代傀儡戲的演出主力。在當時，它的造型藝術和表演藝術根本不能與懸絲傀儡同日而語。

一、杖頭傀儡出現時間推斷

《中國木偶藝術》一書中寫道：「杖頭傀儡，唐代雖已產生，但尙屬杖頭木偶的雛形。宋代的杖頭木偶已較爲完善。」〔註 3〕這一結論雖然注意到了杖頭傀儡戲形成時間較晚的現象，但將它的產生時間定爲唐代仍有

圖 32：敦煌壁畫中的早期杖頭傀儡形象

些缺乏根據。目前關於唐代杖頭傀儡的文字記載尙未發現，唯一可見的文物形象在一幅敦煌壁畫中。此畫位於敦煌莫高窟第三十一窟窟頂東北側，其內容屬於《法華經變·隨喜功德品》。〔註 4〕畫面中下部偏左處繪有二站立少女，居右者右手舉著一個人形傀儡狀物作逗引狀，左側的少女雙手前伸，作欲搶奪狀。傀儡長約少女之半臂，頭部清晰可見，爲一較爲規則的長方形，上繪眼、口等，邊緣部略有曲線；上衣黑色，圓領，未見雙臂；下著藍色短裙，無腿腳，少女手握的短棒與傀儡頭部似縱向相連，自裙下伸出，支撐傀儡直立。

從畫面來看，這個被舉著的玩偶很難被稱作是一個杖頭傀儡。當然，玩具並不能全部反映同期傀儡戲的狀況，但應該是一個極爲重要的佐證。宋代的傀儡戲文物中，可以看到孩童戲耍的傀儡玩具極爲逼眞，應該是對勾欄中傀儡戲的直接模仿。其中的杖頭傀儡雖然較敦煌壁畫中的玩偶形象生動了許多，頭、頸不再連做一處，手臂、身軀也已獨立活動，但就其顯現出的外形而言，動作幅度不會太大，還未表現出演故事所需的靈活性。其實，杖頭傀儡的結構遠比懸絲傀儡要簡單。即使是活躍於現代舞臺上的杖頭傀儡，也一般只有三根扡子操縱，如果需要腿部動作，則再添兩根扡子，稱爲「打

〔註 3〕劉齊、姜尙禮主編《中國木偶藝術》，中國世界語出版社，1993 年版，頁 177。

〔註 4〕配圖採自全國文化信息資源共享工程，互聯網址 www.ndcnc.gov.cn。

腳」。如果不追求面部的細節，只求形似，杖頭傀儡應該更容易被仿作玩具。
照此推測，宋代嬰戲傀儡圖中的杖頭傀儡與懸絲傀儡應該是環肥燕瘦，各有
千秋。而事實上懸絲傀儡的一枝獨秀恰好證明這種假設的錯誤。

　　《東京夢華錄》中最早提到了杖頭傀儡戲，汴京藝人任小三每日五更在
勾欄中作「頭回小雜劇」。演出被安排在一個極少人關注的時段，說明此時的
杖頭傀儡戲雖已形成，但還處於邊緣的位置。《夢華錄》所記多為宣、政間
事，綜合上述，可以推定杖頭傀儡戲形成的時間應為宋初到徽宗時的一百四
十年間。

　　作為我國兩種最主要的傳統傀儡戲形態，杖頭傀儡竟於懸絲傀儡出現後
的一千餘年才逐漸成形，這實在是文化史上一個非常奇怪的現象。這一現象
提示我們：杖頭、懸絲二者並無直接的傳承關係，而是各有出處。杖頭傀儡
於北宋形成，它應該與這一時期的某種時尚或民俗有關，它的前身應該是這
一活動中經常出現的一種道具。

二、杖頭傀儡的發展演化

　　元代周德清《中原音韻》中，曾把【耍孩兒】這一曲牌稱作「魔合羅」。
「耍孩兒」現在是僅見於晉、冀、蒙交界處的一個古老劇種，與杖頭傀儡戲
淵源極深；〔註5〕「魔合羅」則是宋代開始對人形玩偶的一種俗稱。按照這一
邏輯關係推斷，「魔合羅」與杖頭傀儡也應該關係密切。北宋文學家黃庭堅曾
寫過一組詩《南山羅漢贊十六首》，且看其中第十一首：

　　南山羅漢贊十六首（之十一）

　　第十一尊者羅怙羅，持經。小僧奉經帙，國王跪坐。

　　一身入定多身出，曲申臂項四天下。

　　如世匣藏諸有物，及以絲縷舞土木。

　　小兒讚歡或恐怖，耆老智者但袖手。

　　佛說神童方便力，度脫眾生具功德。〔註6〕

「羅怙羅」即魔合羅，〔註7〕是佛教中重要的護法天神。在宋代，這個魁偉的

〔註5〕具體論述可參見拙文《肉傀儡辨》。載《戲劇》2006年第2期。

〔註6〕劉琳、李勇先、王蓉貴校點《黃庭堅全集》，正集卷二十二，四川大學出版
　　　社，2001年版，頁577。

〔註7〕魔合羅有多種訛寫，如羅侯羅、磨合樂等。原因一是因為其由梵語音譯；一
　　　是因為民間口耳相傳之誤。

尊者的形象竟然變成了憨態可掬的人形小玩偶，這大約與宋代勃興的市民文化有關。當時的佛教界對此也大肚能容，「佛說神童方便力」，認爲這也是佛法無邊的體現。

　　魔合羅的外形多作童子，唐代已有。段成式《酉陽雜俎》記道政坊寶應寺有齊公所喪的一歲孩子，「漆之如羅睺羅」，供奉在寺中。〔註8〕只是此時的磨合羅宗教意味還是很濃，並未普遍融入世俗生活中。宋代則體現出兩大功能，一是在生育時祈福，以求生子平安，且健壯聰慧。宋人許棐曾作詩描述一孕婦買魔合羅玩具的心情：「少婦初嘗酸，一玩一心喜。潛乞大士靈，生子願如爾。」魔合羅傳說是釋迦牟尼的兒子，居母腹七年方生，但與佛祖相逢便認，顯示其慧根聰穎。孕婦有此心願自然很正常。這也是佛教思想世俗化的一個體現，詩中的磨合羅已能玩到「心喜」，說明它已是一件極爲精巧的玩具。第二個功能是七夕時「乞巧」的道具之一。《東京夢華錄》卷八「七夕」條有詳細記載。金盈之《醉翁談錄》中亦記：「京師是日多博泥孩兒，端正細膩，京語謂之摩睺羅，大小甚不一，價亦不廉。或加飾以男女衣服，有及於華侈者。南人目爲巧兒。」〔註9〕可以看出宋代的七夕「乞巧」是極爲隆重的，磨合羅既有精巧的外貌與不同的衣飾，想必使之活動作戲也並非難事；既有雕木彩欄之座盛放魔合羅者，將此放大十數倍，豈不就是一座傀儡戲臺！

　　從或舉或坐的童子玩偶，到活動如生的杖頭傀儡，七夕競巧是一個極爲重要的催化劑。但並不是從此以後，杖頭傀儡就替代了原有的魔合羅。從其材質來看，磨合羅多爲泥質；亦有玉質，宋話本《碾玉觀音》中的工匠，就想用一塊上尖下圓的玉，「好做一個摩睺羅兒」〔註10〕；還有瓷質，如右圖之宋代白胎

圖33：宋代白胎彩繪童子像

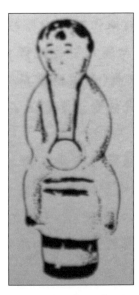

圖片採自伊永文《行走在宋代的城市》。

〔註8〕〔唐〕段成式著《酉陽雜俎續集》卷五。《唐五代筆記小說大觀》，上海古籍出版社，2000年版，頁756。

〔註9〕〔宋〕金盈之著，周曉薇校點《新編醉翁談錄》卷四，遼寧教育出版社，1998年版，頁15。

〔註10〕吳曉玲、范甯、周妙中選注《話本選》，人民文學出版社，1984年版，頁4。

彩繪童子。〔註11〕顯然，這些材質並不適宜使其活動。正如黃庭堅詩所云，「及以絲縷舞土木」，它或許是受到了當時極盛的懸絲傀儡戲的影響，才刻木為身，起舞作戲的。

從所見的文物形象來看，杖頭傀儡並不是產生之初就是現在的形態，而是經歷了幾次變遷。最早出現在敦煌壁畫上的杖頭玩偶還處在濃厚的宗教氛圍中，雖然已離開神座，但似乎只求意到，而於外形並無多加雕飾。宋代的杖頭玩偶先是分出了頭頸與軀幹，但雙手水平直伸，並不能動作；〔註12〕第二步的進化是雙臂自然下垂，已經可以隨身軀的擺動做出一些被動動作，這時應該屬於由玩偶到傀儡的過渡形態；〔註13〕第三步進化賦予了它戲劇的形神——有服飾以表現人物、有道具以展現情節、有伴奏以烘托氣氛、有幔帳以獨立表演區域——此時稱之為杖頭傀儡戲已不為過，賦之以故事、唱、念，它應該有足夠的表現力來作一個「頭回小雜劇」。〔註14〕

至遲在南宋中期，杖頭傀儡已經發展為三根把子操縱的形態，手部的自如活動使它的藝術表現力更上一層樓。自此，我國傀儡戲史上最瑰麗的兩朵奇葩已相繼開放，這種爭勝的局面歷經數百年，至今仍鬥豔枝頭。

第二節　懸絲傀儡

懸絲傀儡是我國最為古老的傀儡戲形態。兩千多年來，它雖然也經歷了許多變化，如偶人由大到小、提線由少到多、操作由簡到繁、內容由歌舞到故事等，但最基本的形態一直未變：絲線下端連接傀儡，上端固定在一個手持裝置〔註15〕上，藝人通過撥動絲線自上而下地操縱傀儡動作——所謂懸絲而戲。它在漢代的表演形態是隨樂起舞；南北朝時有了一個明確的人物形象「郭禿」；唐代已經確切無疑地在搬演故事了。宋代的懸絲傀儡在此基礎上更進一步，達到了一個里程碑式的高度。由以下幾點可知：第一，內宮遊宴多

〔註11〕宋白胎童子像圖片採自伊永文《行走在宋代的城市》，中華書局，2005 年版，頁 249。
〔註12〕見《宋代傀儡戲文物述論》一節之圖三。
〔註13〕見《宋代傀儡戲文物述論》一節之圖四。
〔註14〕見《宋代傀儡戲文物述論》一節之圖五。
〔註15〕山東萊西出土的西漢大木偶旁的銀質短棍可能即是此類手持裝置。這一裝置隨著懸絲傀儡在各地的流佈又有不同的形狀和稱謂，僅福建一省就有鉤牌、架頭等稱，但其基本的功能和操縱原理都是一樣的。

用懸絲傀儡應奉，代表藝人盧逢春；第二，瓦舍傀儡藝人中有張金線、盧金線等，由此藝名可知當時的藝人一定極多，競爭激烈；第三，百姓日用品如瓷枕上有懸絲傀儡的圖案，說明此戲深入生活的程度極深；第四，宋代幾幅嬰戲傀儡圖中，傀儡的造型及操縱裝置都極為精巧，亦能折射此期傀儡戲之盛。〔註 16〕

目前我國許多省市都有懸絲傀儡戲，但最具代表性的是一南一北：南為福建泉州嘉禮戲；北為山西、陝西交界處的線戲。此二者形態古樸，積澱深厚，其淵源均可追溯到唐宋。雖然它們現在看起來外形大異，但於細節處仍可發現許多相似的痕迹。對此二者進行比較研究，會有助於我們瞭解懸絲傀儡的發展演進，並與文獻、文物資料綜合，更為完整地描述宋代傀儡戲棚中的這支主力軍。

一、歷史淵源

線戲，因其發源成長於古時的西河、夏陽地區，故可稱為西河線戲或夏陽線戲，又有「線胡戲」、「線猴戲」等俗稱，活躍區域為今秦、晉、豫三省交界之處。這一地區位於黃河中游，從唐堯古都到漢唐京畿，長期作為全國政治、經濟和文化中心，風俗禮儀也為四方所仰。應劭所見京師賓婚嘉會上所作的傀儡戲，應該在這一地區皆有活動。對線戲深有研究的陝西學者黃笙聞先生〔註 17〕認為，漢代此地的傀儡藝術已相當興盛，並隨同王公官商傳往大江南北；長安、洛陽兩京方圓嘉會中的傀儡戲不僅造型精美，且可能已在演出如西王母之類的神話故事。〔註 18〕

線戲中有一個獨特的丑角「來報子」，又稱「癩包子」，其造型與演出特點都會使人想到南北朝時大名鼎鼎的「郭禿」。據陝西大荔縣一位王姓老藝人說，「來報子」本姓郭。〔註 19〕又據漢中、安康傀儡戲藝人相傳，早在隋大業年間擁兵定都樂壽的長樂王竇建德就極好傀儡戲；初唐高祖、太宗的寵臣竇彧很擅長傀儡戲。這些傳說雖不能作為確證，但也從一個側面反映了線戲歷

〔註 16〕嬰戲瓷枕及嬰戲圖具體可見《文獻與文物中的宋代傀儡戲》一章。
〔註 17〕黃笙聞，又名守中，筆名元山，漢中洋縣龍亭鎮人。曾任中國儺戲學研究會理事、中國梨園學研究會常務理事、《中國戲曲志陝西卷》編委、陝西省藝術研究會秘書長。
〔註 18〕詳見黃笙聞《線戲簡史》，1999 年內部版。
〔註 19〕此據劉霽、姜尚禮主編《中國木偶藝術》，中國世界語出版社，1993 年版，頁174。配圖由山西師範大學戲曲文物研究所 2002 級碩士研究生薑莉提供。

史的悠久。

關於泉州嘉禮戲的歷史，學界有三種觀點。第一種認爲源於晉代永嘉年間的「衣冠南渡」。那時中原移民開發泉州，「晉江」即由此得名。當時中原賓婚嘉會所用的傀儡戲極有可能伴隨而來。

第二種認爲是唐代安史之亂後，王審知入閩主政時傳入。這是繼晉永嘉之亂後規模更大的一次中原移民，當時中原「閭市盛行」的傀儡戲亦可能隨之入閩。呂文俊先生認爲：「按王審知入閩是經汀州而漳州、泉州、莆田等地。這條路線，爲後來提線木偶流行的地帶，正是考察提線木偶入閩的重要線索。」〔註20〕

第三種認爲傳入時間是宋代南渡以後。建炎年間（公元 1127～1130 年），宋王朝在泉州置「南外宗正司」，大批趙宋宗子舉家入泉。他們在汴京時錦衣玉食，遠遷之時自然也不忘帶些平日喜好的戲具與藝人，傀儡戲應該是包括在內的。

比較線戲與嘉禮戲的歷史，異中有同。

首先，嘉禮的源流較爲明晰。儘管有三種不同的觀點，但都有傳入的具體時間和地域。而線戲則多爲傳說，少有確證。參考文化人類學的一些現象，起源模糊者多有著相當長的歷史，但少有質的嬗變。〔註21〕可以推斷，線戲的歷史比嘉禮戲要久些。如果泉州嘉禮戲是晉唐間傳入，那它應該直接源於線戲，二者現在形式上的差異則是因爲千年以來不同的民風世情雕琢而就。泉州地處東南沿海，少兵燹，許多語彙、民俗都是中原古文化的活化石。倘此推斷正確，則嘉禮戲形式上較線戲更接近於漢唐懸絲傀儡的原貌。宋代政治、經濟重心移至汴京，勃興的市民文化不可避免地會對傳統的懸絲傀儡戲進行改進。如果嘉禮戲是南宋時傳入，則它較接近北宋懸絲傀儡的形式，而線戲更近於漢唐古貌。

圖 34：合陽線戲「來報子」形象

照片由山西師範大學戲曲文物研究所 2002 級碩士研究生薑莉提供。

〔註20〕呂文俊《泉州木偶藝術初析》。引自黃少龍《泉州傀儡藝術概述》，中國戲劇出版社 1996 年版，頁 10。
〔註21〕如一些原生態的音樂、舞蹈與文學。

其次，嘉禮戲確定無疑是隨移民傳入；而線戲則是植根本土。晉之永嘉、唐之安史、宋之靖康是我國歷史上三個有名的亂世，也是三次大規模的人口、文化南遷，[註22]起點都是當時的政治、經濟、文化中心，終點則是背靠崇山峻嶺、面向無垠大海的閩南。綜合這幾次南遷的時間和地點分析，無論是哪次遷徙帶來了嘉禮戲，它都是根於中原地區的懸絲傀儡戲，與線戲是血脈相連的手足。

第三，至遲在南宋，線戲與嘉禮戲已是南北呼應。陝西合陽與山西芮城；福建泉州、漳州、莆田；行都臨安，是當時懸絲傀儡戲的三個活躍區域。

二、偶人造型 [註23]

線戲的偶人分偶頭、胎子兩部分。偶頭原以桐木雕刻，後改以柳木。根據不同的行當，偶頭有不同的造型特點。如生角的偶頭面部扁平、臉頰敦厚、天庭飽滿、頷頦方圓、眉眼修長、耳輪肥大，與北魏、周、隋的佛教塑像風格相似；旦角天庭飽滿廣闊、鼻頭渾圓如膽、嘴形小巧玲瓏、唇角盈盈含笑、細眉修長、豐腴俊美，與初唐時的女偶雕像、菩薩造型及三探女俑相似；淨、丑的偶頭則多用漫畫式的誇張手法，結合不同的人物個性，刻畫出

圖35：合陽線戲生角	圖36：合陽線戲旦角

照片由山西師範大學戲曲文物研究所 2002 級碩士研究生蓋莉提供。

[註22] 關於這三次南遷的詳情及對中國文化格局的影響，學界多有論述，此不贅言。
[註23] 文中配圖分別由福建泉州地方戲研究社、山西師範大學戲曲文物研究所 2002 級碩士研究生蓋莉提供。線戲偶人線圖採自黃笙聞《線戲簡史》。

各有差異的面部神態。偶頭製作分選料、雕刻、粉彩三個環節。其中粉彩是用來打底的「相粉」，製作方法相當傳統，是以白醋、豬油、鉛粉、膠水與清水和成。打好的底以及塗繪的顏色上面，還要再覆以一層熬熟的桐油，以保持顏色的經久不褪。

線戲偶人的身部俗稱「胎子」，由軀幹、四肢兩部分組成。形態扁平，缺少胸、背、肩、腹的突出特徵。胸脯與肚腹分別用皮或氈片縫成囊袋，裏面填充以棉花、燈草，上端正中留有小孔，以安裝偶頭頸項。四肢則是用粗布縫成片狀的帶子，丑、雜等角的四肢布帶中填充棉花，武角與部分丑角還裝有木刻的手。除生角外，其餘角色都裝有相應的腳形。將四肢用針線縫在軀幹相應位置上，便是一個完整的胎子了。

化裝是線戲偶人的另一個重要組成。線戲的傳統臉譜有三十多幅，分「公用臉」和「專用臉」。前者只概括反映某類人的共同特徵，如曹操、嚴嵩、毛延壽等共用的「末角臉」；後者則進一步描繪具體人物的特殊儀表，以鮮明其形象，如關公、包公、孫悟空等。線戲的服飾、道具等皆因形小而略顯簡陋，並無特殊之處。

圖 37：合陽線戲偶人結構示意

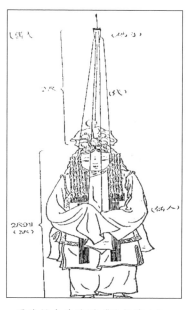

圖片採自黃笙聞《線戲簡史》。

圖 38：泉州嘉禮戲旦角、淨角偶頭

照片由泉州市地方戲研究社提供。

泉州嘉禮戲的偶頭由樟木刻成，其製作亦有選料、雕刻、粉彩三道工序。也用不同的雕刻形狀特徵體現角色行當的劃分，著重表現骨骼、肌肉構成的曲線細節。早期的偶頭製作都由民間雕刻佛像的專業作坊兼營，所以除了有「佛國」雍容豐腴、神韻含蓄的藝術共性外，更多地是體現出各作坊不同的個性特徵。

　　雕好的偶頭要先經過磨光，才能進入粉彩階段。為防止頭坏破裂，先要裱褙一層綿紙或薄綢，陰乾後加蓋調成稀稠適中的粉土。粉土需重複加蓋十餘遍，然後再次修整、磨光。彩繪則普遍採用單色平塗的方法，重在突出其本身骨骼、肌肉所表達出的輪廓線條。只有白奸、閻羅等個別偶頭有色塊的勾畫。彩繪完畢，再普遍上蠟，即告完成。

　　泉州偶人的軀幹、四肢稱為「籠腹」、「手枺」、「麻編腳」。「籠腹」又分上下腹，包含了胸背、腰腹、臀胯等部位，更符合人體生理的構造。編製材料為薄竹篾片，形似竹籠，上下腹之間用兩塊長約三寸、寬約二寸的布片一前一後縫接起來，布片所圍成的間隔構成可以活動的腰腹部。由於竹籠的張力，整個偶人挺胸疊腹，精氣神十足。以布片圍成的腰腹又增加了偶人的靈活性。

　　「手枺」是中間夾一對褶藤片、外層以紙卷疊而成的圓柱體紙筒，分上下兩段，中間間隔一釐米左右，以絲線相連。上段為臂，頂端用絲線連接於籠腹的肩胛處；下段為肘，底端用絲線連接於手掌根部。手又分死手、活手，亦稱文手、武手。死手是一個中空的拳形，使用極少；活手指掌皆有關節，可自如活動，極為普遍。偶人的腿部以苧麻為材料編製成辮狀，上端與下腹相連，下端接以腳板。泉州偶人的腳也是雕造精細，生、淨的「靴腳」或「雲履」；雜角的跣足、草鞋腳；旦行的

圖39：泉州嘉禮戲鍾馗造型

照片由泉州市地方戲研究社提供。

「粗腳」和「縛腳」等，都恰當地表現著人物的性別和社會地位。

　　加以相應的服飾化裝，一個個活靈活現的偶人便分作了生、旦、北（淨）、雜四個行當，除雜行外，其它的傀儡頭多可互相調換，以飾演更多的人物。傳統的泉州嘉禮戲班都擁有包括戲神、花童、小鬼等三個崇祀神像在內的三十六尊傀儡。其中雜行多以頭像特徵命名，如「賊仔」、「散頭」、「斜目」等；其它三行則多以服裝顏色或款式命名，如「紅帔」、「白綾」、「藍素」等；也有更準確地把服裝顏色、款式與頭像結合的命名，如「白甲生」、「開臺文」等。

　　比較兩地的偶人，首先，它們的製作工序基本一致。只是泉州偶頭在雕刻與粉彩間加了一些塗裏的程序，大約是因為天熱、地潮、多蟲蟻之故。

　　其次，二者的角色類型數量相近。線戲以三十多種臉譜區分角色；嘉禮也是有傳統的三十六尊。

　　第三，二者材質體現出極強的地域特色。偶頭一柳一樟；身軀一皮一竹。

　　第四，泉州偶人的製作較線戲偶人精細許多。其原因可能是二者在藝術發展程度的差異所致，也可能是線戲長期在民間生存，而嘉禮則多係貴族賞玩，經濟條件和雅俗的不同所致。

　　第五，就偶人的造型而言，泉州偶人形神兼備，多以偶人本身的線條表現人物，共性、個性都極鮮明；而線戲偶人外形統一表現出晉唐風格，共性大於個性，借助彩繪臉譜刻畫人物，形、神未達到統一。

　　第六，泉州偶人的外形所表現出的戲劇意識更強。頭部的骨骼肌肉可以直觀地傳達人物性格；身軀、四肢的高度仿生極大地增強了偶人的表現力，使一些難度頗大的程式動作成為可能。線戲偶人的臉譜應該說相當豐富，但在表現一些不宜化裝的戲劇時則反會受到局限；偶身的腰部不能活動，四肢的布條沒有力度，也限制了一些戲劇動作的難度。

三、操作及線規〔註24〕

　　線戲的操縱裝置稱「丁字碼」，亦稱「碼子」。演出時，藝人一隻手的拇指、中指與食指控制碼子，另一隻手則牽制某一條或幾條線的中部，配合碼

圖40：合陽線戲操碼手法（一）　　圖41：合陽線戲操碼手法（二）

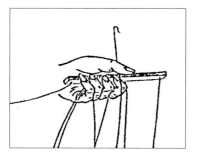 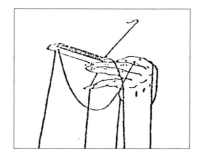

圖片採自黃笙聞《線戲簡史》。

〔註24〕線規是泉州嘉禮戲的一個名詞，意指包括線位、理線及一些固定的傳統程式的操弄技法。此處借指所有懸絲傀儡戲的佈線及操線方法。

子的俯仰翻轉，表演各種必要的動作姿態。基本的掌碼手法有兩種，一種是「全把攬」，將丁字碼的一端垂直緊握，用以表演紮靠的武角及其校尉、兵卒等人物；一種是「虎口奪食」，將丁字碼平置於彎曲著的中指與虎口間，並用食指勾著鐵絲鈎，根據演出需要進行移動操作。

黨晴梵先生《華雲雜記》「提線戲」中，對線戲的提線有一段簡單生動的描述：

> 頭有三線：腦後一，爲俯仰；而耳際各一，爲左右顧盼。兩手各一，爲動作。腰際各一，爲起坐跪拜。旦角則兩足又各有一線，爲行步時作姿態。提線以旦角爲最難，能手可以使旦角嫋嫋婷婷，流動生姿。加以哀感頑豔之詞句，多旋律之絃索，無惑乎他們嗜觀者，樂此不疲呀！〔註25〕

線戲的生、丑一般用五條線，淨角七到九條，且角十到十二條。各線的分佈是：頭部三條，兩條耳線，一條項線，便於俯仰轉動與「甩梢子」；兩手腕各一條手線；且角足尖各一條腳線。如裝活動手，則各加線一條；後腰一條腰線；穿胯繫臀各有一條紮線，以便起坐跪拜、屈伸腰肢，上述三至五條線爲旦角特有。淨角特有胯線四條，用來表演擡腿、舉步之類威武有氣勢的動作。

線戲的程式大多與當地的梆子戲程式類似。特有的程序有「行路」、「跪拜」、「抖帽翅」、「上下樓」等。特技動作有「當場變衣」、「耍舞梢子」、「卸攬紗帽」等。

嘉禮戲的操縱裝置稱「鈎牌」。由彎鈎、長方形牌板與圓柱形把手組成。操作時藝人掌心向下，手掌後部頂住把手末端，拇指與食指捏住把手兩側，其餘八指則都用於挑弄提線。

圖42：泉州嘉禮戲鈎牌

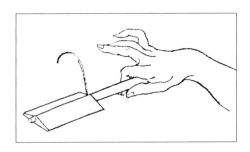

圖片採自黃少龍《泉州傀儡藝術概述》。

嘉禮戲的線位分基本線位和專用線位兩種。前者是每個偶人必不可少的常規線位，一般有十六條，分別爲：頭釘線兩條；背脊線一條；指尾線兩條；拳頭拇線兩條；脈股線兩條；手統線兩條；後背線兩條；雙腳線兩條。後一

〔註25〕引自黃笙聞《線戲簡史》，1999年內部版，頁202。

種是為某個行當的特定動作而設，一般有鞠躬線一條；玉帶線兩條；屁股線兩條；腹肚線一條；眼線或嘴線兩條；踢斗線一條。此外還有兩種不定位的活線和來去線。

嘉禮戲的傳統線規分兩部分：一是理線方法；二是「官行線」、「旦行線」、「假行線」、「倒行線」、「步走線」、「三連線」、「四連線」、「鞠躬線」、「入座線」、「起立線」、「顛跋線」、「寫字線」、「蓋印線」、「捧杯線」、「卻老扇線」、「雨傘線」、「拐仔線」、「織布線」、「打八步線」、「單手單刀線」、「雙手雙刀線」、「跑馬線」、「藤牌線」、「拔劍插劍線」、「過劍線」……等三十餘套程式動作以及組合連續動作。

二者相較，高下不言而喻。無論線數的多寡、操縱的繁簡，嘉禮戲均勝出一籌。但從演出效果來看，二者各有所長，特點鮮明。嘉禮戲的提線既多，線位又佈於各個關節，所以偶人幾乎可以做出與大戲一樣的動作，更擅於表演貼近生活的戲；線戲雖然不能做到高度逼真，但其相對簡潔的操縱更容易灌注劇本與藝人的情緒，長於表現有激烈情感衝突的戲，粗獷的風格反倒顯得寫意抒情。

四、班社組織

傳統線戲的班社成員多是農民，在農閒時才組班演戲。組織形式十分簡單，有一個「領班」，由有聲望的藝人擔任，班內人數不等，有「七緊、八慢、九消停」之說。〔註26〕人員分工一般有四部分：「說戲的」，通常由領班擔任，一要包攬全劇主要角色的說唱；二要坐在「鼓板懷」裏掌握「截子」、「乾鼓」、「堂鼓」、「戰鼓」、「手鑼」、「馬鑼」等六種樂器；還要指揮全場人員。「搭戲的」，負責主要配角的念白與唱腔；次要戲場也兼唱主角。「提線的」，主司偶人表演，通常四至六人，又分「提頭道線」、「二道線」、「三道線」等。「拉胡胡的」，負責拉奏線戲的主要樂器「母胡胡」。

如果組班的四部分都是名家，群眾便會贈予該班「四絕班」的美譽。當地的大戲與杖頭傀儡戲也有「三絕」、「四美」之稱，指的是生、旦、淨、丑四行演技出眾。線戲的四絕則是「說」、「搭」、「提」、「拉」水平高超。

傳統嘉禮戲的班社組織代表是「四美班」。每班固定四名演師分別表演生、旦、北、雜四行當中的各種名色；另固定四名樂師分別演奏南鼓、噯仔、

〔註26〕所謂七、八、九是指參演的人數。山陜一帶的影、偶戲班皆有是說。

鑼仔、拍、鉦鑼、南鑼、銅鈸等樂器。

　　「四美班」並不只是從戲臺帳額上的「內簾四美」四字而得名，而是有一整套嚴格的組織紀律。從演出劇目範圍、唱念的詞句及至每尊傀儡所掛的位置，舉凡涉及表演或演出的相關問題，皆有古制可循。

　　線戲與嘉禮戲組織形式上的差異或許可以解釋二者藝術風格上的不同。線戲的靈魂人物是「說戲的」，個人的好惡及藝術的參差必然會影響線戲發展的整體性；鬆散的組織形式也會阻礙藝術的創新。嘉禮戲嚴整的班社組織則可以使既有的藝術成就得以傳承，雖然過於繁瑣的規定也不利於創新，但長期的演出實踐也能保證技藝的穩中有升。

　　有意思的是，二者一南一北，一曰「四絕」，一曰「四美」。從表面上看，兩個稱呼體現的是雅俗之別；深究之，二者或有聯繫。泉州嘉禮戲班為何稱為「四美班」？一般解釋為生、旦、淨、雜四行皆工，但並無確論。結合嘉禮戲的歷史淵源，似可提出這樣的疑問：嘉禮戲或許也曾經歷過「說、搭、提、拉」的階段；「四美」亦有可能是文人貴族對「四絕」的雅化之稱。

五、傳統劇目

　　線戲的傳統劇目約五、六百種，中華人民共和國建國後搶救發掘的手抄本與口述本現存四百三十本、折。據黃笙聞先生考證，源自宋、金、元講唱故事的約三、四十本，如：《東方朔偷逃》（佚）、《二郎劈桃山》、《沉香劈華山》、《西廂記》、《西遊記》、《寒窯記》、《賣華山》、《五花馬》、《專諸刺僚》、《火燒綿山》、《伊尹耕田》、《山神廟》、《霍光鬼諫》、《豫讓吞炭》、《鴛鴦被》、《抱妝盒》、《馬陵道》、《賺蒯

圖 43：泉州木偶劇團藏「落籠簿」抄本

筆者拍攝於泉州木偶劇團文物陳列館。

通》、《賺英布》、《四馬投塘》（佚）、《藥王成聖》、《東塘關》、《要離刺齊》、《三遷教子》、《百日緣》、《呂后篡位》、《桑椹奉母》（佚）等。傳統劇目中經常演出的，被每個藝人奉為看家戲的有二百零一本，稱作「十二龍鳳、二十四卷

（傳）、七十二圖」。〔註27〕題材分為三類：歷史故事劇，約占二分之一；神話傳說劇，約占十分之一；生活小戲，約占三分之一強。

　　嘉禮戲的傳統劇目分「落籠簿」和「籠外簿」，此外還有個別失傳或散佚而僅存其目的，稱「散簿」。「籠外簿」是「四美班」發展到「五名家」時期重定之劇與清末民初新編之劇的統稱，多為連臺本戲，著名者如《目連救母》、《說岳》、《水滸》等。「落籠簿」為「四美班」時代所保留的最古老的傳統劇目。「落籠」就是作為行頭入籠隨行之意，它是每個「四美班」必備的戲文抄本。「落籠簿」共四十二本，臚列如下：

　　《武王伐紂》、《臨潼鬥寶》、《楚昭復國》、《孫龐鬥智》、《楚漢爭鋒》、《呂后斬韓》、《光武東興》、《桃園結義》、《轅門射戟》、《五關斬將》、《越跳檀溪》、《三請諸葛》、《火燒赤壁》、《智取南郡》、《入吳進贅》、《子龍巡江》、《五子破曹》、《取東西川》、《水淹七軍》、《五路報仇》、《七擒孟獲》、《三出祁山》、《六出祁山》、《三國歸晉》、《劉禎劉祥》、《四將歸唐》、《仁貴征東》、《子儀拜壽》、《織錦迴文》、《湘子成道》、《黃巢試劍》、《收河東》、《五臺進香》、《破天門陣》、《包拯》、《搶盧俊義》、《岳侯征金》、《洪武開天》、《四海賀壽》、《觀音修行》、《十朋猜》。

　　略作分析就會發現，二者的差異是相當明顯的。

　　首先，線戲傳統劇目的數量遠勝於嘉禮戲。

　　其次，線戲傳統劇目的題材豐富，而嘉禮戲則題材單一，絕大多數都是「君臣將相故事」。

　　第三，線戲的劇目雅俗並存，諸如《考詩》、《賣茱》、《當皮襖》等劇，洋溢著濃濃的民間生活氣息；嘉禮戲「落籠簿」劇目大多是忠孝節義，似乎更適合貴族士大夫的欣賞口味。

結　語

　　本節只是對懸絲傀儡戲進行形態辨析，所以對線戲和嘉禮戲的比較只偏重其外在。從所選擇的五個比較點來看，二者雖然南北差異分明，但又有相當的淵源。宋代的懸絲傀儡戲並非曇花一現，它的繁盛自有其源，宋亡之後它的流也是自成涇渭。雖然我們不能確證線戲與嘉禮戲的源流地位，但二者古樸的形態可以提供許多關於宋代懸絲傀儡戲的參考。

〔註27〕詳見黃笙聞《線戲簡史》，1999 年內部版，頁 160。

首先，漢代東西二京的傀儡戲是宋代傀儡戲的遠祖，線戲的形態中應該包含著一些原始傀儡戲的信息；嘉禮戲是隨中原上層文化南遷入閩的，它的形態中應該保留著北宋城市較高水平的懸絲傀儡戲的遺傳基因。

其次，宋代懸絲傀儡戲偶人的造型或許也曾受到當時佛教造像藝術的影響。在化裝上，嘉禮戲更接近於南戲的塗面；線戲的臉譜則更似於梆子戲。二者相較，嘉禮戲似乎更得宋代「公忠者雕以正貌，姦邪者與之醜貌」的神髓。

第三，線戲與嘉禮戲的雅俗之別甚明，似乎宋代的懸絲傀儡戲也不能一概而論，有文人參與創作，觀眾多為貴族士大夫者，此類有一定流動性，易隨「衣冠南渡」遷徙；亦有民間藝人自己創演者，此類由於植根於民眾，生存能力相對較強，亂後或離開城市中的瓦舍勾欄，重回故土。

第三節　水傀儡

在《東京夢華錄》等五書的傀儡戲資料中，有關水傀儡的有八條，約占總數的三分之一。〔註 28〕這些資料記錄了宋代水傀儡的演出形式、演出場地及知名藝人，對我們明晰宋代水傀儡的全貌極有幫助。但不能據此而斷水傀儡是宋代最為活躍的傀儡戲形態，有關它的記載較多大約是因為水傀儡多演於宮苑，而此種筆記的作者又多為歸隱朝臣，目睹異族鐵蹄肆虐，愈加懷念昔日宮中之盛景，遂多有此記。

一、水傀儡的歷史源流

水傀儡多演於宮苑是它自誕生之日起就秉承的一個傳統。與其它四種傀儡戲形態相比，水傀儡對演出場地的要求要苛刻許多：必須有足夠大的水面；藝人與傀儡之間的距離也使得操縱難度加大；浮於水上的傀儡棚也頗需工巧，不若杖頭、懸絲，只需一塊布幔即可。它的這種富貴氣顯示了它出身的不凡，現知最早的水傀儡是隋煬帝時黃袞所作，當時稱「水飾」。煬帝並令學士杜寶作《水飾圖經》。〔註 29〕唐代少有水傀儡的記述。宋代的相關記載中，多數也是皇帝遊宴時以水傀儡助興，知名藝人中的李外寧、王吉等都是宮中

〔註28〕詳見《文獻與文物中的宋代傀儡戲》一章。

〔註29〕可參〔宋〕李昉等編《太平廣記》卷二百二十六，上海古籍出版社，1990 年版，第二冊，頁 1044。

應奉的祗應人。〔註30〕元代唯一的水傀儡記載也是在宮內。蘇天爵《滋溪文藁》卷二十三「故嘉議大夫江西湖東道肅政廉訪使董公行狀」篇記：「工曹專掌營造。……近侍請于禁中海子為傀儡之戲，擬築水殿，以備乘輿遊觀。公言：『……方今聖明在上，豈宜作此。』宰臣是其言，遂罷此役。」〔註31〕文中董公為元仁宗時工部主事工部郎中董訥，所言之「海子」應是當時大都皇宮中的湖泊，今北京市民仍對中南海、什刹海、北海等地有類似於此的稱呼。明萬曆年間太監劉若愚所撰《明宮史》中，詳細記錄了明代宮中水傀儡演出的情形，殊為可貴。文云：

> 水傀儡戲，其制用輕木雕成海外四夷蠻王及仙聖、將軍、士卒之像，男女不一，約高二尺餘，止有臀以上，無腿足，五色油漆，彩畫如生。每人之下，平底安一榫卯，用三寸許竹板承之。用長丈餘，闊數尺，進深二尺余方木池一個，錫鑲不漏，添水七分滿，下用凳支起，又用紗圍屏隔之。經手動機之人，皆在圍屏之內，自屏下遊移動轉。水內用活魚、蝦、蟹、螺、蛙鰍、鱔、萍、藻之類浮水上。聖駕升殿，座向南。則鐘鼓司官在圍屏之南，將節次人物，各以竹片托浮水上，遊鬥玩耍，鼓樂宣闐。另有一人，執鑼在旁宣白題目，替傀儡登答，贊道喝綵。或《英國公三敗黎王故事》，或《孔明七擒七縱》，或《三寶太監下西洋》、《八仙過海》、《孫行者大鬧龍宮》之類。惟暑天白晝作之，猶耍把戲耳。〔註32〕

此段所記並非說明當時水傀儡的表演已由戶外轉向戶內，「暑天白晝」是這種演出的前提。但以人工小池代替湖泊，卻是首見於明代宮中。這種改變除避暑之外的另一個好處是增加了水傀儡演出的機動性。明末的兩首宮詞所寫大約也是這種室內水傀儡。

宮詞〔註33〕

曹靜照〔註34〕

口敕傳宣幸玉熙，樂工先候九龍池。

〔註30〕此二人身份孫楷第先生《傀儡戲考原》中已有考述。本文《宋代傀儡戲的藝人》一節也有相應的討論。

〔註31〕李修生主編《全元文》卷一二五八，鳳凰出版社，2004年版，頁210。

〔註32〕〔明〕劉若愚著《明宮史》木集，北京古籍出版社，1982年版，頁40。

〔註33〕〔清〕饒智元著《明宮雜詠》卷十一，清湘漵館叢書刊本。

〔註34〕曹靜照，女，字月士，宛平人，生卒年不詳。泰昌元年選入宮中，後流落南京，削髮為尼。

裝成傀儡新番戲，盡日開簾看水嬉。

詩中所言之九龍池當在玉熙宮中，所以皇帝不必受陰晴寒暑之限，而可以盡日觀戲了。

　　宮詞〔註35〕

　　秦徵蘭〔註36〕

　　機運銅池繡慢帳，玉桃偷罷下西洋。

　　中宮〔註37〕性癖嫌簫鼓，翠輦還宮未夕陽。

首句原詩注曰：「用方銅池縱橫各三丈，貯水浮竹板，板承傀儡，池側設帳障之。」與劉若愚所記相較，並無大異，僅池之材質不同。次句原詩注明所演為《東方朔偷桃》、《三寶太監下西洋》諸事。

　　清代的一條水傀儡記載雖然不是演於宮內，卻也是在大戶名園之中。據《揚州畫舫錄》卷十三「橋西錄」條記，清初韓醉白別墅後改名名園，築小山亭，「閒時開設酒肆，常演窟儡子，高二尺，有臀無足，底平，下安卯榫，用竹板承之。設方水池，貯水令滿，取魚蝦萍藻實其中，隔以紗障，運機之人在障內遊移轉動。」〔註38〕此段與劉若愚所記大體全同，可見是與明代水傀儡一脈相承的。

　　清代以後，水傀儡在我國似乎失傳。有關它的記載再未見到，實際的演出更是難覓其蹤，以至現在只能根據文獻所載臆測其形態。而在鄰國越南，至今仍保留著一種古老的水上傀儡戲，雖然不能斷言其何時何地自我國傳入，但它的許多元素都可與我國古代文獻所載的水傀儡相表裏，對我們研究古代水傀儡的形態有著極為重要的參考價值。〔註39〕

二、水傀儡的演出形態

　　越南水傀儡演出前，一般有一個名為 TEU 的偶人先出場介紹節目。越南學者阮輝虹先生稱它「在中國是小郭」，特點是「聰明、活潑、直率、喜歡追樂子，調皮、大膽……」〔註40〕這無疑是「凡戲場必在俳兒之首」的郭禿的

〔註35〕《明宮詞·天啓宮詞一百首》，北京出版社，1987 年版，頁 28。

〔註36〕秦徵蘭，天啓年間宮人，生平不詳。

〔註37〕指當時的中宮張后。

〔註38〕〔清〕李斗著《揚州畫舫錄》，江蘇廣陵古籍刊印社，1984 年版，頁 283。

〔註39〕本節有關越南水傀儡的描述參考自麻國鈞《中越水傀儡漫議》，《戲劇》1999年第 1 期。葉明生《古代水傀儡藝術形態考探》，《戲劇藝術》2001 年第 1 期。

〔註40〕見阮輝虹《越南水木偶藝術》，1999 年 3 月臺灣偶戲學術研討會論文打印

形象，越南水傀儡與我國古代傀儡戲的淵源可見一斑。

TEU 的開場白是這樣的：

> 聖主萬年，我名爲 TEU，我年紀還小的時候，大家叫我 YONG（原
> 注：一種軟木，可能是黃葵），到後來智巧，坊刻臉，命名爲 TEU。
> 兄弟啊！今天大家都來看戲，有一個白肌膚、紅臉頰的姑娘，她看
> 到 TEU 就想結好！但她又怕我是木人。姑娘啊！你別擔心，我 TEU
> 雖是木做的人，但別有機心，到夜深轉動身形，我 TEU 不會像木頭
> 那樣呆然躺臥啊！……〔註41〕

這種開場方式與宋雜劇演出前的參軍色致語極爲相似。只是這一段內容有著
明顯的民間特色，先介紹傀儡的來歷，又誇張地表示這木人不僅外形能打動
漂亮的姑娘，還能活動如生，甚至如有七情六欲一般。這是民間藝人對自己
技藝的自誇之辭，但段首稱「聖主萬年」，似乎表明這種演出還是帶有一些宮
廷雜劇的烙印。臺灣大學曾永義教授在論到 TEU 的時候說：「一個面帶滑稽的
表演主持人，使我們聯想到宋雜劇的參軍色。」〔註42〕《東京夢華錄》卷七
對水傀儡的記述中，先由參軍色致語，然後樂作，偶人出；明代的水傀儡戲
演出前也有一人執鑼宣白題目，看來自宋代以來，水傀儡的開場形式相對固
定。而隋時杜寶的《水飾圖經》中，並無此開場儀式。致語與雜劇緊密結合
的演出形式形成於北宋，〔註43〕宋初文人楊億的《壽寧節致語》所記當時的
演出程序爲：口號→勾雜劇→放小兒→勾女弟子隊→隊名→問女弟子→女弟
子→勾雜劇→放女弟子隊。水傀儡的演出顯然也遵循著這樣的程序，但由於
演出場地特殊，不便與其它節目同演。

從《東京夢華錄》所記來看，當時的水傀儡所演並非以故事爲主。雖然
也有作語、唱和，但篇幅短小，難以鋪陳情節。更吸引觀眾的顯然是如何
「釣出活小魚一枚」。繼之而作的木偶築球、舞旋更是以動作新奇取勝。宋人
楊侃《皇畿賦》描寫水傀儡道：「別有浮泛傀儡之戲，雕刻魚龍之質，應樂鼓

本，頁 13。

〔註41〕 此段爲阮輝虹先生引太平省東興縣元舍村水木偶開場詞。引處同上，頁 11。

〔註42〕 詳見曾永義《偶戲大觀·大觀偶戲》，臺灣《聯合報》1999 年 4 月 23 日「聯
合副刊」，頁 37。引自葉明生《古代水傀儡藝術形態考探》，《戲劇藝術》2001
年第 1 期。

〔註43〕 此處採用胡明偉《中國早期戲劇觀念研究》一書的觀點，學苑出版社，2005
年版，頁 63～85。

舞，隨波出沒。」陳濟翁詞【驀山溪】《去年今日》亦云水傀儡道：「去年今日，從駕遊西苑，彩仗壓金波，看水戲，魚龍漫延……」南宋的水傀儡除了百戲內容之外，還有了一定的故事。因爲《夢梁錄》中所記不只是「魚龍變化奇眞，功藝如神」，「百戲伎藝」條中的知名藝人姚遇仙、賽寶哥、王吉、金時好等，水傀儡已弄得「百憐百悼」，所演或爲才子佳人式的「煙粉」類戲。

三、水傀儡的劇場

從目前的資料分析，水傀儡的演出場地有室內和室外兩種。室內劇場首見於明代，清朝亦沿用其制，前引劉若愚《明宮史》及李斗《揚州畫舫錄》書之甚詳。室外者如隋時杜寶《水飾圖經》中的曲水，七十二勢水飾演於其上；宋代《東京夢華錄》的記述更爲詳細，金明池〔註44〕上的水傀儡船上結彩樓，下有三門，偶人從中門出入，旁有兩樂船，司配樂唱和。

圖44：宋張擇端《金明池爭標圖》　　　　圖45：越南鄉間水亭

圖片採自周寶珠《宋代東京研究》。　　　圖片採自麻國鈞《中越水傀儡漫議》。

在越南的紅河流域，鄉村中經常可以看到專門演出水傀儡的場所，這種建築位於河道正中，多爲重簷歇山頂，面闊三間，在當地稱之爲「水亭」。〔註45〕在整個水傀儡劇場構成中，它相當於戲房，不對外公開，顯得十分神秘。曾親看過此戲的麻國鈞先生和葉明生先生都沒有看到裏面的情形。據越

〔註44〕配圖採自周寶珠《宋代東京研究》，河南大學出版社，1992年版。
〔註45〕配圖採自麻國鈞《中越水傀儡漫議》，載《戲劇》1999年第1期。

南學者阮輝虹先生介紹，戲房內分成三間，中間大，兩邊小，「戲房中架木板，中間低於水面，兩邊高於水面。道具、樂器、準備節目的藝人都在高處。在水深的中間木板，前面比後面要低。……中間的大間前後都有門，前面掛一到兩層竹簾；木偶退場時，外面就看不見裏面的布置。這窗子同時是戲臺的背景，有時藝人把水潑到竹簾上，免去好奇眼睛的偷看。大間後面掛一布簾或竹簾，讓陽光照進來，廂房之間的來往要靠涉水，戲房與岸上的聯繫要用小竹船。」〔註46〕

圖46：明《三才圖會》
插圖「傀儡圖」

圖片採自伊永文《行走在宋代的城市》。

《東京夢華錄》所云「下有三門，如傀儡棚」使得許多人產生了疑惑。孫楷第先生表示「事甚異」，並舉出戲樓應只有上場與下場兩門。〔註47〕參考越南水傀儡的戲房結構得知，所謂三門其實是指傀儡棚面闊三間，居中的明間地板低於水面，所以才會有小船載偶人從中出入。而這面闊三間的形制大約也是當時懸絲傀儡戲棚經常採用的，參考明《三才圖會》中的「傀儡圖」，戲棚的正面做成三間牌樓的形狀，明間較大，爲主要的表演區。整個形狀正與「上結小彩樓，下有三小門」相合，可爲一證。

越南水傀儡劇場另外有戲臺及觀眾席〔註48〕兩部分，戲臺即是在戲房前的水面上劃出的一個表演區，寬與戲房同，兩邊以幾根旗杆分隔，旗杆間還有軌道相連，用來表演一些龍蛇翻舞、魚鴨飛梭的內容。宋代的水傀儡大約也是有這樣一個表演用的戲臺的，因爲藝人操縱傀儡畢竟有一個有效距離。而且據記載，宋代的水傀儡是包含百戲節目的，一些魚龍曼衍的場面大概也需要類似的旗杆與軌道來實現。越南水傀儡的觀眾席在戲臺的

〔註46〕見阮輝虹《越南水木偶藝術》，1999年3月臺灣偶戲學術研討會論文打印本，頁9。

〔註47〕孫楷第《傀儡戲考原》，上雜出版社，1952年版，頁49。

〔註48〕配圖採自〔日〕宮本吉雄《中國戲藝神考》，天津人民出版社，1992年版，頁135。

前、左、右三面，可見其用來表演的水面不會太大。宋代弄水傀儡多於金明池或西湖上，最佳的觀眾席就只能是戲臺對面的臨水殿或龍船了。

《夢粱錄》中，水傀儡也被歸入百戲伎藝。它應該不只是在宮廷應奉演出，民間也能見到。如果民間藝人在室外作場，寬闊的水面會造成兩個障礙：一是因為距離和角度而使觀看不便；二是無法分隔劇場內外以使觀者買票入場，從而使表演失去商業

圖47：越南水傀儡戲臺與觀眾席

圖片採自宮本吉雄《中國戲藝神考》。

性。如果是在瓦舍勾欄內演出，則需要製作室內所用的水池，成本高、面積小，觀眾人數受限，也不會很普遍。寺廟中往往有池塘，廟會時於此演出也有可能，但廟會為每年定期舉辦，並非日常可見。綜上分析，宋代或者已有室內的水傀儡劇場，但數量應不多；劇場特殊性的限制也是宋代民間水傀儡演出較少的原因之一。

四、水傀儡的操縱形式

越南水傀儡的偶人稱「軍」，是一個頗有中國宋代特色的稱呼。多用無花果木雕造，彩繪油漆。高約四十釐米，一般有身無腿，或有腿無足，代之以一個浮於水上的偶座。此座下安裝繩和鉤，另有一方洞插一根長竿。藝人執竿之另一端以使偶人前後左右移動；拉動繩子則可以使偶人的頭、手等部位運動。〔註49〕

如同一直以來的杖頭、懸絲傀儡一樣，水傀儡的操縱應該也是沒有太大變化的。金明池上的水傀儡表演中，小船自中

圖48：越南水傀儡偶人

圖片採自宮本吉雄《中國戲藝神考》。

〔註49〕配圖採自〔日〕宮本吉雄《中國戲藝神考》，天津人民出版社，1992年版，頁134。

門出，遶繞數回，又自中門返回，要完成這種軌迹只能依賴硬質的操縱桿，如明清的竹板；而小童舉棹划船的動作，以及白衣人釣出小魚一枚，則應該是由絲線帶動相應關節完成的。

明清的水傀儡高都約二尺許，有臀無足，底座以榫卯結構固定一竹板，以此竹板操縱傀儡的藝人稱「經手動機之人」或「運機之人」，足見這種操縱還是需要一些精妙手法的。兩段資料均未記是否有絲線輔助動作，或是因爲作者只是一名普通觀眾，並不能瞭解紗帳後的妙處吧。

五、水飾、水戲、水百戲、水轉百戲辨析

隋煬帝所觀的水飾應該是水傀儡在宋前的一種。孫楷第先生據杜寶所言「以水機使之」斷定這種表演是依靠機關動力完成的。〔註50〕但此水飾隨曲水而行，並不能借用流水的動力，所以並不能歸入「搖發」的行列。表演的曲水可以浮得起長一丈、闊六尺的「妓航」，應該不是一條狹窄的河道。而水飾的偶人只有二尺許，表演需要一個較爲平靜的水面。所以此七十二勢水飾顯然是有專人在上游佈置，經過煬帝面前時才作一些表演，操縱的藝人極有可能就在類似於樂船的「妓航」上，利用長竿和絲線使傀儡活動如生。

宋代的水戲包括諸項水上運動，如龍舟爭標、水秋韆、拋水球、泅水、弄潮等，是一個極寬泛的概念，水傀儡只是其中的一種。〔註51〕

水百戲在北宋時並無專指，水傀儡的表演中包括築球、舞旋等百戲內容。南宋時似與演故事的水傀儡戲逐漸分成兩個概念，《夢粱錄》卷二十「百戲伎藝」條記水傀儡藝人弄得「百憐百悼」，後又記「兼之水百戲，往來出入之勢……」

水轉百戲一詞出現於三國時，許多學者都認爲這是中國最早的水傀儡實例，本書「藥發傀儡」一節已經辨明其並非水傀儡。它的作者馬鈞在當時有三種巧製，爲「指南車」、「童轉翻車」與「水轉百戲」，稱爲「三異」。〔註52〕其實這三者原理一樣，都是依靠機械動力推動齒輪，再帶動相連的部件做出

〔註50〕見孫楷第《傀儡戲考原》，上雜出版社，1952年版，頁39。

〔註51〕有關水戲的具體情況可參周寶珠《宋代東京研究》，河南大學出版社，1992年版，頁475。

〔註52〕〔晉〕陳壽撰《三國志·魏志》卷二十九《杜夔傳》裴松之注文。《二十五史》第二冊，上海書店、上海古籍出版社，1986年版，頁1164。

預定的動作。〔註53〕而水傀儡是由藝人直接操縱偶人，動作並非預先設定，其精彩與否全憑藝人的一雙巧手。

第四節　肉傀儡

「肉傀儡」一詞，僅見於宋代幾部筆記中。因其記述過簡，後世研究者甚至難見其管中之一斑。但因為它出現在中國戲曲雛形期的宋代，而且望文生義，它似乎是由「傀儡」戲向「人」戲過渡的一個中間形態，所以諸多戲曲史家都對它有所著力。的確，傀儡戲在唐代已是一種極為普遍的戲劇形式，它對中國戲曲的催生作用是毋庸置疑的，但這種催生作用發生的時間和形式卻一直是未解之謎。肉傀儡在宋代曇花一現後便寂然無蹤，對它的具體形態進行辨析，或許有助於我們解開這個千年之謎。

一、前人五種觀點辨析

《都城紀勝》「瓦舍眾伎」篇中，記當時的傀儡名目有藥發傀儡、懸絲傀儡、杖頭傀儡、水傀儡、肉傀儡五種。這是關於肉傀儡最早的記載。《武林舊事》卷六「諸色伎藝人」篇中，傀儡之下也記載了相同的五種。但此二書並未對肉傀儡作出詳細的描述，《武林舊事》只舉了兩個肉傀儡藝人：張逢喜、張逢貴。《都城紀勝》中僅注：以小兒後生輩為之。孫楷第先生稱「此八字甚可貴。」「余今日釋肉傀儡，僅賴此八字知之也。」他隨後又遺憾地表示「然此八字猶嫌簡略。所謂肉傀儡以小兒後生輩為之者，將如何扮演？」〔註54〕

雖如飛鴻一瞥，但也有雪泥之爪痕。戲曲史家敏銳的眼光注意到了肉傀儡在戲曲史上的重要地位。以此八字為線索，各有精闢論述。孫楷第先生引證《夢粱錄》諸書，推斷肉傀儡為街市樂人三五成隊，「擎一二女童舞旋、唱小詞的荒鼓板。」孫先生並論其形態為「方女童之舞，擎者當隨其勢，自下助之。」「乘肩女童但舞而不歌，其歌者乃地上樂人。」而且這種「肉傀儡」形式清初仍可見，劉廷璣《在園雜誌》裏稱之為「連像」。清末北京以大人擎小兒，以下應上作歌舞的「耍小孩兒」亦與宋之肉傀儡意合。〔註55〕孫先生

〔註53〕在中國科技館和北京天文館中，即有此類可演示的實物展出。可參拙文《藥發傀儡辨》，載《戲劇》2007年第3期。
〔註54〕孫楷第《傀儡戲考原》，上雜出版社，1952年版，頁52。
〔註55〕孫楷第《傀儡戲考原》，上雜出版社，1952年版，頁52～55。

的這種說法得到了許多人的認可。廖奔先生認為「很有道理。」並指出肉傀儡的演出形式一直沿用到了今天，福建沙縣的「肩膀戲」，四川和「大木腦殼」木偶同臺表演的幼童乘肩戲都是肉傀儡的實例。〔註 56〕翁敏華先生以朝鮮半島「農樂」中的「舞童」為實例，支持了孫楷第先生的觀點。她舉出了五條證據：

（1）朝鮮農樂隊員托舉表演的，有真傀儡和小兒兩種，為了區別，把後者名之為「肉傀儡」完全是順理成章的；（2）朝鮮農樂舞童有「三人立」、「五人立」，正與中國記載中的「三三五成隊」相吻合；（3）兩者都出演於正月，只是《夢梁錄》的記載中已淡化了祭祀性意味，可能已不屬於原生態的「肉傀儡」表演，而朝鮮的，比較強調恭賀新年，保祐孩子順利成長，立身出世等禱祝性意義；（4）兩者都記錄了向觀眾收錢，只是朝鮮的記載明言用於祭祀活動；（5）兩者的名稱也十分相似：一為「舞童」，一為「女童舞旋」。〔註57〕

這種觀點雖然緊扣了「以小兒後生輩為之」的原旨，但同時似乎臆斷了肉傀儡自杖頭傀儡而出，與當時更為成熟的懸絲傀儡無涉。是否有失偏頗，容後詳述。

對孫楷第先生的上述觀點，也有專家表示出了懷疑和反對。胡忌先生以《都城紀勝》、《武林舊事》所記樂人趕趁（即荒鼓板）與《夢梁錄》有關內容相較，指出三五為隊的「荒鼓板」有擎女童和不擎女童兩種。且二書記有專門的鼓板藝人，鼓板乃專門的一項伎藝。孫先生所云荒鼓板即肉傀儡一說「應即再需追求之」。〔註58〕董每戡先生提出「肉傀儡是藝人用手指套著木偶頭耍弄的傀儡戲，今福建省稱之為『布袋戲』的就是這一種。」董先生又說還有兩種「肉傀儡」，一是「臺閣」上裝扮故事人物的小兒；一是三月迎神賽會中扮串各種戲劇人物的後生。〔註 59〕周貽白先生對上述觀點表示出半信半疑的態度，他認為肉傀儡也有可能是幕前人扮傀儡與幕後說唱相配合，近似於現在「雙簧」的形式。〔註 60〕康保成先生也認為「雙簧」更接近肉傀儡的表演形式，因為「傀儡戲的一個重要特徵是，操縱木偶者即代傀儡歌言者，

〔註56〕廖奔、劉彥君《中國戲曲發展史》，山西教育出版社，2000 年版，卷一，頁412、413。

〔註57〕翁敏華《中日韓戲劇文化因緣研究》，學林出版社，2004 年版，頁 210、211。

〔註58〕胡忌《宋金雜劇考》，古典文學出版社，1957 年版，頁 50。

〔註59〕董每戡《說劇》，人民文學出版社，1983 年版，頁 40。

〔註60〕周貽白《中國戲劇史長編》，上海書店出版社，2004 年版，頁 91。

是不應該出現在前臺的。」〔註61〕

王兆乾先生以池州儺戲爲例，力證肉傀儡應該是一種以涯詞、雜戲爲腳本的假面戲曲。「在宋代，這種假面戲曲已經是宋雜劇的一部分，是綜合了秦漢以來的驅儺歌舞和唐五代自西域傳入的西涼伎、文康樂、蘇幕遮、踏謠娘等假面雜戲和瓦舍伎藝發展而來。」並認爲《東京夢華錄》「架登寶津樓諸軍呈百戲」條中的「啞雜劇」就是肉傀儡演出的實例。但這個例子與王先生前述有些矛盾，這裏的「啞雜劇」以鬼面金睛的裝扮取勝、以吐煙弄火的雜伎取勝，並未有具體的故事搬演，更遑論以涯詞、雜戲作成的戲曲腳本。〔註62〕

學界對肉傀儡的上述解釋可以概括爲五種：

（一）大人擎兒童歌舞；

（二）以手指操縱的布袋戲；

（三）幕前表演幕後說唱的雙簧；

（四）小兒扮作戲劇人物「駕空飛動」的臺閣；

（五）著假面而進行的戲曲、說唱表演。

這幾種解釋中布袋戲一說應該是去事實最遠者。如果是用手指操縱，那麼又何必非以小兒後生輩爲之？況且大人手指的長度和靈活度似乎更適於布袋戲的表演。筆者曾在福建省做過有關傀儡戲的田野調查，當地的布袋戲藝人並不像杖頭、懸絲傀儡藝人那樣，把歷史直溯到漢唐以上。最爲流行的說法是明穆宗隆慶年間，龍溪落第秀才孫巧仁獨創布袋戲，距今不到四百五十年。這與宋金元三代並未見到布袋戲任何記載和文物的事實相符。據筆者臆測，布袋戲很可能是宋代杖頭傀儡的後裔。其一，舉其末出帷帳之上的表演形式與杖頭傀儡相同；其二，三根手指恰如杖頭傀儡的三根拖子，食指主頭頸，如命拖，大拇指與中指主雙臂，如二手拖；其三，二者戲偶均無腳，而以袍裙代之。杖頭衍生布袋的過程有可能發生於元明之際——長期的戰亂使勾欄不再是主要的演出市場，「七緊八慢九消閒」的傀儡戲班必然會進行一次重新組合，導致大量個體流浪藝人的產生。而且杖頭傀儡本產生於北方，表演形式極其粗獷，在其不斷南移的過程中也需要吸收南方的纖巧細膩進行柔

〔註61〕康保成《佛教與中國傀儡戲的發展》，《民族藝術》2003 年第 3 期。

〔註62〕王兆乾《池州儺戲與成化本〈說唱詞話〉——兼論肉傀儡》，《中華戲曲》第六輯，山西人民出版社，1988 年。

化，布袋戲很可能就是這種柔化的結果。

布袋戲既然表演形式與「小兒後生輩爲之」不符，出現的時間又晚於宋傀儡，自然與肉傀儡不能混爲一談。「雙簧」說與「布袋戲」說同樣的謬誤之處在於，幕前表演者不一定全爲「小兒後生」輩。既稱之爲肉傀儡，其外形必然會具有傀儡戲的一些特徵，而雙簧吸引人的地方在於表演者的動作與說唱者的聲音並存而雙軌所產生的滑稽效果。表演者不需要看起來像傀儡，說唱者也不必作傀儡調。「雙簧」現在被歸入曲藝，可考的產生年代爲清中葉。表演形式爲兩人同臺，一人藏在後面說唱，一人坐在前面，按後面一人說唱的內容表演各種動作，使觀眾看來好像是他自己說唱的一樣。〔註 63〕由此看來，「雙簧」是一種較爲簡單的曲藝形式，它的遠源似乎更可能是雜手藝中的「喬相聲」之類，而沒有必要成爲傀儡家族中的一員。「雙簧」說的一個重要理論根據是傀儡戲中，操縱木偶的傀儡師不得出現在前臺。以觀眾的心理分析，他們應該是對幔帳後面的事情充滿好奇的。所以從古至今，傀儡師並不避諱「穿幫」，海南臨高的杖頭木偶、四川川北大木偶一直都有人偶同演的傳統；福建泉州的提線木偶表演大師黃奕缺先生，與木偶同臺起舞，將小沙彌的癡憨、小猴子的靈精表現得淋漓盡致。

肉傀儡雖然不像雙簧那樣一人幕後說唱、一人臺前表演，但它在發展初期的說唱和表演應該是分離的。《潭州潙山靈祐禪師語錄》記：

> 潙山晚年好，則極教得一棚肉傀儡，直是可愛。且作麼生是可愛處？
> 面面相看手腳動，爭知話語是他人。〔註 64〕

這則禪宗語錄實際透露了肉傀儡的許多信息。其中之一就是肉傀儡的表演是與他人的語話配合的。究其原因大概有兩條，一是堅持傀儡戲的傳統，由傀儡師以說唱操縱舞者；二是小兒後生輩記憶理解全部的故事戲文有一定難度，故由幕後人代言。之所以前文稱此種配合是肉傀儡初期之狀，也是基於這兩條原因。肉傀儡漸趨完善的過程中，說唱與表演配合的默契度勢必成爲

〔註 63〕　《中國大百科全書》戲曲曲藝卷，中國大百科全書出版社，1983 年版，頁 306。
〔註 64〕　〔明〕圓信、郭凝之編《潭州潙山靈祐禪師語錄》，靈祐（771～853）唐代禪僧，潙仰宗初祖之一。明人所輯其《語錄》一卷，從內容看多來自成書於南宋的《五燈會元》。此段並非正文，應爲後人所加。唐、明皆無肉傀儡之稱呼，此段極可能是南宋的潙仰宗弟子對靈祐禪語的評注之詞。今收日本高楠順次郎、渡邊海旭、小野玄妙等學者組織的大正一切經刊行會編輯《大正藏》第四十七冊，頁 580。

一個凸顯的矛盾，一旦傀儡師對藝術完美的追求與此矛盾發生碰撞，耐不住寂寞的他們走上臺來，集說唱表演於一體，肉傀儡就進入了一個新的階段。同樣，隨著習藝的小兒後生輩的增多，自然會將熟識戲文說唱作為必修的功夫。俟得藝成，開口而歌，亦非原來的肉傀儡所能比。這是一個矛盾轉化的哲學過程，其結果是對自身的否定和昇華，臺上的且歌且舞愈加精彩，觀眾則日漸淡忘了「肉傀儡」這一名詞。初期肉傀儡的這種表演形式大約在民間並未徹底消失，雙簧也或許是由它間接衍生的藝術形態之一。

主「臺閣」說者顯然沒有詳細解讀史籍中關於臺閣的記載。《武林舊事》卷三「迎新」條記：

> 戶部點檢所十三酒庫，例於四月初開煮，九月初開清，先至提領所呈樣品嘗，然後迎引至諸所隸官府而散，每庫各用匹布書庫名商品，以長竿懸之，謂之「布牌」。以木床鐵擎為仙佛鬼神之類，架空飛動，謂之「臺閣」。雜劇百戲諸藝之外，又為漁父習閒、竹馬出獵、八仙故事，……各有皂衣黃號私身數對，訶導於前，羅扇衣篋，浮浪閒客，隨逐於後。……所經之地，高樓邃閣，繡幕如雲，累足駢肩，真所謂「萬人海」也。

此段所記是一個盛裝遊行的隊伍，「臺閣」是整個隊伍最高的部分。我們可以把它看成是一個移動的「露臺」，其上表演的有煙粉靈怪的雜劇，有吞刀吐火的百戲等。這種表演是活動的還是靜止的造型不可遽斷，據現在各地鄉鎮春節常見的社火隊伍推測，可能是行進中作各種造型，而在隊伍停在某地時作活動的表演。「駕空飛動」一則可以理解為行進中的裙裾飄飛，二亦可以理解為高臺上的雜藝演出。

整段記述中並未指出仙佛鬼神之類定由小兒後生輩為之，而且這種遊行是每年九月初新酒煮成時才有的，演出的地點是由酒庫至提領所，再至所隸官府的路上，並非常見。董每戡先生所記之「旱臺閣」、「水臺閣」只於每年五月劃龍舟時出演；「扮串客」是在每年三月迎神賽會的行列中。這種每年一次的演出形式當然不能被歸入瓦舍眾伎，「木床鐵擎」的演出道具也難以用於勾欄之中。臺閣之特點在於高臺且能行進，對於臺上參與的諸色伎藝人似乎並不特定。福建泉州的民間文藝中有一種「妝閣」，應該是「臺閣」的後裔。它在明代的形式是這樣的：

> 迎神賽會，莫盛於泉。遊閒子弟，每遇神聖誕期，以方木板，搭成

臺案，索絢綺繪，周翼扶欄，置幾於中，加幔於上；而以狡童妝扮

故事，衣以飛綃，設以古玩。……〔註65〕

在傀儡戲極盛的泉州，此種「妝閣」與傀儡並列存在，可見當地群眾是不把這種高臺裝扮目為傀儡的一種的。由此幾點看來，以「臺閣」之實符「肉傀儡」之名是不恰當的。

王兆乾先生證肉傀儡為假面戲曲主要基於以下兩點：一是池州儺戲與宋代傀儡戲同以說唱詞話為演出腳本；二是池州儺戲演員戴假面演出似與「肉傀儡」之字意相符。細究之，這種「假面戲曲」說也不完全站得住腳。儺戲演出著假面是一個相對普遍的現象，而說唱詞話更是被民間多種藝術形式所採用。古代的驅儺儀式中，方相氏「黃金四目」，且有執戈揚盾的模擬驅鬼動作，儺戲中的假面表演應該是本於此的。存在於山西、內蒙、河北等地的「賽賽」戲〔註66〕也是一種假面戲曲，演員著假面，時時和觀眾進行互動，儺戲的痕迹十分明顯。宋代傀儡戲已由「喪家樂」的性質轉變為大眾性的娛樂表演，這種假面戲曲卻是有著濃厚的敬神驅鬼的意味，是無論如何都不會被稱為「肉傀儡」的。古老的藏戲中，演員戴假面配合說唱藝人的表演也是經常可見，難道我們能以此把它歸入宋代肉傀儡的遺存嗎？

王兆乾先生的第二個觀點是這種假面戲曲即是舞「鮑老」。他將「抱鑼」、「婆羅門」、「鮑老」、「菩佬」等詞釋為一義多音〔註67〕，顯然也是不恰當的。「抱鑼」之「鑼」或與如銅鑼大小的太平錢是一物，但觀《東京夢華錄》「駕登寶津樓諸軍呈百戲」條所記：「……攜大銅鑼隨身，……謂之「抱鑼」，……」，「抱鑼」乃是一個表示動作狀態的動賓詞組，只適於特指這一節目，以其概括一類傀儡戲是不對的。「婆羅門」一戲唐已有之，任半塘先生《唐戲弄》中多有釋考，稱其與佛教關係密切。「菩佬」為安徽等地方言，泛指釋、道神像，巫儺假面、大頭娃娃等，可見其在當地方言區內的內涵遠比傀儡戲大，以此代稱肉傀儡也是不恰當的，而當地的方言能否影響到都城臨安將「菩佬」促讀為「鮑老」，進而有「福建鮑老」、「川鮑老」之稱，更是值得懷疑。

〔註65〕〔明〕陳懋仁著《泉南雜誌》，寶顏堂秘笈本，卷下，頁13。

〔註66〕此流傳範圍據《中國大百科全書》戲曲曲藝卷，1983年版，現在僅於山西朔州部分地區偶有演出。

〔註67〕關於「鮑老」一詞由「婆羅門」等詞促讀而來，包括王國維先生在內的多名學者均有此解。筆者以為並無實據，「鮑老」或與「郭郎」來歷相似。

　　王先生所舉之概念應是各有所指，並非一物。鮑老是否屬於傀儡戲範疇容撰文另述，但其與肉傀儡同出於《武林舊事》諸書，當為面貌不同之二者。

　　孫楷第先生所論肉傀儡為大人擎小兒歌舞的觀點得到了較多的支持，因為他抓住了「以小兒後生輩為之」這個關鍵。廖奔先生並舉出文物實例以證此說，這是一枚於河南博愛出土的宋代長柄銅鏡，背面所鑄圖畫背景為一水池邊以欄杆圍起的平臺；前景為兩小兒嬉鬧，一小兒騎於一成年人肩膀之上，右手斜指，似指畫外之熱鬧處，身後有一成年人手擎一曲柄荷葉狀傘蓋為其遮陽；畫面上方還有兩個成年人，有手勢交流，似在閒聊。〔註68〕竊以為此乃是一幅夏日遊戲圖，而非肉傀儡在表演作戲。首先，荷池邊不是劇演的最佳場所；其次，畫面之三部分並無緊密關聯，作者只是以他們為典型表現一個水邊納涼嬉戲的熱鬧場景，騎肩小兒之右指、兩成人之評頭論足都為畫面提供了極大的張力，使觀者聯想翩翩，如同親見；第三，騎肩小兒既有家僕為之打傘遮陽，應該是一個富家子弟，其動作則盡顯嬌憨頑劣，並無一些科範的痕迹。

　　孫先生在證肉傀儡時還引用了吳夢窗的【玉樓春】「京市舞女」詞，前四句為：

　　　茸茸狸帽遮梅額。金蟬羅翦胡衫窄。乘肩爭看小腰身，倦態強隨閒
　　　鼓笛。〔註69〕

「乘肩」一詞愚見可以理解為如上述銅鏡圖畫中的頑兒，而不是作為肉傀儡表演形式的代指。其一，詞中所寫之舞女未加說明是女童還是成人，如其為一體態婀娜的妙齡女子，騎於肩頸之上，那必不會使觀者爭看小腰身，而會大煞風景了，況且女子及笄，如此騎跨，亦與當時之禮教不符；其二，「乘肩」前一句描寫舞女衣裙為「胡衫窄」，這種裝束似乎更適合於站立作舞，而騎肩則多有拘束；其三，「胡衫窄」應與後句的「小腰身」呼應，意為仿胡衣衫裁剪得束身合體，在金蟬紗衣的輕籠之下舞女的腰肢更顯得纖細可人。「乘肩」按此場景的主賓關係則該是指萬頭攢動的觀眾。此句或以攜兒觀舞者將小兒頂於頭上之場景表現觀者之眾，或以乘肩小兒都「爭看」反襯「小腰身」之舞姿優美。

〔註68〕參見廖奔《宋元戲曲文物與民俗》，文化藝術出版社，1989年版，圖版16。
〔註69〕《全宋詞》，中華書局，1965年版，冊4，頁2894。

由此看來「大人擎小兒歌舞」應該不是騎肩演出。如杖頭傀儡一般，大人將小兒舉過頭頂的形式可能更爲正確。現在可見的實例依然很多，如翁敏華先生所舉朝鮮農樂中的「舞童」、廣東等地的「飄色」、西北地區的「高擡」、晉蒙兩地的「腦閣」〔註70〕等等。〔註71〕它們的共同點是表演時間都爲正月，且大多是作爲社火隊伍中的一員。這種一年一度的表演是否即是「肉傀

圖49：山西社火「腦閣」（一）

照片由山西師範大學戲曲文物研究所黃竹三教授提供。

儡」我們不能妄下斷語，但假如肉傀儡一直以此形式流傳至今，宋後數百年間不可能再無肉傀儡的記載。合理的解釋是，這種擎小兒歌舞的形式模仿杖頭傀儡而來，作爲肉傀儡形式的一種，它在瓦舍激烈的市場競爭中迅速進化，逐漸拋棄了原有的形態，以致在宋末「肉傀儡」之名已被淡忘。而其原始的「大人擎小兒歌舞」的形態則保留於民間，以更爲直觀的名稱存在於農樂和社火之中。

肉傀儡與「荒鼓板」的關係胡忌先生已經辨明，此處再略作續貂。傀儡、鼓板皆早出於肉傀儡、荒鼓板，宋代對瓦舍伎藝的命名極爲直觀，荒鼓板如表演形式近似於傀儡，大可直呼其爲「××傀儡」。其既稱「荒鼓板」，當爲鼓板之近親無疑。同理，肉傀儡必與杖頭、懸絲傀儡關係密切，而與鼓板無涉。

二、關於肉傀儡的四條歷史信息

各家對肉傀儡的解釋可謂橫看成嶺側成峰，但終不得見山嶽全貌。其實歷史並未把它的蹤跡蕩滌一空，只是幾百年來，所留下的信息零散而隱晦，不足以形成一個完整的形象。將這些有關的信息逐一分析有助於我們全面地瞭解肉傀儡。

〔註70〕 「腦閣」爲方言記音詞，歷來並無統一寫法。「腦」（讀音），方言爲扛、舉之意。

〔註71〕 此幾種民間藝術單從外形來看極爲相似，僅以音樂等因素體現地方特色，是否同源無據可查。

首先是「以小兒後生輩爲之」。這句話的可貴之處在於告訴了我們肉傀儡的具體形象，演出的主體——即觀眾所能看到的這種傀儡是由小孩裝扮的。這就解釋了肉傀儡之「肉」。而必以小兒後生輩爲之的原因不外有二：第一，如果需要托舉助力，小兒體輕，便於操縱；第二，小兒形小，外觀更便於模仿傀儡。現可見最早的杖頭傀儡形象在敦煌第 31 窟，窟頂東北側繪有二少女，一女手舉人形傀儡耍弄，另一女作欲搶奪狀，傀儡隻手可舉，大小約少女之半臂。在中國歷史博物館所藏一方宋代傀儡戲銅鏡的背面，鑄有杖頭傀儡演出圖，布幔後一人手舉二傀儡，由觀者之視角看去，傀儡只略大於戲者頭部。懸絲傀儡可見之著名者有北京故宮博物院藏宋末李嵩的《骷髏幻戲圖》，圖中所提之傀儡約與戲者腿部腓骨等高。另有一幅是臺灣故宮博物院藏宋劉松年所作《傀儡戲嬰圖》，〔註72〕一兒俯身去看正在舞動的傀儡，據目測，傀儡之高度尚不及小兒之一臂，筆者在對晉、陝、川、閩等地傀儡戲進行實地考察時發現，現在的許多演出團體都把傀儡的形體做了加大，〔註73〕但據當地保存的一些明清偶人看，古時傀儡鮮有超過一米者。即使是以大爲奇的川北大木偶，其偶人也只約與十齡童高度相仿。可見大家慣見的傀儡形象是尚小的，要以人仿之，自然是小兒後生接近一些。

我推測肉傀儡演出的舞臺要比傀儡戲臺大一些，這樣在觀眾看來，小兒後生輩們相對如傀儡形小而可愛。若以大人爲之，因爲形體相差極大，空間的有限擴大也很難使觀者有「小而美」的感受。

其次是《武林舊事》中所舉的兩位肉傀儡藝人：張逢喜、張逢貴。此二人是操縱者還是表演者從未有學者論及，從《東京夢華錄》、《夢粱錄》等書所記其它類傀儡藝人看，「杖頭傀儡任小三」、「懸絲傀儡張金線」、「李外寧藥發傀儡」、「水傀儡姚遇仙」等，所舉皆爲操縱傀儡之人。此四者中觀眾看到的表演者是無生命的傀儡，表演的精彩程度全在於傀儡師的技藝高低。如果與它們情況相同，張氏二人也爲操控的技師，那麼操控的工具是什麼呢？恐怕難出杖頭、懸絲的窠臼，否則這種新的操控方式應該作爲一種新的傀儡形式被記入上述諸書中。既然否定了二人爲操縱者，他們當是表演者無疑。也就是說，在觀眾看來，他們雖然形似傀儡，卻是有血有肉的小兒後生，他們

〔註72〕圖版參見《宋代傀儡戲文物述論》一節。

〔註73〕這種加大有的是爲了在大舞臺上表演，有的是爲了拍攝影視劇（如山西孝義皮影木偶劇團）。而且加大後的木偶也多爲操縱者身高的一半左右。

的表演純粹是主觀上對技藝的掌握和發揮。張氏二人應該是當時肉傀儡表演者中比較出類拔萃的兩位。

第三是肉傀儡這個名字本身所包含的信息。爲什麼會以此來稱呼它呢？對傀儡戲進行分類命名是自宋代開始的，幾種名稱都是緊扣傀儡本體，結合其表演特徵而來，簡單明瞭，並無深意。如杖頭、懸絲以操縱手段名之；藥發以動力來源名之；水傀儡則因其於水中表演而得名。肉傀儡的出現晚於上四者，如與此四者無涉，它應該根據自身的表演特徵被另取他名，而既然耐得翁和四水潛夫都將它歸入傀儡戲家族，說明它至少從外形上是具有明顯的傀儡戲特徵的。肉傀儡這個名稱的含義應該是由人以程式化的動作模仿傀儡戲的演出。由於演出場地的限制，它不可能模仿水傀儡；由於動力來源的特殊，它也不可能模仿藥發傀儡。而杖頭與懸絲二者不僅易於模仿，而且技藝成熟，演出條件也甚爲簡單，肉傀儡由此二者出是完全有可能的。在前引《潭州溈山靈祐禪師語錄》中，有「極教得一棚肉傀儡」一句。既云「教」，說明此種技藝已有固定的程式動作和演出內容，需要師傅口傳身授。肉傀儡的歷史比杖頭、懸絲要晚得多，要形成自己的程式最簡捷的方法就是模仿移植。在當時，杖頭傀儡與懸絲傀儡的表演已經極爲發達。而且有了如講史或涯詞的長篇說唱話本，表現題材也有煙粉靈怪，鐵騎公案等多個方面，可以想像，站在這兩個巨人的肩膀上，肉傀儡一經出現，就已經是一種內涵極強的先進的表演藝術了。

第四是肉傀儡出現的時間。最早記載肉傀儡的《都城紀勝》成書於理宗端平二年（公元 1235 年），時距靖康之難已逾百年，據此可知肉傀儡至遲於理宗朝已經在瓦舍中開始演出。它的出現則可追溯至南渡之前。北宋末，權臣蔡京於老家福建仙遊作壽，民間稗記所載壽筵盛況中有肉傀儡早期的演出記錄：

> 蔡太師作壽日，優人獻技，有客以絲繫僮子四肢，爲肉頭傀儡戲，
> 觀者以爲不祥。〔註74〕

蔡京這次作壽應該在宣和之前，〔註75〕當時的肉傀儡還處於初期階段。其一，以絲繫四肢還是對懸絲傀儡的直接模仿，牽絲求其像與表演者的主觀

〔註74〕〔清〕鄭得來《連江里志》手抄本，卷四「事類」，頁18。轉引自葉明生先生《福建傀儡戲史論》，中國戲劇出版社，2004年版。

〔註75〕宣和間蔡京因北宋將亡攜家南逃，被欽宗流放嶺南，途死於潭州（今湖南長沙）。故此次作壽應爲宣和前。

能動性之間存在著矛盾，這種矛盾發展的必然結果是否定絲的羈絆。如劉仁甫詞：

【踏莎行】贈傀儡人劉師父

不假牽絲，何勞刻木，天然容貌施裝束。把頭全仗姓劉人，就中學寫秦城築。

伎倆優長，詼諧軟熟，當場喝綵醒群目。贈行無以表殷勤，特將謝意標芳軸。〔註76〕

上闋前三句說明作者所看的這種傀儡戲是藝人「施裝束」而為，可斷為肉傀儡。劉仁甫為宋末元初人，依其所描述的傀儡戲場景，當時的肉傀儡已經「不假牽絲」，且可演出「秦城築」的大戲。其二，稱「肉頭傀儡戲」比「肉傀儡」更接近其原始面貌。傀儡是以頭為主要部位的，杖頭傀儡頭部以下僅為三根把子，懸絲傀儡刻木為頭，頭下籠腹手箭多以竹麻為之。四川等地至今仍稱傀儡戲為「木腦殼戲」。因此「肉頭傀儡」可能是最早為區別傀儡戲中的偶人與真人而發明的稱呼。其三，「觀者」顯然還不常見這種新的表演，竟會「以為不祥」。蔡京所請應為當地名流，獻技的優人則有可能是請自汴京，此戲當時或許只見於京師一帶。另外，「肉頭傀儡戲」初期既然是優人主動為之，而時間又明顯晚於其他四種傀儡，似可作為肉傀儡出於對成熟傀儡戲模仿的一個旁證。

綜合上述信息，我們可以對肉傀儡作出如下的描述：肉傀儡，由幼童裝扮模仿杖頭、懸絲傀儡而來。出現於北宋後期，至遲於南宋理宗初年達到鼎盛期。

三、肉傀儡的兩種形態

既然是模仿杖頭、懸絲二者，肉傀儡的形態也應該有兩種。一種是大人將孩童托舉於肩頭以上，出於杖頭傀儡；一種是小兒直接於臺上作傀儡戲表演，出於懸絲傀儡。前者的遺緒前文已述見於朝鮮的農樂，廣東、晉蒙、西北地區的社火中。福建三明地區沙縣城郊的「肩膀戲」，或許也是南宋肉傀儡的「活化石」。這種民間小戲的主角為七到十歲的兒童，他們各施裝扮，站在大人的肩上進行戲劇表演。〔註77〕從外形來看，肩膀戲與上述社火形式均與

〔註76〕《全宋詞》，中華書局，1965年版，頁3588。
〔註77〕參見李漢飛編《中國戲曲劇種手冊》，中國戲劇出版社，1987年版。

杖頭傀儡極為相似：兒童立於肩上，雙腳動彈不得，身軀隨托舉者而動，主要依靠雙手來完成戲劇動作，正如命柢、手柢般分工明確。而假如它們不是仿杖頭傀儡，那麼為什麼要將兒童的雙腳束縛呢？如果僅是為了增加表演者的高度，高蹺、臺閣等都比站於肩上更為合理。

孫楷第先生在考論及此的時候，曾經提到清末北京地區仍可見這種大人托小孩於肩上的表演，稱為「耍小孩兒」，這個稱呼可能也是由來甚久的。在山西北部和內蒙西部有一種地方戲曲叫「耍孩兒」。對於這個戲種的得名，專家有兩種說法，一是認為源自元曲牌【般涉調·耍孩兒】；二是認為由叫賣魔合羅的聲音而來。這兩種說法都有些牽強，第一種的順序應該顛倒過來。實例中我們只見到先有民間伎藝再演化為定格的曲牌，如【大影戲】、【交衰鮑老】等。更為可能的情況是【耍孩兒】是由「耍孩兒」這種表演而來。【耍孩兒】現在可見最早的曲子是在董解元《諸宮調西廂記》中，〔註78〕那時正是肉傀儡的發展成熟期。第二種則有些誇張，宋代的雜手藝中有「吟叫」、「果子」等項，都是由街市叫賣聲發展而來。叫賣魔合羅的聲音是否很特殊我們不得而知，但從手藝發展成為一種戲曲是不太可能的。更為合理的解釋是體型較小的杖頭傀儡被歸入玩偶魔合羅中，由人模仿的肉傀儡出現後，因為以小兒後生輩為之，才有了「耍孩兒」的稱呼。

前文提到晉蒙交界處的社火中有「腦閣」一項，是兒童裝扮成戲劇人物，身軀固定在一個由大人托著的鐵架上，大人由下助力，兒童隨力扭動，雙臂作出各種舞蹈動作。「腦閣」與「耍孩兒」戲的流行區域正好重合，且「腦閣」的形式又與「耍孩兒」的字義相符，愚見此二者的關係應極為密切，「腦閣」或即為「耍孩兒」由木偶演進到肉傀儡早期形態的民間遺存。

圖 50：山西社火「腦閣」（二）

照片由中國傳媒大學 2006 級博士張勇鳳提供。

〔註78〕此曲上下兩片皆為七句，以七字句為主體，偶有增減字，末句化為三三四句型，俗曲特徵極為明顯。

「耍孩兒」戲並沒有保留多少傳統的程式動作和音樂，它現在唯一體現劇種特色的是唱法，不論歡音還是苦音，一律用後嗓發聲。有專家認爲這是模仿佛教誦經之聲的結果，可備一說。我的觀點是這種唱法或許是宋代杖頭傀儡戲的古音。在各地的傀儡戲班社中，有的是樂師兼配唱，傀儡師只管操縱表演，而更多的是傀儡師親自說唱。表演杖頭傀儡時，藝師舉傀儡過頂，仰頭關注，此時喉部甲狀軟骨壓迫氣管，衝擊聲帶的氣流受阻，發聲部位只能下移至後嗓。在當時聲樂技法遠未完備的情況下，只能如此發力出聲。沈括在《夢溪筆談》中曾提到當時一種竹木叫子，可發聲如傀儡：

> 世人以竹木牙骨之類爲叫子，置人喉中吹之，能作人言，謂之顙叫
> 子。嘗有病瘖者，爲人所苦，煩冤無以自言。聽訟者試取叫子，令
> 顙之作聲如傀儡子，粗能辨其一二。其冤獲申。〔註79〕

這裏所記的傀儡子應該就是杖頭傀儡，叫子置於喉部亦是阻隔氣流之舉，發聲粗能辨其一二，可見這種聲音發者與聽者都是極爲吃力的。舉傀儡演出尚且如此，可想舉一眞人耗力更大，聲音會更爲集中於後嗓。「耍孩兒」戲沒有保留「腦閣」的形式或許是托舉的傀儡師不願消耗太多的體力，或許是固定的身軀束縛了表演者的發揮，而且表演者也逐漸由大人代替了孩童，肉傀儡的外殼在演出實際中被徹底拋棄。但是這種使它得以區別於其他劇種的唱法一直保留了下來，也給我們留下了它脫胎於杖頭傀儡的唯一線索。

圖51：臺灣藏「田都元帥」像

與杖頭傀儡相比，懸絲傀儡更易於被小兒後生被模仿。也正因爲如此，在現存的許多劇種中都可以發現傀儡戲的痕迹，卻沒有哪一個劇種可確定爲肉傀儡的嫡傳。閩南莆仙戲的傳統程式中，「三步行」、「四步寄」、「牽步蛇」、「雀鳥跳」等都具有明顯的傀儡戲動作特點。山陝一帶，老藝人至今仍多把演員轉身中出現的錯誤稱爲「絞了線了」。在福建泉州；提線傀儡戲和梨園戲都供「田都元帥」爲戲神，同以「相公爺踏棚」和「請

〔註79〕〔宋〕沈括著《夢溪筆談》卷十三「權智」篇，上海書店出版社，2003年版，頁114。

神」念「嘮哩嗹咒」等作爲開臺形式。在梨園戲中,「上路」、「下南」兩種老戲外,還有全以童伶組成的「小梨園」(亦稱「七子班」、「戲仔」),或許也與肉傀儡有關。並不是「戲仔」長大之後就可徑稱爲老戲,二者是完全獨立的兩種組織形式。「七子班」成員在倒嗓期即解散另謀生路。「上路」、「下南」戲班中也有學戲的幼童,他們不但不能被稱作「小梨園」,而且所學內容也不盡相同。現在一般認爲「小梨園」乃是南宋時豪門貴族的家班童伶進入民間而形成,可這些童伶所學與成人之戲曲不兼容的現象無法解釋,莫非當時有兩種不同的戲曲?聯想潙山靈祐禪師語錄中提到的「極教得一棚肉傀儡」,「一棚」顯然是指這些娃娃是有一定的組織的,並不是單個地拜師習藝。他們所學的也是「肉傀儡」的程序和劇目,這種全爲童伶的「肉傀儡班」是否即爲「七子班」的濫觴,且以一家之言求教方家。

　　「小梨園」所演的「相公爺踏棚」稱「提蘇」。「蘇」指戲神「蘇相公」,或即追憶「蘇家巷二十四棚傀儡」爲祖師。演出形式爲:

> 先取繩索一條,橫掛在戲臺之中,上面再垂一條紅毛毯,用以代替
> 傀儡戲布,然後再取一支紗帽的尖翅,穿以紅絲,然後放在紅毛毯
> 上。此時由小梨園生角飾扮相公爺,站在紅毯布前,後由老藝師站
> 在紅毯布後面的椅子上或桌上,模仿傀儡戲提線操縱下面的幕前的
> 生角,上提下效,合演個「相公摸」的動作;然後又令生角半跪,
> 所有動作完全和傀儡戲相同。〔註80〕

以人演出的戲曲爲祈求平安而舉行這樣的儀式著實令人費解。而假設這種戲由肉傀儡發展而來,似乎就順理成章了。現在的表演拋棄了死板的模仿傀儡戲的動作是藝術發展的必然結果,而「提蘇」是一個極爲莊重的儀式,所以完整地保留了下來。倘如是,「提蘇」的表演形式即是南宋時由懸絲傀儡發展而來的肉傀儡的實況。

　　在泉州,「七子班」如果與傀儡對棚,則須禮讓傀儡先踏棚開臺;如果與下南或上路對棚,則此二種成人戲班要敬請「戲仔」先起鼓。外來的江西戲不但要守此規矩,而且住宿處也要讓「七子班」先安排。這種尊讓順序的先後似乎也提示著「傀儡戲——肉傀儡——成人戲曲」的發展軌跡。

　　所謂禮失而求諸野,數百年的斗轉星移使肉傀儡形成演進的證據漫漶莫辨,「腦閣」、「耍孩兒」、「肩膀戲」、「莆仙戲」、「小梨園」,這些活化石般的

〔註80〕劉浩然《泉腔南戲概論》,泉州市刺桐文史研究社,1994年內部版,頁44。

非物質遺產也許正是這道謎題的答案。〔註81〕

第五節　藥發傀儡

　　1700 多年前，蜀相諸葛亮師出祁山，欲圖漢室復興。爲了在秦嶺險峻的棧道上運送軍糧，長於巧思的諸葛丞相設計出了「木牛流馬」。「特行者數十里，群行者二十里也。」「牛仰雙轅，人行六尺，牛行四步。載一歲糧，日行二十里，而人不大勞。」

　　「木牛流馬」形制如何？以何動力前行？片言隻語的記載使得今人只能在猜測中再現這種神奇的機械。在研究宋代傀儡戲時，藥發傀儡給我們帶來了同樣的困惑。「藥發」是以火藥作動力嗎？還是「搖發」之訛？藥發傀儡無疑可以稱作傀儡戲史上的「木牛流馬」之謎。

一、前人兩種觀點辨析

　　《東京夢華錄》卷五「京瓦伎藝」條第一次提到了藥發傀儡，卷六「元宵」條又記：「李外寧藥發傀儡，小健兒吐五色水。」《都城紀勝》「瓦舍眾伎」條將其歸入了「雜手藝」一類：「雜手藝皆有巧名：踢瓶、弄碗、踢磬、弄花鼓捶、踢墨筆、弄球子、梯築球、弄斗、打硬、教蟲蟻、及魚弄熊、燒煙火、放爆仗、火戲兒、水戲兒、聖花、撮藥、藏壓、藥法傀儡、壁上睡……弄懸

〔註81〕這些零星的線索也說明：宋後，肉傀儡之名並未與由人模仿傀儡作戲的形式作爲一個統一體傳承發展。所謂的「肉傀儡」，實際是一個歷史性的概念，特指南宋時以小兒後生輩仿傚杖頭或懸絲傀儡進行戲劇表演的藝術形式。當戲曲發展成熟之後，這種表演更多的是以某幾種程式動作的形式融於戲曲中，不復有「肉傀儡」之稱。即使如「耍孩兒」般獨立發展成一個劇種，也被歸入戲曲的範疇，「肉傀儡」的稱呼也逐漸淡化。而宋後偶有所見的以人模仿傀儡的表演應該與此無涉，只屬於當時藝人的自發創作。明代王衡所作的雜劇《眞傀儡》中，有一段人代傀儡作戲的內容，但全劇並無一處提及肉傀儡的稱呼。另據萬曆《歙志》卷九《藝能·戲藝》：「傀儡亦優也。然是木偶，而人提之蓋之，死而致生之也，猶易爲也。乃吾鄉有古氏者，故優也，一朝出其新意，乃身爲傀儡，以線索蹲身籠中，聽人提出頓地做劇。瞪睛冷面，仰臥曲身，行坐跪拜，一如傀儡之狀，場下觀者不知其爲人也，此則之生致死之不易爲也。」（朱萬曙、卞利主編《戲曲·民俗·徽文化論集》，安徽大學出版社，2004 年版，頁 115。）兩例中，藝人皆「以生致死」，使觀者「不知其爲人也」，然而不僅未見肉傀儡之稱，甚至直言其是「一朝出其新意」，可見其並非南宋肉傀儡的遺響。

絲傀儡（起於陳平六奇解圍）、杖頭傀儡、水傀儡、肉傀儡（以小兒後生輩爲之）。」值得注意的是此段記述中把藥發傀儡與另外四種傀儡形式分別開來，不知所本者何。文中緊接著說：「凡傀儡敷演煙粉靈怪故事、鐵騎公案之類……」似乎是表明藥發傀儡並不像另四者敷演故事，而是如吞刀吐火之類的江湖雜伎。

《武林舊事》卷六「諸色伎藝人」條中記錄了當時的一些傀儡藝人：「傀儡（懸絲、杖頭、藥發、肉傀儡、水傀儡）：陳中喜、陳中貴、盧金線、鄭榮喜、張金線、張小樸射（杖頭）、劉小樸射（水傀儡）、張逢喜（肉傀儡）、劉貴、張逢貴（肉傀儡）。」其中或有擅藥發傀儡者。

這些模糊的線索很難讓我們對藥發（法）傀儡有一個明確的描述。孫楷第先生表示：「疑與煙火有關；然事難質言，今亦可勿論。」〔註82〕董每戡先生的《說傀儡》中對此亦無著墨。周貽白先生把《都城紀勝》「雜手藝」條中的「藥法傀儡」與前面的「藏壓」二字聯繫了起來：「既稱『藏壓』，或係借藥力的爆炸使其活動，今之所謂『焰火』，每有人物隨火光而出現，或即此項遺制，不過多爲紙製，取其便於折疊，與『藏壓』之意亦符。」〔註83〕劉霽、姜尚禮先生主編的《中國木偶藝術》徵引周先生此說，並認爲今陝西蒲城縣尚流傳的「杆火」（或稱「架子火」）即爲藥發傀儡之遺緒。〔註84〕同樣持此觀點的還有李昌敏先生，他說：「藥發傀儡，是用硝藥、草紙藏壓作成。在放花之時，焰火中也能映出《丹鳳朝陽》、《八仙飄海》、《三星賜福》、《麒麟送子》、《劉海戲蟾》、《百鳥出窩》、《天鵝抱蛋》、《黃龍出洞》等故事中的人物形象。」〔註85〕

廖奔先生推測其「應該是用火藥發動作爲助推力來幫助木偶動作的。」〔註86〕丁言昭先生則直言：「藥發傀儡是利用火藥的爆炸作動力，使木偶作出預想的動作來。」〔註87〕

張紫晨先生認爲藥發傀儡是傀儡與煙火二者的結合：「藥發傀儡，就是傀

〔註82〕孫楷第《傀儡戲考原》，上雜出版社，1952年版，頁48。
〔註83〕周貽白《中國戲劇史長編》，上海書店出版社，2004年版，頁90。
〔註84〕劉霽、姜尚禮主編《中國木偶藝術》，中國世界語出版社，1993年版，頁177。
〔註85〕李昌敏《中國民間傀儡藝術》，江西教育出版社，1989年版，頁12。
〔註86〕廖奔、劉彥君《中國戲曲發展史》第一卷，山西教育出版社，2000年版，頁412。
〔註87〕丁言昭《中國木偶史》，學林出版社，1991年版，頁27。

儡與煙火的結合。就是從煙火中發射出各種人物鳥獸與戲文，先見焰花，焰花去後，有舞人，還有花盒等等。如借東風燒戰船，趙雲射火箭到曹操的布帆船上，或表演宮廷慶典的焰花。」〔註88〕煙火中如何發射人物鳥獸與戲文張先生沒有說明，如果發出的是有形的傀儡，焰花去後，其必在空中做自由落體，以何動力可以使其起舞表演？如果是焰花散後，地上之傀儡舞人來借東風、燒戰船，那只能是兩個分別的節目，割裂了「藥發」與「傀儡」的聯繫。

翁敏華先生認爲至今仍活躍在日本鄉鎮的「綱火人形」保留了宋代藥發傀儡的遺意。她曾在一次公園的廣場演出中觀看了「綱火人形」《桃太郎打鬼島》：

> 待許多煙火特技演過之後，便入正劇。先是見右側的夜空中升起一支由煙火構成的桃子，桃子在音樂聲中慢慢長大，最後叭地裂開，裏面步出個小小的人兒來，他就是桃太郎。長大後，桃太郎決定去打鬼島，這時，對面駛來一輛車，車身燈火通明，車輪值是兩隻火圈，前後有幾個小卒子推拉，作著各種各樣的滑稽動作，桃太郎神氣地坐上了車，頗有大將風度。一會兒，前面出現了一個小島，越走越近，島慢慢顯大，可以看見島上的小屋了，一個小鬼正在門口探頭探腦。桃太郎舉手一揮，車前的炮筒連連發炮，一炮轟掉了屋頂，又一炮燃著了房牆，小屋周身起火，在熊熊燃燒中慢慢倒塌，小鬼們四處亂竄，被桃太郎一一抓獲，大獲全勝。像是爲了慶賀，桃太郎四處指點，他指到哪裏哪裏就有一串煙火升起，直到每個燈籠下都灑下銀白色的火星，直到織成一掛碩大的火星瀑布……
> 〔註89〕

翁先生後來查閱了參考資料，得知每個「人形」身上都背有一個煙火筒，把這筒火花點著，傀儡就會反向躥出，然後藝人們再抽動繫在傀儡身上的鋼絲進行表演。這一躥倒頗符合「藥發」之意，但這只是一個出場動作而已，其餘的表演仍是由藝人牽動鋼絲來操縱傀儡，配合燈火及煙火進行演出。這種「綱火人形」是否即是藥發傀儡我們不能妄下斷語，且備一說。

突破「藥——火藥——煙火」這一桎梏對藥發傀儡進行解釋的有黃維若

〔註88〕張紫晨《中國民間小戲》，浙江教育出版社，1989 年版，頁 174。
〔註89〕翁敏華《中日韓戲劇文化因緣研究》，學林出版社，2004 年版，頁 208。

先生和康保成先生。黃先生認為「宋代藥發傀儡，實在是一種模仿自動表演的佛像而來的玩意兒，是一種表演戲劇片段的自動機器人，其動力為火藥或其他化學藥物之類。而不是焰火。」〔註90〕康保成先生慧眼獨具，從佛經中考證四月八日浴佛之「五色水」為五種用草藥製成的藥水，從而很好地解釋了《東京夢華錄》卷六「元宵」條「李外寧藥法傀儡，小健兒吐五色水」二句。此前學界一直未將此二句聯繫起來，而後一句單獨又無從作解。康先生進而得出結論：「藥法傀儡源自佛教的五色藥水洗浴佛像的儀式，石虎的機關木佛即其濫觴。」〔註91〕

上述諸家之言可以概括為兩種說法：「煙火」說和「藥動力」說。此二說雖各有所長，但都略顯牽強，並不能全面準確地定義藥發傀儡。

「煙火」說的謬處在於過分望文生義，由「藥」而聯想到「火藥」，由「火藥」自然就附會到了「煙火」。其實「藥發傀儡」的主體應該是「傀儡」。如其為周貽白先生所言由草紙藏壓而成，倏而灰飛煙滅，豈非失卻了傀儡之根本？再者傀儡應該是可以活動的，如只為煙火中映出的戲劇場景，則又失去了作為傀儡的一個重要特性。

翁敏華先生認為「網火人形」或為藥發傀儡，實際上是兼信「煙火」說與「藥動力」說二者。在她所描述的表演中，煙火部分始終是作為道具出現的，準確地說，它並非是以火藥引發之煙火，而是一些預先紮綁成形的可燃物發出的真正的火光。這種表演形式更像是《都城紀勝》「雜手藝」條中所記的「火戲兒」。

「煙火」說的另一個漏洞是忽略了煙火出現的時間。自南北朝大量道士開爐煉丹始，中國人對火藥的認識和利用逐漸增多。「爆竹聲中一歲除」，至遲在王安石時代，用於娛樂的煙火技藝必已十分成熟。《東京夢華錄》卷七「架登寶津樓諸軍呈百戲」條中多有「就地放煙火」之類的記載。煙火既已常見，以它自身的發展規律應該會產生諸如能映出人物花卉的煙火種類。在《夢粱錄》、《武林舊事》二書中，即有這樣的記載。「至於爆仗，有為果子人物等類不一。」〔註92〕倘從「煙火」之說，這種能為「果子人物」的「爆仗」豈不就是藥發傀儡麼？同書卷六「諸色伎藝人」條中，先舉「傀儡」（懸絲、杖頭、

〔註90〕黃維若《藥發傀儡考略》，《戲劇》，1993年第2期。
〔註91〕康保成《佛教與中國傀儡戲的發展》，《民族藝術》2003年第3期。
〔註92〕〔宋〕周密著《武林舊事》卷三「歲除」條，《東京夢華錄》（外四種），中華書局，1962年版，頁383。

藥發、肉傀儡、水傀儡）從藝者十人，後又舉「煙火」從藝者陳太保、夏島子二人。《都城紀勝》「雜手藝」條中，更是分列燒煙火、放爆仗、火戲兒、藥法傀儡諸項。如果藥發傀儡是以煙火映故事，則盡可歸入「煙火」一項，又何必另稱傀儡！煙火與藥發傀儡在宋前皆有淵源，又同於北宋出現，乃是明白無誤的兩種事物，不能將二者混作一談。

「藥動力」說應該是比「煙火」說更進一步的。因為它關注的主體依然是「傀儡」，而且它注意到了解開藥發傀儡之謎的關鍵：動力。

但是「藥發」二字依然在學者們面前布了一團疑雲，是用火藥爆炸的反作用力作為動力嗎？翁敏華先生所見的「綱火人形」似乎為這種猜測找到了實證。桃太郎與眾小鬼確實由後背的火藥筒推射出場，但僅此一發恐難將其稱為「藥發傀儡」，其表演動作還是由藝人懸絲操縱的。試想如果純粹以藥而發，那麼要完成「打鬼島」這一簡單的戲劇，桃太郎的身上恐怕得繫上數百個火藥筒了。倘如是，藥發傀儡的表演應該是砰砰之聲不絕於耳，漫漫硝煙籠於戲場，或許會失卻一些看戲的趣味吧。

黃維若先生還提到化學藥物或可作為傀儡的動力，康保成先生則把注意力集中到了「五色藥水」之上。這兩種解釋也可以歸入「藥動力」說中。黃先生所猜測的火藥之外的化學藥物應該是不存在的。即使是科學如此發達的今天，可以作為動力的化學藥物也是屈指可數，況且要驅使傀儡作出精巧的戲劇表演，更是不可想像。康先生對「五色水」的釋解使我們對藥發傀儡源頭的理解豁然開朗，但其既稱「傀儡」，其動力絕不可能是「五色水」，而是另有機關。「五色水」只是其早期的佛教神秘意味的體現，而且應該就是為何冠以「藥發」之名的緣由之一。

一言以蔽之，「藥動力」說的疏漏之處在於：火藥並非驅策傀儡的最佳動力，而其它可作動力的「藥」在當時又不太可能獲得。

二、藥發傀儡的歷史淵源

那麼，藥發傀儡究竟為何物呢？我的觀點是，「藥發」或為「搖發」之訛；藥發傀儡就是宋前文獻中時有出現的機關木偶。作為傀儡的一種，它的表演特點有三個：一是傀儡師不與傀儡接觸，而傀儡自動；二是同一傀儡的動作是預先設定的，每次表演內容固定不變；三是觀眾從外部看不到傀儡的動力來源。

治戲曲史者在論及傀儡戲時，往往徵引如下這條史料：

> 大曆中，太原節度使辛景雲葬日，諸道節度使使人修祭。范陽祭盤
> 最為高大，刻木為尉遲鄂公突厥鬥將之象。機關動作，不異於生。
> 祭訖，靈車欲過，使者請曰：「對數未盡。」又停車，設項羽與漢高
> 祖會鴻門之象，良久乃畢。緣經者皆手擘布幕，收哭觀戲。〔註93〕

在以往的論述中，大家只注意到了這是一段傀儡戲的演出，演出的劇目有二云云。其實這條史料有許多細節是值得我們仔細琢磨的。其一，使者停車設祭，祭盤實際就相當於一座路邊戲臺。「機關動作」又告訴我們這並不是懸絲或杖頭傀儡，在這種環境下，水力、畜力、皆不能為傀儡提供動力。一種可能就是預先撥動有彈性的「發條」，使動能轉化為勢能，「發條」復位時勢能再轉化為動能，產生的彈力即為傀儡的動力。這種並不複雜的「發條」技術相信在當時並非難事。因為在更早的魯般的事迹中，已有類似的內容：

> 魯般，敦煌人，莫詳年代，巧侔造化。於涼州造浮圖，作木鳶，每
> 擊楔三下，乘之以歸。〔註94〕

又漢代王充在其《論衡》「儒增」篇提到：

> 世傳言，魯般巧，亡其母。言巧工為其母作木車馬，木人御者，機
> 關備具。載其母上，一驅不返，遂失其母。

兩則傳說其事倒不必信，其技卻與本文所論有關。根據能量守恒定律，般母之木車馬初行時必有足夠的動力，「機關備具」應該就是指發條和齒輪傳動裝置已準備完畢。魯般在木鳶上「擊楔三下」，除了解釋為上發條蓄積勢能，似乎別無他解。

另一種可能是由人直接於隱蔽處搖動曲軸手柄，驅動齒輪，從而帶動傀儡動作。這樣似乎更易於被呼為「搖發傀儡」。唐代開元年間僧一行製成的水運渾天儀〔註95〕為這種可能提供了力證。這件儀器以流水

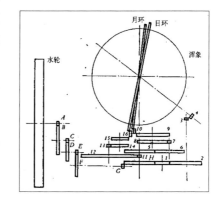

圖52：僧一行水運渾天儀推想圖

〔註93〕〔唐〕封演著，趙貞信校注《封氏聞見記校注》，中華書局，2005 年版，頁61。

〔註94〕〔唐〕段成式著《酉陽雜俎續集》「貶誤」條，《唐五代筆記小說大觀》上卷，上海古籍出版社 2000 年版，頁 742。

〔註95〕配圖採自中國文化研究院《燦爛的中國文明》網站，互聯網址 cn.chiculture.net。

衝擊葉片爲動力，上有兩個木人，前置鐘鼓，「每一刻自然擊鼓，每辰則自然撞鐘。皆於櫃中各施輪軸，鈎鍵交錯，關鎖相持。」而以往被認爲是「水傀儡」之祖的「水轉百戲」應該也與此原理相同。〔註96〕

　　其二，在《尉遲突厥鬥將》與《高祖會鴻門》兩戲之間，是有相當時間停頓的。祭者在此期間另設了傀儡之「象」。這個「設象」可能包含兩方面的內容：撤掉舊傀儡，將下一齣戲的新傀儡安於表演的軌道上；重新將發條搖緊到預定位置。也就是說，此種傀儡並不是諸戲通用的，而是每一戲皆有預先準備好的傀儡和預定的表演軌道。

　　關於機關木偶的表演軌道也可以略舉幾條例證。清文淵閣本元葛邏祿迺賢《河朔訪古記》卷中載：

> 後趙石虎華林苑在臨漳縣。至高齊武成間增飾之，改曰仙都苑。苑中有四海。北海之密作堂，周迴二十四架，以大船浮之，以水爲激輪。堂爲三層。下層刻木人七，彈箏、琵琶、箜篌、胡鼓、銅鈸、拍板、弄盤等。衣以錦繡，進退俯仰，莫不中節。中層刻木僧七人，一僧執香盒立東南角，一僧執香爐立東北角，五僧左轉行道，至香盒所，以手拈香，至香爐所，其僧授香爐與行道僧，僧以香置爐中，遂至佛前作禮。禮畢，整衣而行。周而復始，與人無異。上層作佛堂，旁列菩薩、衛士，帳上作飛仙右轉，又刻紫雲左轉，往來交錯，終日不絕。〔註97〕

此爲以流水爲動力之機關木偶。中層五木僧右轉行道，先拈香後置爐，周而復始。上層飛仙右轉紫雲左轉，終日不絕。顯然是各有規矩的。

　　又晉孫盛《晉陽秋》記東晉太興年間，衡陽有名區純者，「造作木室，作一婦人居其中。人叩其戶，婦人開戶而出，當戶再拜，還入戶內，戶閉。」〔註98〕表演的規律性也是顯而易見。

　　其三，使者曰「對數未盡」，應該是說這種機關木偶的表演動作是可以量化的，一場戲有多少「對數」可以提前定好。從機械角度考慮，要完成預定

〔註96〕〔晉〕陳壽撰《三國志・魏志》卷二九《杜夔傳》裴松之注引傅玄序載扶風馬鈞曾爲明帝作水轉百戲，「使其形若輪，平地施之，潛以水發焉。」《二十五史》第二冊，上海書店、上海古籍出版社，1986年版，頁1164。隋煬帝也曾以類似水轉百戲招待外賓。

〔註97〕〔元〕葛邏祿迺賢著《河朔訪古記》，影印文淵閣四庫全書第五百九十三冊，頁41～42。

〔註98〕引自黃維若先生《藥發傀儡考略》，《戲劇》1993年第2期。

的量化動作最簡單的是利用齒輪傳動技術〔註99〕。
而這種技術我國人民應該很早就掌握了。在前引魯
般的傳說中，這位巧匠的木鳶「楔三下」則正好把
他送回家中，其後般父伺得鳶，「楔十餘下，乘之，
遂至吳會。吳人以爲妖，遂殺之。」「楔三下」和
「楔十餘下」的差別顯然是爲木鳶設定了不同飛翔
動作的量。

類似的記載還可以看到：

> 石虎有指南車及司里車〔註100〕，又有舂車木
> 人。及作行碓於車上，車動則木人踏碓舂行，
> 十里成米一斛。又有磨車，置石磨於車上，
> 行十里輒磨麥一斛。〔註101〕

> 大章車，所以識道里也。起於西京，亦曰記里車。車上爲二層，皆
> 有木人，行一里，下層擊鼓，行十里，上一層擊鐘。〔註102〕

這兩種木人都是用畜力作動力的。所謂「十里一斛」和「一里擊鼓、十里敲
鐘」都明確地告訴我們這種傳動裝置可以將一定量的動力轉化爲一定量的木
人動作，這種可控的「對數」爲「搖發傀儡」進行戲劇表演提供了最基本的
保障。一個個的「對數」實際上就是一個個的程式動作。

圖53：《武備志》中所繪的古代齒輪與彈簧

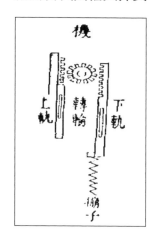

圖54：記里鼓車側視圖

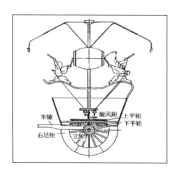

圖55：記里鼓車模型

〔註99〕　配圖採自中國文化研究院《燦爛的中國文明》網站，互聯網址 cn.chiculture.net。
〔註100〕　司里車即記里鼓車，配圖採自中國文化研究院《燦爛的中國文明》網站，互
　　　　聯網址 cn.chiculture.net。
〔註101〕　〔晉〕陸翽著《鄴中記》，影印文淵閣四庫全書第四百六十三冊，頁8。
〔註102〕　〔晉〕崔豹著《古今注》卷上《輿服》，四部叢刊三編子部。

關於機關動力如何轉化爲傀儡手足的具體動作，佛經中給我們提供了一點線索。西晉竺法護譯《佛說胞胎經》記佛陀以製木人爲喻，向阿難論說人體的構成：

> 佛告阿難，……若畫師作木人，合諸關節。先治材木，合集令安，
> 繩連關木，及作經押，以繩關聯，因成形象，與人無異。〔註103〕

其中的「關木」無疑是指各個活動的關節，「繩連關木」意指木人內部以繩索連接各個關節，抽牽即可活動。而「經押」一詞則頗令人費解，康保成先生認爲是拴繩子的轆轤。〔註104〕這種說法值得商榷，如果這個內置的「經押」只是拴繩子的轆轤，那麼與之相連的「關木」也就只能隨著轆轤的搖動而作出單一的、有幅度限制的鬆緊動作，根本無法做到「與人無異」。

如前所論，機關木偶的動作是預先設定好的，經由曲軸齒輪傳動裝置而來的動力最終應該落實到某一個或某幾個「關木」上。「經押」就應該是這樣的一個「動作分配器」。傳動裝置末端的力經由它而帶動繩索，牽動「關木」，從而使肢體做出預定的動作來。「經押」的作用實際相當於人類的中樞神經系統。

從上引諸例可以看到，南北朝到唐代的機關木偶相當發達，宮廷民間皆有所見；人力、水力、畜力，動力種類也比較齊全。這不由讓我們產生一個疑問：如此成熟的傀儡形式入宋後緣何蹤影皆無？反觀宋代五種傀儡形式，杖頭與懸絲宋前已有記述，肉傀儡爲宋人所創，水傀儡形式甚明，獨藥發傀儡不明所指。對這種現象的解釋就是：宋代的藥發傀儡即爲晉唐機關木偶之傳承，二者異名而同實也。

三、藥發傀儡的得名

下一個需要解決的謎題是歷史悠久的機關木偶因何被冠以「藥發傀儡」之名。我想應該有兩個原因：首先，爲傀儡分類定名是宋人首爲，他們根據當時的情況爲前代已見的傀儡形式重新命名也是自然的事。宋前傀儡戲最爲活躍的只有懸絲一種，不足以對之分類定名，唐人只統稱爲「傀儡子」、「窟礧子」等。第二，正如康保成先生所述，佛教對傀儡戲的影響使藥發傀儡得名。宋代金盈之《醉翁談錄》卷四「四月八日」條記：

〔註103〕〔晉〕竺法護譯《佛說胞胎經》，《大正藏》第十一冊，頁888。
〔註104〕康保成《佛教與中國傀儡戲的發展》，《民族藝術》2003年第3期。

浴佛之日，僧民道流雲集相國寺，是會獨甚。常年平明，合都士庶
婦女駢集，四方攜老扶幼，交觀者莫不蔬素。眾僧環列既定，乃出
金盤，廣四尺餘，至於佛殿之前，仍以漫天紫幕覆之於上，其紫幕
皆銷金爲龍鳳花木之形。又置小方座，前陳經案，次設香盤。四隅
立頻伽，磴道闌檻，無不悉具。盛陳錦繡禧褥，精巧奇絕，冠於一
時。良久，吹螺擊鼓，燈燭相映。羅列香花，迎擁一佛子，外飾以
金，一手指天，一手指地，其中不知何物爲之。唯高二尺許，置於
金盤中。眾僧舉物揚佛事，其聲振地。士女瞻敬，以祈恩福。或見
佛子於金盤中周行七步，觀者愕然。今之藥傀儡者，蓋得其遺意。
既而揭去紫幕，則見九龍，飾以金寶，間以五彩，從高噀水，水入
盤中，香氣襲人。須臾，盤盈水止。大德僧以次舉長柄金杓，挹水
灌浴佛子。〔註105〕

作者在佛子周行七步後提到「今之藥傀儡者，蓋得其遺意」，應該理解爲當時
的藥發傀儡就是此種不假人手操縱的機關木偶。而其後九龍所噀之水，應該
就是「五色藥水」。因爲「其中不知何物爲之」，所以觀者或許會將佛子之周
行七步與浴佛用的藥水聯繫起來，「藥發」之名或由此得。而大德僧們迎此機
關木佛應該也有弘揚佛法的目的，木佛自動，「觀者愕然」，自然就增加了佛
教的神秘意味和對佛的敬畏之心。稱「藥發」，也許爲了掩蓋佛像行走機械中
的人爲之力。

　　「藥發」之名源於佛教還有一證。印度密教所修建的曼荼羅壇場往往塑
有神佛鬼怪的各式雕像。據唐菩提流志譯《不空胃索神變眞言經》卷二十七
記載，有些雕像可以出聲大叫。因爲「持藥置天像口中，使諸天像一時眩動，
發聲大叫。若置摩訶迦羅像口中者，令像叫吼，發吼聲時，大地山林一時震
動。」〔註106〕

　　這個以「藥」可以使之發聲大叫的摩訶迦羅據康保成先生考證即是宋代
常見的小兒玩具「磨合羅」。與傀儡戲關係極爲密切。用一種神奇的「藥」可
以使雕像發出地動山搖的大叫，這多少有些誇張。我們知道，聲音是物體振
動形成的，一些化學藥物在遇水或其它特殊環境時會急速分解，產生大量氣

〔註105〕〔宋〕金盈之著，周曉薇校點《新編醉翁談錄》，遼寧教育出版社，1998 年
　　　　版，頁 14。
〔註106〕〔唐〕菩提流志譯《不空胃索神變眞言經》卷二十七，《大正藏》第二十冊，
　　　　頁 254～259、377。

體，從而帶動佛像口中的裝置振動發聲，這是完全有可能的，但是音量決不會大至「大地山林一時震動」。只是在善男信女們虔誠敬畏的心態下，大黑天神忽然作聲，音量自然會被主觀地放大許多倍。而且在他們看來，木胎泥塑的佛像能「活」起來，就是因為神奇的「藥」。

縱觀藥發傀儡的歷史，我們發現它還有一個特點是體型龐大、結構複雜。在眾家節度使的修祭隊伍裏，它會顯得「最為高大」。這也就使它與布衣百姓間始終存在著一定的距離。文獻中，與之相關的人物隋煬帝、石虎等皆為帝王，浴佛節中的「大德僧」是名刹的住持。這從一方面也可證明藥發傀儡更適合襯托官家的氣派和宗教的莊嚴。宋代目前唯一可以肯定的藥發傀儡藝人李外寧又兼作水傀儡，而據記載水傀儡亦為規模頗大的一種表演，市井之中是不易見到這種傀儡戲的。據此推測，藥發傀儡在當時的文化市場中因為成本高、技藝複雜而處於弱勢的地位，所以宋代文獻中獨對這種傀儡形式記之甚簡。而懸絲、杖頭等傀儡卻可自如地搬演煙粉靈怪、鐵騎公案等故事，自然更具競爭力。在這種背景下，藥發傀儡就像白堊紀的恐龍一樣盛極難繼，迅速地退出了歷史舞臺。

第六節　平面傀儡——影戲

一為隔窗弄影，一為刻木牽絲，影戲與傀儡戲似乎是風馬牛不相及。但參照本書緒論對傀儡及傀儡戲所作的界定，影偶就其物理本質而言無疑也是屬於傀儡的。根據它表演時的外觀特點，我們可以把影戲看作是一種「平面傀儡」。

一、我國影戲概況

在我國，影戲是指一種由人操縱影件（或稱「影子」），借光亮影，配樂歌唱，以展示情節的小戲形態，習稱「燈影戲」、「土影戲」、「燈影子」等。根據成影材料的不同，可分為手影戲、紙影戲和皮影戲；據其影幕質地的不同，可分為紗窗影戲和紙窗影戲；據其聲腔特點的不同，則又可分為碗碗腔影戲、弦板腔影戲、阿宮腔影戲、皮腔影戲、高腔影戲以及道情影戲等。

宋代是我國影戲的發明期，也是其發展的第一個黃金期。在此後的數百年中，我國的影戲遍佈大江南北，長城內外，甚至還隨著元朝的政治和軍事力量遠達海外。十四世紀波斯政治家、史學家施特愛丁（Rashid al-Din Fadl

Allah，1247～1318）曾說：「當成吉思汗的兒子繼承大統後，曾有中國的戲劇演員到波斯，表演一種在幕後說唱的戲劇。」〔註107〕據周貽白先生考證，波斯有影戲在十三世紀（元朝初期）；埃及有影戲在十五世紀（明朝初期）；土耳其有影戲在十七世紀（明末清初）；法、英、德等國有影戲則在十八世紀（清朝中葉）。其中，法國、德國的影戲都是由中國直接傳播而去。其他國家的影戲也應該與我國的傳統影戲有相當的淵源。

在國內，發展到清代，中國影戲已經形成了秦晉影系、灤州影系、山東影系、杭州影系、川鄂滇影系、湘贛和潮州影系等眾多流派，邁進了它的第二個黃金期。這一時期中國影戲的普及程度、演出盛況都是空前的。民國初期承襲清代以來的繁榮，影戲的班社林立，競爭激烈，因而名家輩出，各領風騷於一隅，演出活動更加頻繁，可謂中國影戲的第三個黃金期。但在近數十年來，在電影、電視、網絡等新興文化的衝擊下，影戲作為一種民間傳統藝術已經迅速地被邊緣化，非但勝景不再，後繼乏人，就連其目前的生存問題也要依靠學術界的呼籲和政府的政策保護了。

二、影戲的起源

（一）前人四種觀點辨析

關於中國影戲的起源，歷來有四種說法。顧頡剛先生主張影戲於周代便已發端；〔註108〕虞哲光先生和董每戡先生認為影戲的濫觴是在漢代；〔註109〕孫楷第先生的觀點是唐五代時的俗講是影戲的直接源頭，〔註110〕近人江玉祥先生也持此說；〔註111〕而王國維先生、佟晶心先生、周貽白先生則均以宋代為中國影戲的初始期。〔註112〕此外，還有學者提出影戲是由境外舶來，及明清時始為其源起等論點，因其謬誤甚明，此皆不論。

〔註107〕此則材料顧頡剛《中國影戲略史及其現狀》、佟晶心《中國影戲考》中都曾引用。此處引自周貽白《中國戲劇史》上冊，中華書局，1953 年版，頁 138。
〔註108〕詳參顧頡剛《中國影戲略史及其現狀》，載《文史》第十九輯。
〔註109〕詳參虞哲光《皮影戲藝術》，上海文化出版社，1958 年版；董每戡《說影戲》，載《說劇》，人民文學出版社，1983 年版。
〔註110〕詳參孫楷第《傀儡戲考原》，上雜出版社，1952 年版。
〔註111〕詳參江玉祥《中國影戲》，四川人民出版社，1992 年版。
〔註112〕詳參王國維《宋元戲曲考》，《王國維戲曲論文集》，中國戲曲出版社，1984 年版；佟晶心《中國影戲考》，載《劇學月刊》第 3 卷第 11 期；周貽白《中國戲劇與傀儡戲影戲》，載《周貽白戲劇論文選》，湖南人民出版社，1982 年版。

宋人高承在《事物紀原》中記道：

> 故老相承，言影戲之原，出於漢武帝李夫人之亡，齊人少翁言能致其魂。上念夫人不已，乃使致之。少翁夜爲方帷，張燈燭，帝坐他帳，自帳中望見之，彷彿夫人像也，蓋不得就視之。由是世間有影戲。歷代無所見。宋朝仁宗時，市人有能談三國事者，或採其説，加緣飾作影人，始爲魏、蜀、吳三分戰爭之像。〔註113〕

這段史料屢被戲曲史家徵引。對它的解讀有兩種意見：一者據少翁爲武帝弄李夫人影的傳説言「由是世間有影戲」；一者據「歷代無所見」推斷宋前並無此戲。

歷史上關於漢武帝和他的愛妃李夫人的記載很多。如《史記・孝武本紀》：

> 其明年，齊人少翁以鬼神方見上。上有所幸王夫人，夫人卒，少翁以方術蓋夜致王夫人及竈鬼之貌云，天子自帷中望見焉。〔註114〕

班固的《漢書》對此的記述更爲詳細：

> 李夫人少而蚤卒，⋯⋯上思念李夫人不已，方士齊人少翁言能致其神。乃夜張燈燭，設帷帳，陳酒肉，而令上居他帳，遙望見好女如李夫人之貌，還帷坐而步。又不得就視，上愈相思悲感，爲作詩曰：「是邪，非邪？立而望之，偏何姍姍其來遲！」令樂府諸音家絃歌之。〔註115〕

此外，桓譚的《新論》、王充的《論衡》、干寶的《搜神記》、王嘉的《拾遺記》、《太平御覽》、〔註116〕白居易《新樂府・李夫人》皆有此事記載。只是於細節處各有生發，民間傳説的意味十分濃厚。據清代學者梁玉繩考證，令漢武帝輾轉相思的，應是王夫人；爲武帝施法弄影招魂的方士，也只是少翁一人，而不存在後來訛傳的李少君、董仲君等。〔註117〕

一則屢被訛傳的民間傳説，其可信度本就大打折扣，以此來作爲影戲源

〔註113〕〔宋〕高承著《事物紀原》卷九，中華書局，1990年版，頁495。

〔註114〕〔漢〕司馬遷著《史記・封禪書》中亦有與此文字全同的記載。

〔註115〕〔漢〕班固著《漢書・外戚傳》，《漢書・郊祀志》中也有此記載，只文字稍爲簡略。

〔註116〕《太平廣記》卷71引《拾遺記》李少君作「董仲君」，《太平御覽》卷816引《拾遺記》亦作「董仲君」。

〔註117〕詳參〔清〕梁玉繩《史記志疑》卷十六，中華書局，1981年版。

於漢代的直接證據當然不妥。況且，少翁所施的「弄影還魂」巫術，充其量不過是一個普通的光學現象，燈和帷幕之間用來遮擋光源的實物與所投射的影象之間，不僅有一定的距離，且大小、形狀都差異甚大。一般所論的影戲，並不包括手影戲，而手影戲的情狀、原理正與上述記載相類，此二者或有直接的淵源。狹義所指的影戲爲紙影戲與皮影戲，它們與此顯然是存在著一定距離的。

首先，弄影術所顯現的，是一個只有輪廓的剪影；而影戲呈現給觀眾的，卻是纖毫畢見、細節傳神的人、物。

其次，弄影術一定要完全地遮擋光源，才能得到輪廓清晰的影象；而影戲則必須暴露光源，使光線穿過影人，觀眾才能透過紙或紗的影幕看到它們。

第三，弄影術中，成象物的實體與布帷間，需有一定的距離；而影戲的影人則必須緊貼在影幕上。

圖 56：影戲幕窗正面觀　　　　　**圖 57：影戲幕窗內景**

筆者拍攝於山西孝義木偶皮影博物館。

第四，弄影術中，成象物可能是方士本人，也可能是他操縱的一些物體，它在移動時，由於遮擋光源的部分產生變化，所以呈現出的影象在形狀和大小上也會有較大變化；而影戲的影人是由操縱者以拖杆架於影幕前，光源與影人間的物理位置相對固定，所以觀眾看到的，是同一個影人在動作，而它的形狀、大小則是不變的。

以往的學者在論影戲時，往往先要引述大段史籍中關於影子的記載，以其爲影戲原始樸素的形態。通過以上的分析，可知影戲實際上與影子關係不

大，學者們或是受了「影」字之累，而忽略了對光學理論的理解，才會有此畫蛇添足之舉。實際上，只要仔細觀看影戲的表演就不難發現，它看起來更像是一幅可以活動的畫。如果在宋時有如玻璃之類透明的普通材質，我想影戲完全不必只限於夜間掌燈作戲，而「影戲」之稱大約也就不會出現了。因為觀眾看到的，是一部純粹的「動畫戲」。

漢代說既然不能成立，比之更早的周代說也就不攻自破，因為它也只是引用了隻言片語的「弄影」之事作為證據。至於唐代一說，學者們一般從兩個方面進行論述：一是配圖說唱的變文的出現；二是唐傳奇、唐戲弄等對影戲的催生。〔註118〕當然，此二者對影戲起源形成的關鍵作用不可否認。但是，持此說的學者們顯然忽略了一個重要的信息：在唐代的坊市制度下，夜晚張燈作戲是根本不可能的。沒有演出的環境，沒有觀眾，奢談一種新的藝術形式的形成無異於緣木求魚。

主張影戲起源於宋代的學者們其實也沒有舉出更有力的證據。仔細推敲他們所據的《事物紀原》的記載，符合邏輯的結論只是：仁宗時，說話人所講的三國故事被影戲所吸收。

（二）影戲起源之我見

從時間上看，影戲的形成應在北宋無疑。宋代以前，我國的城市都採用封閉式的里制和坊制，商品交易也是在封閉的「市」中進行。〔註119〕宋太祖黃袍加身後，制定了偃武修文、發展商業的治國方略。以新行市、酒樓、茶坊及居民眾多日常需要為中心而形成的新街市很快取代了舊的封閉的「市」；民居中眾多的小巷也不再是局限於坊內的通道，而都直通大街，「街巷」結構代替了原有的「街坊」結構；城市中天曉有早市，張燈後有夜市，相國寺有廟市，還有各種節日集市，居民們出行的自由和市場的繁華互為因果，「清明上河圖」式的盛景由此出現。〔註120〕

正是這些變革為影戲的產生提供了契機。新興的文化市場需要新的產品，激烈的市場競爭又會直接催生或完善一些可供商業演出的藝術形式。喧

〔註118〕詳參江玉祥《中國影戲》，四川人民出版社，1992年版，頁12～16。

〔註119〕可參楊寬《中國古代都城制度史研究》，上海人民出版社，2003年版，頁237～268。

〔註120〕可參楊寬《中國古代都城制度史研究》，上海人民出版社，2003年版，頁288～351。

闐的夜市中，有一盞燈點亮了一個機敏的說唱藝人的靈感，他將配圖中的人、物、鳥、獸一一剪了下來，借鑒杖頭傀儡的操縱方式使它們在燈光下運動起來——影戲或許就誕生於北宋某個城市某座勾欄的一次說唱表演中，而它的發明者和發明過程卻只如一粒塵埃輕落在了北宋繁華的街道上。

從地域上看，長安、洛陽、汴京三城都有可能是影戲的初生地。在中央集權的封建制度下，不僅是政治，經濟、文化、民俗等都會體現出一定的都城效應。〔註121〕唐代長安的寺院戲場是當時民間伎藝當仁不讓的活動中心；洛陽因為其特殊的地理位置和多年事實上的陪都性質應居次席，豐富的文化藝術積澱或許會為影戲的形成提供便利；而東京汴梁作為宋代城市變革的最早實踐地，也有著無可比擬的地域優勢。影戲具體形成於哪座城市實難遽斷。但可以肯定的是，不論影戲誕生於三城中的哪一座，它都會以極快的速度傳播到另外的兩地。因此，不妨把這三地劃作一個整體的唐宋文化圈，影戲即於這一沃野中破土而出，並日漸茁壯。

從其藝術源頭來看，影戲應該是唐代寺院戲場中俗講變文的蝶變。前文已述，影戲的形式並非是弄影，而更像是一種動畫戲。宋代以前，配合圖畫說唱故事的藝術形式只有變文一種。「畫卷開時塞外雲」，〔註122〕被稱作「立鋪」的配圖外觀上就是普通的紙質畫卷。而中國

圖58：清代皮影戲《乾坤帶》場景

影戲的發展，也是先有紙影，再進化到皮影。《都城紀勝》「瓦舍眾伎」條：「凡影戲乃京師人初以素紙雕鏃，後用彩色裝皮為之。」《夢粱錄》卷二十「百戲伎藝」條：「更有弄影戲者，元汴京初以素紙雕簇，自後人巧工精，以羊皮雕形，用以彩色裝飾，不至損壞。」看來紙影戲是影戲發明之初的一種過渡形

〔註121〕正如孟元老在《東京夢華錄》序中言：「八荒爭湊，萬國咸通。」耐得翁《都城紀勝》序中亦道：「聖朝祖宗開過，就都於汴，而風俗典禮，四方仰之為師。」此類事例，實在是不勝枚舉。

〔註122〕此為〔唐〕吉師老《看蜀女轉昭君變》詩中之句。《全唐詩》下冊，上海古籍出版社，1986年版，頁1915。

態，〔註123〕且這一形態很快便退出了主流舞臺。如果和「立鋪」的畫卷無關，它完全可以在一開始就採用皮的材質。素紙質脆易碎，雕簇和保存的難度極大，發明者捨易而求難這一矛盾恰恰證明了他的靈感是來自於紙質的畫卷，他最初的目的就是想讓畫上的人物動起來，以吸引更多的觀眾。

變文的表現題材多為神佛、歷史，而這也正是影戲最擅長表現的內容。山西的碗碗腔影戲劇目現在可確定的有一百五十六種，〔註124〕純粹的歷史劇和神話劇約九十餘種，占全部劇目的百分之六十強。而在一般被劃為「情感劇」的六十餘種劇中，也有許多神怪、歷史的情節穿插其中。說話伎藝中也多有神佛、歷史的內容，但要讓其立體地表現出來並非易事，即使非要將之搬上舞臺，已經很成熟的懸絲傀儡似乎比薄脆的紙片更易引起藝人的注意。而變文的畫卷則可

圖59：孝義皮影木偶博物館藏清代皮影戲臺所供的苗莊王神位

筆者拍攝於山西孝義木偶皮影博物館。

隨意揮灑，創作的空間極大，將這些畫好的人物雕簇成可以活動的影偶是可以實現的，再把這些影偶貼於紙或紗的幕上，使之成為一幅活動的圖畫自然也如舉手之易。此時，它已經蝶變成了另一種藝術形式，其表現力在繼承了變文長處的基礎上，更加青出於藍而勝於藍。

戲神又稱「梨園神」，是舊時戲曲班社、藝人供奉的行業神。各地的戲神雖不盡相同，但基本集中在唐玄宗（又稱老郎爺）、後唐莊宗（又稱莊王爺、小唐王）、灌口二郎神、田都元帥（又稱田公元帥、相公爺）等幾位。而影戲除了有的班社祭祀上述某位戲神外，還另有兩位獨特的戲神，一神一佛，也從一個側面體現出了影戲與寺廟宮觀、與變文的密切淵源。

〔註123〕紙影並未徹底被皮影所取代，而是發展成了一個獨自的流派，現在仍有專演紙影的班社存在。

〔註124〕筆者在山西考察時，當地老藝人並不清楚具體的數目，只說約二百多種。據山西師範大學戲曲文物研究所孔美豔老師的考證，不少傳統劇目內容是重複的，實為一百五十六種。

一爲「黃龍眞人」。山西省孝義市皮影木偶博物館中有此神來歷的介紹。據說當年殷紂王女媧廟降香，粉壁留詩褻瀆神明，女媧一怒招來三妖──千年狐狸精、九頭雉雞精、玉石琵琶精，告訴她們：「成湯氣運已到，當失天下。鳳鳴岐山，西周已生聖主，天意已定，氣數不可違。」讓她們去託身宮院，惑亂君心，待武王伐紂，以助成功。仙首洪鈞老祖又派姜子牙下山，一來扶周滅紂，二來斬將封神，並讓崑崙山玉虛宮禪教十二門人下山助子牙一臂之力。黃龍眞人即此十二弟子之一，修道於二仙山麻姑洞。臨行之時，元始天尊囑託他把下山之事一一記下，並雕以紙人，寫成故事，傳於後世。黃龍眞人下山照此而行，世間遂有紙影一戲。〔註125〕

另一戲神是「苗莊王」，又稱「妙莊王」，孝義市皮影木偶博物館的介紹如下：

> 興隆國國王苗莊王無子，只有三個女兒，大公主金蓮，二公主五翠，三公主妙善。大女二女早已擇婿爲官，意欲傳位於三公主，爲她招一駙馬，幫女兒執掌朝政。可三公主自幼喜讀佛經，一心想出家進入佛門。觀音菩薩見她和佛門有緣，就度化她在香山寺出家爲尼，又爲她父王做藥引，獻出自己的眼和手，此舉感動了苗莊王，封她爲「千手千眼菩薩」，定其生日二月十九爲每年享受人間祭祀之日，苗莊王日夜思念女兒不止，臣（丞）相段標紙雕三公主形象，以燈亮影和父皇語言，苗莊王自悔不止，就叫段標把三皇姑出家之事編成故事，雕簇影人，出宮到民間去說去唱，以贖自己的過失。取名叫「三皇姑出家」，又名「大香山」，從此民間始有燈影班，藝人奉苗莊王爲祖師爺。

這則故事可能與影戲起源關係更加密切。文中講述的是千手千眼菩薩的來歷，苗莊王可以將王位傳給女兒，可見這一故事並非本土自生，而應該是自印度東傳。佛經中類似的故事極多，這些故事往往被用繪畫的形式表現出來，如寺院、石窟中經常可以見到的佛本生故事壁畫。妙善公主的故事在民間影響極大，許多戲曲劇種都有名爲《香山寺》或《香山記》的傳統劇目，唐宋之際的俗講僧和說唱藝人應該於此功不可沒。不妨大膽推斷：最早被改造成「動畫戲」表演的，或許就是苗莊王與妙善公主的故事，而對於他們突然從

〔註125〕考察時並未錄寫此段原文，此據孝義市皮影木偶展演團團長武俊禮先生的採訪錄音整理。

畫中人變得活動如生，表演者和觀眾都還是心存敬畏的，於是便將苗莊王敬爲這一新興行業的祖師爺加以祭祀。

三、宋代的影戲

見於記載的宋代影戲有四種：一爲手影戲，即以手弄影，使影子在幕帷上呈現出不同的景象。《都城紀勝》「瓦舍眾伎」條將之歸入「雜手藝」一類。二是紙影戲，即以紙作爲雕刻影偶的材料，它應該是影戲初期的形態，但在以皮易紙後，其獨特的藝術魅力尙存一定的吸引力，以至一直流傳至今。三是皮影戲，從北宋時「以羊皮雕形」開始，皮影一直是影戲的主流形態。四是大影戲，《武林舊事》卷二「元夕」條記：「或戲於小樓，以人爲大影戲。」可知大影戲是人模仿影偶的動作作戲。〔註126〕四川北部農村流行的川北燈戲中，就有「燈影步」的程式，演員「全身僵硬，兩手打伸放於兩胯旁，走動時腳跟先落地，步子碎，像老太婆尖尖腳走路一樣。」〔註127〕

（一）宋代影戲盛景一瞥

大影戲的出現可以看作是宋代影戲已高度發達的一個證據。因爲被模仿的前提是影戲自身有足夠完善的音樂、故事和程式動作，且影戲必須足夠地深入人心，觀眾才能對大影戲的美心領神會。

還有幾條史料可以管窺宋代影戲的盛景。《東京夢華錄》卷五「京瓦伎藝」條：「崇、觀以來，在京瓦肆伎藝……董十五、趙七、曹保義、朱婆兒、沒困駝、風僧哥、俎六姐，影戲。丁儀、瘦吉等，弄喬影戲。」《夢梁錄》、《武林舊事》、《繁盛錄》三書記載了南宋的一些知名影戲藝人，去其重複者，共計二十三人，列舉如下：

> 賈四郎、王三郎（升）、王潤卿（女流）、賈震、賈雄、尙保義、陳
> 松、三賈（賈偉、賈儀、賈祐）、三伏（伏大、伏二、伏三）、沈顯、
> 馬俊、馬進、朱祐、蔡諮、張七、周端、郭眞、李二娘（隊戲）、黑
> 媽媽

此二十三人當爲兩宋影戲藝人中的佼佼者。如果把他們比作金字塔的塔尖，

〔註126〕任二北先生對此解釋有異議，他認爲只是言其爲大型的影戲，仍應是雕紙或皮爲之，並非眞人。見任二北《駁我國戲劇出於傀儡戲影戲說》，《戲劇論叢》1958 年第 1 輯。

〔註127〕四川省川劇藝術研究院編《川北燈戲》，四川文藝出版社，1986 年版，頁215。

那麼必定還有一個數量龐大的塔基存在。現在的影戲班社有句行話叫「七緊八慢九消閒」，意為一場戲需要七到九個人方能開場。上述名藝人必是各自演出班社的中堅，以每班八人計，則他們的班社共二百五十六人。假設這些名藝人出現的概率為百分之十，則兩宋影戲基礎的從業人數至少有兩千五百六十人。

當然，這種推算的前提是宋代的影戲藝人確實是多人結社，而不是獨自演出。下一條史料恰好可以證明這一點。

宋代無名氏《百寶總珍》「影戲」條記：

> 大小影戲分數等，水晶羊皮五彩裝。
> 自古史記十七代，注語之中子細看。
>
> 影戲頭樣並皮腳，並長五小尺，中樣、小樣，大小身兒一百六十個。小將三十二替，駕前二替。雜使公二，茶酒、著馬馬軍，共計一百二十個。單馬、窠石、水、城、船、門、大蟲、果卓、椅兒，共二百四件。槍、刀四十件。亡國十八國，《唐書》，《三國志》，《五代史》，《前後漢》，並雜使頭，一千二百頭。〔註128〕

這個皮影戲箱的內容著實令人歎為觀止，即使是現在的影戲班社，也罕有能與之比肩者。從其道具的數量來看，「七緊八慢九消閒」的數字已屬保守。

如此繁榮的影戲藝術自然會有數量眾多的擁躉，其對社會生活的影響也會非常深入。《武林舊事》卷二「燈品」條列有按影戲裝染之法、鏤鏤精巧的「羊皮燈」；刻繪馬騎人物，且能旋轉如飛的「紗戲影燈」；同書卷六羅列的臨安美食中有一種叫「魚肉影戲」；《夢粱錄》卷十六「分茶酒店」條也記有一種美食「影戲算條」。由於愛之甚深，有人還把影戲的

圖60：山西繁峙縣岩上寺金代壁畫嬰戲影戲圖

壁畫位於岩上寺文殊菩薩殿東壁，作於金大定年間。

〔註128〕《玄覽堂叢書》三集第三十一冊，江蘇廣陵古籍刻印社，1986年版。

圖象畫入墓室，要把它帶到另一個
世界去繼續欣賞。

　　1980年，山西孝義榆樹坪村出
土了一處正隆元年（1156）金墓，
內有繪著皮影頭像的壁畫；〔註129〕
1981年，山西曲沃斐南莊三益橋西
端發現的金墓中，也有繪著皮影人
形的壁畫。〔註130〕

　　宋金時期的影戲文物還有兩處
在地上，屬於當時比較流行的「嬰
戲圖」，價值較前兩種文物要高一
些。山西繁峙縣岩上寺文殊菩薩殿
中，有一幅金大定年間（1161～
1189）的壁畫，〔註131〕這幅「皮影
嬰戲圖」即屬於此畫。圖中八個嬉
戲的小兒分成兩組，一組五人正在
弄影戲：用一橫置的長方形木架框

圖 61：宋人繪嬰戲影戲圖

無名氏作。天籟閣舊藏，絹本設色。無款識，
鈐有「天籟閣」印。圖繪三嬰於庭院中耍弄影
戲的場景：一兒坐影屏後，雙手舉二影人；一
兒坐屏前，雙手擊鼓伴奏；身後一嬰扶膝半蹲
觀看。影屏為方形木框，懸帷，三棱形底座。
屏上戲單寫有「今日頭項」字樣。

幕分開，擺成舞臺狀，幕後一兒跪在地上，一手執一影人正對紗窗表演，另
一手舉一影人離開窗幕，當是影戲的主要表演者。坐在他旁邊的一個小兒，
雙手各執一個影人，回首注視影幕，像是隨時要把影人遞給表演者，應為影
戲表演中的幫把子者（也稱「貼窗子的」）。框幕前的三個小兒，一個一隻手
指著框幕似在談說劇情；另一個趴在地上，雙手支起上身凝神觀看表演；最
有趣的是第三個，他不看表演，也不聽講說，只是聚精會神地盯著幫把子者，
對影戲的癡迷之情顯露無疑。另一組三人圍坐在一起，似在猜拳逗耍，在他
們旁邊不遠處，放著一面形如說唱鼓的小鼓，鼓邊地上有兩根細的鼓槌，可
能是為影戲伴奏時所用。

　　另一種文物為宋人所繪的一幅嬰戲影戲圖，作者不詳。絹本，設色，無
款。有「天籟閣」藏印。框幕底座居中部有長方形戲單狀字條，上書「今日

〔註129〕參見張一、朱景義《山西皮影》，《文史知識》1989年第12期。
〔註130〕參見段士樸《曲沃的木偶、皮影》，《曲沃文史》第4期，頁57。
〔註131〕參見潘挐茲《靈岩彩壁動心魄──岩上寺金代壁畫小記》，《文物》1979年第
　　　　 2期。配圖採自互聯網全國文化信息資源共享工程，網址 www.ndcnc.gov.cn。

頭項」。小兒玩耍之情狀與上圖頗似，此不多言。〔註132〕

（二）宋代影戲的題材與話本

上圖影人手執槍、棒之類的道具，似乎是在演出歷史戰爭題材的故事。現在可見最早記述影戲的史籍是宋仁宗時人張耒所著的《明道雜誌》：

> 京師有富家子，少孤，專財，群無賴百方誘導之。而此子甚好看弄影戲，每弄至斬關羽，輒爲之泣下，囑弄者且緩之。一日，弄者曰：「雲長古猛將，今斬之，其鬼或能祟。請既斬而祭之。」此子聞甚喜。弄者乃求酒肉之費，此子出銀器數十。至日斬罷，大陳飲食如祭者，群無賴聚享之，乃白此子：「請遂散此器。」此子不敢逆，於是共分焉。舊聞此事不信。近見事有類是，聊記之，以發異日之笑。〔註133〕

此段與高承所語仁宗時有談三國事者作影人，「始爲魏、蜀、吳三分戰爭之像」正好互爲印證，可知三國歷史故事是當時影戲的常見內容。在《百寶總珍》「影戲」條中，有「自古史記十七代」之語，即宋人所稱的十七史，包括《史記》、《漢書》、《後漢書》、《三國志》、《晉書》、《宋書》、《南齊書》、《梁書》、《陳書》、《後魏書》、《北齊書》、《周書》、《隋書》、《南史》、《北史》、《新唐書》、《新五代史》。文中還提到「亡國十八國」，應是指春秋戰國的歷史。

從這些材料來看，宋代城市中用作商業演出的影戲並不像傀儡戲那樣內容豐富，而是專注於歷史故事。前文曾論影戲之源是以神佛、歷史爲主要內容的變文，看來神佛劇在宋代並未大量演出，其原因或是大家仍對此有相當的敬畏心理，或是表演的技藝尚未成熟。而歷史劇卻迎合了宋人的心理——經歷了唐末五代的亂世，本朝又有西夏、遼、金的不斷侵擾，宋代人對歷史的反思可謂深廣，就連一個普通的富家子都會爲關羽的敗走麥城潸然泣下，可見其深刻的擁劉抑曹的正統歷史觀念。

《都城紀勝》「瓦舍眾伎」條記：「影戲……其話本與講史書者頗同，大抵眞假相半。」可見宋代的影戲不僅內容以講史爲主，其演出的話本也與講史者的話本類似，其具體形式應以七言偈贊體爲主。張戒《歲寒堂詩話》卷

〔註132〕配圖均採自互聯網全國文化信息共享工程，網址 www.ndcnc.gov.cn。
〔註133〕〔宋〕張耒著《明道雜誌》，朱易安、傅璇琮、周常林、戴建國主編《全宋筆記》第二編第七冊，大象出版社，2006年版，頁20。

上記：

> 往在柏臺，鄭亨仲、方公美誦張文潛《中興碑》詩，戒曰：「此弄影
> 戲語耳。」二公駭笑，問其故。戒曰：「『郭公凜凜英雄才，金戈鐵
> 馬從西來。舉旗為風偃為雨，灑掃九廟無塵埃。』豈非弄影戲乎？」
> 〔註134〕

《東京夢華錄》中尚提到「喬影戲」一詞，孫楷第先生認為即是大影戲，「據
其形言謂之『大』，據其質言謂之『喬』。名雖有二，其實一也。」〔註135〕周
貽白先生基本同意此觀點，他說：「喬為『喬裝』之意，本義上實為模仿。⋯⋯
然則『弄喬影戲』，或為用真人來模仿影人的舉動以資歡笑。」〔註136〕任二
北先生則認為喬影戲是因其內容為「滑稽戲而已，故名『喬』」。〔註137〕顧
頡剛先生說：「『喬影戲』不知是何影戲，但假定其為一種特殊影戲當無大
誤。」〔註138〕

　　上文對宋代影戲內容題材的論述使我們多了一個理解「喬影戲」的角
度。「喬」在宋元時的意義應該以「滑稽調笑」為主，如「副淨色發喬」一
語，在實際的文物中，則表現為副淨色抹土搽灰，做一些滑稽的表情和動
作。〔註139〕既然宋代的影戲多演大型的歷史故事，則一些篇幅短小，只取村
俗鄙俚之事以資戲謔，但採用了影戲形式的戲在當時就不宜再稱為影戲，據
其內容性質名之為「喬影戲」是完全有可能的。此類滑稽小戲影戲表演起來
應該也是得心應手，山西影戲就有不少此類傳統劇目，如《小二姐作夢》、《禿
子尿床》、《秀才偷蔓菁》、《李能打老婆》、《懶佬看糜黍》、《二姨子抱孩兒》、
《瞌睡》、《彈花》、《賣詩文》、《剃頭》、《表古》、《老少換》等。

　　影戲雖然就其物理特性而言可以被劃入傀儡戲的範疇，但它的歷史淵
源、發展軌迹和藝術及美學特徵又是完全自成一體。因此，本節將影戲作

〔註134〕〔宋〕張戒著，陳應鸞校點《歲寒堂詩話校箋》，巴蜀書社，2000 年版，頁
　　　　95。張文潛即張耒，原詩題為《讀中興頌碑》。
〔註135〕孫楷第《近代戲曲原出傀儡戲影戲考》，《傀儡戲考原》，上雜出版社，1952
　　　　年版，頁 68。
〔註136〕周貽白《中國戲劇與傀儡戲影戲》，載《周貽白戲劇論文選》，湖南人民出版
　　　　社，1982 年版，頁 57。
〔註137〕任二北《駁我國戲劇出於傀儡戲影戲說》，《戲劇論叢》1958 年第 1 輯。
〔註138〕顧頡剛《中國影戲略史及其現狀》，載《文史》第十九輯。
〔註139〕具體文物形象可參山西師範大學戲曲文物研究所編《宋金元戲曲文物圖論》，
　　　　山西人民出版社，1987 年版。

爲傀儡戲的一個特例，以單獨的篇幅進行論述，而在提到一般性的傀儡戲概念時，影戲還是作爲一個相對獨立的概念存在，並不包括在內。在論及宋代傀儡戲對戲曲形成的影響時，孫楷第先生將傀儡戲與影戲合而爲一，認爲它們起到了相同或相似的作用，這是不太恰當的，下文對此有相關的辨析和論述。

第四章　宋代傀儡戲繁盛的藝術因素與社會因素

　　由於第一手資料的不足，對宋代傀儡戲的藝術進行直接的研究是一個難以突破的瓶頸。但現有文獻中關於其演出、藝人以及音樂、文學等方面的記載和相關的文物形象也足以讓我們從藝術的角度去分析宋代傀儡戲的盛景。而且，通過對這些資料的梳理，也可以對宋代傀儡戲的藝術形態做一個大概的描繪。

　　當時的社會環境應該是宋代傀儡戲繁盛的主要原因。政治、經濟、民俗，諸多的因素共同爲傀儡戲的發展構築了一個適合的溫床。而從「傀儡面兒」、「鮑老」等詞來看，宋代民眾對傀儡戲這一概念的理解和運用已較前代有了極大的突破，「傀儡戲」已不僅僅是指瓦舍中的一種伎藝，而是更多地融入了社會生活。

第一節　宋代傀儡戲的演出

　　宋代城鄉的文化生活是極其豐富的，爲了適應不同的受眾和環境，各種藝術形式都顯示出一定的靈活性。作爲競放百花之一的傀儡戲，它的演出情況也是比較複雜，並非拘於固定的時間和專門的戲場，演出的形式也不是一成不變。通過對現有資料的梳理，大致可以將宋代傀儡戲的演出分成三種情形。

一、日常演出

　　日常演出的兩個重要條件是要有固定的劇場和相對穩定的觀眾群，因此可以推斷這種演出主要是在城市中，具體的演出地點當然是在瓦舍之中。《東

京夢華錄》卷五「京瓦伎藝」條載，「杖頭傀儡任小三，每日五更頭回小雜劇，差晚看不及矣。」從雞鳴五鼓至黃黃子夜，瓦舍中的演出要持續一整天，「終日居此，不覺抵暮」。而且瓦舍是全年營業，「不以風雨寒暑，諸棚看人，日日如是。」在這畫夜喧闐的瓦舍中，傀儡戲是有著相當重要的地位的。《都城紀勝》「瓦舍眾伎」條、《繁勝錄》「瓦市」條、《夢粱錄》卷二十「百戲伎藝」條都以較多的筆墨記錄了當時演於瓦舍的傀儡戲種類、內容及知名藝人。〔註1〕

這種日常演出的傀儡戲有兩個顯著的特性：戲劇性和商品性。據上述文獻資料記載，傀儡戲在瓦舍中「敷演煙粉靈怪故事、鐵騎公案之類，……大抵多虛少實，如巨靈神朱姬大仙之類是也。」以傀儡演故事，自然要施以裝扮，採用代言的形式。《宋史》卷二百九十《楊崇勳傳》記載，兵士所作的木偶戲人要「塗以丹白」；《武林舊事》卷二「元夕」條記載，內人與小黃門在仿傚街坊傀儡戲時要「巾裹翠蛾」；劉克莊詩亦有「郭郎線斷事都休，卸了衣冠返沐猴」之句。而且這種演出並非即興發揮，是按照既定的劇本來表現故事情節的，「其話本或如雜劇，或如崖詞」。只是限於資料之匱乏，不知當時的傀儡戲是否是尋聲度曲、按節而歌，不能妄斷其已經是一種戲曲的形式。當然，稱之為一種戲劇還是名副其實的。它的題材也並非全如上引資料所述，只演多虛少實的神怪故事，描寫現實生活的劇目應該也為數不少。王安石說看戲的市民其實「終日受伊謾」；黃庭堅詩有「從他鼓笛弄浮生」句；張耒有「幾回弄罷淒涼」之語；劉克莊亦道「鄰翁看罷感牽絲」。可見傀儡戲的美，包括神怪戲的「奇」與生活戲的「真」。〔註2〕

既演於瓦舍，傀儡戲演出的一個主要目的就是為經營者和藝人創造經濟利益。瓦舍中一個個相對獨立的演出場地多稱「棚」，〔註3〕其形制約如元杜善夫《莊家不識勾欄》中所記，要入內觀戲需先交「二百錢」。王安石的《擬寒山拾得二十首》之十一明確寫道北宋的傀儡戲棚是需交錢才可進入的，「被我入棚中」、「方知棚外人」二句說明傀儡棚是封閉的；「更被索錢財」一句說明需交足戲資方可入棚觀戲。〔註4〕有生產、有交換，傀儡戲的商品性不言

〔註1〕 詳見《文獻與文物中的宋代傀儡戲》一章。
〔註2〕 相關詩文詳見附錄一《宋代詠傀儡戲詩詞選輯》。
〔註3〕 即使後來戲臺作為單獨的建築存在，「戲棚」的稱呼在民間依然保留了很長一段時間。
〔註4〕 王安石詩全文見附錄一《宋代詠傀儡戲詩詞選輯》。

而喻。

在瓦舍之外，還有兩種日常性的傀儡戲演出。一種是路歧藝人的隨處作場；一種是撲賣雜貨的商人為招徠顧客而作的表演。《繁勝錄》「關撲」條記載，「賣客弟子」以唱耍令、學象生、弄傀儡、般雜班等吸引往來人等的注意。但這種表演的形式應該更接近於雜耍，而不會是演完整的故事。撲賣的貨品中有傀儡玩具，耍弄傀儡也有推銷此類商品之意。

二、節慶民俗演出

此類演出的情況比較複雜。

首先，在一些固定的節日，城市狂歡的隊伍中多會有傀儡戲，但不是傳統的杖頭、懸絲形態，也不是一板一眼地演故事。《東京夢華錄》卷六「元宵」條記載，汴京的慶祝場地在宣德樓前的廣場。眾多的節目形式中，有李外寧表演的藥發傀儡。這種傀儡體型較大、移動不便、設置操縱複雜，並不適合做經常性的演出，在大型的慶典中卻能很好地活躍氣氛。〔註 5〕南宋時，隨著傀儡戲更深地融入市民生活，一些單人或多人以面具或化裝裝扮成某個故事的節目也被視為是傀儡戲的一種，「鮑老」也包括在內。〔註 6〕這種節目的組合遊行就是「舞隊」中的主要力量，是臨安節日狂歡的重要內容。它的特點是人數眾多、種類眾多、只有故事的外形卻無唱念的內容、無固定的劇場。《繁勝錄》「街市點燈」條記載此隊伍或有「千餘人」，福建鮑老一社就達三百餘人，「川鮑老亦有一百餘人」；《武林舊事》卷二「元夕」條記載，節後舞隊日趨於盛，「其多至數千百隊」；同書卷二「舞隊」條中的「大小全棚傀儡」約有七十種。而在「村田樂」、「五瑞圖」等文物中，〔註 7〕此類節目的形式正與「舞隊」之名相合，雖有裝扮特點體現一個故事主題，但整體只以一定的隊形踏舞前行，互相少有表情、動作交流，顯然與劇場演出大相徑庭。

宋代的傳統民俗節日較多，幾乎無月不有，甚至一月數節。影響大者如元旦、元宵、乞巧、中元、中秋、冬至、歲除等十餘種，此外還有四月八日佛誕、六月六日崔府君生日等諸多廟會。其中許多節日都會在城市中掀起狂歡的浪潮，雖然所引的筆記多述元宵情狀，但其它節日的慶祝中想必也有傀

〔註 5〕詳見《藥發傀儡》一節。
〔註 6〕詳見《傀儡面兒與鮑老》一節。
〔註 7〕具體文物形象見《傀儡面兒與鮑老》一節。

傀儡戲類似的活動，只是元宵的慶祝範圍最廣、節目最多，舞隊或爲規模最大者，所以吸引了孟元老們更多的目光。

其次，農村的傀儡戲演出多包含在春祈秋報的社戲中；雩祭禁祭的祭儀中；神誕廟會的慶祝中。時間並不像城市那樣固定，只是在一個相對固定的時間段中。演出形式除舞隊外，更主要的是表演完整的故事。劇場分三種，臨時築棚、祭儀壇場、神廟劇場。演出的商業氣氛並不濃，多採用「戲頭」逐家收取錢物雇請戲班的組織形式，更多的是「眾樂樂」的性質。南宋寧宗慶元年間，朱熹門生陳淳的《上傅寺丞論淫戲》文中，就詳細記述了當地一種以社戲爲主的民俗「乞冬」。其時在秋收之後；劇場是現築的戲棚，地址選在居民叢萃之地；內容有人演的大戲，「或弄傀儡」。〔註8〕

藝人有「戲頭」請來的戲班，也有趁此時來鄉下討生活的路歧人。如吳潛【秋夜雨】《依韻戲賦傀儡》詞中，末二句嘲諷技藝不精的傀儡藝人道：「田稻熟，只宜村落。」〔註9〕這種民俗的流佈範圍是很廣的，在當地是自市廛近地至鄉下諸村，北方城鄉也有秋後搭臺唱戲的傳統。筆者故鄉是山西北部的一個小村莊，嘗記幼時的秋天，村子裏鑼鼓一響，戲臺邊、麥場上頓時成了孩子們的天堂，農忙時難得一見的親戚都從遠方趕來，大家都身著盛裝，梆子戲的高亢激昂和著小商販們的抑揚頓挫，整個村子就像是一片歡樂的海洋。

范成大的《請息齋書事三首》中，有「刻木牽絲罷戲場，祭餘雨後兩相忘」二句，〔註10〕說明當時傀儡戲亦被當作雩祭的工具。雩禁兩祭中以戲娛神的情況十分普遍，在山西發現的戲曲碑刻中，多有類似的記載。〔註11〕但並不是在此類祭祀中都用傀儡戲，活躍於當地的劇種都有可能登上戲臺。范成大詩所言或有兩種情況，一種是當時當地比較盛行傀儡戲；另一種是因爲傀儡戲乃以死物做戲，其巫術特徵更爲明顯。〔註12〕

鄉村的另外一種聚戲狂歡是在神誕廟會上。我國民間信仰的神祇數量眾多、情況極爲複雜，有佛、道的宗教神，有地域性的民俗神、人格神、自然神等多種，信仰地大都建有神廟。根據目前的考古發現，戲臺往往是神廟中

〔註8〕詳見《文獻與文物中的宋代傀儡戲》一章。
〔註9〕詳見附錄一《宋代詠傀儡戲詩詞選輯》。
〔註10〕詳見附錄一《宋代詠傀儡戲詩詞選輯》。
〔註11〕參見馮俊傑師《山西戲曲碑刻輯考》，中華書局，2002年版。
〔註12〕夏敏《傀儡戲與辟邪巫術》，《文藝研究》2004增刊「福建戲曲研究專輯」。

的一個主要建築。雖然並沒有發現宋代神廟劇場的實物，但有碑刻證明宋金時廟院建築中已有用於呈獻犧牲和樂藝的露臺。著名者如山西省萬榮縣廟前村后土廟廟貌圖碑，〔註13〕上面所刻為宋真宗時規劃的廟體結構，在「坤柔之殿」的前面有一座方形的露臺；河南省登封縣嵩山中嶽廟有《大金承安重修中嶽廟圖》碑一通，〔註14〕在正殿竣極殿前的庭院中有方形臺一座，上有榜題為「露臺」。而《東京夢華錄》等書中，記有四月八日佛誕日、六月六日崔府君生日、二十四日神保觀神（即灌口二郎神）生日等廟會中，都有大型的文娛活動。劉克莊詩《聞祥應廟優戲甚盛二首》亦說明宋代的神廟劇場中，有包括傀儡戲在內的「優戲」在活動。山西浮山縣的天聖宮是唐代為祭祀道教始祖老子而建，據當地老藝人講，天聖宮廟會古稱天基聖節，浮山的杖頭傀儡戲歷來就是廟會上的主角之一。而當地村莊內古時多有白衣秀士廟，內建專門的傀儡戲臺。可見這種演出也是較為普遍的。

圖62：河南登封中嶽廟廟貌碑　　圖63：山西萬榮汾陰后土廟廟貌圖

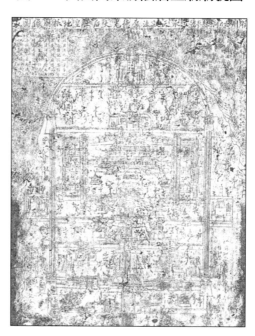

碑高126釐米，寬73釐米。位於河南登封縣嵩山中嶽廟。

圖碑現存山西萬榮縣廟前村后土廟中。

〔註13〕配圖採自全國文化信息資源共享工程，互聯網址 www.ndcnc.gov.cn。
〔註14〕配圖採自全國文化信息資源共享工程，互聯網址 www.ndcnc.gov.cn。

第三，在一些重要的人生儀禮中，也有傀儡戲的參與：或是直接參與某種儀式；或是作爲宴席上侑觴助興的節目。演出的地點往往是在主人的家中，形式應該比較靈活，或故事、或歌舞，甚至直接與觀眾進行互動。清人鄭得來《連江里志》中，記載北宋末蔡京在家鄉作壽時，宴席上有演肉頭傀儡戲者。宋初楊億的著名詩句「鮑老當筵笑郭郎」大約也不是作於一次普通的酒宴上。從現在民間的情況看，只有在一些重要的人生儀禮中，才會有諸如戲曲之類的節目助興，而在傀儡戲萌芽之初的西漢時，它也是演於賓婚嘉會上的。

在福建，一些地區的傀儡戲至今仍與當地民眾的生、老、病、死關係密切。據福建省藝術研究院的葉明生先生考察，傀儡戲參與的比較有代表性的儀禮有新婚探房、斬煞求子、妊娠遣霞、兒童過關、拜斗求壽、目連超度等幾種。〔註15〕這些活動都是既儀既戲，是法事傀儡與戲劇傀儡的有機融合，

圖 64：泉州嘉禮《目連戲》劇照（一）

照片由泉州木偶劇團提供。

應該是經過了一個漫長的形成過程。如「新婚探房」時，戲棚上先提演《小出蘇》，然後家主率新郎、新娘各點三支香，率吹鼓隊引相公爺至房中舞蹈、唱一段【囉哩嗹】，後致辭說好話，有一段「探房詞」曰：

> 樂人鼓角鬧喧喧，田都元帥到房間。到房間，是好代（事），相共床公床媽說得知。保庇境主官，五男二女連胎來；樂人鼓角鬧喧喧，田都元帥今日探房入房來，入房來，是好代（事），共你境主官說得知，保庇境主管（管，似爲「官」之訛）添丁又發財。〔註16〕

頌罷，傀儡師提相公進床前雙手將床帳合在一起，出房將三支香插於香案，相公爺回臺上，儀式方告完成。隨之上演祝賀戲《劉禎劉祥》或《父子狀元》等。

〔註15〕詳參葉明生《福建傀儡戲史論》，中國戲劇出版社，2004 年版。
〔註16〕引自葉明生《福建傀儡戲史論》，中國戲劇出版社，2004 年版，頁 528。

此類儀禮上所演的傀儡戲可分兩類：一類是儀式劇，如《仙姬送子》、《華光傳》、《北斗戲》等；一類是傳統劇目中比較切合儀禮主題的劇，如「拜斗求壽」演出的《彭子求壽》、《郭子儀拜壽》，「目連超度」中所演的《目連救母》。就目前的文

圖65：泉州嘉禮《目連戲》劇照（二）

照片由泉州木偶劇團提供。

獻資料來看，宋代傀儡戲的巫術特徵並不明顯，它在人生儀禮中的演出更多的應該是鮑老郭郎舞於筵前，或築戲棚於堂前，演一些應景的故事。

三、宮廷應奉演出

之所以把宮廷演出單劃為一類，是因為宋代的帝王對傀儡戲實在是愛之太甚。「宮中進倡優傀儡，以奉帝遊宴」；「宮中排當頻數，倡伎傀儡，得入應奉」。《東京夢華錄》等五書中，對傀儡戲承應宮中的記載也有六條之多，且敘述都較為詳細。〔註17〕總結上述資料，可以看出傀儡戲在宮中的應奉演出有四個特點：

首先，演出雖然頻繁，但時間、地點都不確定。日常遊宴時要召傀儡戲；皇上作壽時也有傀儡戲；金明池爭標之類的活動中亦有傀儡戲的身影；諸如「守歲」的重要節俗慶宴還是少不了傀儡戲；就連外出遊巡都要帶著傀儡戲。與之相應的演出地或在如紫宸殿、集英殿之禁中殿堂；或在宮中之池苑；或在西湖、錢塘等風景勝地。

其次，應奉的傀儡戲並非一枝獨秀，而是與他藝同演於聖前。金明池上，除水傀儡外同演的還有水百戲、水秋韆等，隨駕的藝人各擅其藝，多至「莫知其數」；《武林舊事》所記的聖節壽筵中，共有樂次三十三盞，只有三盞用傀儡戲，節目同有器樂、舞旋、雜劇、聖花、雜手藝、巧百戲、撮弄、舞綰等數種；西湖遊幸時，與水傀儡同演於御前的有吹彈、舞拍、雜劇、雜扮、撮弄、勝花、泥丸、鼓板、投壺、花彈、蹴鞠、分茶、弄水、踏混木、撥盆、雜藝、散耍、謳唱、息器、煙火、起輪、走線、流星、水爆、風箏等

〔註17〕詳見《文獻與文物中的宋代傀儡戲》一章。

等「不可指數」;「乾淳奉親」時,亦有踏混木、水傀儡、水百戲、撮弄等「各顯伎藝」。

第三,演於宮中的傀儡戲在形式上並不獨立,而是服從於宮廷演出的儀式。從《武林舊事》卷一「聖節」條中所載的「天基聖節排當樂次」看,整個演出的儀式性非常強。在雜劇等節目參演前,要先進念致語。每盞所演的節目排列也是有規矩可循,先是器樂一曲,才引出其它節目。雜劇、傀儡等節目都是當盞的壓軸,似乎前面的奏樂只是為這道主菜做一個鋪墊。只是傀儡與勝花、雜手藝等民間節目結束時不像雜劇那樣用斷送曲,才顯得它們在整個儀式中還是相對獨立的。

《東京夢華錄》卷七「駕幸臨水殿觀爭標錫宴」條中,水傀儡的演出也是融合在一個整體的儀式中。先由參軍色進致語,次樂船奏樂,方才開始演出。而它之後的各個節目「亦各念致語」,顯然有一個預先排定的次序。

第四,就記載而言,水傀儡的應奉次數遠遠多於其它幾種傀儡形態。《東京夢華錄》等五書的六條應奉記載中,有四條是水傀儡隨駕作場。這大約有幾個原因:一是宮中多池苑,便於水傀儡演出;二是水傀儡場面宏大,更適合帝王的欣賞口味;三是觀看水傀儡戲同時可以消暑納涼,遠目湖山,這種超然的享受是其它傀儡形態無法比擬的。

兩宋時期,雖然對新興的文化比較寬容,但宮中的儀式排場依然嚴格。傀儡戲頻頻入宮應奉並未促進它的發展,反而平添了一副桎梏。畢竟這是一種帶著濃鬱市民審美特徵的民間藝術,它的全部生命力都在瓦舍勾欄和鄉間的傀儡棚中。

第二節　宋代傀儡戲的藝人

一種藝術形式趨向成熟的標誌之一是有一批知名的從藝者,如元雜劇興,而有《錄鬼簿》與《青樓集》中之伶場佼佼。在宋代,活躍於城鄉文化市場上的藝術種類繁若星辰,傀儡戲並非獨佔春色。而且,這種純粹的民間藝術儘管也能吸引如王安石這樣的文人士宦入棚觀看,但身份卑微的藝人們卻難以青史留名。所以,儘管其時已有數百年歷史的傀儡戲已經相當成熟,也未見有「名公賢人」的專門記傳,只在一些野史筆記中略有提及幾人名姓,只為滄海之一粟耳。

一、見諸記載的宋代傀儡戲藝人

見諸記載的宋代傀儡戲藝人共十八人，詳見下表：

藝人姓名	傀儡種類	所　載　文　獻
任小三	杖頭傀儡	《東京夢華錄》卷五「京瓦伎藝」條
張金線	懸絲傀儡	《東京夢華錄》卷五「京瓦伎藝」條
李外寧	藥發傀儡、水傀儡	《東京夢華錄》卷五「京瓦伎藝」條、卷六「元宵」條、卷七「池苑內縱人關撲遊戲」條
陳中喜	杖頭傀儡、懸絲傀儡	《繁勝錄》「瓦市」條、《夢粱錄》卷二十「百戲伎藝」條
陳中貴	不詳，疑為杖頭	《武林舊事》卷六「諸色伎藝」條
張小僕射	杖頭傀儡	《武林舊事》卷六「諸色伎藝」條
爐金線、盧金線、金線盧大夫（應即盧逢春）	懸絲傀儡	《繁勝錄》「瓦市」條、《武林舊事》卷六「諸色伎藝」條、《夢粱錄》卷二十「百戲伎藝」條、《武林舊事》卷一「聖節」條
張金線	懸絲傀儡	《武林舊事》卷六「諸色伎藝」條
鄭榮喜	不詳，疑為懸絲	《武林舊事》卷六「諸色伎藝」條
劉小僕射	水傀儡、杖頭傀儡	《繁勝錄》「瓦市」條、《夢粱錄》卷二十「百戲伎藝」條
姚遇仙	水傀儡	《夢粱錄》卷二十「百戲伎藝」條
賽寶歌	水傀儡	《夢粱錄》卷二十「百戲伎藝」條
王　吉	水傀儡	《夢粱錄》卷二十「百戲伎藝」條
金時好	水傀儡	《夢粱錄》卷二十「百戲伎藝」條
劉　貴	不詳，疑為肉傀儡	《武林舊事》卷六「諸色伎藝」條
張逢喜	肉傀儡	《武林舊事》卷六「諸色伎藝」條
張逢貴	肉傀儡	《武林舊事》卷六「諸色伎藝」條
劉師父	肉傀儡	劉仁父【踏莎行】《贈傀儡人劉師父》

上表所列藝人中北宋三人，其中擅杖頭傀儡者一人、懸絲傀儡者二人、兼水傀儡與藥發傀儡者一人；南宋十五人，其中擅杖頭傀儡者三人、懸絲傀儡者二人、水傀儡者五人、肉傀儡者三人、不詳何藝者二人。藝人中王吉之名又見《夢粱錄》卷三及卷二十所載，為衙前樂之雜劇色。劉貴之名又見《武林舊事》卷四乾淳教坊樂部雜劇色和顧人名單。張金線之名兩見，《東京夢華

錄》所記爲徽、欽時事,《武林舊事》雜記乾、淳至理、度間事,時間相距百年左右,當非一人,故分而列之。

二、宋代傀儡戲藝人分類

這些藝人都是活躍於城市勾欄中的,是宋代傀儡戲的演出主力。除此之外的傀儡戲藝人還可以分爲三類:宮廷樂人、趕趁人、路歧藝人。

馬端臨《文獻通考》卷一四六「樂考」中,記載宋雲韶部有傀儡八人,雜劇用傀儡。〔註18〕雲韶部是宋代主要的官辦文藝機構之一,初爲太祖平南漢時,擇廣州內臣聰警者八十人,令於教坊演習樂藝,亦供宮廷使用,稱爲簫韶部,至太宗雍熙時改名雲韶部,因其爲宦官組成,又稱黃門樂。每年上元觀燈,上巳、端午至金明池觀水戲,以及清明、春秋二社、親王至大內宴射等,亦用此部演奏。雲韶部所奏用大麯十三,其樂有琵琶、箏、笛、觱篥、笙、方響、杖鼓、羯鼓、大鼓、拍板、雜劇等。〔註19〕《文獻通考》載雲韶部雜劇色有二十四人,傀儡藝人只是其中的三分之一,可見並非全部的雜劇都用傀儡,而且整個雲韶部是以樂爲重,傀儡戲只占很小的比例。文獻記載中,宮內多演水傀儡戲,或許《東京夢華錄》卷七「駕幸臨水殿觀爭標錫宴」中所記的水傀儡,就是宮廷傀儡戲藝人演出的實例。

「趕趁人」和「路歧人」的相同之處是都沒有固定的演出場所;二者區別在於,「趕趁人」似乎只在城市中演出,而且不是隨處作場,哪裏有大的節慶活動和一定數量的觀眾,他們就會前去賣藝。如《武林舊事》卷三「西湖遊幸」條中,龍船出遊引來大批的「趕趁人」,其中就有作傀儡戲者。「路歧人」的特點是衝州撞府,隨處作場。《都城紀勝》中記:「如執政府牆下空地,諸色路歧人在此作場。」〔註20〕早期南戲《宦門子弟錯立身》中有詞曰:「在家牙墜子,出路路歧人。」〔註21〕他們的演出是爲了生存,自然要討好觀眾,頗受歡迎的傀儡戲當然也會在表演內容中。這種流動性極強的民間藝人在古

〔註18〕相關記載見〔元〕馬端臨《文獻通考》卷一四六「樂考」,商務印書館中華民國二十五年初版,頁1283~1284。

〔註19〕可參閱周寶珠《宋代東京研究》,河南大學出版社,1992年版,頁427。

〔註20〕〔宋〕灌圃耐得翁著《都城紀勝》「市井」條。《東京夢華錄》(外四種),中華書局,1962年版,頁91。

〔註21〕《宦門子弟錯立身》第十三出生上白,以象牙扇墜的珍貴與受人呵護反襯路歧藝人的艱苦。錢南揚《永樂大典戲文三種校注》,中華書局,1979年版,頁252。

今中外都很普遍，在十一世紀的日本，流浪藝人的團體被稱作「傀儡子」。他們攜帶氈帳，居無定所，一路以演藝維生。節目內容十分豐富，包括傀儡戲在內，「或雙劍弄七丸，或舞木人鬥桃梗，能生人之態。殆近魚龍曼蜒之妙，變沙石爲金錢，化草木爲鳥獸。」〔註22〕

三、宋代傀儡戲藝人的市場性

姑不論宮廷樂人中的傀儡人，宋代民間傀儡戲藝人隊伍的這種構成反映了作爲一種文化商品的傀儡戲在演出市場上的激烈競爭。勾欄是主要的舞臺，其中的藝精者可以被召入宮中應奉，獲得更多的收益和更高的知名度，甚至因此而吃上皇糧。代表人物有盧逢春和王吉。盧逢春名見《武林舊事》卷一「聖節」條，在一次壽宴上，他表演了兩個傀儡戲節目，足見其在業界的地位。在壽筵樂次後的衹應人名單中，教坊諸色皆以目分列，所屬每人姓名都一一記錄。而最後六目卻簡述爲：「弄傀儡：盧逢春等六人；雜手藝：姚潤等九人；女廝撲：張椿等十人；築球軍：陸寶等二十四人；百戲：沈慶等六十四人；百禽鳴：胡福等二人。」〔註23〕很明顯，此六目爲臨時奉召的民間藝人。《繁勝錄》中記有盧金線，《夢粱錄》中又有金線盧大夫，孫楷第先生認爲即是盧逢春，〔註24〕竊以爲孫先生所考甚爲精到，今從其說。盧金線又稱盧大夫當不是其以大夫之職而弄傀儡，或爲因善弄傀儡而深得聖寵，遂得賜大夫之爵。

王吉擅演水傀儡，名見《夢粱錄》。同書卷三「宰執親王南班百官入內上壽賜宴」條與卷二十「伎樂」條，又記其爲景定、咸淳年間臨安府衙前樂撥充教樂所的雜劇色。孫楷第先生認爲他是以雜劇色而兼演水傀儡者，其實王吉的主業還是在民間演出水傀儡戲。所謂的衙前樂，實際就是由官府掌握的民間優秀藝人組成，他們平時在城市中的文娛場地演出，有需要時官府會按籍宣召。〔註25〕如果王吉頻於宮中演雜劇，那他在勾欄中所作的也應該是「一場兩段」的雜劇。反之可證，王吉並非是以雜劇色兼演水傀儡。宮中的雜劇

〔註22〕〔日〕大江匡房《傀儡子記》。載後藤淑《日本藝能史入門》，社會思想出版社，1988年改定版，頁96。

〔註23〕〔宋〕周密著《武林舊事》卷一「聖節」條。《東京夢華錄》（外四種），中華書局，1962年版，頁357。

〔註24〕詳論可見孫楷第《傀儡戲考原》，上雜出版社，1952年版，頁46。

〔註25〕可參周寶珠《宋代東京研究》，河南大學出版社，1992年版，頁429。

概念有時是包含傀儡戲的，如前引《文獻通考》所記「雜劇用傀儡」，王吉與盧逢春一樣，是民間藝人中的翹楚。

　　勾欄中的藝人也有被淘汰的危險，畢竟傀儡棚的數量是有限的，如果技藝不精，演出的效果得不到觀眾的認可，就有可能被逐出勾欄，淪為路歧人。吳潛的【秋夜雨】《依韻戲賦傀儡》末四句云：「誰知鮑老從旁笑，更郭郎搖手消薄。歧路難準托。田稻熟，只宜村落。」〔註26〕作者以一種戲謔的口吻描寫一場不成功的傀儡戲演出，嘲笑當場藝人甚至都難做個像樣的路歧人，只適合秋後去農村作場。據《都城紀勝》、《武林舊事》等書記載，城市中活躍著大量的路歧人和趕趁人，他們就像是勾欄藝人的第二梯隊。這一階層的存在既為傀儡戲的演出提供了豐富的人才儲備，又為被勾欄淘汰的藝人們提供了一個緩衝區，使宋代傀儡戲藝人隊伍的構成呈現出一種金字塔式的合理結構。

　　南宋時，除路歧人和趕趁人之外，傀儡戲藝人普遍採取了結社的組織形式，如《夢梁錄》卷十九「社會」條所記的「蘇家巷傀儡社」。在當時，各行業分類結社的情況十分普遍，如緋綠社、錦體社、遏雲社等，工商界稱此類組織為「行」或「團」。這種行會組織具有一定的壟斷性和排他性，既可以統一價格、規範市場，又可以加強自律，提高競爭力，同行中未入會者則會受到一定的抵制。〔註27〕傀儡戲藝人的結社表明此時的演出市場必已相當規範；而且此時的傀儡戲藝人隨著數量的增多，已經在行業自律和藝人權益的保護上做了一定的工作。

第三節　宋代傀儡戲的音樂與文學

　　自形成之日起，傀儡戲的物理形態雖然經歷了數百年的發展變化，但革新並不多。除去其戲劇的內容，今天可見的杖頭、懸絲等傀儡種類在外觀及操縱方法上與宋代並無大異。與之相比，附著在這木人上的音樂、文學等軟件卻是屢有更迭。目前我國的傀儡戲劇種中，大多都是當地大戲的「傀儡版」。只有泉州傀儡戲保留著自己的音樂「傀儡調」，以及傳統劇目「落籠簿」。但是，泉州的傀儡戲、梨園戲與南音這三種古老的藝術形式長期共同生存，早

〔註26〕此詞載《全宋詞》，中華書局，1965年版，頁2768。
〔註27〕相關內容可參閱姜錫東《宋代商人和商業資本》，中華書局，2002年版，頁66。

已水乳交融，互相影響的程度極深。〔註28〕所以儘管它們都帶有唐宋古樂的某些特徵，卻也不能忠實地反映歷史的原貌。

世易時移，過於簡略的資料實在不足以對宋代傀儡戲的音樂和文學作一個全面的研究，本節只就樂器、演唱方式、劇本的文學形式等方面作一些簡略的探求。

一、宋代傀儡戲的器樂

廖奔先生認為，傀儡戲的主奏樂器是鼓和笛子兩種。根據是宋、元文人的題詠：「煩惱自無安腳處，從他鼓笛弄浮生」、「弄人鼓笛不相疑，便看當場傀儡衣」、「今日棚前開袖手，卻從鼓笛看人忙」……〔註29〕孫楷第先生主張宋代傀儡戲所用俱為清樂，樂器比駕後樂又加方響、笙、龍笛，用小提鼓。〔註30〕駕後樂見《宋史》卷一四四「儀衛志」，載宋初行幸儀衛，駕後動樂三十一人。又見《宋史》卷一四七「儀衛志」，載紹興鹵簿駕後部，駕後樂東西班三十六人，樂器獨用銀字觱篥、小笛、小笙。另據《金史》卷四十一「儀衛志」，載天德五年，海陵遷都於燕，其行仗第七節，駕後輔龍直三十一人：拍板一，觱篥十五，笛十四人，塤一人。如依孫先生所論，宋代傀儡戲的樂器有觱篥、笙、笛、方響、拍板、龍笛、塤、小提鼓等八種。

圖66：泉州嘉禮戲部分古樂器

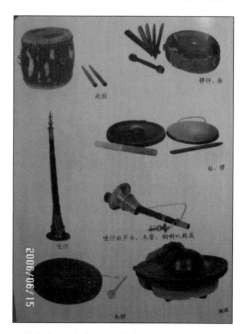

圖片由福建泉州地方戲研究社黃少龍先生提供。

〔註28〕據泉州當地戲曲界人士稱，傀儡戲與梨園戲的音樂都是來自於南音。唯梨園戲取其輕清；傀儡戲取其激越。

〔註29〕廖奔先生此觀點兩見，內容大體全同。一見《宋元戲曲文物與民俗》，文化藝術出版社，1989年版，頁82。二見《中國戲曲發展史》，山西教育出版社，2000年版，頁415。

〔註30〕詳見孫楷第《傀儡戲考原》，上雜出版社，1952年版，頁24。

　　鼓、笛的確是兩種很重要的樂器，但依據詩詞而斷其爲傀儡戲的主奏樂器似乎欠妥。詩詞因體制所限，描述一場演出時並不能將當場樂器盡數其中，鼓、笛二字平仄相對、琅琅上口，容易被當作諸般樂器的代表。如宋代有一首描寫蹴鞠的宮詞：

> 再坐千官花蒲頭，御香煙上紫雲樓。

> 萬人同向青霄望，鼓笛聲中度彩球。〔註31〕

我們當然不能據此認爲宋代蹴鞠同傀儡戲所用樂同，皆以鼓、笛主奏。另外，由擊樂器和吹樂器組成的鼓吹樂〔註32〕自漢初以來，一直活躍於民間與宮廷，作爲兩種樂器的代表，鼓、笛被文人詩詠用作樂器的代指也是極有可能的。另如「絃管」一詞，在詩詞中常被作爲晉唐俗樂的代指。泉州南音被稱作晉唐古樂的活化石，它亦被呼爲「絃管」，而這並不能證明彼時的音樂只有絃、管二種。

　　孫楷第先生的根據是《武林舊事》卷二「元夕」條的一段記載：「內人及小黃門百餘，皆巾裹翠蛾，效街坊清樂傀儡，……」既稱「清樂傀儡」，則應該亦有與之相對的不用清樂的傀儡戲。如果宋傀儡都以清樂伴奏，那就顯得畫蛇添足了。

　　《夢粱錄》稱清樂的特點是「其聲音輕細清雅，殊可入聽。」〔註33〕這種風格的音樂與才子佳人題材的故事無疑會相得益彰，但配在鐵騎公案類戲中就會給觀眾以猛張飛舞動著繡花針的感覺。所以清樂應該只適用於巾裹翠蛾、舞袖翩翩的傀儡戲中，宋代傀儡戲的伴奏樂器應不止是上述的八種清樂樂器。

　　在宋代文物中可見到的傀儡戲樂器有四種。〔註34〕河南濟源出土的嬰戲懸絲傀儡瓷枕圖案中，居中的小兒奏一隻管狀樂器，由於角度所礙，不能判斷是笛還是觱篥。左端坐者左手提一種圓面打擊樂器，廖奔先生認爲是鑼。〔註35〕但鑼乃金聲，多振幅大，餘音長，在民樂與戲樂中多作效果聲，居從

〔註31〕引自伊永文《行走在宋代的城市》，中華書局，2005年版，頁114。

〔註32〕有關鼓吹樂的描述可參楊蔭瀏著《中國古代音樂史稿》，人民音樂出版社，1981年版，頁109。

〔註33〕〔宋〕吳自牧著《夢粱錄》卷二十「伎樂」條，《東京夢華錄》（外四種）中華書局，1962年版，頁309。

〔註34〕相關文物形象及描述見《宋代傀儡戲文物資料述論》一節。

〔註35〕見廖奔、劉彥君著《中國戲曲發展史》，山西教育出版社，2000年版，頁409。

屬地位。此樂器與笛合奏，當主節拍，鼓顯然更合適，且它的正面繪有圓形及五角形的圖案，也是小型鼓類常用的裝飾。誤認之爲鑼應該是受到了它提舉方式的誤導。其實在我國傳統音樂中，鼓的種類極多，不只形態各異，固定方式也有多種。《夢粱錄》中就記載了一種「小提鼓」，顧名思義應該是提而擊之。四川彭山出土的東漢說唱俑〔註36〕左臂上以繩環所繫的，似乎就是這種小提鼓。這個俑人表情滑稽，右手執槌前指，右腳也向前誇張地揚起，說唱必定十分生動。所以採用提鼓，大概是因爲其既移動靈活又聲響短促，易於配合說唱的生動。宋代傀儡戲與說唱的關係極爲密切，這種小提鼓或許也是「說戲人」經常使用的伴奏樂器。

1957 年出土於四川省成都市天回山。高 55 釐米，灰陶質。現藏四川省博物館。

　　杖頭傀儡銅鏡圖案中，帷左的幼童在擊鼓。鼓平置於地，用雙槌敲擊。帷前的幼童身後，攤放著一副拍板。此時兩杖頭傀儡正手執兵戈，作戰爭擊刺之象，由此推斷這樣的場面是不用拍板伴奏的。

　　另兩種文物上的形象似乎也印證了這種推斷。宋《百嬰圖》局部畫面中，戲臺左下的孩童手執拍板，臺上的傀儡身著儒裝，舉止斯文。劉松年的《嬰戲傀儡圖》中，鼓與拍板同奏，傀儡雖然揚手奮足，動作激烈，但也是烏紗衮袍，繫帶著靴，這官服的拘束也可以與拍板相和。地上散放的樂器還有一支笛、一副鈸。

　　唐代文獻中記有「盤鈴傀儡」。「盤鈴」據孫楷第先生考證即爲鈸，所以知傀儡戲伴奏樂中有鈸；皮日休《新秋言懷寄魯望三十韻》詩云「有心同木偶，無舌並金鐃」，所以知傀儡戲伴奏樂中有鐃。加上清樂的八種，共考得十種樂器出現在傀儡戲中。當然，這些樂器並非同時用於所有的傀儡演出。根據上述材料粗略得知，表演形式與題材不同，伴奏樂器會有相應的取捨和主

〔註36〕配圖採自全國文化信息資源共享工程，互聯網址 www.ndcnc.gov.cn。

次。清樂傀儡的一種是「巾
裹翠蛾」,「繚繞」演出,應
是一個歌舞爲主的形式,樂
器中沒有使用鐃、鈸之類的
金聲;戰爭題材的戲中,較
少使用拍板;表現較爲激烈
的動作時,不用笛伴奏;鐃、
鈸有時用來與傀儡的唱念配
合;鼓作爲「萬軍主帥」,應
用最爲普遍。

圖 68:泉州嘉禮戲伴奏場面

照片由泉州木偶劇團提供。

二、宋代傀儡戲的歌唱

在論及傀儡戲的演唱時,孫楷第先生有一個甚爲獨到的見解。他認爲宋元以來南北曲的風格迥異與宋代傀儡戲的聲樂有關:「蓋肉傀儡出於杖頭或懸絲傀儡;南曲戲文北曲雜劇,又出於肉傀儡。弄傀儡人所唱詞本無曲名。去此等詞而以有曲名之時行曲子出於唐宋燕樂者代之,則成南北曲劇本。設易其詞而保留其樂,歌時行曲子詞,而以傀儡戲之清樂和之,則成南曲矣。設易其詞而兼廢其樂,歌時行曲子詞,而以其本來樂之同於唐宋燕樂者和之,則成北曲矣。」〔註37〕

孫先生的觀點不落俗套,完全擺脫了文辭的拘囿,爲解開南北曲大異之謎開拓了一個全新的視角。但此觀點成立的前提是戲曲起源於傀儡一說的正確,由於缺乏更多的證據,孫楷第先生對此理論詳細闡述後亦表示「姑錄存於此,以俟知者」。

前文已論,宋代的傀儡戲在不同的時間和地點有不同的演出形式。孫先生所論的只是其中的一種。如舞隊之以舞蹈爲主者可能會有相對固定的伴奏樂,但並無歌唱;如雩禜之類的祭祀中傀儡戲唱的可能是固定的「咒語」,如福建傀儡戲中的「囉哩嗹」。即使同在城市戲場中演出的傀儡戲,也不都是用清樂伴奏,歌唱自然也不盡相同。《都城紀勝》「瓦舍眾伎」條記傀儡戲話本「或如雜劇,或如崖詞」,《夢梁錄》卷二十「百戲伎藝」條亦云其「或講史、或作雜劇,或如崖詞」。二者都未提到北宋時已頗爲活躍的諸宮調,看來當時

〔註37〕見孫楷第《傀儡戲考原》,上雜出版社,1952年版,頁27~28。

的傀儡戲的唱辭並沒有採用曲牌聯套的形式。講史是宋代「說話四家數」中的一種；崖詞又作涯詞，雖不明其具體形態，但可以肯定它是一種民間說唱藝術，主要演於城市。可見傀儡戲歌唱形式的一種是採用講唱體。雜劇在宋代的形態十分複雜，但基本特徵是「全以故事，務在滑稽」。〔註38〕「官本雜劇段數」中，有的標明曲名，如《崔護六么》，說明全劇只用此曲；有的從劇名即知其情節簡單、篇幅短小，如《說月饡》、《眼藥酸》、《雙快》等，大約只伴些滑稽的民間俗樂，並不一定都有成段的歌唱。傀儡戲的話本既同上述三者，它的歌唱自然也諸樂雜陳，其中既有講唱體，又有唐宋大曲和法曲，還有民間的俗樂小調。難怪孫楷第先生說宋代「弄傀儡人所唱本無曲名」。但傀儡戲畢竟是一門獨立的藝術，對上述諸樂的吸收應該不是純粹的「拿來」，而是做了一些改造以體現自己的特色。宋柳永《樂章集》有【仙呂】「郭郎兒近拍」；北曲【大石調】有「憨郭郎」；金董解元《西廂記》中有【傀儡兒】等。這就是傀儡戲獨特的曲調辭格又對詞曲產生了影響。

　　沈括的《夢溪筆談》中記載了一種用竹木牙骨製成的「叫子」，置於喉中吹之，能發出如說話的聲音，但只能辨其一二。文中說這種聲音「如傀儡子」。〔註39〕孫楷第先生引用此則材料時誤以為宋時傀儡戲用「叫子」，遂作了大段的考述。其實此段文字於傀儡戲的信息極為簡單，只是證明當時有一種傀儡戲採用了特別的發聲方法，唱念聽起來像是「叫子」發出的聲音。但對於探討宋傀儡戲歌唱方法來說，這點簡單的信息卻極為寶貴。傀儡既出聲作戲，當然要有一定的情節，如果一直是這種只能粗辨一二的唱念，必然會阻礙觀眾對情節的理解。對於一種植根於市場中的純粹的文化商品，這無異於自我毀滅。一種可能是，傀儡作異聲是為了與人演的相近形態的藝術形式相區別，以此來突出傀儡戲的特徵。另一種可能是，在同一場傀儡戲中，只有傀儡代言唱念時才用此聲口，而在敘述故事時的唱念則用普通的說唱語調，此時傀儡只配合內容做相應的動作。〔註40〕

　　如果以傀儡作雜劇，全部採用代言體，則第一種可能成立；如果是傀儡戲與講史、涯詞等說唱藝術結合，兼用敘述、代言二體，則第二種可能成立。

〔註38〕《都城紀勝》、《夢粱錄》等書都有此記載。
〔註39〕〔宋〕沈括著《夢溪筆談》卷十三「權智」篇，上海書店出版社，2003年版，頁114。
〔註40〕除此而外，還有一種可能是當時的杖頭傀儡因為發聲方法的特殊而呈現出這樣的聲調。見《肉傀儡》一節。

二者相比較，後者似乎更為合理。也就是說，宋代採用這種特殊歌唱方法的傀儡戲並不擅作雜劇，演出時大約是有一個「說戲人」以本嗓說唱故事的線索，需要人物作聲時則用假嗓的歌唱方法。這種敘述兼代言的戲劇形態現在仍然可見，如山西南部的鑼鼓雜戲和北部的賽戲、安徽池州儺戲、貴州安順地戲；屬皮黃系統的江西西河調至今還由一位先生先上場報臺；山西長治一帶的長子說書更是時而講、時而演，身份轉換十分自由。

沈括在記載中並未指明是杖頭、懸絲、水傀儡中的哪一種，或是幾種傀儡戲都用此歌唱法。因此不能說這是普遍的情況。但這或許為我們解開戲曲史上的一個謎題提供了參考，就是傳統戲曲的一些角色行當為何不用本嗓演唱，而將發聲位置後移，發出高細的假聲來唱念。筆者曾在河北吳橋見到一位雜技藝人，他把一個小巧的哨狀樂器深含在口中，吐氣發聲，雖不能清晰聽出每一個字，但語意基本明瞭。這聲音聽起來與京昆的生角歌唱頗為相似。「叫子」聲與傳統戲曲的假嗓演唱——聲音特點相似，形態卻迥然相異。如果它們之間有著親緣關係，宋代傀儡戲應該是之間的媒介。

三、宋代傀儡戲的文學

目前可以確定的宋代傀儡戲劇目只有《踢架兒》和《群仙會》兩種，是臨安著名傀儡藝人盧逢春在理宗時禁中壽宴上所演，但劇中的故事內容已不得而知，劇本的文學樣式也無從考證。據《都城紀勝》和《夢粱錄》的記載，可以粗略整理出如下的信息：宋代演故事的傀儡戲有演出的劇本，稱「話本」；劇本的樣式與雜劇、講史、崖詞等所用的底本相似；題材有煙粉、靈怪、鐵騎、公案及歷代君臣將相故事等多種。

宋元時期，「敘事文學佔據了文壇的主導地位。這是具有重大意義的。從此，文學的對象更多地從案頭的讀者轉向勾欄瓦舍裏的聽眾和觀眾。文學的傳媒不僅是寫在紙上或刻印在紙上的讀物，還包括了說唱扮演的藝術形式。」〔註 41〕傀儡戲由於其極強的可塑性和極豐富的表現力，自然是這些藝術形式中的一種。它的話本，應該被歸入敘事文學的範疇。從其內容題材來看，有世俗、神怪、歷史等多種，與宋代「說話」的相關內容完全相同，而其名稱也作「話本」，顯然與當時已非常成熟的「說話」藝術有著極深的淵源。

〔註41〕袁行霈《關於文學史幾個理論問題的思考》，《北京大學學報》（哲學社會科學版），1997 年第五期。

　　所謂「說話」，就是說唱故事伎藝。孫楷第先生對此有一個精闢的定義，他說：「凡事之屬於傳說不盡可信，或寓言譬況以資戲謔者，謂之話。」而「取此流傳故事敷衍說唱之」，則謂之「說話」。〔註 42〕這種伎藝在唐五代時即已頗爲發達，話本有宗教故事、歷史故事、民間傳說、現實題材等多種。〔註 43〕宋代更是繁盛於市井間，《東京夢華錄》等書多有記述。南宋時，《都城紀勝》記說話分爲四家數：

> 一者小說，謂之銀字兒，如煙粉、靈怪、傳奇。說公案，皆是搏刀
> 趕棒及發迹變泰之事。說鐵騎兒，謂士馬金鼓之事。說經，謂演說
> 佛書。說參請，謂賓主參禪悟道等事。講史書，講說前代書史文傳、
> 興廢征戰之事。最畏小說人，蓋小說者能以一朝一代故事，頃刻間
> 提破。合生，與起令、隨令相似，各占一事。商謎，舊用鼓板吹【賀
> 聖朝】，聚人猜詩謎、字謎、戾謎、社謎，本是隱語。〔註 44〕

其中的小說、說公案、說鐵騎兒、講史書正與傀儡戲的內容相合。《夢梁錄》中也有類似記載。羅燁《醉翁談錄》甲集卷一《舌耕敘引》中的《小說開闢》也記說話內容曰：

> 講歷代年載廢興，記歲月英雄文武。有靈怪、煙粉、傳奇、公案，
> 兼朴刀、捍（杆）棒、妖術、神仙。〔註 45〕

同爲敘事文學，題材又如此一致，且都是活躍於瓦舍勾欄中，追求利潤最大化的從業者們似乎不可能再專爲傀儡戲量身定做一種劇本，直接借鑒說話的成就應該是一個更爲合理的選擇。

　　孫楷第先生認爲：「大概轉變、說話，細分則各有名稱，籠統的說則不加分別。唐朝轉變風氣盛，故以說話附屬於轉變，……宋朝說話風氣盛，故以轉變附屬於說話，凡伎藝講故事的，一律稱爲說話。」〔註 46〕這是極有道理的。廣義地說，唐代的俗講、轉變都屬於說話，而宋代文獻中的說話內容中，

〔註 42〕見孫楷第《滄州集》（上）《說話考》，中華書局，1965 年版，頁 92。

〔註 43〕有關話本分類的具體論述可參蕭欣橋、劉福元著《話本小說史》第二、三章，浙江古籍出版社，2003 年版。

〔註 44〕〔宋〕孟元老等著《東京夢華錄》（外四種），中華書局，1962 年版，頁 98。此段記述對四家數的描述不十分清晰，後代遂對此多有爭論。

〔註 45〕〔宋〕羅燁著，周曉薇校點《新編醉翁談錄》甲集卷一「小說開闢」條，遼寧教育出版社，1998 年版，頁 3。

〔註 46〕孫楷第《滄州集》（上）《中國短篇白話小說的發展》，中華書局，1965 年版，頁 75。

還有傳奇一種，從時間上分析，應該是指自唐傳奇脫胎的故事。說話始見於唐代，而唐時街市中也已有演故事的「盤鈴傀儡」。可以推斷，傀儡戲與說話的結合自唐代時便已開始，宋代白話敘事文學的勃興與演出市場的成熟最終使這種結合達到了水乳交融的境界。而唐代的傳奇、俗講、變文與宋代新創作的白話俗文學，就是傀儡戲故事的不竭源泉。

董解元《西廂記》中，有兩首【傀儡兒】詞，錄之於後：

妾想那張郎的做作，於姐姐的恩情不少。當初不容易得來，便怎肯等閒撇掉！鄭恒的言語無憑準，一向把夫人說調。

為姐姐受了張郎的定約，那畜生心頭熱燥。對甫成這一段兒虛脾，望姐姐肯從前約。等寄書的若回路，便知端的，目下且休，秋後便了。〔註47〕

【傀儡兒】詞僅此一見，元北曲已不見。要研究宋代傀儡戲話本具體的文學形式，此詞可謂是僅存的豹之一斑，實在珍貴。兩首詞的句式分別為八、八。七、七。八、七。和十，七、九、七。十一，四四。除去襯字，基本上是齊言的上下句，說唱的痕迹十分明顯。但並不能就此說宋傀儡戲多用齊言的唱辭，羅燁《醉翁談錄》記說話要「日得詞，念得詩，說得話。」〔註48〕可見話本是韻文和散文並存，韻文亦有齊言、雜言二種。一般來說，散文用來敘事；韻文多是描寫，或寫景狀物，或抒發情感，或評說事情。可入樂歌唱的是韻文，如《刎頸鴛鴦會》中用「商調醋葫蘆」的詞調，就是標明這段韻文用商調來唱。傀儡戲的劇本既然自說話的話本出，也應該繼承這種樣式：鋪陳情節時用散文；描寫抒情時用韻文，唱詞中兼有齊言、雜言兩種句式。

傀儡戲的話本或作雜劇，或如講史，或如涯詞，三種形式或許又各有不同。宋代的雜劇可分為宮廷雜劇、士大夫雜劇、平民雜劇，〔註49〕勾欄中所演應該是平民雜劇。這種雜劇的一個特點是詼諧滑稽，表演性大於文學性。以傀儡作此種雜劇，語言並非其天賦，動作卻是其特長，所以此種話本想必只是擷取一些簡單的生活趣事而作，篇幅不長，文辭亦不必推敲。山西浮山縣的傳統傀儡戲劇目中，就有一批簡短的笑話戲，如《豬八戒揹媳婦》、《開

〔註47〕《董解元西廂記》，人民文學出版社，1980年版，頁146。
〔註48〕〔宋〕羅燁著，周曉薇校點《新編醉翁談錄》甲集卷一「小說開闢」條，遼寧教育出版社，1998年版，頁4。
〔註49〕相關論述可參胡明偉《中國早期戲劇觀念研究》，學苑出版社，2005年版，頁85～108。

櫃子》、《拐花包》、《雙鎖櫃》、《雙套驢》、《拾萬金》、《拐騾子》、《拐瞎子》、《孫二娘開店》、《拐線不留》、《張殿賣豆腐》等。〔註 50〕戲的特點從其劇名即可一目了然。宋官本雜劇段數後部未標調名的數十種劇中，亦有如《調笑驢兒》、《醫馬》、《雙搭手》、《雙賣姐》、《三偌一貫驢》、《單唐突》之類的劇目。二者相比較，將前者稱為雜劇也是可以的。《東京夢華錄》中記載的杖頭傀儡任小三，每日五更作頭回小雜劇，或許就是此類節目。因為其突出的滑稽特色，所以能吸引觀者起早入棚；因為其簡單短小，所以差晚就看不及矣。

　　傀儡戲中的煙粉、靈怪類戲大約也有一部分採用雜劇的形式。此類或以音樂及情節取勝，如宋官本雜劇段數中的《崔護六么》、《鶯鶯六么》、《裴少俊伊州》、《鄭生遇龍女薄媚》、《雙旦降黃龍》、《柳毅大聖樂》等。此種劇之話本應該具有相當的文學性，《鶯鶯六么》等劇或即源自唐傳奇。但全劇只用一調，篇幅也不會太長。《武林舊事》「元夕」條所記的「清樂傀儡」所演或為此類。

　　講史者要講說通鑒、漢唐歷代書史文傳、興廢爭戰之事，事必繁、回必多，孫楷第先生認為這種戲「當累若干折」，「此後世所謂本戲也。」《東京夢華錄》記崇觀以來汴京瓦市藝人中有說三分、說五代史者，可見講史一家十分發達，一人竟難以掌握多種內容，需分類專攻；而且創作速度驚人，剛剛過去的五代十國事已經演說於勾欄中了。《東坡志林》中有一則有關講史的材料經常被引用，文曰：

　　　王彭嘗云：「途巷中小兒薄劣，其家所厭苦，輒與錢令聚坐聽說古話，
　　　至說三國事，聞劉玄德敗，顰蹙有出涕者；聞曹操敗，即喜唱快，
　　　以是知君子小人之澤，百世不斬。〔註51〕

可見當時講史話本的創作已有相當的藝術加工，其生動足以使聽者泣下；而且在文字中灌注了擁劉抑曹的正統觀念，並非如史家的客觀敘述。

　　傀儡戲話本之如講史者數量應該不少，篇幅也不會太短。即便是現在的大多數劇種中，歷史劇都會佔據半壁江山。此類話本的特色應該是故事性極強，且體現著民間的歷史觀。

〔註50〕劇目為筆者於山西浮山考察時自當地木偶展演團團長吳春安處抄錄。吳春安
　　　先生把此類劇歸類為「參軍戲」，筆者以為不妥，未予採納。
〔註51〕〔宋〕蘇軾著《東坡志林》卷一《懷古》「途巷聽說」條，學苑出版社，2000
　　　年版，頁 21。

涯詞的形式至今仍是一個難解之謎，關於它的記載只有《繁勝錄》中的一句：「唱涯詞只引子弟，聽陶眞盡是村人。」〔註52〕二句文詞對仗，可知涯詞與陶眞都是一種以唱爲主的民間藝術；陶眞的聽眾以農村布衣百姓爲主，則涯詞的擁躉多爲城市的浮浪子弟。既然把二者放在一處，應該是有一些可比性的，可能久居農村的陶眞比較直白通俗，涯詞相對會注重文辭的修飾。明田汝成《西湖遊覽志餘》卷二十云：「杭州男女瞽者多學琵琶，唱古今小說以覓衣食，謂之陶眞。」明郎瑛《七修類稿》卷二十二記曰：「小說起宋仁宗時，故小說得勝頭回之後，即云話說趙宋某年。閭閻陶眞之起，亦曰『太祖太宗眞宗帝，四帝仁宗有道君。』」這兩句陶眞唱詞也是成化刊本詞話《張文貴傳》的開始兩句。明代話本小說《西湖二集》中，《劉伯溫薦賢平浙》一篇內引用了一段陶眞唱詞爲「太平之時嫌官小，離亂之時怕出征。」王兆乾先生認爲，從文學角度看，陶眞即爲說唱詞話。與之相對的涯詞也應是詞話形式，二者的區別更多的是聲腔、語音上的差異。涯詞或是文雅些，或是由汴京南渡帶來的音調，而陶眞也許運用的是南方的鄉土之音。〔註53〕

如依上論，傀儡戲話本採用涯詞的形式，則是以歌唱優美的文辭爲特色。雖也有一定的故事性，但它似乎更注重藝人的唱，傀儡表演的空間並不很大，只是配合說唱的內容做一些相應的動作而已。

總結宋代傀儡戲話本的三種樣式，最具文學性的是雜劇中敷演煙粉、靈怪故事者和演涯詞者；最具娛樂性的是雜劇中全以詼諧者；講史者則是文學性、歷史性並重。一種戲劇形態擁有三種迥然不同的話本在宋代也屬正常，一方面，宋代高度發達的城市文化市場需要的就是百花齊放的繁盛；另一方面，宋代是中國戲曲最終形成的時期，文學、音樂與表演進行多種結合的嘗試才有利於優勝劣汰，爲北曲和南戲的脫穎而出創造條件。

第四節　「傀儡面兒」與「鮑老」

「傀儡面兒」與「鮑老」是宋人筆記中兩個與傀儡戲密切相關的概念，但對它們具體形象的認識和研究似乎還缺乏一定的深度。既然將某種面俱稱

〔註52〕孫楷第先生認爲此句的句讀應爲「唱涯詞只引子弟聽陶眞」，故而將涯詞與陶眞畫上了等號，似太牽強，此不取其說。

〔註53〕詳參王兆乾《池州儺戲與成化本〈說唱詞話〉──兼論肉傀儡》，《中華戲曲》第六輯，山西人民出版社，1988年版。

爲「傀儡面兒」，那麼著這種面具所表演的節目是否也被稱作「傀儡戲」？鮑老既可以與郭郎同筵起舞，且都是舞袖郎當，它是否也是傀儡戲的一種？類似的問題還有很多，要作出較爲合理的解答就必須對上述兩個概念進行深入辨析，而這種辨析更深層的意義在於：有助於全面瞭解宋人對「傀儡戲」這一概念的理解和應用；從一個側面認識當時傀儡戲的繁盛；正確評估宋代傀儡戲對後世戲曲、民俗的影響。

一、「傀儡面兒」辨

「傀儡面兒」概念首見於《夢粱錄》卷十三「夜市」條，「又有擔水斛兒，內魚龜頂傀儡面兒舞賣糖。」〔註54〕這是賣糖者在以水斛內起舞的魚龜招徠顧客。如果魚龜爲木刻，則此爲水傀儡的表演，也就無所謂「面兒」，大可以把它們雕作任意形狀，可見「傀儡面兒」應該是一個單獨的面具。從字面上看，當時的宋人應該把帶著這種「面兒」的人也視作傀儡的一種，而這種傀儡起舞作戲更多地是在社火舞隊中。右圖舊題作《大儺圖》，〔註55〕絹本，現藏北京故宮博物院。據其絹色、筆法、人物服飾等分析，一般認爲係南宋作品。圖中人物既無魁偉的裝束，又無肅穆的氣氛，顯然並非行儺的場面，屬題名訛誤，所畫內容應爲一支迎春社火舞隊。

圖69：南宋「村田樂」舞隊圖

此圖舊題「大儺圖」。藏北京故宮博物院。

圖中十二人，有九人頭上簪戴有梅花、柳葉、松枝、雀翎以及蝴蝶、雪蛾等物，其中以紙、綢剪折的稱爲「幡勝」或「春勝」、「彩勝」、「剪綵花」、「春幡雪柳」等，專於立春節氣簪戴。如：

> 今世或剪綵錯繒爲幡勝，雖朝廷之制，亦鏤金銀或繒絹爲之，戴於
> 首，亦因此相承設之。〔註56〕

〔註54〕〔宋〕吳自牧著《夢粱錄》卷十三。《東京夢華錄》（外四種），中華書局，1962
　　　年版，頁 242。

〔註55〕圖片採自全國文化信息資源共享工程，互聯網址 www.ndcnc.gov.cn。

〔註56〕〔宋〕高承著《事物紀原》卷八「春幡」條，中華書局，1989 年版，頁 426。

又如：

　　　　春日，宰執親王百官，皆賜金銀幡勝。入賀訖，戴歸私第。〔註57〕

而其它的花葉柳枝，應該是舞者於路邊隨手攀折。此外，他們的衣服上也多繪有蛾蝶等形象。如上排中間一人右臂有七隻小白蛾；左下二人及右下一人冠上亦繪有蝴蝶圖案；下排中間一人更是將帽子做成一個誇張的大蝴蝶形狀。可見這支舞隊確實是意在鬧春而非驅祟。細究這些人物形象，他們的裝束與道具有一個鮮明的特點，就是多與農事有關，廖奔先生判斷，這一舞隊的名目極可能是「村田樂」，確是慧眼獨具。如廖先生所舉，畫中十二人從衣裝、飾物、道具等三方面反映出了「村田樂」的主題。

　　首先，舞者皆作農人裝束，扮作莊家村老，如二排中間人物頭戴竹笠，上打補丁，衣衫肩膀處亦有大塊補丁。

　　其次，舞者服飾明顯有江南農業的特點。如二排右側舞人膝蓋飾有鼈殼，鞋作螺殼狀，身上掛兩串蛤殼；左側最下者腰後有蛙形飾物；在他右側的人身負一個大蚌殼，膝頭飾有大蛤蟆；右下側擊鼓者袍服上繪有蝌蚪、蛙、魚嬉戲的圖案。

　　第三，舞者所執道具也多為農具及生活用具。如那位掛著許多蛤螺的的舞者，頭頂畚箕，手執掃帚，腰插水瓢和炊帚；首排居中者頭戴柳斗，腰掛葫蘆瓢；他左側之人頭頂糧斗，手執柳條。

　　第四，下排居中者帶牛頭形帽，亦喻春耕之意。

　　第五，前排居中者右手擎一條形瓜，皮裂處露出豐滿的籽實。此為在春天即用果實來預示豐收。〔註58〕

　　《村田樂》是《武林舊事》卷二「舞隊」條「大小全棚傀儡」中的一目，以如上之分析，此圖所繪的舞蹈在當時也是屬於傀儡戲的。值得注意的是，圖中人物面部表情均極為誇張，大異於常人，右側六人側面繪得較為清晰，隱約可見每人耳前或耳後有一貫通上下的線條，應該是佩戴面具的痕迹，下排負鼓者頭部碩大，耳朵呈三角形上豎，耳後的線條自下巴起，交於頸後，無疑是一個套頭的「傀儡面兒」！

〔註57〕〔宋〕孟元老著《東京夢華錄》卷六「立春」條。《東京夢華錄》（外四種），
　　　　中華書局 1962 年版，頁 35。
〔註58〕以上五條分析依廖奔先生所論。文見廖奔《宋元戲曲文物與民俗》，文化藝術
　　　　出版社，1989 年版，頁 173。

再證之以宋蘇漢臣《五瑞圖》〔註59〕。圖中所繪背景爲竹、石、牡丹及石砌欄檻，欄檻旁的小徑上，有五人邊踏舞邊向右方行進。其中右下一人戴交腳樸頭，著綠袍，腰中僅裹袍肚，繫帶，執簡，作官員的裝扮；右上一人裹樸頭，著交領袍，頭挑招子，腰繫葫蘆，暗寓酒家之意，中一人裹樸頭，著彩繪繡衣；左下一人裹展腳樸頭，著長衫，腰裹袍肚；左上者裹曲腳樸頭，著交領衫，雙手各執一小鼗鼓。

五人以官服者爲首，執鼓者爲尾，有一定的行進次序，是一個舞隊無疑。畫中人皆小手，著兒童布鞋，樸頭顯得不合比例的大，右下者腰帶多紮了半圈，袍肚反裹，顯示出這是兒童喬裝模仿大人舞隊的遊戲場面，畫面背景爲庭院小徑也

圖70：宋蘇漢臣《五瑞圖》

圖爲絹本，設色。高 1.7 米，寬 1.1 米。無款識。藏北京故宮博物院。

可印證這一判斷。〔註60〕作者蘇漢臣，「開封人，宣和畫院待詔。師劉宗古，工畫釋道人物臻妙，尤善嬰兒。紹興間復官，孝宗隆興初，畫佛像稱旨，補承信郎。」〔註61〕清厲鶚撰《南宋畫院錄》，稱道其《擊樂圖》、《嬰戲貨郎圖》、《嬰兒戲浴圖》、《嬰兒鬥蟋蟀圖》、《十歲嬰兒在水邊遊戲圖》等，這些畫都是以嬰兒爲題材，以市俗生活爲內容，可見《五瑞圖》實際上也是嬰戲圖的一種。雖然從畫中兒童的裝扮動作並不能清楚判斷他們所演的是哪一名目，〔註62〕但從他們奇特的面部特徵來看，模仿的對象應該是傀儡戲舞隊。右下

〔註59〕圖片採自全國文化信息資源共享工程，互聯網址 www.ndcnc.gov.cn。

〔註60〕以上對畫面內容的描述部分參考廖奔先生《宋元戲曲文物與民俗》，文化藝術出版社，1989 年版，頁 151～152。

〔註61〕〔元〕夏文彥《圖繪寶鑒》卷四。影印文淵閣四庫全書本。

〔註62〕李家瑞先生、廖奔先生都認爲此圖內容爲「五花爨弄」，似可存疑。

著官服者鼻高顴聳，短髯絡腮，明顯戴有面具，本耳有耳環，應為女嬰模仿「裝孤」；右上的小兒鼻子滑稽地翹起，長髯飄飄，也應該是面具才有的效果；左上和下排居中的小兒面部均有化裝，口部用誇張的雙線條勾出，居中者畫一道細長的八字眉，鼻子部位卻有兩撇八字鬚，左邊的鬍鬚一角翹出臉外，應該是立體的，二人戴面具的可能性比直接塗面的可能性要大；左下一人眉清目秀，右耳垂有耳環，也是一名女童，所繪五官雖然形狀較小，但不能判斷是否著面具，據其他四人的情狀推測，她似乎也不可能是素面起舞。

從以上兩幅圖可以看出，南宋時的社火舞隊中，多有著面具者，他們的服飾道具反映一個特定的主題，行進有序，動作誇張，被認為是傀儡戲的一種。其實假面戲舞唐代已經出現，如《大面》、《缽頭》等，北宋的假面戲更是異彩紛呈。如：

> 有假面具披髮，口吐狼牙煙火，如鬼神裝者上場。……有假面長髯，展裏綠袍靴簡，如鍾馗像者，傍一人以小鑼相招和舞步……列數十輩，皆假面異服……〔註63〕

但此時的假面戲與傀儡戲仍是風馬牛不相及的兩個概念，南宋時始有稱假面為「傀儡面兒」者。由此可知，傀儡戲深入生活的程度南宋更甚於北宋；傀儡戲這一概念的理解和運用南宋時也更為靈活。

二、「鮑老」辨

北宋文學家楊億作過一首《詠傀儡》詩，首句為「鮑老當筵笑郭郎」。這是目前可見「鮑老」一詞最早的記載。楊億，字大年，浦城（今屬福建）人，生於宋太祖開寶七年，卒於宋真宗天禧四年，據此推斷北宋初期已經有鮑老的演出。及至南宋，鮑老的隊伍更是蔚為壯觀。從人數上看，「福建鮑老一社，有三百餘人；川鮑老亦有一百餘人。」〔註64〕從形態來看，已細化為「掉刀鮑老」、「交衰鮑老」、「踢燈鮑老」等數個分支。在一些史料與詩詞中，鮑老常與郭郎、傀儡相提並稱。如「誰知鮑老從旁笑，更郭郎搖手消薄。」〔註65〕「傀儡裝成出教坊，彩旗前引兩三行。郭郎鮑老休相笑，畢竟

〔註63〕〔宋〕孟元老著《東京夢華錄》卷七「駕登寶津樓諸軍呈百戲」條。《東京夢華錄》（外四種），中華書局，1962年版，頁43。

〔註64〕〔宋〕西湖老人《繁勝錄》「街市點燈」條。《東京夢華錄》（外四種），中華書局，1962年版，頁111。

〔註65〕〔宋〕吳潛【秋夜雨】《依韻戲賦傀儡》，《全宋詞》，中華書局，1965年版，

何人舞袖長。」〔註 66〕二者不僅同於宴中侑觴，同於戲棚舞袖，而且看起來形態還頗爲相似，關係應當極爲密切，但許多學者雖對此有所著墨，卻始終未能系統地對鮑老及它與傀儡戲的關係做出描述。

（一）學者們對鮑老的解釋辨析

王國維先生《古劇腳色考》云：「婆羅，疑婆羅門之略。至宋初轉爲鮑老。」〔註67〕並認爲《東京夢華錄》卷七「駕登寶津樓諸軍呈百戲」中的「抱鑼」也是鮑老的訛音。他還認爲「金元之際，鮑老之名分化而爲三：其扮盜賊者，謂之邦老；扮老人者，謂之孛老；扮老婦者，謂之卜兒。皆鮑老一聲之轉，故爲異名以相別耳。」〔註 68〕周貽白先生認爲「此說恐未可信」，「鮑老」或爲「抱鑼」之音轉，或與「郭郎」同爲某劇中之人名，「其間或當另具轉變。」〔註 69〕王兆乾先生承王國維先生之說，例舉安徽池州儺戲抄本中的「抱羅錢」，沿江地區方言俗呼木偶、面具、泥人爲「菩佬」，稱木偶戲爲「菩佬戲」等證，說明鮑老是與唐代的「弄婆羅」一脈相承。〔註 70〕翁敏華先生在同意王先生觀點的同時又指出：「鮑老」與「郭禿」一樣，也是一個外來詞，故有多種寫法，而它的發展軌跡，應該是由和尚戲（弄婆羅）到神鬼劇（抱鑼），再後來就常以「鮑老」指稱傀儡戲、假面戲中的一個人物形象，也代指傀儡戲或假面戲。〔註 71〕廖奔先生也以爲跳鮑老爲唐代所傳，不過並非專是和尚、神鬼，而是一種滑稽舞蹈。〔註 72〕葉明生先生認爲鮑老是唐宋間盛行的裝扮或戴假面的一種樂舞戲隊形式，以調笑戲弄爲藝術特徵，其中或有仿傀儡的舞姿動作，但與傀儡仍是「同一百戲形態中的風格迥異的兩種藝術表現形式。」〔註 73〕

頁 2768。

〔註 66〕〔明〕瞿祐《看燈詞》。引自〔明〕田汝成著《西湖遊覽志餘》，浙江人民出版社，1980 年版，頁 316。書中引瞿祐《看燈詞》十五首，多爲詠街市伎樂之作，此爲第五首。

〔註 67〕洪治綱主編《王國維經典文存》，上海大學出版社，2003 年版，頁 31。

〔註 68〕出處同上。

〔註 69〕周貽白《中國戲劇史長編》，上海書店出版社，2004 年版，頁 93。

〔註 70〕具體論述見王兆乾《池州儺戲與成化本說唱詞話——兼論肉傀儡》。載《中華戲曲》第六輯，山西人民出版社，1988 年版，頁 159。

〔註 71〕具體論述見翁敏華《傀儡戲三辨》。載胡忌先生主編《戲史辨》第一輯，中國戲劇出版社，1999 年版，頁 280。

〔註 72〕具體論述見廖奔《宋元戲曲文物與民俗》，文化藝術出版社，1989 年版，頁 93。

〔註 73〕具體論述見葉明生先生《福建傀儡戲史論》，中國戲劇出版社，2004 年版，頁

　　上述諸家之言各有千秋，但都角度單一，言語簡略，亦各有偏頗之處。試一一辨之。「鮑老」爲「婆羅」之音轉根據欠缺，唐代的「弄婆羅門」已是成形的節目，民間自應有一定的影響，如訛傳作「鮑老」不一定非要到宋初。如確係「婆羅」之音轉，則理應把「弄婆羅門」的內容一概繼承，那也就沒有如今的「鮑老」之謎了。況且「婆羅」、「鮑老」同屬疊韻，都琅琅上口，本無音轉必要，即使於某地因方言之故轉之，二者也應該有一個共存的過程。至於「抱鑼」，應該與鮑老並無直接關係。「大小全棚傀儡」中，「抱羅裝鬼」與幾種鮑老同在，足見其並非一物。而金元之際，「鮑老」之名分化爲三的說法也缺乏說服力。直至明清，民間的鮑老演出與宋代並無大異。「三家村店同僧醉，鮑老筵前逐隊過」，〔註74〕說明鮑老仍於宴席上表演；「停鬧燈鮑老，不煩雙漸蘇卿」，〔註75〕則是鮑老依然參加元宵社火舞隊的證據。

　　周貽白先生的觀點也是「恐未可信」。中國戲劇史中，以劇中某一人名稱呼某一類戲的情況屈指可數，僅有如「關公戲」、「目連戲」等寥寥數種。其特點有二：一是主人公赫赫有名；二是所演劇目內容大都與此主人公有關。若從周先生之說，鮑老戲亦因人名而來，那此戲必與歷史上的鮑姓名人或傳說中的鮑姓神祇有關，淵源自然有迹可循。而從有關的記載中，也看不出鮑老戲中有一個固定的主角。王兆乾先生所舉的「抱羅錢」也叫「太平錢」，是一種銅鑼大小的錢形物，南方社火隊伍中常用作祈福的道具，《東京夢華錄》中寶津樓下作戲的「抱鑼者」抱的即是此物。「抱鑼」非「鮑老」前已證明，王先生此據可見不當。「菩佬」之呼應是來自於菩薩造像，推想到同樣有雕塑頭部的傀儡也是自然。以「佬」爲詞尾的俗稱各地方言多有所見，其實際意義都寓於「佬」字前的詞頭，「鮑老」若依此命名，則「鮑」字不知作何解釋？且當地「菩佬」的意義涵蓋造像，按照邏輯關係，應該是傀儡被歸入鮑老的一種，而不是鮑老被列入「大小全棚傀儡」中。

　　一詞有多種寫法即是外來詞彙的論斷太過主觀。官方與民間、文人與布衣、書面與口頭，多種差異都會導致一物擁有音近意遠的多種指稱。北方農村的一些老者至今仍把商店叫做「供銷社」，寫法更是有「公銷」、「共銷」、「供消」等多種，當然不能據此判斷「供銷社」是某個外來語彙的音譯。翁敏華

11～12。
〔註74〕〔清〕黃宗羲《南雷集・南雷詩歷》卷三。《四部叢刊》初編集部。
〔註75〕〔明〕彭孫貽【月當廳】《燈期阻雨豔情》（上元既望雨稍止四疊前韻），《茗齋集》，《四部叢刊》續編集部。

先生將「鮑老」認作外來詞的前提是「郭禿」一詞並非土生，而「郭郎」、「鮑老」又時常並舉。事實上「郭禿」一詞是傳入還是傳出並不能輕易下結論，翁先生文中列舉日、韓以及蒙元語彙中都有「郭禿」一詞，但中原地區唱響《邯鄲郭公歌》時，上述三地甚至都沒有形成完整的文字體系。翁先生假設的發展軌迹也值得商榷，鮑老在宋初一出現就以滑稽見長，並無和尚戲的玄奧與神鬼劇的驚怖；以「鮑老」專指傀儡戲的一個人物形象，並代指傀儡戲和假面戲更是毫無根據。

　　廖奔先生的觀點比較中肯，惜乎言辭太簡，並未深入論述。葉明生先生對鮑老的描述略詳細些，但結論將傀儡與鮑老歸入同一百戲形態，又云其「風格迥異」，有些令人費解。

（二）鮑老的得名

　　鮑老的得名應該和郭郎相似，都是因爲雙字疊韻，上口易誦，且郭、鮑同屬較常見姓氏，容易與戲中的人物形象聯繫起來。楊大年對鮑老的描述是舞袖郎當，明版《水滸傳》第三十三回插圖「失聲笑鮑老」〔註76〕中，有一個拄拐的老者。是否這個郎當的舞者是在模仿老年人行動的遲緩笨拙呢？宋雜劇通常會在兩段正雜劇後加一段「雜扮」，又名「雜班」。「頃在汴京時，村落野夫，罕得入城，遂撰此端。多是借裝爲山東、河北村叟，以資笑端。」〔註77〕趙彥衛《雲麓漫鈔》卷十中記：「近日優人作雜班，似雜劇而簡略。」〔註78〕

　　「失聲笑鮑老」圖給我們提供了一個寶貴的鮑老演出的實際形象，圖

**圖 71：《水滸傳》插圖
「失聲笑鮑老」**

圖片採自伊永文《行走在宋代的城市》。

〔註76〕圖片採自伊永文《行走在宋代的城市》，中華書局，2005年版，頁262。
〔註77〕〔宋〕吳自牧著《夢粱錄》卷二十「妓樂」條，中華書局，1962年版，頁309。
〔註78〕〔宋〕趙彥衛著《雲麓漫鈔》卷十，中華書局，1998年版，頁166。

中一個梳著鬌髻的兒童雙手各執一皮棒槌，正追打一老者。這是宋雜劇一種典型的逗人發笑的場景。《南村輟耕錄》卷二十五曰：「末可打副淨。」〔註79〕具體的形象文物中也多有所見，河南溫縣文化館藏宋雜劇雕磚中，副末色腰中插有白色的棒槌；山西侯馬董氏墓雜劇雕磚中右一人則抱著一支黃色的棒槌。〔註80〕杜善夫《莊家不識勾欄》散套「一煞」中，描寫副淨（扮小二哥）刁難張太公（副末）：「教太公往前那不敢往後那，擡左腳不敢擡右腳，翻來覆去由他一個。太公心下實焦躁，把一個皮棒槌則一下打做兩半個。我則道腦袋天靈破，則道興詞告狀，剗地大笑呵呵。」〔註81〕此圖中的演出場地是在一個大宅院的門前，應該不會有複雜的唱念作科，而是以村村勢勢扭著的舞姿賺取觀眾，所以演出的應該不是正雜劇，而是較簡短的雜扮。既曰雜，則所扮當不止村夫，醫卜軍民、男女老幼各各需要分類稱呼。如《東京夢華錄》卷五「京瓦伎藝」條「雜班」名單中，有「河北子」、「駱駝兒」等；《武林舊事》卷四「乾淳教坊樂部」下的「雜班」有「鐵刷湯」、「柴市喬」等；金院本名目「打略栓搐」一目下，更是有《和尚家門》、《先生家門》、《禾下家門》、《邦老家門》等，由名字即可大略得知所演的內容。可以推斷，專門模仿老年人的一類被冠以「扮老」、「孛老」、「邦老」等的稱呼也是極有可能。「扮」、「鮑」同屬去聲，讀音相近，由「扮老」而「鮑老」，似乎更合理些。

（三）鮑老的形象

鮑老的形象應該是特點鮮明，既有別於刻木牽絲的傀儡戲，又不同於結構相對嚴整的宋雜劇。在元夕街頭的舞隊中，也應該是獨樹一幟。

首先，鮑老應該是戴有面具的。前文已述鮑老主要裝扮成老年狀，而演員卻未必真的是雞皮鶴髮。要想取得統一的外觀效果，就必須採用一些輔助手段，戴一個「傀儡面兒」是比較簡單的辦法。《陳迦陵文集》中有一首【雪獅子】《本意》詞，內有句曰：「更何論田間狡兔，似鮑老，裝成假面，筵前決賭。」〔註82〕明金木散人撰《鼓掌絕塵》月集第三十三回描寫南京上元燈

〔註79〕〔元〕陶宗儀著《南村輟耕錄》卷二十五，中華書局，2004 年版，頁 306。
〔註80〕具體文物形象可見山西師範大學戲曲文物研究所編《宋金元戲曲文物圖論》，山西人民出版社，1987 年版。
〔註81〕〔元〕杜善夫《莊家不識勾欄》，吳兆基編《元曲三百首》，長城出版社，1999年版，頁9。
〔註82〕〔清〕陳維崧《迦陵詞全集》卷十一，《四部叢刊》初編集部。

節情景時說：「……更有那小兒童戴鬼臉，跳一個月明和尚度柳翠，敲鑼敲鼓鬧元宵。」〔註83〕清陸次雲《湖壖雜記・月明庵柳翠墓》記：「跳鮑老，兒童戲也……今俗傳月明和尚馱柳翠，燈月之夜跳舞宣淫，大爲不雅。」〔註84〕可見明清之際的鮑老演出還是要戴面具的。「失聲笑鮑老」圖中，雖不能確定拄拐老者是否著有假面，但與周圍的觀眾相比，他身矮頭大，臉部突出，不像其本來面目。前引蘇漢臣《五瑞圖》中，舞在最前面的女童大約扮的是「交衰鮑老」，清晰可見她是用一個面具把自己扮成了一個鬚髯斑白的老邁官員。

其次，鮑老應該是身材矮小，凸顯衣帽的不合體，以增加滑稽的效果。「若教鮑老當筵舞，轉更郎當舞袖長」。〔註85〕「轉更郎當」是云其模仿老年人步態；「舞袖長」應該是寫其衣長與身體不合比例。傀儡的高度一般要大大小於成人的身高，如果一個正常成年人與之「筵前決賭」，還要穿著超大的衣服，那實在是不太協調。想必鮑老的身高應該與傀儡相仿，這樣二者才具有一定的可比性。明人葉繼熙的《詠傀儡》詩末二句寫道：「矮人不省當筵事，枉把郎當笑郭郎。」〔註86〕詩意化用楊大年的詠傀儡詩，此處與「郭郎」對應的「矮人」應該指的即是鮑老。李攀龍也寫有一支《傀儡》曲，「……線索提攜在手，任俯仰低昂，做出悲歡離合，百樣行藏。可奈三更短促，剛繁華過眼，又早郎當。笑矮人稚子，都孟浪悲傷……」〔註87〕此曲明顯是贊傀儡戲的精彩，卻採用了抑彼揚此的寫法，諷刺曾經譏笑傀儡戲舞袖郎當的鮑老此時都隨著表演悲喜。此處亦以矮人代指鮑老。

鮑老的矮應該有兩種情況，一種是兒童演之，如前引金木散人《鼓掌絕塵》及陸次雲《湖壖雜記》文，跳鮑老爲兒童戴「傀儡面兒」作戲；另一種可能是侏儒演之。侏儒本就是俳優的重要來源，他們演鮑老正好將身體的劣勢化爲優勢。

〔註83〕〔明〕金木散人著《鼓掌絕塵》，月集第三十三回「喬小官大鬧教坊司，俏姐兒夜走阜田院」，江蘇古籍出版社，1990年版，頁399～400。
〔註84〕〔清〕陸次雲著《湖壖雜記》，〔清〕馬俊良輯《龍威秘書》第七集《吳氏說鈴攬勝》第四冊，乾隆五十九年大酉山房刻本。
〔註85〕楊大年《傀儡詩》之後二句。
〔註86〕引自秦學人《不可忽視的偶戲史料——古代詠偶戲詩彙釋》，文載《戲劇》1997年第三期。
〔註87〕出處同上。

第三，鮑老演出時應該有相應的戲劇服飾。從「失聲笑鮑老」圖中可以看出，這種表演是有一定情節的，故事中的人物身份自然要通過服飾裝扮來體現。明清之際流行的鮑老戲《月明和尚度柳翠》，人物必定要光頭、僧衣、戴念珠。河南焦作市西馮封村金墓後室普柏坊上壁間拱眼內嵌有八個童子社火舞俑，其中就有一個這樣的形象。〔註88〕南戲《張協狀元》第五十三齣，末拖著一個大花樸頭，上有紅、紫、黃、白四色，丑擡傘，唱：「【鬥雙雞】樸頭兒，樸頭兒，甚般價好。花兒鬧，花兒鬧，佐得恁巧。傘兒簇得絕妙，刺起恁地高，風兒又飄。（末）好似傀儡棚前，一個鮑老。」〔註89〕配上一個誇張的大花樸頭和一把超大的傘就像鮑老一樣，也說明鮑老演出時的服飾一定不是平日生活中的常服。

圖 72：河南焦作西馮封村金墓社火磚俑

童子俑共八個，1973 年出土於河南焦作西馮封村金墓。八童子背部連於磚面，高 31～39 釐米不等。藏河南省博物館。

第四，鮑老演出時的動作應該是滑稽誇張，形似傀儡戲。現有資料中有兩個詞形容鮑老的動作：一個是「郎當」，揣其意大概是動作不夠乾脆有力，關節鬆散，肢體總有下墜的趨勢，這種動作特徵與懸絲傀儡極為相似，手腳要抽牽才動，線略一鬆，所繫的部位就要下垂。另一個詞出自《水滸傳》第三十三回「宋江夜看小鰲山，花榮大鬧清風寨」，寫宋江、花榮等人元宵夜在清風寨中觀燈，「宋江看時，卻是一夥舞鮑老的，……那跳鮑老的，身軀扭得村村勢勢的，宋江看了，呵呵大笑。」〔註90〕「村村勢勢」應該是說動作幅度較大，形象不合常理，看起來非常滑稽。在插圖中還可以看到，伴奏樂器

〔註88〕圖片採自全國文化信息資源共享工程，互聯網址 www.ndcnc.gov.cn。
〔註89〕錢南揚《永樂大典戲文三種校注》，中華書局，1979 年版，頁 214。
〔註90〕〔明〕施耐庵著《水滸傳》第三十三回，人民文學出版社，1972 年版。

只有一鼓兩鑼，可見這種動作的節奏性極強。而傀儡戲因為其本身的機械特徵，舉手投足也會充滿節奏感。一直以來人們多將郭郎、鮑老並提，二者也確實多有相似之處，動作特點相近就是其中一點。

（四）鮑老的表演內容

　　鮑老表演的內容可以分為兩大類，一類偏重於舞蹈本身的滑稽性；一類偏重於情節產生的滑稽性。前者既可獨舞，也可以是一支舞隊。雖有裝扮，但人物並不分主次，動作大約也是重複的幾個，「繞燈圍傀儡，鮑老汗珠流」。〔註 91〕在一個固定的表演區域內，轉得郎郎當當，大概只是組合一些相對固定的程序動作。《武林舊事》卷一「聖節」條中，禁中壽筵樂次再座第十三盞獻演節目為「方響獨打，高宮《惜春》。傀儡舞鮑老。」「傀儡舞鮑老」有兩種讀法，一是「傀儡舞，鮑老」；一是「傀儡，舞鮑老」。前者演出的主角是鮑老，演的是模仿傀儡的舞蹈；後者演出的主角是傀儡，節目名稱叫《舞鮑老》。參此座第七盞及第十九盞皆有傀儡節目，書寫順序為「傀儡＋節目名＋表演者」，如以第二種句讀，則應標明操縱傀儡技師的姓名，而此處顯然不合規格；以第一種句讀就更合理些，說明這是一個模仿傀儡的舞蹈節目，參演的人被稱作「鮑老」。這是一個鮑老單純表演舞蹈的實例，這種舞蹈的特點是動作宛如傀儡一般。

　　第二類內容應該是鮑老演出的主流。這種表演中鮑老是主要人物，還需要配角來與之配合，推動情節，製造矛盾，以產生滑稽的效果。「失聲笑鮑老」圖中，老者是鮑老，雙髻少年是配角；《月明和尚度柳翠》中，月明和尚是鮑老，柳翠是配角。「大小全棚傀儡」中，多種鮑老並存也反映了鮑老戲發展的趨勢；相同題材的鮑老戲逐漸以類而聚，細化為多種形式的鮑老，在擁有共性的基礎上又各自顯出不同的個性。如「交袞鮑老」可能多演公案內容；「大小斫刀鮑老」所演則為鐵騎故事。

　　綜合以上內容可以看出，宋代的「鮑老」概念既指一種假面，形似傀儡戲的節目，也指這種節目的參演人。從廣義上，它是被納入傀儡戲範疇的，但它的戲劇性並不是很強，它與肉傀儡的區別是：著假面；只以裝扮、動作的滑稽取勝，而不是綜合唱、念、做、打以及其它的舞臺手段以產生更為豐富的戲劇效果。

〔註91〕〔清〕王夫之《熱》，《薑齋詩文集・五十自定稿》。四部叢刊初編集部。

第五節　宋代傀儡戲盛因綜述

　　自漢代萌芽以來，傀儡戲一直頻繁地活躍於城鄉的各種戲場中，或是在賓婚嘉會中與輓歌相和；或是舞於俳兒之首；或是作為道祭的祭盤；或是敷演煙粉靈怪、鐵騎公案的故事。縱觀它一千多年的發展，正如民間傳說的「起於漢、興於唐、盛於宋」，宋代傀儡戲的繁盛確實是空前的。當然，這種繁盛並非是「忽如一夜春風來，千樹萬樹梨花開」，諸多因素在兩宋時的綜合才促成了傀儡戲這次井噴式的發展。在這些因素中，適合的社會環境是外因；對豐富的藝術資源進行合理地吸收消化是內因。內因通過外因起作用，外因需要內因來體現，二者相得益彰，缺一不可。

一、宋代傀儡戲繁盛的外因分析

　　首先是政治因素。偃武修文是兩宋政治的主旋律，雖然面對異族的入侵，主戰派屢屢振臂高呼，但長期把持權柄的主和派寧受割地賠款之辱，也要維繫眼前的歌舞升平。這種局面應該自太祖開國之初所定的治國方略即已奠定。唐末五代以來，兵變頻發，每次成功之後都縱兵搶劫。郭威反後漢時，為激勵士兵，曾允許他們入開封後搶劫十天，而不到三天，開封城已幾成白地。後晉時，契丹大軍攻至開封時的「打草穀」〔註92〕則於此更甚。但趙匡胤在陳橋兵變後卻訓令眾將：「少帝（周恭帝）及太后，我皆北面事之，眾卿大臣，皆我比肩之人也，汝等毋得輒加凌暴。近世帝王，初入京城，昏縱兵大掠，擅劫府庫，汝等毋得復然，事定，當厚賞汝，不然，當族誅汝。」〔註93〕這位以非正當手段登上皇位的帝王當然不是宅心仁厚，欲普施恩澤於民，他這種政治手段的目的，就是消除武力兵權對他寶座的威脅。他採用趙普建議，「杯酒釋兵權」，根除了藩鎮動亂的根源，開始以「文治」來鞏固趙宋的千秋基業。從《宋史》的《石守信傳》和《王文正筆錄》以及其它筆記的記載來看，趙匡胤不希望開國功臣成為自己的輔弼，採取的方法之一是慫恿他們「好富貴」、「多集金」、「市田宅」以「優遊卒歲」，「歌兒舞女以終天年」。這種政治行為從根本上改變了傳統的觀念和信仰，人們建功立業於忠君報國的信仰和價值取向，轉變為「好富貴」、「集金錢」、「重娛樂」的世俗人

〔註92〕據〔宋〕司馬光撰《資治通鑑》卷二百八十六，天福十二年（公元947年），契丹主「乃縱胡騎四出，以牧馬為名，分番剽掠，謂之打草穀」。

〔註93〕文見《續資治通鑑長編》卷一「建隆元年正月癸卯」。

生追求與價值體系。進而，上行下傚，民眾亦隨波逐流，享受聲色犬馬之樂。
終有宋一代，全社會一直瀰漫著濃濃的歌舞享樂的風氣。這種政治環境爲諸
種民間伎藝提供了廣闊的施展天地，可謂是傀儡戲發展的天時。

　　其次是經濟因素。北宋在建國之初，實行了一系列恢復和發展農業生產
的措施，以計畝納稅法取代了唐代的租庸調製，減輕了農民的負擔，改善了
農民的社會地位，刺激了他們生產的積極性；改進農業生產工具和農作技術，
開山爲田；大力發展種茶業等。與此同時，礦冶、陶瓷、絲織與造紙等手工
業也得到了長足的發展。商業方面，南北各地的農村出現了定期的集市，時
稱「草市」、「墟市」，統稱「坊場」。一切農作物、副產品、手工業品、畜牧
業品等，都在此交易。城市中，商鋪邸店、酒樓茶肆鱗次櫛比，而且出現了
繁華的夜市，突破了唐代坊市分隔、商業經營只能在白晝於市中進行的建制。
孟元老在《東京夢華錄》序中的一段話總結了北宋都城的盛景：

> 太平日久，人物繁阜。垂髫之童，但習鼓舞。班白之老，不識干
> 戈。時節相次，各有觀賞。燈宵月夕，雪際花時，乞巧登高，教池
> 遊苑。舉目則清樓畫閣，繡戶朱簾。雕車競駐於天街，寶馬爭馳於
> 御路。金翠耀目，羅綺飄香。新聲巧笑於柳陌花衢，按管調絃於茶
> 坊酒肆。八荒爭湊，萬國咸通。集四海之珍奇，皆歸市易；會寰區
> 之異味，悉在庖廚。花光滿路，何限春遊；簫鼓喧空，幾家夜宴。
> 伎巧則驚人耳目，侈奢則長人精神。〔註94〕

南宋雖殘守半壁江山，但舊有的經濟基礎加上沿海的對外貿易，城鄉繁榮依
舊。都城臨安自大街小巷「大小鋪席，皆是廣大物貨」，盛景超過汴京「十倍」！
〔註95〕宋代商品經濟的迅速發展催生了綜合文化娛樂市場——瓦舍的形成。
一方面，傀儡戲等諸色伎藝有了日常演出的場所，原有的劇目、舞臺藝術及
從業者得以穩定；另一方面，作爲一種商品，必然要經歷激烈的市場競爭，
只有創新和提高表演質量方能立足，並賺取更大的利潤。宋莊綽《雞肋編》
記載了一則優人競藝的逸事：

> 成都自上元至四月十八日，遊賞幾無虛辰。使宅後圃名西園，春時
> 縱人行樂。初開園日，酒坊兩戶各求優人之善者，較藝於府會。……

〔註94〕〔宋〕孟元老著《東京夢華錄·序》，《東京夢華錄》（外四種），中華書局，
　　　　1962年版。
〔註95〕〔宋〕灌圃耐得翁著《都城紀勝·序》，《東京夢華錄》（外四種），中華書局，
　　　　1962年版。

自旦至暮，唯雜戲一色。坐於閱武場，環庭皆府宣宅看棚。棚外始
作高凳，庶民男女左右，立於其上如山。每諢一笑，須筵中閧堂，
眾庶皆噱者，始以青紅小旗各插於墊上爲記。至晚，較旗多者爲勝。
若上下不同笑者，不以爲數也。〔註96〕

由於這种競爭與利益直接掛鈎，藝人必將殫精竭慮，以求最佳的演出效果。
宋代發達的商品經濟既使傀儡戲等伎藝擁有了相當數量有足夠支付能力的受
眾，又爲這些伎藝提供了一個頗具規模的競爭空間，此因素可謂是傀儡戲發
展的地利。

第三是社會風俗因素。宋代的節俗儀禮不僅較前代要多，而且多具有狂
歡的性質。《都城紀勝》序言曰：「聖朝祖宗開國，就都於汴，而風俗典禮，
四方仰之爲師。」〔註97〕王安石亦說：「是以京師者風俗之樞機也，四方之所
面內而依仿也。加之市民富庶，財物畢會，難以儉率，易以奢變。至於發一
端，作一事，衣冠車馬之奇，器物服玩之具，且更奇制，夕染諸夏。……」
〔註98〕可見汴京與臨安是兩宋風俗的代表地。

東京婚俗，迎親之日，南家用車子或「花簷子」（轎）到女家，新郎要向
女方父母行大禮。一般家庭在迎親時，都要雇請樂隊。哲宗時，宣仁太后曾
說：「尋常人家娶個新婦，尚點幾個樂人。」〔註99〕

中國古代的賜酺，起於秦，終於宋。其間一些強盛的封建王朝，多有此
舉，戰亂之年，則即中斷。酺謂布，封建帝王布德於天下，而令眾人合聚飲
食之意。這在古代是不能隨便舉行的，只有吉慶大典或大赦改元之類，才特
許聚飲，表示皇帝恩賜，故稱「賜酺」。宋太宗雍熙元年（984）恢復了自唐
後期即中斷的賜酺，東京爲五天，其他城鄉爲三天或一天。內容除飲宴外，
文娛活動佔有突出的地位。不僅宣德樓前要築露臺置樂，還有流動的樂車，
中衢亦編木爲欄作爲演出的場地，「百戲競作，歌吹騰沸」。「士庶觀看，駕肩
疊迹，車騎填溢，歡呼雷動。」〔註100〕但此俗並未續延，眞宗天禧之後便未

〔註96〕 〔宋〕莊綽著《雞肋編》卷上，中華書局，1983年版，頁20～21。
〔註97〕 〔宋〕灌圃耐得翁著《都城紀勝·序》，《東京夢華錄》（外四種），中華書局，
1962年版。
〔註98〕 〔宋〕王安石《王安石全集》卷三十二「風俗」條，上海古籍出版社，1999
年版，頁285～286。
〔註99〕 〔宋〕周輝著《清波雜志》卷一，中華書局，1984年校注版，頁18。
〔註100〕 《宋會要·禮·賜酺》有詳細記載。相關述評見周寶珠《宋代東京研究》，河
南大學出版社，1992年版，頁533～534。

再舉。

東京的傳統節日以寒食、冬至、元旦爲三大節，〔註101〕過得極其隆重。其它尚有立春、元宵、春社、佛誕、端午、乞巧、中元、中秋、重陽、小春、臘八、交年、歲除等節日。這些節俗貫穿全年，隨著宋代經濟文化的提高，過節的內容也不斷豐富，大多數都有民間藝人的參與。

南渡後，臨安人口激增，風俗也大體「傚學汴京氣象。」其獨特者有二月十五花朝節和八月中下旬的觀潮，也是舉城皆歡。

這些節俗再加上東嶽大帝、崔府君等神的廟會，爲傀儡戲等諸藝提供了一個瓦舍勾欄外的舞臺。大批未能進入勾欄的路歧藝人和趕趁人必然是表演隊伍的生力軍，這種經常性的演出既解決了他們的生活問題，又增加了實踐的機會。這一穩定的人才儲備解決了勾欄藝人匱乏的後顧之憂。同時，慶祝內容的狂歡性又爲說話及戲劇的創作提供了直接的素材和想像的空間。如元旦觀燈，在傳統小說和戲曲中屢有出現，這一因素可以看作是傀儡戲發展的人和。

二、宋代傀儡戲繁盛內因分析

作爲一種綜合性很強的藝術形式，傀儡戲自身一些矛盾的運動也會促使它不斷完成揚棄的過程。宋代以前，傀儡戲已經過了數百年的發展，它隨物賦形的靈活性漸漸成爲制約它創造力的最大掣肘。要麼歌舞，要麼百戲，雖然積纍了相當多的操控技術，但所演未免太過單一，外觀上的簡單掩蓋了它豐富的表現力，所以，從唐代中後期開始，傀儡戲已在醞釀著一次變革，並終於在宋代煥發出了新的生命力。這次變革的主要內容是是傀儡戲完成「超諸百戲」的轉型，確定「演故事」爲今後傀儡戲的主要形式。因爲模仿和扮演本就是傀儡戲的特長，演老人可以「雞皮鶴髮與眞同」。而變革的方法是吸收和消化其他伎藝。在宋代，這種吸收和消化體現在兩個方面。

首先，是對前代相關藝術的總結和取捨。由晉至唐，我國的佛教造像藝術與繪畫藝術逐漸達到了極高的成就，傀儡的造型於此二者受益良多。與西漢大木偶的笨拙相比，唐代傀儡已可以「對桃李而自逞芳顏」，「假丹粉而外周」。

〔註101〕〔宋〕金盈之著，周曉薇校點《醉翁談錄》卷三、卷四「京城風俗記」，遼寧教育出版社，1998 年版。

　　唐代的民歌曲子，見於敦煌發現的資料中有歌詞約五百九十首，涉及的曲調約八十曲左右。文人的詩詞也被樂工按聲歌唱。在寺院，俗講的說唱、變文相當興盛，且已經有較爲長篇的敘事內容。而風靡一時的燕樂更是集諸多民族音樂之大成，教坊和梨園中的許多優秀樂工在安史之亂後都流落民間，更擴大了這些音樂的影響範圍。從現有宋代傀儡戲的資料來看，其音樂可稱豐富，應該對前代音樂進行了綜合吸收。

　　唐代的戲弄形式也有多種，有名者如參軍戲與歌舞戲，知名劇目有《大面》、《缽頭》、《踏謠娘》等。準確地說，這些唐戲弄還只是一些泛戲劇形態，但它們已初步出現了歌、舞、扮演等戲劇因素的融合，自然於宋代傀儡戲不無裨益。

　　文學方面，唐傳奇與六朝志怪、如「一枝花」等可以說數個時辰的「說話」與變文，都爲傀儡戲提供了豐富的故事來源。

　　杜佑的《通典》對傀儡戲的評價是「善歌舞」，宋代傀儡戲顯然降低了歌舞在表現中的比例，而僅把它當作是敘事抒情的一個手段而已。一些舞蹈中的動作或許被改造成了固定的程式；一些虛擬生活的程式動作也被加上了舞蹈的美感。

　　其次，是對同在瓦舍勾欄中的伎藝進行參考和借鑒。據《都城紀勝》、《夢梁錄》等書記載，當時的表演伎藝有雜劇、諸宮調、細樂、清樂、小唱、嘌唱，吟叫、唱賺、雜扮、踢弄等，包括傀儡戲在內的雜手藝各有巧名：踢瓶、弄椀、踢磬、弄花鼓槌、踢墨筆、弄毬子、拶築球、弄斗、打硬、教蟲蟻、及魚弄熊、燒煙火、放爆仗、火戲兒、水戲兒、聖花、撮藥、藏壓、藥法傀儡、壁上睡、小則劇術射穿、弩子打彈、攢壺瓶、手影戲、弄火錢、變線兒、寫沙書、改字、影戲、說話等。〔註102〕

　　從名稱分析，這些手藝可謂五花八門，有說，有唱，有技巧表演。而關於傀儡戲的記述也體現了這種藝術的一個特點——雜。從其外觀即有雜劇、講史、涯詞等多種形式；而內容中的煙粉、靈怪、鐵騎、公案也需要多種手段來表現。現在的傀儡戲中，仍有一些傳統「絕活」，如噴火、變衣〔註103〕等，這些絕活最捷徑的來源就是借鑒吸收瓦舍中其它伎藝的相關內容。因爲

〔註102〕據灌圃耐得翁《都城紀勝》「瓦舍眾伎」條，《東京夢華錄》（外四種），中華書局，1962年版，頁97。
〔註103〕變衣圖示採自黃笙聞《線戲簡史》，1999年內部版。

圖 73：
孝義杖頭傀儡特技「噴火」

圖 74：陝西合陽線戲
「變衣」特技示意

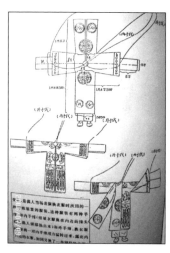

筆者拍攝於山西省孝義市一次文藝匯演中，由孝義皮
影木偶劇團表演。

圖片採自黃笙聞《線戲簡史》。

傀儡戲的根本特點是可塑性，它選擇了戲劇作爲外在的形式，而戲劇的一大
特點，正是綜合性。

　　當然，以上所論並不一定就是宋代傀儡戲繁盛的全部原因。之所以對這
個問題進行討論，是想將當時與傀儡戲有關的因素逐一剝離，然後分析哪些
是它自身的優勢，而哪些因素導致了它在宋代的大盛，將這些因素與現在傀
儡戲的狀況進行比較，結論也許會有所幫助──當然我們無法再去複製當時
的盛景，但至少，我們可以從多一些方面去保護它，使它不至於日漸衰微，
直至成爲一個遙遠的記憶。

第五章　宋代傀儡戲與中國戲曲的形成

由於長期蟄伏於民間，被文人士大夫鄙之以「淫哇之聲」，初期戲曲給我們留下的線索實在是少之又少。自王國維先生開拓了戲曲研究這一領域後，有關戲曲起源形成的討論幾乎從未停止，但因爲證據的缺乏，百家爭鳴的局面一直延續至今。

孫楷第先生的「傀儡說」在眾家觀點中獨樹一幟，但這一理論的支持者並不算多，因爲它乍一看起來確實有些離經叛道。在對宋代傀儡戲進行了一番考究之後，「傀儡說」的優缺點也隨之明朗了許多。本章對之進行辨析補正，並在此基礎上以思辨的方法蠡測中國戲曲的起源形成機理。雖不敢自稱一家之言，也希望能以己之淺謬啓眾家之智，有助於早日開解這個戲曲史上的斯芬克斯之謎。

第一節　戲曲起源形成諸說辨析

中國戲曲形成於何時？其時的政治環境如何？經濟背景怎樣？是什麼動力最終將念白、歌舞這幾種元素糅成戲曲這一藝術形式？中國戲曲起源於一地嗎？南戲與北雜劇緣何形態迥異？二者孰早孰晚？有無聯繫？戲曲何以有千年之盛？何以有而今之衰？

諸多的問題，我們從不同的角度回答、以不同的態度對待、可以得出不同的結論。但史實就是史實，後來者治之應該全面而合理。從 20 世紀初王國

維先生《宋元戲曲史》發表以來，許多飽學之士對戲曲起源這一問題進行了多方面多層次的探討，見仁見智，各成一家之言。然迄今並未有一種說法能溯千年之歲月，撥萬重之迷霧，說明中國戲曲這種藝術是怎樣由淙淙細流彙而為滔滔大河，澎湃於世界藝術史中幾近千年。

　　這大概與我們研究的態度和方法有關。俗文學之如說唱小說戲曲等，在產生之初是被定位於詩、史、文、賦等正宗之外的「邪宗」的。儘管在群眾中有著相當的市場和地位，但文人士族還是恥以為之不屑記之的。及至這些藝術形式的教化、言志等功用被重視之後，始有所謂上層之人「有意為之」並形諸筆端。而此時距其濫觴之期應該已經有相當的距離了。倘若我們仍以尋章摘句之手段去考證戲曲史，有兩方面的誤區恐難逾越：一是以典籍之所載推斷其源起之時必定會有一定的滯後，且記載時間或早或晚，依不同材料結論也會引起認識的混亂；二是世易時移，環境不再，此法亦似刻舟求劍，恐難窺當時之情貌。還有一種考證方法在學術界也頗為流行，即不管哪種藝術形態，都先去原始時期去找尋一番。但在早期巫史、樂舞長期界限不明的情況下，此法也顯得有些籠統含混，可以佐證，終不足盡取。

　　古希臘戲劇產生於公元前 6 世紀後期，很快就進入了它的鼎盛時代，出現了埃斯庫羅斯、索福克勒斯、歐里庇得斯等三大悲劇家和喜劇家亞里斯多芬。古印度的梵劇出現在公元前後，現知最早的戲劇家首陀羅迦有劇本《小泥車》存世，在公元 4 至 5 世紀，印度梵劇進入它最輝煌的時代，出現了著名戲劇家迦梨陀娑等。而在中國，雖然早在先秦的巫、優活動中就似乎可以看到一些戲劇的因子，但遲至唐宋之際才有若隱若現的戲劇演出線索。古希臘戲劇雖然在歷史上盛極一時，且至今對世界戲劇發展仍然保持著巨大影響，但是畢竟它已經隨著古希臘城邦制的崩潰而消亡了；古印度梵劇傳說在印度的喀拉拉邦仍然存世，但即使這一說法得到證實，它也只是在印度的極小區域內存在，從總體上說，在公元 10 世紀左右，它就已經消亡了。現在廣泛存在於世界各地的多種多樣的戲劇樣式中，只有中國戲曲自產生之日起在縱向的時間舞臺和橫向的空間舞臺上不間斷地書寫著自己的發展史。上述對比說明中國戲曲的產生發展有著自己獨特的動因，是巫覡遺風？歌舞發展？還是外來文化的影響？抑或是俳優戲弄？歷史，在此處蒙上了一層面紗。

一、戲曲起源諸說簡介〔註1〕

（一）巫覡說

此說較早見於宋人蘇軾《東坡志林》卷二：「八蠟，三代之戲禮也。歲終聚戲，此人情之所不免也。因附以禮儀，亦曰不徒戲而已矣。」〔註2〕他進而認為，祭禮中的「尸」需要由倡優扮演，曰此為「戲之道也」。明人楊慎在《升菴集》卷四十四中針對楚辭之《九歌》，謂「女樂之興，本由巫覡……觀楚辭《九歌》所言，巫以歌舞悅神，其衣被情態與今倡優何異！……」〔註3〕近人王國維在《宋元戲曲考》中依據《說文解字》對「巫」的解釋，結合文獻記載和前代之說，認為「後世戲劇，當自巫、優二者出。」〔註4〕聞一多在《什麼是九歌》中認為：「嚴格的講，二千年前《楚辭》時代的人們對《九歌》的態度，和我們今天的態度，並沒有什麼差別。同是欣賞藝術，所差的是，他們是在祭壇前觀劇──一種雛形的歌舞劇，我們則只能從紙上欣賞劇中的歌辭罷了。」〔註5〕他還將《九歌》「懸解」為一部大型歌舞劇（《九歌古歌舞劇懸解》)。「巫覡說」與「宗教儀式說」相類。較早系統論述中國戲劇起源於「宗教儀式」的是英國牛津大學教授龍彼得的《中國戲劇源於宗教儀式考》一文。他認為：「在中國，如同在世界任何地方，宗教儀式在任何時候，包括現代，都可能發展為戲劇。決定戲劇發展的各種因素，不必求諸遙遠的過去；它們在今天仍還活躍著」。〔註6〕當代日本著名學者田中一成在其著作《中國演劇史》中指出：「中國戲劇史雖然有百年左右的歷史，但它的研究視角主要著眼於宮廷和妓院演員所演的都市戲劇，而農村中的戲劇幾乎沒有被關注。……這一點，與歐洲和日本的戲劇研究把農村戲劇看作城市戲劇之母體特別加以

〔註1〕關於中國戲曲起源的論說遠不止以下幾種，還有如百戲說、歌舞戲說、參軍戲說、多元說等幾種，此處只選取幾種影響較大者進行論述，其餘數種說法不再一一臚列。

〔註2〕〔宋〕蘇軾著《東坡志林》卷二《祭祀·八蠟三代之戲禮》，學苑出版社，2000年版，頁67。

〔註3〕〔明〕楊慎著《升菴集》卷四十四「女樂本於巫覡」條，《四庫明人文集叢刊》，上海古籍出版社，1993年版，頁331。

〔註4〕王國維《宋元戲曲考》，見《王國維戲曲論文集》，中國戲劇出版社，1984年版，頁6。

〔註5〕聞一多《什麼是九歌》，見《神話與詩》，三聯書店出版，頁139~140。

〔註6〕〔英〕龍彼得著，王秋桂譯《中國戲劇源於宗教儀式考》，見臺北《中外文學》第7卷第12期。

重視，是完全不同的。」作者運用本世紀盛行的文化人類學、民俗學理論和方法，論證了「從祭祀禮儀產生戲劇」的普遍性原理，並通過對中國古老的春祈秋報的社祭禮儀的分析，得出了中國戲曲起源於社祭的結論。〔註7〕周育德在《中國戲劇與中國宗教》中認為，原始宗教開闢了戲曲的源頭，先秦宗教孕育了戲曲的胚胎，秦漢宗教產生了戲曲的雛形。較為系統地論述了宗教在戲曲發生階段的作用。〔註8〕

（二）樂舞說

清人納蘭性德在《淥水亭雜識》中認為：「梁時大雲之樂，作一老翁演述西域神仙變化之事。優伶實始於此。」〔註9〕劉師培在《原戲》中根據古代樂舞多有裝扮人物之事實，認為「戲曲者，導源於古代樂舞者也……則固與後世戲曲相近者也。」〔註10〕常任俠在《中國原始的音樂舞蹈與戲劇》中，較為系統地考察了原始音樂舞蹈的戲劇因素後認為：「原始社會中的簡單的音樂舞蹈，便是後來做成完美戲劇的前驅。」〔註11〕周貽白的《中國戲劇史長編》將中國戲劇的最早源頭溯至「周秦的樂舞」。張庚、郭漢城主編的《中國戲曲通史》明確主張：「中國戲曲的起源可以上溯至原始時代的歌舞。」〔註12〕廖奔、劉彥君《中國戲曲發展史》：「從發生學的角度去追溯戲劇的起源，我們可以一直追尋到原始人類部落裏的宗教儀式歌舞。」〔註13〕

（三）俳優說

宋人高承《事物紀原‧俳優》引《列女傳》說：「夏桀既棄禮儀，求倡優侏儒，而為奇偉之戲。」〔註14〕清人焦循《劇說》亦持此說：「優之為技也，善肖人之形容，動人之歡笑，與今無異耳。」〔註15〕王國維《宋元戲曲考》

〔註7〕 江巨榮選譯《中國演劇史》，《戲史辨》第一輯，中國戲劇出版社，1999年版，頁174、176。

〔註8〕 周育德著《中國戲曲與中國宗教》，中國戲劇出版社，1990年版。

〔註9〕 〔清〕納蘭性德著《淥水亭雜識》，《筆記小說大觀》（八），江蘇廣陵古籍刻印社，1984年版，頁376。

〔註10〕劉師培著《原戲》，北京景山書社版，頁5。

〔註11〕常任俠《中國原始的音樂與戲劇》，見《學術雜誌》1943年第1期。

〔註12〕張庚、郭漢城主編《中國戲曲通史》，中國戲劇出版社，1992年第2版，頁3。

〔註13〕廖奔、劉彥君著《中國戲曲發展史》，山西教育出版社，2000年版，頁3。

〔註14〕〔宋〕高承著《事物紀原》卷九，中華書局，1989年版，頁493。

〔註15〕〔清〕焦循著《劇說》卷一，《中國古典戲曲論著集成》第八冊，中國戲劇出版社1959年版，頁81。

除認爲巫是戲劇源頭之一外，還認爲「巫以樂神，優以樂人；巫以歌舞爲主，優爲調謔爲主；巫以女爲之，而優以男爲之。至若優孟之爲孫叔敖衣冠，而楚王欲以爲相；優施一舞，而孔子謂其笑君，則於言語之外，其調戲亦以動作行之，與後世之優頗復相類。」由此推出「後世戲劇，當自巫、優二者出」的結論。〔註16〕

（四）傀儡說

此說見於孫楷第《傀儡戲考原》，他將傀儡戲的源頭溯至西周儺禮中方相氏所佩戴的「黃金四目」面具。然後從西周說至漢唐，再談到宋代的傀儡戲，認爲「余此文所論，以宋之傀儡戲影戲爲主，以爲宋元以來戲文雜劇所從出；乃至後世一切大戲，皆源於此。」〔註17〕

（五）外來說

許地山的《梵劇體例及其在漢劇上底點點滴滴》從中、印戲劇在內容和表現形式上的共性出發得出結論：「中國戲劇變遷底陳迹如果不是因爲印度底影響，就可以看作趕巧兩國底情形相符了。」〔註18〕鄭振鐸的《插圖本中國文學史》、季羨林的《比較文學與民間文學》均持此說。

（六）民間說

唐文標在《中國古代戲劇史》中認爲：「我認爲中國古劇的主要起源於自民間。古劇所以晚起，所以羼雜無數民間雜藝，它的通俗內容和大眾化的語調外形，它的平庸思想、人情世故的主題，它之所以跟世界上希臘悲劇和印度梵劇大異的地方，完全由於它自民間來，以滿足平民階層的娛樂消閒爲第一要點。因此，它的成熟期也非要等待中國農業社會演化的結果；宋代出現一個具體而微的『大眾市民社會』不可了。」〔註19〕

（七）綜合說

周貽白《中國戲曲發展史綱要》認爲：戲劇「應當是先有故事或先作內

〔註16〕王國維《宋元戲曲考》，見《王國維戲曲論文集》，中國戲劇出版社，1984年版，頁6。
〔註17〕孫楷第《傀儡戲考原》，上雜出版社，1952年版，頁122。
〔註18〕許地山《梵劇體例及其在漢劇上底點點滴滴》，原載《小説月報》1927年第17卷號外，此處引於李肖冰等編《中國戲劇起源》，（上海）知識出版社，1990年版，頁101。
〔註19〕唐文標《中國古代戲劇史》，中國戲劇出版社，1985年版，頁239。

容上的構思，然後以俳優或倡優裝扮人物而表演出來，從這一階段開始，然後進而結合其他藝術構成一種綜合的發展，這樣，才逐漸地形成後世的雜劇或南戲——傳奇一類體制。」〔註20〕

上述諸說各有不同的出發點，並且都由此出發為中國戲曲的產生找到了一個源頭。其中巫覡說與樂舞說殊途同歸，分別從演員和表演形式兩方面為戲曲在形式上找到了一個籠統的源頭——原始樂舞。巫覡說與宗教儀式說又將戲曲源頭追溯到了宗教儀式。不可否認從這些觀點各自的出發點考證，他們都有一定的說服力。但將之置於整個歷史坐標中就不難發現有些關鍵的問題仍沒有得到回答。如果中國戲曲於先秦即已發端，那麼數百年間它以何種形態存在？又怎麼會流變為南戲和雜劇？如果中國戲曲是印度梵劇的傳播所致，那麼是在梵劇的發展期、高峰期還是衰落期傳入中國呢？以此期佛教之盛況，怎麼會不見演劇之繁榮？

總之，各家之說角度不同，優劣各異，「遠近高低各不同」，卻「不識廬山真面目」。恰如我們研究中華美食包子的起源，大家紛紛從包子皮、包子餡入手，得出的結論分別是包子起源於小麥、包子起源於家畜；或是從餡料中的胡蘿蔔推究，而云包子應是西域傳入之物。其實包子產生的關鍵應是將其時可信手拈來的包子皮與包子餡捏合在一處的神廚妙手，還有將之蒸熟的鼎鼐之氣。

二、戲曲起源諸說簡析

（一）巫覡說辨析

從上古之巫祭活動中尋找戲劇的源頭，主要原因是其中存在著裝扮、表演、歌舞等幾個重要元素。的確，在後世的戲曲中，此三者佔據著相當重要的地位，甚至可以說是戲曲外在形式的精確概括。楚辭之《九歌》是屈原在楚國民間祭神樂歌的基礎上加工再創作而成的一組抒情詩，保留了歌樂舞三者合一的特點，它所表現的巫以歌舞悅神的場面，其衣被情態確似後世之倡優。王國維先生曾用一句精練的話來表述什麼是戲曲：「戲曲者，謂以歌舞演故事也。」以此度之，《九歌》也是一次標準的戲劇演出。那麼我們能把它看作我國成熟戲劇演出的開始嗎？當然不能，它僅僅是具有一個類似於戲劇的外殼而已。

〔註20〕周貽白《中國戲曲發展史綱要》，上海古籍出版社，1979年版，頁6～7。

　　原始思維對萬物有靈的理解，導致了交感巫術信仰的誕生，並因此帶來了人類自覺和大量的模仿行為。原始人以為，這種施加了巫儀的模仿可以直接作用於現實，從而決定實際生活的結果。很明顯這種行為並非出於審美的動機，甚至也不是直接出於實用的動機，而是一種純粹的宗教信仰行為，是原始人試圖抗爭命運並尋求解脫方向的精神實踐行動，這種試圖控制自然的嘗試自然走向失敗，其結果使原始人類由企圖操縱「靈」轉向對「靈」的敬畏與乞憐，於是作為「靈」的象徵體現物的神和鬼便出來統治人們的思想，從而導致了原始人類的自然神崇拜、圖騰崇拜等一系列的信仰和祭祀行為。

　　在諸如雩祭、蠟祭、儺祭等活動中，由於總是既有所懼又有所求，所以整個過程必定有著凝重、肅穆乃至壓抑沉悶的氣氛。不難想像，在這種情況下如果能衍生出戲劇，其表演應該表現出相當的莊嚴和崇高。古希臘戲劇直接從祭祀儀式中脫胎而出，其悲劇成就也是有目共睹。而在中國，即使像《趙氏孤兒》這樣的劇目，許多劇團在實際演出中也要加一個手刃仇家、母子團聚的圓滿結局。從現存的文獻及文物資料看，在我國古代，戲曲確與祭祀活動緊密相連。在山西曲沃任莊發現的《扇鼓神譜》儺祭底本中，有許多完整的劇目記錄。而對這些祭祀中的演出略加分析，我們就不難發現，這正是戲曲產生以後對宗教祭祀的影響。〔註21〕

　　巫覡說忽略了一個極重要的問題，就是形式與內容的矛盾。撕去巫覡活動的裝扮、表演、歌舞等偽戲劇的外衣，其實質只是一種功利性極強的儀式而已，它是人與虛無的但有極強統治力的神的交流，而不是人與人的交流。以中國戲曲近千年的發展來看，核心部分是搬演故事，充滿人性色彩，主要的功能是教化和娛樂，其貫穿始終的是一個大團圓的模式，與此種充滿悲劇色彩的宗教祭祀儀式似乎還存在著一定的距離。

（二）樂舞說辨析

　　在先秦乃至漢唐的很長一段時期內，我國都存在著歌樂舞不分的文化傾向。不可否認戲曲中誇張寫意的舞蹈動作與上古之樂舞有著直接的傳承關係，但此二者應是「神」的繼承而非「形」的繼承，〔註22〕也就是說，它們

〔註21〕此觀點為筆者愚見。由於所涉內容甚多，此處篇幅所限，不能詳論，容另撰文詳述之。

〔註22〕此亦為筆者愚見。容另文專述。

的共性是用極具美感的形體動作去表情達意的這種思想的傳承，而不是一種樂舞歷經歲月之遷，文化之變後演而化爲一種新的形態。眾所周知，《詩經》中的篇章都是可以合樂而歌的，且必配以舞，且《詩》中並不乏如《氓》之優秀的敘事詩，那麼我們爲什麼不據此而推定其時中國戲劇就已經高度成熟了呢？

先秦的樂舞雖然與巫文化關係緊密，但它很早就有了自己獨立的地位，並且以自己的藝術規律向前發展。《呂氏春秋·仲夏記·古樂》中所載之「葛天氏之樂」條云：「葛天氏之樂，三人操牛尾，投足以歌八闋。」在八闋內容中，第六闋爲建帝功，歌頌帝王的業績。這時樂舞所表現的對象已經由神界轉向了人間，由虛無的神靈轉向了一個實實在在的人間帝王。根據《禮記·樂記》的記載，《大武》是一場模仿武王伐紂歷史事件的樂舞演出。內容包括武王出師克商、掃平南疆、回師鎬京、封周公召公採邑分而治之，建立周朝的全過程，一共六節。如由後世之劇作家來演繹此則題材，則必定極盡婉轉，幻化出許多如英雄淚、征夫血之類的曲折來。而《荀子樂論》所記《大武》之演出爲：「執其干戚，習其俯仰屈申，而容貌得莊焉。行其綴兆，更其節奏，而行列得正焉，進退得齊焉。」在《詩經·周頌》中，可以找到《大武》歌詞的一些段落，如《武》一節表現武王出師滅商的軍事行動，歌詞爲：「於皇武王，無競維烈。允文文王，克開厥後。嗣武受之，勝殷遏劉。耆定爾功。」〔註23〕以此管窺之，其中基本沒有敘事成分，而以抒情爲主。

燕饗樂舞成爲主要形式後，樂舞的娛樂性大大增強。但多於抒情寡於敘事的特性並未有所改觀，〔註24〕仍然是一個整體的舞蹈來表現一個特定的主題。因此我們可以推斷，樂舞是一種整體的寫意，是不可分割的；戲曲中的舞蹈是具體的寫意，是服務於敘事的一個個程式化動作。所以二者之間的傳承也似乎是「寫意」的。

此外，戲曲的主要內容是演故事。樂舞說由爲此內容服務的一個表現手段出發去考證戲曲的起源，難免有以偏概全、舍本逐末之嫌。再者以上古歌樂舞不分、文史哲一家的文化狀態，幾乎後世之一切藝術形態均可在此期找

〔註23〕周振甫譯注《詩經·周頌·武》，中華書局，2002 年版，頁 514。

〔註24〕近人姚曉鷗先生對漢唐樂舞的敘事性進行了大量的研究，取得了相當的成就。然樂舞中的敘事內容與戲曲所需的敘事容量相比較，或有杯水車薪之感。且二者於敘事的形式及風格也相去甚遠，故此處並未徵引姚先生的研究成果。

到萌芽，從此角度看，樂舞說也存在著一定的不足。

（三）俳優說辨析

俳優之所以吸引了戲曲史家的注意，大概是因為許多文獻在記述或解釋此二者時多出現「戲」、「樂」等字。如許慎《說文解字》解釋優的含義為：「倡也。」而解釋倡時說：「樂也。」《史記・滑稽列傳》說：「優孟，故楚之樂人也。」許慎又解釋俳說：「戲也。」《孔子家語》說：「齊秦宮中之樂，俳優侏儒戲於前。」清人段玉裁注《說文》曰：「以其戲言之，謂之俳；以其音樂言之，謂之倡，亦謂之優。其實一物也。」

由上述記載我們不難為所謂的「俳優」勾勒出一個大概的輪廓：他們通過表演以娛人，表演內容以歌舞和戲弄調笑為主，其過程或加以樂器伴奏，活動地點一般在宮中。粗略觀之確有一些戲劇因素在其中，但此戲豈彼戲乎？首先，表演者與觀賞者身份極其懸殊。在那些皇族公卿的眼裏，俳優們根本只類於它們所豢之獵鷹豚犬，「無過蟲耳」。這種極端的不平等勢必使這種表演呈現一邊倒的取寵獻媚或居高臨下的命題作文，而不會出現演員與觀眾的平等交流。其次，作為優戲的創作主體，俳優們往往年幼時即被召入宮苑，既不通文墨，又失察世情，他們更多地是發揮身體的潛能而非思想的主動性。優孟可以算一個特例，他在已臻化境的模仿中加入了對楚王的諷喻。可惜的是他以自己的身份太深地參與了生活，而不是為楚王演孫叔敖事。第三，從他們的表演內容來看，俳優可能會嚴格地分為兩類：以其戲言之，謂之俳，多侏儒狎徒，表演多滑稽戲謔之動作和機智詼諧之言語；以其樂言之，謂之倡優，多身材面容姣好，表演多大型樂舞。依此可以理出俳優的兩條發展脈絡：

俳之動作表演發展為後世的幻術、雜耍、小丑等曲藝形式，許多表演手段被戲曲借鑒吸收；俳之詼諧言語有三個特徵，一是不被樂，二是多喻諷諫；三是多在結尾處抖「包袱」，應是參軍戲及部分被歸入宋雜劇中的簡短劇目（如《二聖還》、《元祐錢》等）的前身，以及後來相聲藝術的始祖。

優之歌舞表演則一直依自己的藝術規律發展前行。倒是倡、優、伶等詞作為我國最早專門從事表演的職業稱呼，從一開始就被加在戲曲演員的頭上。

（四）外來說辨析

在中國戲曲形成以前，具備高度成熟並向外擴張能力的戲劇應該只有古

希臘戲劇和印度梵劇兩種。相比較而言，古希臘戲劇的影響要小得多。除相隔萬里交流不便外，古希臘戲劇與祭神儀式的緊密關係和中國古代人神關係的迥異也是一個重要的原因。而印度梵劇因地利及觀念的接近而隨著佛教文化大舉東漸，對中國戲曲的多方面產生了深遠的影響。但這種影響又可以從兩方面來分析，具體到某種表現手段，中國戲曲肯定對二者有所借鑒和吸收；如果是整個劇種的嬗變，那麼中國戲曲的出現與此二劇種鼎盛之期的巨大時間差距無法做出合理解釋。

我國通往西方的絲綢之路早在先秦時期已經形成，經過兩漢、魏晉南北朝，中西文化經濟交往日益頻繁。有學者認為此期正是中國戲曲醞釀形成的時期，但是，中國戲曲是厚積薄發的產物嗎？這個中西交流的活躍期有所謂「善眩人」和「幻人」來中國表演，這些魔術雜技的技藝應該先對我國古代的百戲表演有所促進，然後一些變幻技法有被戲曲吸收者。

印度與我國的文化往來見於史籍的可以追溯至西漢，東漢時傳入的佛教迅速地對我國的思想界和藝術界進行了一次大規模的衝擊。因此，梵劇東漸的主力自然就是佛教劇。二十世紀以來，在新疆發現了由多種文字寫成的佛教劇本，為我們描繪出了一條梵劇東漸的軌跡。有意思的是，當它東進的腳步到達漢語區域的第一站敦煌後，在翻譯這一過程中受到了中國文學的有力衝擊，書面文學性增加，戲劇特徵急劇減弱，其形式逐漸被說唱俗講所取代。而這種講唱又以變文的形式對中國戲曲的形成產生了直接的影響。〔註25〕

西域藝術對戲曲的影響包括曲調、樂器、歌舞等方面，宋官本雜劇和金代院本名目裡有一些內容，例如《浴佛》、《月明》、《打青提》等，表明佛教傳說甚或梵劇的一些劇目直接為中國戲曲提供了題材，應該說中國戲曲懲惡揚善的大團圓結局也與佛教的因果報應觀念不無關係。但中國戲曲史上特殊的「目連現象」〔註26〕也值得我們關注，有關目連的經文魏晉時即已傳入中國，而晚出的載有目連救母事迹的《佛說盂蘭盆經》卻在印度梵語原典和西藏譯經裡都找不到原型，再後的俗講目連救母乃至目連救母戲中，既充滿了封建倫理孝道，目連也由一個聖僧變為一個不畏艱險的充滿世俗意味的英雄。這個故事已經被完全地中國化，並在全國各地演化成各種各樣的目連戲，但似乎仍沒有完全融入中國戲曲的文化中而自成一體。

〔註25〕筆者陋見，或有謬誤。且獻拙以就教於方家。
〔註26〕有關目連戲的著述甚多，此處從略。

（五）民間說辨析

民間說觸及到了中國戲曲起源的一個重要條件，即一個有娛樂消閒需要的市民階層的形成。但同時也帶來了一個不易作答的問題：這個所謂的「大眾市民社會」是先在城市形成還是先在鄉村形成？抑或是同時形成？而且，把戲曲的晚出歸結於出自民間也太牽強，以漢代歌舞百戲之盛，配以優秀的敘事詩如《孔雀東南飛》、《木蘭詩》等，中國戲曲完全可以再早數百年進入它的輝煌期。

民間說的另外一個瓶頸在於對戲曲語調外形和思想主題的認識。在戲曲初期的宋雜劇中，就有《羹湯六么》寫伊尹成湯事；《五柳菊花新》寫陶淵明事；《相如文君》寫司馬相如卓文君事；《柳毅大聖樂》寫柳毅傳書事；《崔護六么》寫崔護覓水事；等等。如此具有濃鬱文人氣息的劇目在宋雜劇中不勝枚舉。內容不見得俗，思想不見得庸，可見從此推斷戲曲源自民間是不準確的。

（六）綜合說辨析

如果把中國戲曲分解為一個個的組成元素，大約有故事、演唱、念白、做功、臉譜、行頭、舞或打等幾個部分。那麼哪一個部分是最重要的呢？前文已有所論及，故事最重要，其他諸部分都是為這個中心服務的物質外殼。從這個角度分析，綜合說的主張是對的，但此說沒有進一步深入探討是什麼因素促使各種元素綜合為戲曲這一新興藝術，這個綜合的過程又經歷了怎樣的曲折演變。而且，綜合說把俳優演故事與其它藝術的綜合割裂為兩個過程。這似乎解釋了宋雜劇中部分劇目由一二俳優演簡短故事的現象，但事實上，這些劇目只是參軍戲之遺風，其所演根本不能算是完整的故事，只是一個「包袱」而已。

很顯然中國戲曲是綜合了多種藝術元素而形成的，問題的關鍵是為何綜合與怎樣綜合。同民間說一樣，綜合說也觸及到了戲曲起源的核心問題，惜乎未能詳論。

第二節　戲曲起源之「傀儡說」辨析補正

與上述幾種說法相比，孫楷第先生提出的傀儡說似乎更為接近謎題的真相，因為他擺脫了以往治戲曲史只重曲文而輕表演的思維定勢，直接對古典

戲曲的一些戲劇元素進行審視，這當然比原來的霧裏看花要清楚許多。但孫先生此說也並非盡善，下文將對此理論進行總結敘述，並加以辨析補正。希望能在孫先生的百尺竿頭，更進一步。對於這個中國戲曲起源於宋代傀儡戲的理論，孫楷第先生分了三個層面進行闡述。

一、「傀儡說」闡述

（一）重新評價宋雜劇對戲曲的直接影響

孫楷第先生認爲宋雜劇即元明之院本，「其事意略如今雜耍場中之對口像聲彩唱雙簧等」，其與戲曲的關係並不大，「可勿論」。〔註27〕舉證四點：

1. 題材不同：宋雜劇多取村俗鄙俚之事，以譚諧爲主；而戲文雜劇則扮演社會、歷史故事，極人情世態之變。

2. 腳色不同：宋雜劇的重要腳色爲副淨，副末次之；元雜劇則以旦、末爲主，戲文雖主從不分，但也相對突出旦、末。

3. 登場人數不同：宋雜劇腳色有戲頭、引戲、副淨、副末四人，裝孤、裝旦可有可無，而戲頭、引戲又非直接扮演者，實則一劇只需二人即可成立；戲曲腳色雖亦不出旦、末、孤、淨四種，但外腳極多，以北劇篇幅之短，上場人動輒多至十人以上，南戲傳奇則益眾。

4. 文體不同：宋雜劇文體特徵有二：一爲譚體；一爲短文。以明周憲王《花月神仙會》與《金瓶梅詞話》所引院本考，其文只相當於雜劇之一折。李開先《園林午夢》與王九思《中山狼》皆爲一折，而二人自題其劇爲院本，又爲一證。元雜劇則以四折爲度，多者有六折或十餘折。戲文之長者更可疊至數十折。

（二）提出戲曲之源爲宋之傀儡戲影戲的觀點

朱權《太和正音譜》所記「雜劇十二科」是當時雜劇所演之事，分別爲：

1.神仙道化	2.隱居樂道	3.披袍秉笏	4.忠臣烈士
5.孝義廉節	6.叱奸罵讒	7.逐臣孤子	8.鈸刀杆棒
9.風花雪月	10.悲歡離合	11.煙花粉黛	12.神頭鬼面

孫楷第先生以此頗爲瑣碎，將相近者對應合併，實爲煙粉、靈怪、傳奇、公案、講史五目。與宋代傀儡戲影戲所演題材相較，只少鐵騎、多傳奇而已。

〔註27〕孫楷第《傀儡戲考原》，上雜出版社，1952年版，頁72。

而傳奇可歸於煙粉，鐵騎可歸於講史，宋代傀儡戲影戲與元明雜劇的演出題材實際全部相同。

以此進一步推測，二者的人物登場之數與腳色的配置亦必相近。除所用歌曲不同，宋之傀儡戲影戲與宋元以來的雜劇戲文在形式與內容上都極為相似，二者必定有著十分密切的關係。而對於使此二者發生關係的中介，孫楷第先生直言即為肉傀儡與大影戲。「蓋肉傀儡與大影戲者，傀儡戲影戲發展之極則，而宋戲文元雜劇之所由起也。」〔註28〕

（三）以五事證戲曲原出於宋代傀儡戲影戲

其中前兩事由劇本曲文考得，另三事由表演形態上考得。

1. 偈贊詞的使用。宋代傀儡戲影戲的話本或如講史，或如崖詞，此二者皆用偈贊體。《董解元西廂記》中的【傀儡兒】詞、《殺狗記》、《張協狀元》中的【大影戲】詞，其詞格都極近於偈贊體。孫楷第先生作了一個假設：傀儡戲影戲變為戲文雜劇並非一蹴而就，初作戲文雜劇的文人似就原傀儡戲影戲之話本加以改編，增入南北曲詞，而原有的傀儡詞與影詞，並不會刪落淨盡。孫先生認為元曲的白中，往往藏有若干吟詞，皆為偈贊體，這就是改編所留下的痕迹。《薛仁貴》、《漁樵記》、《酷寒亭》、《瀟湘雨》、《凍蘇秦》等劇中，皆有此例。明周憲王曲如《牡丹園》、《得騶虞》、《豹子和尚》中，也有極長的偈贊詞。例舉如下：

（1）《瀟湘雨》第四折

『興兒出見驛丞詞云』　我將你千叮萬囑，你偏放人長號短哭。如今老爺要打的我在這壁廂叫道呵呀，我也打得你在那壁廂叫道老叔。

『驛丞嗔解子詞云』　雖然是被風雨淋淋漉漉。也不合故意的喃喃篤篤。他伴當若打了我一鞭，我也就拷斷你娘的脊骨。

『解子詞云』　只聽得高聲大語。開門看如狼似虎。想必你不經出外，早難道慣曾為旅。你也去訪個因由，要打我好生冤屈。不爭那帶長枷、橫鐵鎖，愁心淚眼的臭婆娘；驚醒了他這馳驛馬，掛金牌，先斬後聞的老宰輔。比及俺忍著饑，擔著冷，討憎嫌，受打拷，只管裏棍棒臨身；倒不如湯著風，冒著雨，離門樓，趕店道，別尋個

人家宵宿。

『正旦詞云』　隔門兒苦告哥哥，聽妾身獨言肺腑。但肯發慈悲肚腸，就是我生身父母。且休提一路上萬苦千辛，只腳底水泡兒不知其數。懸麻般驟雨淋漓，急箭似狂風亂數。定道是館驛裏好借安存。誰想你惡哏哏將咱趕出。便要去另覓個野店村莊，黑洞洞知他何方甚所。若不是逢豺虎送我殘生，必然的埋葬在江魚之腹。頃刻間便撞起響璫璫山寺曉鐘，且容咱權避這淅零零瀟湘夜雨。

（2）《凍蘇秦》第二折

『孛老詞一』　不由我哭哭啼啼。思量起雨淚沾衣。且休說懷耽十月，只從小偎乾就濕。幾口氣攙舉他偌大，恰便是燕子銜食。近日個攛他出去，呸！那裏也「孟母三移」。

『孛老詞二』　共乳同胞本一身。猶如枝葉定連根。門戶興衰須並守，祖宗田產莫爭分。禽逢水食猶相喚，豈可人為資財便沒恩。只你那碗剩飯殘羹能值幾，呸！早忘了腳踏頭稍兄弟親。

『孛老詞三』　他兄弟從來不疏。況堂上現有公姑。做哥哥的狠著要打，你也去奪了碗大叫高呼。逼的他忍饑受冷，並不敢半句支吾。俺蘇秦也做不的「孫二」，你這做嫂嫂的，呸！你可甚「楊氏女殺狗勸夫」。

『孛老詞四』　做甚一家骨肉盡生嗔。都只為那不圖家業恨蘇秦。雖然堂上公婆親做主，你也不合容他便出門。只今強扶雞骨投何地，你敢巧畫蛾眉別嫁人。萬一將他逼去飢寒死，呸！可不道的「一夜夫妻百夜恩」。

『卜兒詞云』　不是我炒炒鬧鬧。痛份情搥胸跌腳。那蘇秦不得官羞歸故里，怎當的一家兒齊攢聒噪。做爺的道：『學課錢幾時掙本。』做媳婦的道：『想殺我也五花官誥。』做哥哥的才入門便嗔便罵，做嫂嫂的又道是『你發跡甕生根驢生笋角』。老賊你道：『再回來我決打你二百黃桑棍。』可甚的叫『父慈子孝』。俺一家兒努眼苦眉，只待要逼蘇秦險些上吊。這早晚不知大雪裏跌倒在那個牆邊，教我著誰人訪尋消耗。不爭凍餓死了俺這臥冰的「王祥」，兀得不設亂殺你那「太公家教」。

南戲如《琵琶記》、《金印合縱記》，其白中亦有偈贊詞。例舉如下：

（1）《琵琶記》第十六折

『末張大公罵里正詞』　官司差設你爲里正，交你管著鄉都。義倉乃豐年聚斂，以爲荒歉之儲。你卻與社長偷盜，致令賑濟不敷。比及這娘子到來請穀，倉中已自空虛。相公督並你賠納，於理不亦宜乎？你顛倒半途與他奪去，又將他推倒街衢。卻不道救人一命，勝造七級浮屠？他公公見説要投井死，我倘若來遲，他險喪溝渠。你這般不仁不義，謢自家有贏餘。空吃人的五穀，枉帶人的頭顱。身著人的衣服，一似馬牛襟裾。我歷數你從前過惡，眞個罪不容誅。動不動逞兇行惡，你那些個恤寡憐孤？我若早來一步，放不過你這橫死蠻驢。拼著七十年老命，和你生死在須臾。休，休，人知的只道我好心睹事，不知我的道我恃老無籍之徒。小娘子，你丈夫當年出去，把爹娘吩咐與老夫。今日荒年饑歲，虧殺你獨自支吾。終不然我自飽暖，教你受飢寒勤劬。古語救災恤鄰。濟人須濟急時無。我也請得些糧在此。小娘子，分一半與你，將去胡亂救濟公姑！

（2）《琵琶記》第二十六折

『末張大公詞』　只見松柏森森繞四圍。孤墳新土掩泉扉。五娘子，你空山獨自無人問，爲築墳臺有阿誰？

『旦趙五娘詞』　夢裏有神眞怪異，陰兵運土與搬泥。築成墳了親分付，教尋取兒夫往帝畿。

『丑小二詞』　公公，自古流傳多有此，畢竟感格上天知。長城哭倒稱姜女，娘子，他日芳名一處題。

『合』　正是善惡到頭終有報，只爭來速與來遲。

（3）《琵琶記》第二十八折

『末張大公囑咐趙五娘詞』　蔡郎原是讀書人，一舉成名天下聞。久留不知因個甚，年荒親死不回門。小娘子，你去京城須仔細，逢人下禮問虛眞。見郎謾説千般苦，只把琵琶語句訴元因。未可便説是他妻子，未可便説死雙親。若得蔡郎思故舊，可憐張老一親鄰。我已如今七十歲，比你公婆少一旬。你去時猶有張老送，你回來未知張老死何存。我送你去呵，正是和淚眼觀和淚眼，斷腸人送斷腸人。

（4）《合縱記》第十八出

『外蘇秦叔上白』　我這幾日不曾到哥嫂處。今日去。他若有好顏，就送侄兒回去。（見六）哥嫂，（拜揖）侄兒，侄婦。呀，爲何一家都不睬我？

『淨蘇秦文詞』　蘇三，你分明嫌我孩兒去，功名不遂把家私費。看你所爲太不良，那些個親情眞好意！

『丑蘇秦母詞』　蘇三，你家積玉堆金眞富貴，他沒潦丁窮出屁。分明是個陷人坑，人面獸心眞小輩。

『末蘇秦兄詞』　叔叔，你家有萬廩千箱，我兄弟少柴沒米，多承叔叔好心腸，想他不是成家子。

『外蘇秦叔白』　你也來說我。

『貼蘇秦嫂詞』　叔公有田園萬頃，叔叔無立錐之地。熱心閒管事非多，空落的這場嘔氣。

『外蘇秦叔詞』　哥哥嫂嫂休錯見，異日須把門楣換。

『淨丑蘇秦父母詞』　一似張果老倒騎驢，永世不見畜生面。

2. 說話人口氣之保留。宋代傀儡戲的話本既如講史、崖詞，它的文詞並不全爲代言體，而應有說話人之口氣在。孫楷第先生推測，以眞人代替木人演出後，舊有話本未必全部被擯棄，況且作劇之人已熟用話本之體，一些慣用的文詞體例「或猶徘徊於胸中，不能一時忘淨。則戲文雜劇中，宜必有說話口氣。」〔註29〕元雜劇中，扮腳之人宣念劇名即是此事之著者。如：

（1）《霍光鬼諫》第四折

【落梅風】滅九族誅戮了莒槐。斬全家抄估了事產。可憐見三十年公幹。墳頂上灔灔土未乾。這的是「承明殿霍光鬼諫」。

（2）《破窰記》第四折

『寇準云』　住，住，住。你今日父子完聚，聽我下斷：世間人休把儒相棄，守寒窗終有崢嶸日。不信道到老受貧窮，須有個龍虎風雲會。齋後鐘設計忿題詩，度發的即赴科場內。黃金殿奪得狀元歸，窮秀才全得文章力。作縣尹夫婦享榮華，糟糠妻守志窮活計。則爲

〔註29〕孫楷第《傀儡戲考原》，上雜出版社，1952 年版，頁 89。

這「劉員外雲錦百尺樓」。結末了「呂蒙正風雪破窯記」。

(3)《柳毅傳書》第四折

『洞庭君詞云』 姻緣乃天地無殊，宿緣在根蒂難除。你今日巧成夫婦，難道是人天兩途。不至誠休稱鱗甲，有信行能感豚魚。這的是「涇河岸三娘訴恨」，結末了「洞庭湖柳毅傳書」。

(4)《東堂老》第四折

『正末云』 揚州奴，你聽著！銅斗兒家緣家計，戀花酒盡行花費。我勸你全然不睬，則信著兩個交契。受付與家財收取，還著你成家立計。這的是「西鄰友生不肖兒男」，結末了「東堂老勸破家子弟」。

(5)《東平府》第四折

『宋江云』 衙內，你聽著！俺梁山五夜排尊姐，買花燈親自聽吾語。到城中奮氣露臺前，打倒人又把花燈取。您趕他特地向城東，憑接應捉獲難飛舉。仗仁義不殺放回歸，到今朝方識吾豪富。今日個慶喜賞無邊，把清風永播千萬古。這的是「呂彥彪打擂元宵節」，結末了「王矮虎大鬧東平府」。

說話的藝人在每一段宣講結束時，亦多用此類語句交代題目。宋人小說《馮玉梅團圓》中，第一段入話敘徐信、劉俊卿互易其妻事訖，釋云：「此段話，題做交互姻緣。」百回本《水滸傳》第十六回，記晁蓋劫生辰綱事訖，釋云：「這個喚做智取生辰綱。」第四十回記晁蓋等劫法場擁宋江至白龍廟訖，釋云：「這個喚做白龍廟小聚會。」

孫楷第先生為這種末了交代題目的體例找到了淵源。傀儡戲影戲話本多用說話體，此種文體又多承自唐之俗講，俗講所用的解座文應是此之源起。而元雜劇為新興之劇，「亦承用此體，不能遽廢，亦可見舊習之不易打破矣。」〔註30〕

另外，在元曲中，當場扮腳人有的往復對答曲白交替，頗似說話人講唱節次。孫楷第先生認為這也應該與傀儡戲影戲話本有關。此例在尚仲賢《漢高皇濯足氣英布》、無名氏《尉遲恭單鞭奪槊》二句末折最明顯。以《單鞭奪槊》第四折為例：

〔註30〕見孫楷第《傀儡戲考原》，上雜出版社，1952年版，頁92。

『徐茂公白』　好探子也。我則見金環雙插雉雞翎，背控金稍雀畫弓。兩隻腳行千里路，一身常伴五更風。金字旗拿鮮紅杆，長槍抖搜絳紅纓。兩家相持分勝敗，盡在來人啓口中。兀那探子！單雄信與唐元帥怎生交鋒？你喘息定了，慢慢的說一遍！

『探子唱』　【喜遷鶯】

『徐茂公白』　單雄信與段志賢交馬。兩員將人僕人垓心，不打話來回便戰。三軍發喊，二將爭功。兩陣數聲聲鼓擂，軍前二騎馬相交。馬盤馬折，千尋浪裏竭波龍；人撞人衝，萬丈山前爭食虎。一個似摔碎雷車霹靂鬼，一個似擘開華嶽巨靈神。誰輸？誰贏？再說一遍！

『探子唱』　【出隊子】

『徐茂公白』　誰想段志賢輸了也！背後一將屬聲高叫，敬德出馬。好將軍也！他是那：虎體英雄將相才，六韜三略在胸懷。遇敵只把單鞭舉，救難荒騎劃馬來。捉將似鷹拿狡兔，挾人如抱小嬰孩。有如真武臨凡世，便是黑殺天蓬下界來。俺尉遲恭與單雄信怎生交戰？你慢慢的再說一遍！

『探子唱』　【刮地風】

『徐茂公白』　敬德手搭著竹節鋼鞭，與單雄信交戰。好鋼鞭也！軍旗叢中分外別，層層疊疊攢霜雪。有如枯竹根三節，渾似烏龍尾半截。千人隊裏生殺氣，萬眾叢中換英傑。饒君更披三重鎧，抹著鞭稍骨節折。敬德舉鞭在手，喝聲「著」！單雄信丟了棗槊，飛星而走。好將軍也！鞭起處如烏龍擺尾，將落馬似猛虎離山。此時俺主唐元帥卻在哪裏？探子，你喘息定了，慢慢的再說一遍咱！

『探子唱』　【四門子】

『徐茂公白』　單雄信輸了也！便似那撥番牙裏箭，扯斷綠鵑絛。撞倒麒麟和獬豸，衝開猛虎走奔彪。好敬德也！他有那舉鼎拔山力，超群出世雄。鋼鞭懸鐵塔，黑馬似烏龍。上陣軍兵怕，廝殺氣騰騰。挾人唐敬德，勅賜「鄂國公」。那時敬德不去，唐元帥想是休了。兀那探子，你說一遍！

『探子唱』　【古水仙子】

此折所演，爲探子報前方軍情事。徐茂公作爲聽者，本該急切地欲聽其詳，而他卻時而述戰況、時而讚敬德，還有一段專詠敬德兵器，聲口頗爲不合。末一段語「挾人唐敬德，勅賜鄂國公」更是與當時事狀不合，顯然是後世作文作劇之人的總結話語。且通篇賓白都用偈讚體，話本的意味更加純粹。

3.角色自贊姓名。從雜劇戲文直到今天的戲曲演出，一角色上場往往先念詩詞，再自道姓名。對於這種傳統的來歷，孫楷第先生用了排除法加以考證。戲文雜劇之前，扮演故事的主要形式是宋雜劇和傀儡戲、影戲。宋雜劇所演多爲村俗鄙俚之事，人物多不必有姓名。如《金瓶梅詞話》中所引的院本，登場人但以節級、副末等腳色名稱之。而傀儡戲影戲所演多爲古人事，本事可循，所扮之人也多有姓名。由此可知，戲文雜劇自贊姓名之事必不出自宋雜劇，而是源於傀儡戲影戲無疑。

4.角色的塗面化裝。傀儡戲所用的偶人都用彩畫，在雕造之時，其貌相妍媸已由刀法表現出來，再以顏色筆畫描繪出偶人的膚色肌理。凡塑像雕像，皆先立畫樣，可推知偶人也應有臉譜。影戲所用的影人應與此相似，據《都城紀勝》、《夢粱錄》等書，影人先用素紙雕鏃，後用彩色裝皮爲之。「公忠者雕以正貌，奸邪者與之醜貌。」顯然也是有臉譜運用的。當以人演肉傀儡與大影戲時，這些彩繪之法則不得不施於眞人之面，此即優人塗面之所由起。

宋雜劇亦有塗面，然只副淨一色用之。目的是增加滑稽的效果，並無深意在。唐宋舞曲用塗面，宋代諸軍百戲亦用塗面，但二者均不是扮演故事，塗面也無深意在。傀儡戲影戲所演爲煙粉、靈怪、鐵騎、公案等故事，人物必定繁多，其中的神、鬼、善、惡等，需要以形貌的妍媸給觀衆一個交待。而且偶人與影人質狀渺小，不能自動，在人物出場時如何能保證不會拿錯也是一個問題。如果刻繪的人物形狀越奇、特點越鮮明，後臺就會越有條理。後世戲曲中，除丑、淨用誇張的臉譜外，生、旦都用俊扮。本可以自然面目登臺，但生、旦卻都用油彩在額、眉、臉頰處施畫。自臺下看，臉部燁燁發光，與常人大異。孫楷第先生認爲，這種不合常理的現象正是因爲演員要模仿傀儡戲偶人的形狀。

5.演員的步法。從現在的戲曲來看，演員在臺上的步趨都有一定的規則。與常人的動作相比，此種步法可以稱得上怪異，但其寓意是什麼，從何時因何開始則一直無人能解。孫楷第先生注意到，優人前行的步法是先舉足向上，

再自上而下，正像是提線的一張一弛使然。所以對此做出的解釋就是，戲文雜劇本自傀儡戲影戲出，對其動作的模仿當是必然，後世戲曲亦循此律。南戲《張協狀元》中，生扮張協上場，在唱【竹影搖紅】致語前，先對觀眾聲明：「唱罷，學個張狀元似像。」演員並未說：「吾扮張狀元。」或「吾乃張狀元。」可知他的表演是有所本的，很可能在此南戲前即有傀儡戲影戲曾演張協狀元事。從現在戲曲演員的學習過程來看，先要苦練足、腿、腰等部位，以熟練掌握規定的步法，才能進行下一步的學習。而電影、電視、話劇等戲劇演員則要在揣摩人物的內心性格方面大下功夫。可見戲曲演員並非是模仿真人，而是在模仿傀儡戲影戲中的假人，步法是最基本的一端。

二、「傀儡說」辨析

宋代傀儡戲對中國戲曲起源形成的直接影響是毋庸置疑的。從時間上看，戲曲的第一次輝煌出現在元朝，與傀儡戲最為鼎盛的宋代相接；從演出環境來看，傀儡戲與戲曲都有獨立的表演區和觀看區；從表演形式來看，傀儡戲用來表現故事的裝扮、動作等都極易被真人所模仿；從表演內容來看，二者的題材幾乎全同；從觀眾心理來看，他們一來對布幔後的事情非常好奇，二來也希望能與表演者有一定的交流和互動。

孫楷第先生第一次全面闡述了戲曲起源於傀儡戲影戲的觀點，雖然迄今為止依然支持者寥寥，有半信半疑者，有譏為不經者，但隨著對此課題的深入研究，這一觀點的科學性必將逐步被發現，它在戲曲史上的重要地位也必將被重新評價。當然，作為這一領域的開山之作，孫楷第先生的論述也並非盡善。其有失偏頗之處，請一一辨之。

首先，在論點中，「傀儡說」將傀儡戲與影戲並舉，以此二者同為戲曲之發端。事實上影戲與傀儡戲雖然在物理形態上較為接近，但在戲曲表演中卻差別極大。戲曲形成之初或許在某些方面曾對影戲略有借鑒，但影戲絕不是戲曲起源的直接源頭。

表演影戲時，觀眾看到的只是紗窗上映出的平面圖象，並非直接看到影人。這看似微小的距離卻為影人的製作與操控提供了極大的空間，戰將的策馬揚鞭自不必說，神怪的駕雲飛遁也可以逼真表現。表演西遊記故事時，孫悟空倘要化身作一個小飛蟲，只需在悟空影人拿離紗幕的同時，快速地將飛蟲影人置於表演區域。這一瞬目之間，觀眾由於視覺暫留現象，看到的只是

一個活靈活現的變幻景象，並不會有遲滯之感。而作為表演背景的山川、亭閣等也大可以雕造得如真無二，並根據演出實際隨時更換。這一與生俱來的優勢使影戲呈現出相對寫實的藝術風格，這與中國戲曲一貫的虛擬寫意的美學特徵大相徑庭。

但這一優勢同時也是影戲表演的一大掣肘。由於只能貼於一個平面上演出，影人的造型一般只是一個側面的剪影，動作也相應受到極大的局限。肘關節與膝關節的曲彎是影人動作的一大特徵，而在戲曲表演中，並未體現出這兩個關節曲彎的重要。相反的是，角色行進時，膝關節多要求繃直，使腿部筆直地擡起落下。

以人為之的大影戲必然要保留影戲的一些動作特徵，同時也要拋棄原有的變換靈活的優勢，實在是揚短避長。但它的優勢在於，以人模仿影人的機械動作，滑稽效果十分突出。筆者在山西孝義考察時，曾觀看了當地知名皮影藝人劉二夫婦〔註31〕演的一出名為《送妻回娘家》的滑稽短劇，表現的是一個傻新郎在婚後和新娘回娘家省親途中的趣事。二人均以側面對觀眾，膝關節彎曲，肘關節與髖關節動作幅度極大，舞臺形象憨態可掬，令人忍俊不禁。宋代的大影戲應

圖75：清皮影戲《猴王巡查》

圖76：清樂亭皮影戲《汴梁圖》

圖77：孝義皮影藝人劉二夫妻
表演滑稽短劇《送妻回娘家》劇照

筆者拍攝於山西省孝義市一次文藝匯演中，劉二夫妻同時兼任主持人。

〔註31〕劉二本名劉晉浙，生於1956年，時任孝義市文工團團長。其妻郝鳳蓮，1958年生，孝義市皮影木偶劇團演員。

該與此相去不遠，顯然，這並不是一個適合演故事的藝術形式。

而且，戲曲班社與傀儡戲班社所祀的戲神有老郎神、二郎神、田都元帥等諸種。皮影戲則大多只尊苗莊王〔註32〕爲戲神。亦可作爲影戲並非戲曲近源的一個證據。

其次，孫楷第先生對宋雜劇在戲曲史上地位的評價不太準確。宋雜劇的題材內容並不僅是村俗鄙俚之事，人物也並非全無姓名。《武林舊事》所載官本雜劇段數共二百八十種，其中不乏有事迹可尋的人物故事，如《崔護六么》、《王子高六么》、《鶯鶯六么》、《羹湯六么》、《裴少俊伊州》、《簡帖薄媚》、《鄭生遇龍女薄媚》、《柳砒上官降黃龍》、《崔護逍遙樂》、《柳毅大聖樂》、《霸王中和樂》、《諸宮調霸王》、《相如文君》、《崔智韜卦冊兒》、《王宗道休妻》、《李勉負心》、《裴航相遇樂》、《五柳菊花新》、《夢巫山彩雲歸》、《牛五郎罷金徵》者數十餘種。

宋雜劇的登場人物也並非只需二人即可。河南溫縣前東南王村北宋墓雜劇雕磚中，有角色五人；河南滎陽東槐西村北宋墓石棺雜劇雕刻中，作場者四人；河南偃師酒流溝北宋墓雜劇雕磚中，角色五人；山西稷山馬村二號金墓雜劇雕磚中，角色四人；山西稷山馬村四號金墓雜劇雕磚中，角色四人；山西稷山馬村五號金墓雜劇雕磚中，角色四人；山西稷山馬村八號金墓雜劇雕磚中，角色五人；山西稷山化裕鎮二號金墓雜劇雕磚中，角色五人；山西稷山化裕鎮三號金墓雜劇雕磚中，角色五人。可見宋雜劇的登場人物正如

圖78：河南溫縣宋墓雜劇雕磚

1982年發現於河南省溫縣前東南王村宋墓。墓體單室，磚砌仿木，平面八角。雜劇雕磚鑲於西北壁，五人各有模框印痕，高36～38釐米，寬14～17釐米，均爲平面淺浮雕。

圖79：河南滎陽北宋墓石棺雜劇圖

1978年出土於河南省滎陽縣東槐西村宋墓。墓爲磚砌，已毀。石棺用整塊青石鑿成，長188釐米，前寬95釐米，後寬75釐米，前高90釐米，後高64釐米。棺蓋有「紹聖三年」銘文。棺主朱三翁。棺左側外壁陰線刻雜劇圖。藏河南省博物館。

〔註32〕 亦有妙莊王等寫法，民間關於此的傳說極普遍，講述的是千手千眼觀音菩薩來歷的故事。本書第三章第六節《平面傀儡——影戲》對此有詳細論述。

圖80：山西稷山馬村二號
金墓雜劇雕磚

雕磚位於墓南壁門額內，凸面浮雕。四人兩兩雕於一磚。

圖81：山西稷山馬村八號
金墓雜劇雕磚

雜劇人物爲半圓浮雕。1978、1979年，山西省稷山縣馬村、化裕、苗圃先後發掘出金墓15座，9座有雜劇雕磚或磚俑。墓皆爲磚砌仿木，平面長方形。

《都城紀勝》所記，「每四人或五人爲一場。……末泥色主張，引戲色分付，副淨色發喬，副末色打諢，又或添一人裝孤。」

從現有資料分析，宋雜劇的長度確實有限，但這恰恰有利於它融入戲曲的內容中。《張協狀元》中，副淨色就常有一些簡短的打諢段子，即使是現在的京劇、昆曲以及豫劇、川劇、秦腔、蒲劇、耍孩兒等大多數的地方劇種中，一些主要由丑角完成的滑稽段落還是帶有宋雜劇的傳統。而前文所引的數十種有相應曲調的人物故事，更是有可能直接擴展爲戲曲的完整劇目。

第三，從論述的篇幅分配可以看出，孫楷第先生更加重視戲曲對傀儡戲演出內容的繼承。他用了大量的篇幅列舉戲文雜劇中說話體的遺存，對於傀儡戲表演形式對戲曲的影響，只簡單列舉了塗面和步法兩條。而事實上，說話體在戲文雜劇中遺存的論據只能證明宋代的白話俗文學和講唱伎藝對戲曲形成有著直接的影響，用以證明傀儡戲在此中的作用則不夠嚴謹。

說話在唐代進入城市文化市場，宋代得到了蓬勃的發展，至今仍是大家喜聞樂見的一種伎藝。〔註33〕它長於故事，而疏於表演。宋代的百戲伎藝眾多，只記其目而不明其表演方法者甚眾，還有不見於史傳卻一直存在於民間的巫儺歌舞，這些都是長於表演而不一定有煙粉靈怪的故事。如果不考慮戲

〔註33〕現在許多以說唱爲主的曲藝形式的遠親或近源大多與唐宋時的說話伎藝有關，可參《大百科全書・戲曲曲藝卷》，此不贅述。

曲表演的特殊程式，說話與任何一種表演形式的結合都可能成為戲文雜劇的源起。

　　所以，傀儡戲對戲曲形成的影響應該是形式重於內容。傀儡戲有著隨物賦形的可塑性，按照現知記載，它在宋代的表演內容就包含了雜劇、講史、崖詞等多種，後世戲曲所呈現出的綜合性應與此有關。而傀儡戲的表演形態卻是由它的物理特徵所決定，並不會因所演內容的不同而改變。因此，從這個角度來分析戲曲與傀儡戲的遺傳關係，應該是更為合理的。

三、「傀儡說」補正

　　「傀儡說」之所以沒有得到大多數人的支持，原因之一大約是孫楷第先生所引的論據還不夠充分，觀照的角度還不夠全面。今試從文物、民俗、美學風格等處著手，作幾續貂之筆。

（一）劇場形制的借鑒

　　前文已引，《東京夢華錄》中描述了一場水傀儡的演出，記其傀儡船形狀為「上結小彩樓，下有三小門，如傀儡棚……」明《三才圖會》的「傀儡圖」中，戲棚形制正與此相合。宋劉松年《傀儡戲嬰圖》中，表演區域是由幾根長竿圍起一個獨立的空間，上部有布帷作頂。《清明上河圖》中，路邊流動作

圖 82：《清明上河圖》中杖頭傀儡演出情景

場的傀儡戲，也是在一個獨立的方形空間內演出。

　　如上所述的傀儡戲劇場，形制已與後世的戲臺相仿。唯其有的為三門，有的僅一間。這種差別大約並非定制，如需置樂隊於左右，或是為了氣派美觀，則可在中間用於表演的明間兩側，再建次間甚至稍間。已發現的元明戲臺中，一間和多間兩種情況都可見到。如山西永濟董村二郎廟元代戲臺，面闊三間；山西翼城樊店村關王廟明代戲臺，面闊三間；山西代縣趙村趙武靈王廟戲臺，面闊五間。一間的情況相比更普遍一些。這種有頂蓋、有獨立表

圖 83：山西永濟董村二郎廟元代戲臺

戲臺為單簷歇山頂，四角立柱，間距東西820釐米，南北650釐米。臺基高138釐米。戲臺脊榑墊板上題字落款為元至治二年。

圖 84：山西翼城樊店村關帝廟明代戲臺

明弘治8年建，清道光11年重建。戲臺為卷棚歇山頂，面闊三間，970釐米；進深兩間，930釐米。

演空間的一面觀戲臺最早應該是出現在宋代傀儡戲的演出中。〔註34〕漢魏時期，百戲演出有廳堂、殿庭、廣場三種形式。〔註35〕晉唐之時，寺院戲場興起，有「戲場」、「變場」、「歌場」等詞以稱之；「馬圍行處匝，人簇看場圓」的廣場演出也在繼續；「露臺」、「設廳」則多與官家組織的演出有關。可以看出，宋前百戲伎藝演出地多不需獨立的空間，且多為

圖 85：宋代官署宅院「設廳」示意圖

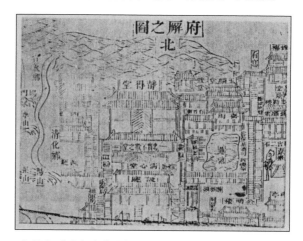

宋刻本《景定建康志》插圖。圖示官署住宅迎門處建有一座設廳，以後依次有數座宅堂。

四面觀的形式——以便更多的人觀看。即使是在宋代，說話、講史等伎藝也只需端坐棚中；雜劇也不必非圍就一個獨立的空間，河南滎陽東槐西村北宋

〔註34〕唐時於闤市演出的「盤鈴傀儡」其劇場形制如何迄今未有證據，此處亦沒有妄加推論。

〔註35〕詳細論述可參廖奔、劉彥君《中國戲曲發展史》，山西教育出版社，2000年版，頁143。

墓石棺雜劇雕刻中，表演者只是作場於墓主人飯桌前的空地上。

　　傀儡戲之所以採用頂壁合圍且一面觀的形制，〔註36〕應該與它自身構造的特殊有關。偶人的身形極小，需要一個與之相稱的獨立空間來突出它的存在；而且，操縱者要避開觀眾的視線，也需要隔出一個封閉的空間。這種看似不得已而爲之的構造卻取得了極好的戲劇效果——間離了戲劇表演與觀眾、強化了音響的質量。後世戲曲的劇場即使不是直接繼承了傀儡棚的形制，也應該是多有借鑒。

　　從相關文物中還可以看出，爲了分隔偶人與操縱者，傀儡棚中要用一塊布幔分成前後兩個空間：後場是操縱者的活動範圍，布幔前才是傀儡戲表演的舞臺。在傳統戲曲的演出中，戲臺的空間也不是全部用作表演，一塊被稱作「守舊」的布幔也將之分成前後臺。看似一個寬闊的戲臺，角色活動的區域只是從布幔到臺口的一個扁窄的長方形。山西臨汾魏村牛王廟元代戲臺上，兩側山牆的前三分之一處各有一個鐵環，即是作懸掛布幔以分隔前後臺之用。類似的痕迹在元明戲臺中多有發現。傳統戲曲爲何不是像話劇、歌劇、舞劇那樣佔據整個舞臺，對此問題至今無有合理的解

圖86：曲阜漢庭院百戲畫像石

出土於山東曲阜市舊縣村。石高117釐米，寬78.5釐米。庭院進深二重，另有迴廊隔開別院，前院堂屋前有伎人表演，後院廊下有人撫琴。生動表現了一般地主家庭娛樂生活。

圖87：敦煌唐壁畫露臺圖

圖爲敦煌莫高窟唐144窟《西方淨土變》圖之局部。

<hr>

〔註36〕現實情況中也可見三面觀的形式，多是因爲條件所限不得已而爲之。但藝人的表演區是必須要遮擋起來的，除非是表演者爲滿足觀眾的好奇心，故意帶著傀儡走到臺前來。

釋，愚見此亦爲借鑒傀儡戲棚而來。

（二）部分表演程式的借鑒

傳統戲曲中的表演動作，並不是如日常生活中的起坐臥行。而是揚手奮足各有格範，是謂程式。表演程式是戲曲表演技術組織中的基本單位。模擬和提煉是創造程式動作的兩種方式，一經成形，程式動作便會具有相當穩定性。《大百科全書・戲曲曲藝卷》歸納程式的兩個特性是格律性和規範性。〔註37〕因此，從現在戲曲的程式動作中，應該可以找到戲曲源頭藝術的一些痕迹。孫楷第先生所論的步法，即是一例。但孫先生只舉了生、淨前行的一種步法，今再補充幾例。

活躍於福建莆田、仙遊一帶的莆仙戲形態古樸，保留了許多南宋時戲劇、雜藝的遺迹，堪稱爲南戲的活化石。其表演的一些程式動作明顯是承自傀儡戲：旦腳出場，走蹀步，手擺在胸前，伸出五指；騎馬的臺步，總是一跳一踢，武場開打常左一衝、右一蕩。生行的程式三步行、四步寄、牽步蛇、雀鳥跳；旦行的細蹀、粗蹀、千金墜、掃地裙、鯉魚擺肚；淨行的三下提、三下跳、摸田螺、雞母孵；丑行的雙手溜、七下溜、矮步、蛛行等也多有模仿傀儡動作之處。

傳統戲曲對演員轉身和折向的方向都有嚴格的規定。如反向轉身，則會被懂行者譏爲「絞了線了」；如從臺口念罷定場詩折向臺中的桌椅，須轉向下場門方向前行，反之則被稱爲「反線」。這些行內的俗諺也可印證戲曲的相關程式與懸絲傀儡戲關係密切。

前文已述，傳統戲曲與傀儡戲的表演區域都是一個扁的長方形。在這個區域中，戲曲演員的活動路線似乎也有著一個默認的規範：一般來說，角色多在上下場門之間作橫向的移動，極少有縱向的行進路線。這一現象在莆仙戲中猶爲明顯。當然，這有可能是因爲橫向空間要大於縱向的空間，但也不能排除是受傀儡戲演出規範約束之故。因爲在傀儡戲中，操縱者要將自己的身體隱於幕後，受此布帷所阻，藝人們更多的是在與之平行的空間內做左右的橫向移動，而縱向活動的空間極其有限。如以人易傀儡作戲文雜劇的演出，原有的舞臺規範難以遽廢，或漸漸被遵爲定律。

〔註37〕見《大百科全書・戲曲曲藝卷》「表演程序」條，中國大百科全書出版社，1983年版，頁21。

（三）角色裝扮的借鑑

在現代戲中，角色身著與生活相近的常服，便難以施畫誇張的臉譜，甚至都不便做一些傳統的程式動作，這實在是一個很有趣的現象。以此推之，戲曲應該不是直接源於生活，相應的服飾化裝是戲曲形成的一個重要條件。

圖88：《眼藥酸》雜劇演出圖

圖片採自《大百科全書·戲曲曲藝卷》。

圖89：《傀儡戲嬰圖》局部

宋金雜劇似乎於此處並不重視，在已發現的多種文物中，雜劇角色的服飾都大同小異：裝孤色戴展腳襆頭，其他角色多為常服諢裹，或著如《夢粱錄》等書所記的教坊服、簪花襆頭。《眼藥酸》中的副淨色，也只是戴了一頂高帽，背了一串眼球的道具而已。而在劉松年的《傀儡戲嬰圖》中，四具傀儡裝扮各異，一為官員、一為漁樵、一為將校、一為仕女。其服飾、鬚髯及面部輪廓均體現出一定的類型化，同時又反映著人物鮮明的個性特徵。再看山西洪洞水神廟明應王殿的元代戲劇壁畫，畫中的十一個人物也是衣色不一。官員、侍女、市民等各自依角色身份裝扮，前排五人

圖90：山西洪洞水神廟明應王殿元代戲劇壁畫

筆者拍攝於山西省洪洞縣水神廟。由於殿內光線昏暗，不利拍攝。此為該廟旅遊宣傳冊上的照片。

皆為唐宋服飾，應該是戲服無疑。四位戴髯者有三絡髯、滿口髯、絡腮髯之別，其中兩位的眉毛也有渲染，也是在突出著人物的個性。顯然，在這一點上，傀儡戲比宋金雜劇更直接地為元代戲劇提供了借鑒。

施畫臉譜一事孫楷第先生已有考述，此再略作補充。有學者認為臉譜是源於巫、儺的面具或是面部化裝，似乎有待商榷。巫、儺的面部裝飾目的是為體現儀式的神秘性，或是某種圖騰的崇拜；戲曲的塗面則是為了突出人物性格，增加戲劇效果，此為不同者一。巫、儺儀式中，凡參與者大多都有相同或相似的面部裝飾；而戲曲中則因人而異，生、旦只需俊扮，不必濃裝；淨、丑的臉譜也是各各不一，此不同者二。從此兩點來看，戲曲的臉譜必另有他源。傀儡戲影戲皆擅演歷史故事，而話本中經常描繪一些歷史人物天生異相，這應該就是彩繪臉譜的藍本。偶人本為死物，經巧手雕琢而成，以唐宋時期造像藝術的成就，依據文詞描述作一個生動的關羽張飛定非難事。雕影人者「公忠者雕以正貌，姦邪者與之醜貌」，可見宋時擅此藝的工匠已有很大的二度創作空間。歷史記載、民間傳說、話本描述、個人好惡，種種因素疊合，必會有一幅幅精彩的臉譜呈現。後世戲曲要敷演同樣的故事，要鮮活劇中的人物，這樣高度濃縮的藝術成就必然難以拒絕，將之施於真人演員的面部順理成章。

（四）虛擬寫意美學風格的借鑒

與話劇、歌劇等戲劇形態相比，戲曲的虛擬寫意可謂是極具特色。一桌兩椅可以代替無數場景，繞臺一周便似跋涉萬水千山。傳統戲曲為何選擇這種美學風格一直是一個令學界極為關注的課題，愚見其雖不能盡歸因於傀儡戲，但必與傀儡戲有極大的關係。

對虛擬寫意的理解可以有兩重，一為場景的虛擬，二為動作的虛擬。如前所述傀儡戲棚的表演區域十分有限，如果仿真一個故事發生的場景，一來砌末會佔據大量的空間，二來會阻礙偶人的表演。而且，偶人畢竟是假藝人之手活動，倘若盡作仿真的場景，諸如開關門之類的小動作都會有很大的難度。可以推斷，傀儡戲採取虛擬的場景是一個不得已的選擇。如果中國的戲曲一開始就是由真人扮演故事，採用話劇式的寫實場景或許更為現實。

動作的虛擬一方面與場景有關，在空空如也的戲臺上，自然無法真的登樓憑欄、策馬揚鞭；另一方面，是與傀儡戲的基本特徵有關。偶人以小為大，以假為真，即使是很普通的日常動作，經偶人模仿作出，也會有一種特別的

美感。這些模仿的動作經過長期的演出實踐，自然會形成一些固定程式，其中所體現的滑稽美、似象美也會被大家接受，虛擬寫意的美學風格即在此過程中逐漸形成。戲文雜劇的題材內容與傀儡戲相同，表演形態也多有承襲，二者呈現出相近的美學風格自是順理成章。

除上述四點外，民間戲行的一些習俗也值得我們注意。在山西、陝西等地，戲曲與傀儡戲分別稱「大戲」和「小戲」，但大戲要尊稱小戲爲「師兄」。在福建，有「前棚傀儡後棚戲」之語。如果戲曲班社與傀儡戲班相遇，要尊請傀儡戲班先演。藝人們代代相傳的這些習俗或許也透露了一些戲曲起源的信息。這種樸素的尊敬維持了千年之久，也應該是值得我們尊重的。

通過對傀儡說的辨析補正，可以推知傀儡戲確實在戲曲起源形成的過程中扮演了非常重要的角色。但並不能就此認爲傀儡戲是戲曲的唯一源頭——作爲歷經數代的高度綜合的舞臺藝術，它的起源形成應該不是一個簡單的過程。所謂「傀儡說」，應該是對傀儡戲在戲曲起源過程中的作用作出一個全面客觀的描述和評價。

第三節　戲曲起源形成模式分析

由上文所述可知，傀儡戲在戲曲起源形成的過程中居功至偉。起於漢、興於唐、盛於宋，傀儡戲在不同時期有著不同的發展形態。將這些作爲參照點，引入中國戲曲起源形成的時間坐標，應該會對戲曲的發生研究有所啓示。另一方面，從戲曲所呈現出的外在形態看，傀儡戲並非是戲曲唯一的源頭。以它爲參照物，將戲曲分解爲各個構成要素，並逐一溯尋源頭，也應該會對戲曲起源形成的研究有所幫助。

一、戲曲發生時間論

（一）戲曲的萌芽與起源時間分析

漢魏時期，最爲活躍的表演藝術當屬歌舞、百戲。而當時的傀儡戲既參加歌舞與百戲的演出，也把歌舞百戲作爲自己演出的內容，結合得相當緊密。宋時的傀儡戲也是如此，歌舞、百戲、雜劇、講史、涯詞，都可歸入自己的表演範圍中。此即前文多次提到的傀儡戲的可塑性。由此可以推知戲曲的源起必在漢魏以後，因爲這種形式並沒有反映在當時的傀儡戲中。

南北朝時，寺院戲場興起，傀儡戲已出現了「郭禿」之類的人物形象，似乎可以認爲這是中國戲曲的萌芽期。但這一個半世紀戰亂頻仍，時局動蕩，這個藝術的幼芽並沒有一個適合的生長環境。

在我國漫長的封建社會中，唐代是文化發展和中外交流的鼎盛之期。在這種社會背景下，燕樂歌舞、說話、轉變以及傀儡戲等表演伎藝都取得了相當的成就。任半塘先生的《唐戲弄》中，列舉了包括歌舞戲、參軍戲、科白戲、傀儡戲等多種戲弄形式，並舉出了《踏謠娘》、《西涼伎》、《蘇莫遮》、《蘭陵王》、《鳳歸雲》、《蘇中郎》、《舍利弗》、《義陽主》、《神白馬》、《旱稅》、《弄孔子》、《樊噲排君難》、《麥秀兩歧》、《灌口神隊》、《劉闢責買》等三十餘種劇目和七種待考劇目。任先生並認爲唐時已有生、旦、末、酸、參軍、蒼鶻、癡大、木大等腳色分類。〔註38〕如《唐戲弄》所考，唐時以歌舞演故事的戲劇形態確已存在，但與後世戲曲比較，其結構尙顯簡單，應該是幾種藝術元素自身發展到一定高度而表現出的多面性，而不是經過雜糅綜合之後的新興藝術形式。此期的傀儡戲極爲活躍，但表演篇幅有限，多是「須臾弄罷」，也反映出當時戲劇的稚嫩。所以，把唐代稱作中國戲曲的起源期應該更加準確。

圖 91：蘭陵王舞圖

圖爲日本高島千春繪《舞樂圖》之局部，據近代日本舞臺演出傳統歌舞《蘭陵王》場面繪製。

（二）唐戲幾個相關概念分析

任半塘先生對唐戲的考論極其精深，令人仰止。此處班門弄斧，補敘幾個概念。

1.雜戲「與」市人小說

唐段成式在《酉陽雜俎續集》中有這樣一段記載：「予大和末因弟生日觀雜戲，有市人小說，呼扁鵲作褊鵲，字上聲。」〔註39〕這裏有兩個概念值得

〔註38〕任半塘先生對戲弄形式分類的觀點在其《唐戲弄》「總說」、「辨體」二章中均有闡述；所引劇目節選自「劇錄」一章；對唐戲腳色分類的考述集中於「腳色」一章。所據《唐戲弄》爲上海古籍出版社，1984年版。

〔註39〕「有市人小說」後的句讀爲筆者所加，原文引自《唐五代筆記小說大觀》

我們探究，一個是「雜戲」。廖奔先生在《中國戲曲發展史》中將唐時雜戲解釋爲「優人扮作各色人等來進行表演」，〔註40〕愚見亦有可能指同一環境中表演的多種伎藝的總稱。段成式觀看雜戲的地點有可能在其府院內，也有可能在市井之中。引文中大和爲唐文宗時，段父文昌，憲宗元和末年任宰相，元和末距大和末不過十年左右，在家中爲愛子擺生日宴席應比較適合其身份。相府請藝人自然要有個排場，我們可以推測在段府演出的藝人應該是當時演藝市場上的佼佼者，而且大概已經有了一定的組織形式。

另一個概念是「市人小說」，一般認爲這是與唐傳奇相對的一種俗文學樣式。〔註41〕但依段成式所敘，這至少是一種說書之類的出聲表演。我們不妨進一步作一個大膽的推斷：「市人」可能指市井中人，此處專指市場中從事表演的人；而「小說」或有可能是段成式借一個已有的詞來指一種以前未見的新鮮演出，這種演出的特徵是語調富有韻味，呼「扁鵲」作上聲的「褊鵲」。

2.「踏謠娘」

關於唐代一直有演出記錄的《踏謠娘》，歷來多有論述，這裏再作幾續貂之筆。首先是《踏謠娘》的演出內容，如據其本事，只是一醉郎中毆妻之家庭瑣事，如何能歷演而不衰？且如此簡單之情節，能否保證足夠的演出時間？據此推測，此劇當已有複雜的內容和曲折的情節。其次是「踏謠娘戲」的由來，依其本事所載，文學性和故事性都不足以流傳太久，但倘有生花妙筆爲之旁生枝節，演爲傳奇，似乎更有可能被大家接受。繼而被當時已用於商業演出的傀儡藝人搬上舞臺，或由擅長歌舞的優人施裝演繹爲一種眞正的戲劇，也不是未有可能。及至效顰者紛起，市場競爭又將會促使某些先行者再撰出新的怨婦故事來，而將「踏謠娘」作爲一個類似於詞牌的符號冠於戲前。

讓我們看一下唐人常非月的《詠談容娘》詩：

　　舉手整花鈿，翻身舞錦筵。

　　馬圍行處匝，人簇看場圓。

（上），上海古籍出版社，2000 年版，頁 749。

〔註40〕見廖奔、劉彥君著《中國戲曲發展史》，山西教育出版社，2000 年版，頁 88。

〔註41〕寧宗一主編《中國小說學通論》即持此說，將「市人小說」列爲唐代小說的一種進行論述，有望文生義之嫌。參見《中國小說學通論》唐代小說史部分，安徽教育出版社，1995 年版。

歌要齊聲和，情教細語傳。

不知心大小，容得許多憐。〔註42〕

有裝扮，有舞蹈，有演出場地，有相當數量的觀眾，有獨唱，有合唱，有說白。更關鍵的是，從最後二句看出，可能已有一些超出實際動作的寫意程式，與觀看者形成了一種心靈的互動。由此詩我們推想，不管是藝人選擇了《踏謠娘》，還是《踏謠娘》造就了一種新的藝術，這種表演都已經是一種完全的市場行為，而且這種表演形態本身已與戲曲非常接近。

3.「梨園」

這個詞彙後來成為中國戲曲的一個代名詞，想必非偶然為之。音樂是戲曲最重要的藝術構件，梨園是玄宗教習法曲之地。此二者發生關係，對早期戲曲史的研究頗有啓示：戲曲起源的時間極可能是在唐玄宗開元之後；梨園與戲曲音樂發生關係的契機大約是安史之亂。亂中，大批宮廷樂人流落民間，他們需要以自己的一技之長為生，「梨園」的金字招牌即是他們與民間原有俗樂抗衡的資本。數代薪火相傳後，樂藝雖然逐漸融合，但「梨園」

圖 92：泉州博物館展板

筆者拍攝於泉州市博物館。圖中淺黃色箭頭為晚唐及五代的南遷路線。

一詞作為正統地位的象徵得以保留。福建泉州梨園戲的演出傳統中，開臺後要在臺口兩側分別掛一盞宮燈，上書「梨園」二字，以示其正宗的身份。

可以推斷，安史之亂中玄宗入蜀、以及大批士族南渡泉州時所經過的路線，或許即是中國戲曲起源的「絲綢之路」。而秦、蜀、閩三地傳統戲曲的發達似乎也印證了這個推斷。

（三）戲曲的形成時間分析

晚唐及五代的亂世中，人民的顛沛流離會使一些人把演藝作為糊口的工

〔註42〕見《全唐詩》，上海古籍出版社，1986 年版，上冊第 481 頁下欄。

具，而朝不顧夕的統治者畸形的享樂也在一定程度上為民間伎藝的保存發展作出了貢獻。但畢竟盛世不再，戲曲這種新的藝術暫時被冷卻。北宋初期，統治階級重文抑武、休養生息的政治態度迅速將我國的封建經濟推向了一個新的高峰。文官地位的升高和科舉入仕機會的增加造就了下層文人的大量增加，為戲曲創作提供了一批中堅力量；城市商品經濟的迅速發展和坊市制度的廢除為大量的藝人提供了施展的空間。瓦舍勾欄中，一批適合長期演出的藝術形式竟相吐豔，在市場規律的作用下，文人與藝人一拍即合，戲曲的復活和勃興已是水到渠成。

傀儡戲以物像人的本質為它帶來了極強的可塑性，也帶來了它容量有限、表現力不足的致命缺陷。盛於宋之時，也是兩種矛盾對抗最為激烈之時，結果是出現了對其本身的徹底否定，肉傀儡或許是一個中間形態，它與已有科白、歌舞的雛形戲曲的結合才使戲曲完成了最後的形成過程。

二、戲曲發生要素論

王國維先生給戲曲下了一個極為精闢的定義：戲曲者，謂以歌舞演故事也。〔註 43〕為了對戲曲的各個要素逐一進行分析，不妨將此定義略作擴展：戲曲，就是演員以一定的裝扮代言角色，配合相應的音樂，綜合運用歌唱、念白與程式化的動作來表演一個既定的故事。從這個放大的定義可以看出，戲曲的形成應該包括三方面的要素：裝扮、歌舞等形式要素；劇本、故事等內容要素；將形式與內容合二為一的綜合要素。

（一）形式要素

首先是裝扮。傀儡戲中，偶人的裝扮是根據話本中的描述和民間對此人物的想像進行的，創作的空間極大。而這些形象在長期的演出實踐中逐漸會趨向一個相對的統一，即許多基本的特徵點被廣大觀眾普遍接受。將這些已深入人心的裝扮用於真人演員身上，自然也會很快被接受。關於傀儡戲具體的塗面及服飾，前文已有論述，此不贅言。但不能就此斷言戲曲的裝扮全部來自於傀儡戲。唐代的歌舞戲與參軍戲亦多有相應的裝扮；宋代影戲的裝扮特點也與傀儡戲相仿。同屬表演藝術，它們的裝扮也應該會被戲曲借鑒

〔註43〕見王國維《戲曲考源》。此文作於 1909 年，曾刊入《國粹學報》，收入《王國維遺書》第十五冊。此處引自洪治綱主編《王國維經典文存》，上海大學出版社，2003 年版，頁 1。

吸收。這種借鑒吸收可能是直接的拿來，也可能是以傀儡戲爲中介，間接地完成。

其次是音樂、唱念。戲曲史上的「花雅之爭」其實質就是兩種戲曲音樂的差異所致。有學者據此認爲板腔體的曲詞是明清之際才形成的。但這麼完備的音樂系統顯然不是一夕之間可以造就的，「花雅之爭」前，它應該已經在民間蟄伏了相當長的時間。對此問題，孫楷第先生有一個很有意思的觀點。他認爲這種以齊言上下句爲主要格式的音樂即是宋代傀儡戲音樂的遺存；元曲則是以當時時興的曲子詞易代了傀儡戲的音樂。〔註44〕孫先生的這一概括相當精闢，現在可以看到的古代曲本多是文人戲曲，在民間，並不一定都能接受這綺麗的音樂。山西北部的古老劇種「耍孩兒」，其唱曲大體仍以四句爲一個單位，第三句轉韻。唐代歌詩的特徵十分明顯。

孫楷第先生還注意到了古代戲曲中說話體與偈贊體的普遍存在。綜合分析，此一要素的源頭應該有唐代的燕樂、俗講；宋代的說話、曲子詞。

戲曲的念白有兩種，韻白或源於俗講、說話；近於常人說話的散白多用於丑角的表演中，其直接的源頭應該是唐代的科白戲和宋雜劇中的諢諧劇。

第三是程式動作。包括步法在內，戲曲中的許多程式動作都與日常生活大異，前文已述，這些動作大多是源於傀儡戲的。但還有一些程式又與傀儡戲的動作不同，如泉州梨園戲的「十八科母」，其意純由唐代佛教的造像和壁畫中出。而丑角的動作中，部分如傀儡戲般恪守程式；部分直以日常生活的本色表演，應是出自宋雜劇。

從表面來看，唐宋的各種舞蹈對戲曲動作的影響極大，但事實恐非如此，舞蹈對戲曲的貢獻

圖93：梨園戲手勢科介

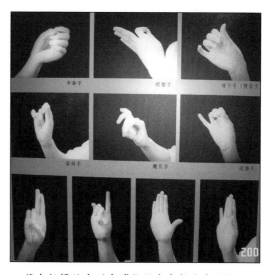

筆者拍攝於泉州市博物館南音戲曲陳列館。

〔註44〕孫楷第先生此觀點在其《傀儡戲考原》「傀儡戲與其音樂」及「宋之傀儡戲影戲與宋元以來戲文雜劇之關係」二章中均有闡述。上雜出版社，1952年版。

是創作的「神」而不是看似相近的「形」。舞蹈是一種情緒的抒發，主題全部寄意於動作，以實際的形體美喚起觀眾超脫本體的聯想。而戲曲以敘事為主，其動作是在對生活模仿的基礎上的寫意提煉。二者的美學本質不同，內涵也不相同。一般來說，戲曲的包容力要大於舞蹈。如梅蘭芳大師經常以舞入戲，作為其表演手段的一種。客觀地評價，唐宋舞蹈對於戲曲程式動作的影響也是「寫意」的，並不是直接對某些動作的繼承。在需要配合情感抒發或是對無實物的動作進行提煉時，都可以借用舞蹈的思路來獲得形體的美感。戲曲的程式動作並非屈指可數的幾個，而是不斷地在發展創新，實應歸因於此。

（二）內容要素

對戲曲所演的內容，學界並無太大爭議。王國維、孫楷第等先生均多有考證，此不再作學舌之語。作為戲曲形成前最為完備的戲劇形態，宋代的傀儡戲無疑是早期戲曲演出內容的直接提供者。所以，它的文學之源就是戲曲的內容之源。究之應有傳奇、變文、俗講、說話等幾種。

唐宋兩代，科舉制度相當發達。會試之年，天下舉子雲集京城長達數月，一些負擔不起高額生活費用的文人為了生計，極可能參與城市文化商品的創作。一些久試不第或淡泊名利的落拓文人或許也會借作小說或劇本抒懷解憤。甚至有的乾脆委身瓦舍，作一個專業的書會才人。這個高素質的創作隊伍自然會提供數量眾多的高質量劇本，對推動戲曲的形成發展也應該是功不可沒。

（三）綜合要素

萬事齊備，只欠東風。將戲曲形成前後的政治經濟情況作一探究，會發現這將上述諸要素捏合在一起的東風就是一個市場的形成。

構成這個市場體系需要五方面的要素：一是買方，即相對穩定的觀眾群；二是賣方，即以此為固定職業的創作者和表演者；三是商品，即戲曲表演本身；四是市場規律，即在市場競爭中形成的一個動態平衡；五是交易場所，即當時的演出場地。

觀眾群的形成一定與一個穩定的政治經濟環境分不開，但是是相對被動的。經濟繁榮、政局穩定，人民自然會有文化生活的需要，而文化產品的相對匱乏，使他們缺少主動選擇的機會。百戲盛則看百戲，小說興則聽小

說，戲曲誕生後，熱衷於此者便從其它演出項目中分流出來，成為這種新興藝術的第一批擁躉。其主要組成應是城市中的文人和工商業者、世家子弟等，而在農村，除了每年固定的各種祭祀活動外，農民們罕有機會觀看到這種演出。

戲曲最初的創作者中，應有不少是下層文人。宋人趙彥衛在《雲麓漫鈔》中考證唐傳奇的興旺與科舉前的「溫卷」有關，〔註45〕士子們將所撰傳奇之文進獻於達官名士，既逞詩才，又見史筆，以期見賞，一朝高中。唐之經濟文化繁榮以及宋時文官地位的上昇確實為科舉這座金字塔造就了一個龐大的塔基。屢試不中之失意者，恃才淡名之放浪者，或有涉足創作以資生活，但當時恥於留名。此外，唐宋時的樂曲已相當複雜，配合而歌的曲詞自然也要求依律而作，韻散結合，自非俗手可就。從取材來看，初期戲曲多歷史故事，煙粉傳奇類多與唐傳奇類同，亦可見早期文人活躍於劇壇的痕迹。至於表演者，宮廷內的俳優、瓦舍中的藝人；以及路歧人、趕趁人……這個龐大的人才儲備是早已經形成了的。

戲曲表演本身應是在文化市場的競爭中形成的。戲曲誕生前，見於記載的可用於演出的伎藝有百戲、說唱、傀儡等數十種，城市經濟的繁榮又必使從藝者的隊伍相當龐大，為了爭奪市場，競爭不可避免。戲曲極有可能就是在這種競爭中迅速融合各種伎藝而成，並在很短的時間內完善了自己的藝術體制，以保證在文化市場中的霸主地位。

市場規律包括價值規律、供求關係等多方面因素。這個動態平衡的一次又一次的打破重建就是促進市場和藝術本身向前發展的動力。

戲曲產生之初的演出場地有幾種情況，一是如元稹與白樂天兄弟聽「一枝花話」的「新昌宅」之類；一是如「踏謠娘」的隨地作場；城市中瓦舍勾欄興起後，為戲曲的成熟發展提供了很好的環境；而在農村，由神廟舞臺發展而來的各式戲臺也相應出現。

從這個角度還可以解釋古代戲曲的地域差異現象。關於中國戲曲南北差異以及是否同源的問題上，我認為，南北戲曲起源時間應相同，形態的差異應是文化差異所致。從先秦、兩漢、南北朝到隋唐五代，南北之文化、文學乃至各種藝術莫不表現出顯著的地域差異。入宋以後，戲曲在南北同時勃興應該是在同一種動力下完成的，而能同時覆蓋全國的莫過於統治階級制

〔註45〕〔宋〕趙彥衛著《雲麓漫鈔》卷八，中華書局，1996年版，頁135。

定的統一的政治經濟制度，這種統一的制度直接導致了南北文化市場的同時形成。

市場規律的核心是競爭，它對於市場的各個因素有著自覺的調節作用。西方經濟學家亞當‧斯密形象地將之形容爲「看不見的手」。初期，這种競爭的外在表現形式會表現的相當激烈，相對的平衡頻繁地被打破，這一方面促進了戲曲形式的迅速成熟，另一方面，優勝劣汰的競爭結果又會導致弱者退出現有的市場，去尋找新的生存空間，這就是廣大的農村。

宋室南渡之前，中國戲曲存在著兩個差異，南北差異由文化的不同造成；城鄉差異則是由當時的市場競爭造成。南渡之後，南北戲曲不可避免地在江南的文化市場進行了一次短兵相接的競爭，結果便是中國戲曲的第二次飛躍。此前的戲曲史家將目光更多地集中在這個時期，認爲這才是中國戲曲的眞正開端。但試想如果沒有兩種先前已高度發展的戲曲樣式的直接競爭，戲曲怎會在如此短的時間內以如此完備的形式出現呢？

我國之巫史文化源遠流長，但史家治史，大都是爲以古鑒今，一定意義上是爲當代人作史。戲曲在經過了千年的輝煌之後，如今竟呈現出一片蕭條的景象。據「央視國際」網絡（WWW.CCTV.COM）2003 年 12 月 3 日新聞，國家將立法對包括戲曲在內的非物質文化遺產進行保護。戲曲之衰竟至於斯！但以冷眼觀之，戲曲之盛由市場始，戲曲之衰猶市場之故也。在電視、網絡等強勢媒體的衝擊下，廣義之戲劇的各種藝術形式都面臨著極爲嚴峻的挑戰。電視劇《霍元甲》造成萬人空巷的盛況取代了劇場的繁榮，大批藝人紛紛轉向電子媒介打造的平臺。在戲曲發祥地之一的山西平陽大地，幼習演藝的孩子們在十年左右的聞雞起舞後，每月的平均收入只有六百多元（據筆者 2003 年底於臨汾蒲劇院定向班所作採訪之結果），而頗具快餐性質的影視歌領域中，所謂的「星」、「腕」們的收入動輒就有數十萬元之多。

由是觀之，現在戲曲式微的原因之一就是沒有及時適應當前的市場形勢。悲觀者與其頓足扼腕，慨歎戲曲即將消亡，莫若腳踏實地，冷靜地從源頭找出一些類似的原因來。如果我們能盡可能全面地釐清戲曲發生的歷史過程，或許會對現在包括戲曲在內的非物質文化遺產的保護工作有所啓示。——這也正是本書寫作的深意所在，對宋代傀儡戲進行研究，既是爲解開戲曲史上眾多謎題準備的一把小小的鎖鑰，鋪下的一塊小小的路石，又是筆者矢志於傳統文化的研究保護所邁出的第一步。

結　語

一、宋代傀儡戲既是對前代傀儡藝術的承繼，又開啟了此後傀儡戲以綜合
　　唱念作科敷演故事為主要形式的先河。

　　中國的傀儡藝術至遲於西漢時出現，其最初的起源或許只是一種民間的
遊戲。宋代以前，傀儡表演的內容以歌舞百戲為主。南北朝時，「郭禿」這一
形象的出現標誌著傀儡表演中有了一定的故事內容。但早期原始的傀儡「戲」
顯然還不夠完善，隋煬帝時的水飾七十二勢儘管已經有了相當數量的劇目，
但卻少有相關音樂、文學的記載。它更可能是以傀儡擺出這些故事中的某些
代表場景，配合一定的動作以增加表演的新奇，百戲的意味依然濃厚。李唐
之時，傀儡藝術漸趨成熟。其造型之生動已可「對桃李而自逞芳顏」；操控之
精巧可以「進退合宜」；整體表現已「超諸百戲」。

　　宋代傀儡戲即是在這樣一個高度上破繭化羽，呈現出了空前絕後的盛
景。兩宋時期，築球舞旋之類的歌舞百戲節目雖然還時有表演，但主流的形
式已是「或如雜劇，或如講史，或如崖詞」，以傀儡來敷演歷史、神話、世俗
的故事。與前代傀儡藝術相比較，宋代傀儡戲具有更強的綜合性。在既有
藝術成就的基礎上，它又在宋雜劇、唐宋講唱文學、燕樂歌舞等成熟藝術中
汲取了相當多的營養。其表演的題材得到了極大的豐富，音樂唱念與故事內
容水乳交融，獨特的程式動作和美學風格逐漸成形，整體的戲劇特徵已極為
明顯。

　　宋後至今，傀儡戲雖然還包含有歌舞、魔術、雜技等內容，但演故事始
終是其最主要的形式。

二、宋代傀儡戲的繁盛是內外因共同作用的結果。內因是傀儡藝術在發展過程中對自身的否定和揚棄；外因則是宋代特殊的政治、經濟和文化環境。

宋代以前，傀儡的主要形態只有懸絲一種，表現的內容也只是歌舞、百戲和一些簡單的故事。在經過了千年的發展之後，傀儡的造型藝術、操控藝術、表現藝術都不斷成熟，勢必會與相對單一的外在形態和表現內容形成矛盾。這一矛盾運動無疑是促使宋代傀儡戲求新求變的動力之一。在外在形態方面，杖頭傀儡、藥發傀儡、水傀儡、肉傀儡以及影戲一同與懸絲傀儡爭勝勾欄，其中藥發傀儡與水傀儡在宋前已經出現，但入宋始歸入傀儡戲的大家庭；在表現內容方面，綜合了更多藝術元素的戲劇形態成為主流，原有的歌舞百戲等也並未就此消失，而是作為內容的一種如綠葉般點綴其間。

宋代政治的一個特點是偃武修文。在宋太祖杯酒釋兵權後，「好富貴」、「多集金」、「市田宅」以「優遊卒歲」，「歌兒舞女以終天年」的思想被諸多朝臣選擇。而民眾亦上行下效地在這種政治環境中極力追求聲色犬馬之樂。這種政治環境為諸種民間伎藝提供了廣闊的施展天地，可謂是傀儡戲發展的天時。

經濟方面，北宋在建國之初實行了一系列恢復和發展生產的措施，農業、工業、商業都呈現出繁榮發展的局面。發達的商品經濟既使傀儡戲等伎藝擁有了相當數量有足夠支付能力的受眾，又為這些伎藝提供了一個頗具規模的競爭空間，可謂是傀儡戲發展的地利。

文化及民俗方面，宋代的節俗儀禮不僅較前代要多，而且多具有狂歡的性質。這為傀儡戲等諸藝提供了一個瓦舍勾欄之外的舞臺，大批路歧藝人和趕趁人籍此解決了生計，鍛鍊了技藝。而且，慶祝內容的狂歡性又為戲劇創作提供了直接的素材和想像的空間。這一因素可看作是傀儡戲發展的人和。

在上述內外因的共同作用下，宋代傀儡戲飛速發展，盛況空前。這種繁盛不僅表現在瓦舍勾欄的日常商業演出中，而且在人們的日常生活中也多有反映。迄今已有多種以傀儡戲為畫面的戲曲文物發現，種類有繪畫、日用器物、隨葬明器等。此外，宋人有將面具稱為「傀儡面兒」者，也是傀儡戲觀念已深入生活的一個明證。

三、宋代傀儡戲雖然沒有直接催生戲曲這種更加完備的藝術形式，但卻是促使其於兩宋時最終形成的重要因素之一。

宋代傀儡戲對中國戲曲形成的直接影響是毋庸置疑的。從時間上看，戲曲的第一次輝煌出現在元朝，與傀儡戲最爲鼎盛的宋代相接；從演出環境來看，傀儡戲和戲曲都有獨立的表演區和觀看區；從表演形式來看，傀儡戲用來表現故事的裝扮、動作等代言因素都極易被眞人所模仿；從表演內容來看，二者的題材幾乎全同；從觀眾心理來看，他們一定對布幔後的事情非常好奇，二來也希望能與表演者有一定的交流和互動。

孫楷第先生第一個全面評價了宋代傀儡戲與戲曲形成之間的關係，其「傀儡說」的核心觀點是：「蓋肉傀儡與大影戲者，傀儡戲影戲發展之極則，而宋戲文元雜劇之所由起也。」這一觀點甚有切中肯綮之處，但對影戲在戲曲形成中所起作用的論述值得商榷。而且，孫先生所舉論據更多地偏重戲曲對傀儡戲演出內容的承繼，也有些不夠全面。在此基礎上，筆者認爲，宋代傀儡戲對戲曲形成的影響還有四方面：一是劇場形制的借鑒；二是部分表演程序的借鑒；三是角色裝扮的借鑒；四是虛擬寫意美學風格的借鑒。

在逐一分析戲曲發生的形式要素、內容要素和綜合要素後，筆者認爲，應該從兩方面來評價戲曲的形成。一是其藝術源頭，分別可從其音樂、文學、表演等角度考得，是多元而不是單一的；而將這些形式要素與內容要素綜合在一起的客觀條件，就是宋代文化市場的形成和不斷的完善。

作爲歷經數代的高度綜合的舞臺藝術，戲曲的起源形成應該不是一個簡單的過程。所謂「傀儡說」，應該是對傀儡戲在戲曲發生過程中的作用作出一個全面客觀的描述和評價。以文中所論，宋代傀儡戲對戲曲形成的影響直接而全面，可以說居功至偉。它無疑是戲曲眾多藝術源頭中最爲重要的一個。

附　錄

附錄一：宋代詠傀儡戲詩詞選輯

　　與史書筆記中的宋代傀儡戲資料相比較，文人詩賦中包含的有價值信息似乎少了些。但文人既以傀儡戲入詩文，自然是抒情感喟多於如實記述，對於我們瞭解宋代傀儡戲的美學特徵是極有幫助的；而且民間藝術一直難入史傳，卻常被信手拈入詩詞，這些一鱗半爪的資料匯總起來，對於我們全面瞭解宋代傀儡戲的形態也是不無裨益。由於篇幅所限，此處輯錄的只是部分較有代表性的詩詞。其中第二、第四、第五、第六、第七、第八等六首未見於前人著述中。

1. 黃庭堅《題前定錄李伯牖二首》（之二）

　　　萬般盡被鬼神戲，看取人間傀儡棚。

　　　煩惱自無安腳處，從他鼓笛弄浮生。

　　簡評：宋時的遊戲場所統稱為「瓦」，其中獨立的演出空間則稱為「棚」。據《東京夢華錄》等書記載，「棚」的大小形制不一，一般都有相對固定的演出內容。詩中的「傀儡棚」應該就是專門的傀儡戲演出劇場。一個很有意思的現象是，閩南一帶民間習稱戲曲演出地為「戲棚」；北方對此的稱呼則有「戲臺」、「樂樓」、「舞亭」等。

　　　　　「弄浮生」說明此時傀儡戲的內容題材已十分豐富；而鼓、笛則仍是傀儡戲的主要伴奏樂器。

2. 黃庭堅《南山羅漢贊十六首》（之十一）

詩序：第十一尊者羅怙羅，持經。小僧奉經帙，國王跪坐。

一身入定多身出，屈申臂項四天下。

如世匣藏諸有物，及以絲縷舞土木。

小兒讚歎或恐怖，耆老智者但袖手。

佛說神童方便力，度脫眾生具功德。

簡評：羅怙羅即魔合羅，有多種訛寫。是梵語 mahakala 的音譯，意譯為大
　　　黑天神，佛教密宗的重要護法神。在我國宋代他的形象卻變成了各
　　　種可愛的童子。似與杖頭傀儡起源關係密切，詳見第三章《杖頭傀
　　　儡》一節。

　　　詩中似言魔合羅化為傀儡作戲乃是奉佛祖之意度脫眾生，未知何
　　　據。這也反映了當時的一種傀儡戲起源觀。

3. 王安石《擬寒山拾得二十首》（之十一）

傀儡只一機，種種沒根栽。

被我入棚中，昨日親看來。

方知棚外人，擾擾一場呆。

終日受伊謾，更被索錢財。

簡評：除了以偈語形式對傀儡戲的演出內容略作描述外，此詩在傀儡戲史
　　　上還有三個重要的信息：首先，當時傀儡戲的觀眾構成十分豐富，
　　　不止有市井的布衣草民，也有如王安石這樣的宰輔大臣。其次，
　　　「棚」是當時傀儡戲劇場的普遍稱呼，它是一個封閉的結構，有門
　　　可以出入。第三，進入戲棚觀看傀儡戲是需要付出一定額度的戲資
　　　的，這一信息第一次明確無誤地證明了傀儡戲在當時是一種完全的
　　　文化商品。

4. 張耒《秋園雜感二首》（之二）

世事我深諳委，人生他自奔忙。

刻木牽絲作伎，幾回弄罷淒涼。

簡評：當時的傀儡戲或許並不只於瓦市的戲棚中演出，好之甚者也可自己
　　　刻木牽絲，弄之作戲。而以張耒之身份地位，在府中蓄養一個擅演
　　　傀儡戲的家班也是有可能的。詩中所述之意略同唐梁鍠「須臾弄罷
　　　寂無事，還似人生一夢中」，可見張府所弄的傀儡戲並不是單純的

以滑稽為美，而是融世事人生於其中，能喚起觀者的感喟與聯想，其表演的生動可見一斑。

5. 張耒《四月二十日書二首》（之二）

久將醉眼視群兒，只與旁觀作笑嘻。
賦芋狙公曾未悟，牽絲木偶幾多時。
雲間炎景人方畏，地下微陰誰得知。
榮謝古今同此理，老翁端坐但忘機。

簡評：詩意與上首相近。值得注意的是，詩中「牽絲木偶」的含義似乎並不完全等同於當時的懸絲傀儡。「賦芋狙公」指的是「朝三暮四」典故中的養猴人，與之對仗的「牽絲木偶」應該是指用懸絲操控的木質偶像。綜合全詩的意境來看，這一含義更突出的是這個偶像動作的被動性，而不是像「懸絲傀儡」一樣是一個整體的戲具的概念。本書《緒論》部分對「木偶」一詞的用法略做了分析，宋金元時期，「傀儡」只是「木偶」眾多涵義中的一個。而在所發現的材料中，此期的「木偶」一詞則極少用指傀儡。可見在當時文人的詩詞中，「木偶」大約並不與傀儡、郭郎等詞通用，而是專用其寓意來言理明志。

6. 范成大《偶書》

太行巫峽費車舟，休向滄溟認一漚。
日下冰山難把玩，雨中土偶任漂流。
元無刻木牽絲技，但合收繩卷索休。
惟有酒缸並飯甑，卻須粳秫十分收。

簡評：詩中以懸絲傀儡的操縱比喻處理應變事情的能力，可以作為當時懸絲傀儡戲技藝高超的一個反映。

7. 范成大《請息齋書事三首》之一

覆雨翻雲轉手成，紛紛輕薄可憐生！
天無寒暑無時令，人不炎涼不世情。
栩栩算來俱蝶夢，喈喈能有幾□鳴！
冰山側畔紅塵漲，不隔瑤臺月露清。
刻木牽絲罷戲場，祭餘雨後兩相忘。
門雖有雀尚廷尉，食已無魚休孟嘗。

虱裏趨時真是賊，虎中宣力任爲長。

籬東舍北誰情話，雞語鷗盟意卻長。

聚蚋酖邊鬧似雷，乞兒爭背向寒灰。

長平失勢見何晚，栗裏息交歸去來。

休問江湖魚有沫，但蘄雲水鶴無媒。

岩扉岫幌牢扃鑰，不是漁樵不與開。

簡評：全詩雖只以懸絲傀儡作一個比喻，但提供的信息極爲寶貴，可見當時的祭祀祈雨要有一個專門的戲場，傀儡戲是上面的主角之一。可見在當時，傀儡戲除娛樂外也被用作祭祀、祈雨。這個傳統在福建、山西等地今天仍有保留。

8. 陸游《和陳魯山十詩以孟夏草木長繞屋樹扶疏為韻》

櫻酪事已過，角黍配夏熟。

尚憶少小時，彩縷繫腕玉。

此生本幻戲，衰態轉眼足。

三郎老無憀，始解歎絲木。

簡評：詩中所寫似乎是兒童模仿肉傀儡的情景。詩云「少小時」，肉傀儡據記載是「以小兒後生輩爲之」；以彩縷繫腕是從形式上模仿懸絲傀儡，可與上引鄭得來《連江里志》中所記蔡京壽日之「肉頭傀儡戲」互證。

「三郎」應即唐玄宗，末二句是作者以爲梁鍠即是明皇，《詠木老人》是明皇老年淒涼之作。關於梁鍠身世歷來有兩種意見，一種認爲即是明皇，一種認爲另有他人。筆者傾向前一種，觀《全唐詩》所收梁鍠詩作，盡是帝王富貴之氣，又難掩淒涼之感，與明皇亂後的情景相合。

9. 楊億《詠傀儡》

鮑老當筵笑郭郎，笑他舞袖太郎當。

若叫鮑老當筵舞，轉更郎當舞袖長。

簡評：此詩在述及傀儡戲時屢被徵引，因爲它提供了難得的鮑老形象資料。楊億之後的文人們在詩文中也經常化用此詩之句，它實爲詠鮑老詩的始祖。鮑老是人戴假面演出的滑稽節目，詳見本書《「傀儡面兒」與「鮑老」》一節。

10. 無名氏　原詩無題

> 腳踏虛空手弄春，一人頭上要安身。
>
> 忽然線斷兒童手，骨肉都爲陌上塵。

簡評：所敘傀儡狀的玩具應是用泥捏造，有腳，懸絲而戲，且不是在地面表演。傀儡的手部做的應該是約定俗成表示迎春的一些動作。宋代民俗，立春時多有一些慶祝祈福的活動，如「打春牛」、小兒玩耍「迎春黃胖」等。據記載，「迎春黃胖」的形象是「牽絲傀儡，爲土偶負小兒者」，此句云「一人頭上」應是指這種傀儡玩具。廖奔先生《宋元戲曲文物與民俗》中據此以爲這是杖頭傀儡的一種，似不妥。

> 據《西湖老人遊覽志餘》卷四記載，此詩是南宋權臣韓侂冑攜家遊西湖時命其族子包道成所作。所記應該是一種借鑒懸絲傀儡而作的民俗玩具，只於春日出遊時買賣玩耍。李家瑞先生《傀儡戲小史》中認爲「是用線牽土偶，而且是在一人頭上演的，演的人都是兒童」。葉大兵先生《中國百戲史話》中認爲「可能是一種玩偶，但亦是牽絲傀儡的一種」。

11. 劉克莊《無題二首》之一

> 郭郎線斷事都休，卸了衣冠返沐猴。
>
> 棚上偃師何處去，誤他棚下幾人愁。

簡評：郭郎在文人筆下多用來代指懸絲傀儡。「卸了衣冠返沐猴」一句提供了一條寶貴的宋代傀儡戲演出信息：即只經過雕作而成的傀儡本身並不能成爲戲棚上的主角，以它們進行戲劇演出的一個前提是必須加以一定的服飾裝扮，使之成爲所演內容中某個角色的代言體。

> 偃師是一些民間傳說中傀儡戲的創始人，以此代指傀儡戲藝人在劉克莊的詩中多有所見。「棚上」、「棚下」則提供了一點有關當時傀儡戲劇場的信息：「戲棚」只是對傀儡戲演出區域的稱呼，這個演出區在整個劇場中獨立存在，且它的水平位置相對要高於觀眾區。

12. 劉克莊《聞祥應廟優戲甚盛二首》之一

空巷無人盡出嬉，燭光過似放燈時。

山中一老眠初覺，棚上諸君鬧未知。

遊女歸來尋墜珥，鄰翁看罷感牽絲。

可憐樸散非渠罪，薄俗如今幾偃師？

簡評：如《洛陽伽藍記》所載，我國的神廟劇場應該是肇始於漢魏六朝，
唐五代時寺院戲場依然是百戲伎藝活動的主要場所。宋金時期，城
市中的遊戲場所幾乎盡爲瓦舍勾欄，鄉村則如陳淳《上傅寺丞論淫
戲》所敘，多爲臨時築棚作戲。而神廟中以磚石砌就的固定劇場卻
大約正於此期出現：山西萬榮汾陰后土廟廟貌圖的碑陰上，刻有
「舞亭」的字樣；實物可見最早爲山西高平王報村二郎廟中建於金
大定年間的戲臺。本詩所記的祥應廟劇場正好可以爲神廟劇場的這
種發展脈絡提供了又一個證據。

廟中劇場裏的優戲應有傀儡戲在內。劉克莊寫有多首關於傀儡戲的
詩作，反映的都是他的家鄉莆田一帶傀儡戲的演出情況，爲後人提
供了寶貴的汴京、臨安以外的傀儡戲資料。此處因篇幅所限只摘錄
了其中有代表性的兩首。

13.〔金〕苑中《贈韶山退堂聰和尚》

郎當舞袖少年場，線索機關似郭郎。

今日棚前閒袖手，卻從鼓笛看人忙。

簡評：《都城紀勝》中對宋代肉傀儡的描述是「以小兒後生輩爲之」，本
詩所云的「少年場」正可與此相合。再參考本節陸游《和陳魯山十
詩以孟夏草木長繞屋樹扶疏爲韻》詩、劉仁父【踏莎行】《贈傀儡
人劉師父》詞，上引鄭得來《連江里志》及《都城紀勝》等文獻的
相關內容，一條關於宋代肉傀儡發展脈絡的線索逐漸清晰起來：肉
傀儡的源頭之一是懸絲傀儡，其初期的形態是小兒後生在手腳關節
處繫以絲線，動作則完全模仿懸絲傀儡。以張逢喜、張逢貴等優秀
藝人的出現爲標誌，其獨特的美學風格於南渡後漸趨成熟。另外，
本詩所寫的表演是在戲棚內進行，應該屬於日常的商業演出，而
《連江里志》所敘的肉傀儡是在蔡京壽筵上演出，可見肉傀儡以絲
線繫於小兒身上的中間形態經過了很長的一段發展時間，且在當時

的演出市場中是比較活躍的。

14. 吳潛【秋夜雨】《依韻戲賦傀儡》

腰棚傀儡曾懸索，粗蠻憑一層幕。施呈精妙處，解幻出蛟頭龍角。誰知鮑老從旁笑，更郭郎搔手消薄。歧路難準托。田稻熟，只宜村落。

簡評：腰棚原指勾欄中觀眾看戲的地方。元雜劇《藍採和》：「這個先生，你去那神樓或腰棚上看去。」按字面理解腰棚應該是位於牆面縱向居中的位置，這裏的腰棚顯然是懸絲傀儡表演的場所。

以唐道宣《四分律刪繁補闕行事鈔》卷中二之記載，唐時的傀儡戲表演即用一塊布幔來分隔傀儡與操縱者；本書第二章所選的幾種宋代傀儡戲文物中，第四、第五、第八、第九種文物都明顯地體現了「粗蠻憑一層幕」的具體形象。

時稱隨處作場的流動藝人為「路歧人」。詞之後兩句似乎嘲諷藝人技藝不精，只適合秋收後到農村去演出。常見的文獻中更多地記載了城市中戲劇演出的各種情形，本詞則提供了一條寶貴的有關鄉村傀儡戲演出的信息。

15. 劉仁父【踏莎行】《贈傀儡人劉師父》

不假牽絲，何勞刻木，天然容貌施裝束。把頭全仗姓劉人，就中學寫秦城築。伎倆優長，詼諧軟熟，當場喝彩醒群目。贈行無以表殷勤，特將謝意標芳軸。

簡評：劉仁父又作劉仁甫，宋末元初人。在他生活的年代，南戲已經登上了中國的戲劇舞臺，肉傀儡此時也已經擺脫了牽絲的羈絆，二者之間是並存且形態迥異？還是互有借鑒吸收？甚或有無直接的親緣關係都值得戲曲史學界深入關注。

詞中的「把頭」一詞極為關鍵，卻頗不易解。竊以為或有如下幾種情形：第一，此傀儡人劉師父是劇中的主角，其地位及作用相當於「末泥色主張」；第二，他是這個傀儡戲演出團隊的組織者和負責人，相當於近現代戲班中的班主；第三，宋雜劇中伴奏人稱為「把色」，劉師父或許是為肉傀儡伴奏及配唱的主要藝人。

詞中所敘的《秦城築》極有可能演的是孟姜女與萬杞良的故事。倘如是，則這應該是第一個確定無疑的敷演整本故事的宋代傀儡戲劇目。

附錄二：戲曲起源形成模式猜想

1742 年 6 月 7 日，德國數學家哥德巴赫在給數學家歐拉的信中提出了一個假設：每個大於等於 6 的偶數，都可表示爲兩個奇素數之和；每個大於等於 9 的奇數，都可表示爲三個奇素數之和。這就是著名的歌德巴赫猜想。同年 6 月 30 日，歐拉在回信中表示，他認爲這個猜想是對的，但他無法證明。

戲曲的起源形成與這個數學史上的著名命題極爲相似，看似簡單卻難以證明。上一節就戲曲各構成要素進行了分析，不妨在此基礎上作一個戲曲起源形成的模式猜想。圖示如下。

萌芽期：南北朝

主要形式：演故事的傀儡戲、包含故事內容的歌舞、百戲等。 代表內容：郭公戲。 演出地點：城市寺院戲場。 編演人員：民間藝人。

起源期：唐　代

主要形式：傀儡戲、歌舞戲、參軍戲、科白戲。 代表內容：踏謠娘等。 演出時間：每日白晝，有固定開閉市時間。 演出地點：歌場、變場等城市戲場。 編演人員：未入仕的文人、俗講僧、民間藝人、教坊樂人。 起源過程：四種戲劇形式平行發展，傳奇、變文、俗講、說話等積纍了故事資源；燕樂、講 　　　　　唱、曲子詞等積纍了音樂資源。 重大事件：安史之亂中，大批宮廷樂人流落民間，豐富了民間伎樂內容，提高了民間伎樂水平。

形成期：宋　代

主要形式：傀儡戲居主要地位，宋雜劇、影戲並存。 代表內容：煙粉、靈怪、鐵騎、公案類戲，如巨靈神、朱姬大仙等。 演出地點：城市中以瓦舍勾欄爲主，宮廷演出亦多，街市中有路歧藝人隨處作場。鄉村以神 　　　　　廟劇場爲主，亦有路歧藝人。 演出時間：不分寒暑，日日如是。坊市制度的廢除使瓦舍中晝夜喧鬧，少有消歇。神誕廟會、 　　　　　民俗節慶亦有演出。 編演人員：書會才人、民間藝人、教坊樂人。 形成過程：傀儡戲融合雜劇、講史、涯詞等多種伎藝，裝扮、音樂、程序動作、故事內容都 　　　　　已高度成熟。宋雜劇是既包含了唐代的歌舞戲、參軍戲與科白戲。肉傀儡的出現 　　　　　是中國戲曲的破繭，宋雜劇和曲子詞的逐漸融入使戲曲最終成形。 重大事件：宋室南渡使南北戲曲直接碰撞，競爭的結果是初生的戲曲迅速成熟，並顯示出了 　　　　　極強的包容性，其影響在今天的戲曲中仍可找到蹤跡。

附錄三：傀儡戲研究論文索引

一、1918～1990 年

1. 《傀儡劇之復興》，羅文，《東方雜誌》第 15 卷第 11 期，1918 年 11 月。

2. 《傀儡劇》，化魯，《東方雜誌》第 18 卷第 11 期，1921 年 6 月。

3. 《中國傀儡戲考略》，家瑞，《大公報》1929 年 4 月 12 日。

4. 《論輓歌與傀儡》，黃素，《南國周刊》1929 年 10 月第 9 期。

5. 《關於傀儡戲之點點滴滴》，王墳，《青年界》第 2 卷第 4 期，1932 年 11 月。

6. 《古代傀儡劇》，Helen Halman Joseph 著，佟靜因譯，《劇學月刊》第 2 卷第 12 期，1933 年 12 月。

7. 《木人戲的貴族性》，陶晶孫，《戲》1993 年 9 月創刊號。

8. 《談傀儡戲》（上），左右，《北洋畫報》1934 年 7 月第 114 期。

9. 《談傀儡戲》（下），左右，《北洋畫報》1934 年 7 月第 117 期。

10. 《中國傀儡劇考》，佟晶心，《劇學月刊》第 3 卷第 10 期，1934 年 10 月。

11. 《傀儡戲小史》，李家瑞，《文學季刊》第 1 卷第 4 期，1934 年 12 月。

12. 《傀儡戲的沿革》，笙雯，《益世報》1936 年 11 月 6、7 日連載。

13. 《從郭禿先生論到傀儡劇》，徐公美，《作家月刊》第 1 卷第 1 期，1941 年 4 月。

14. 《論傀儡戲》，外三卯三郎著，舒非譯，《戲劇春秋》第 2 卷第 2 期，1941 年 7 月。

15. 《木偶戲》，澤夫，《申報》1942 年 7 月 22 日。

16. 《傀儡戲的演變》，陳竺同，《戲劇春秋》第 2 卷第 3 期，1942 年 9 月。

17. 《傀儡戲與俑之史的研究》，常任俠，《中蘇文化季刊》1943 年 5 月第 2 號。

18. 《傀儡與劇運》，田漢，《大公晚報》1944 年 3 月 18 日。

19. 《地方劇演技溯源》，馬彥祥，《戲劇時代》第 1 卷第 6 期，1944 年。

20. 《中國傀儡戲》（上），陳志良，《新戲曲》第 2 卷第 1 期，1951 年 5 月。

21. 《中國傀儡戲》（下），陳志良，《新戲曲》第 2 卷第 2 期，1951 年 6 月。

22. 《談木偶戲和皮影戲》，常任俠，《光明日報》1955 年 4 月 23 日。

23. 《我國木偶戲皮影戲的民族特色》，朱丹，《人民日報》1955 年 5 月 1 日。

24. 《中國木偶藝術》，余所亞，《人民中國》（中文版）1955 年 7 月第 13 期。

25. 《評〈傀儡戲考原〉》，胡念貽，《光明日報》1956 年 2 月 22 日。

26. 《駁我國戲劇出於傀儡戲影戲說》，任二北，《戲劇論叢》1958 年 2 月第 1 輯。

27. 《水上木偶戲》，胡本英，《人民日報》1962 年 7 月 8 日。

28. 《傀儡戲史話》，姚輯，《安徽日報》1962 年 11 月 25 日。

29. 《傀儡戲與民間宗教信仰》，陳漢光，《臺灣研究研討會記錄》，臺灣大學考古人類學系，1967 年。

30. 《布袋戲‧木偶戲‧傀儡戲》，劉惠如，《春秋》（臺灣）1970 年 13（6）。

31. 《張雄夫婦墓俑與初唐傀儡戲》，金維諾、李遇春，《文物》1976 年第 12 期。

32. 《掌中戲與傀儡戲之沿革》，徐靜之，《中國文化大學華周博物館館刊》（臺灣）1977 年第 4 期。

33. 《中國的木偶藝術》，關劍青，《中國報導》1978 年第 9 期。

34. 《山東萊西西漢墓中發現提線木偶》，王明芳，《光明日報》1979 年 11 月 6 日。

35. 《淺談傀儡戲與皮影戲》，張新芳，《歷史博物館館刊》（臺灣）1979 年第 10 期。

36. 《合陽線腔戲今昔談》，史耀增，《陝西戲劇》1980 年 1 月 1 期。

37. 《傀儡戲起源於俑考——兼及儺與傀儡戲起源關係》，孫世元，《吉林師大學報》1980 年第 1 期。

38. 《濟源縣出土宋代傀儡戲瓷枕》，周到、劉建洲，《光明日報》1980 年 4 月 1 日。

39. 《泉州提線木偶藝術發展初探》，陳德馨，《泉州文史資料》1980 年第 2 ～3 輯。

40. 《傀儡戲起源小考》，俞為民，《南京大學學報》（哲學社會科學）1980 年第 3 期。

41. 《杖頭傀儡戲》，陳鶴亭，《廣東戲曲和曲藝》1980 年 4 月。

42. 《山東萊西縣岱墅西漢木槨墓》，《文物》1980 年第 12 期。

43. 《兩件宋三彩枕》，衛平復，《文物》1981 年第 1 期。

44. 《木偶戲藝術規律初探》，馬明泉，《文藝研究》1981 年第 2 期。

45. 《試論南戲與民間文學、傀儡戲》，胡雪同、徐順平，《戲劇藝術》1981 年第 3 期。

46. 《李嵩和他的〈骷髏幻戲圖〉》，李福順，《朵雲》1981 年 11 月。

47. 《中國民間傳統技藝訪查報告》，尹建中等，臺灣大學人類學系，1981 年。

48. 《傀儡戲》，林宏隆，《民俗曲藝》（臺灣）1981 年第 12 期。

49. 《南宋杭州的民間戲藝》，金敏，《杭州師院學報》1982 年第 1 期。

50. 《傳統民間劇場之功能及其在現代社會的發展方向》，邱坤良，《民俗曲藝》（臺灣）民間劇場專輯，1982 年。

51. 《中國木偶戲發展簡述》，丁言昭，《戲劇藝術》1983 年 2 月第 1 期。

52. 《木偶戲漫話》，張泉弟，《福建戲劇論叢》1984 年第 1 期。

53. 《民間小戲的形成與民間固有藝術的關係》，張紫晨，《民俗曲藝》（臺灣）1984 年第 30 期。

54. 《民間劇場外的思考——探討民間戲曲技藝的提倡與發展》，黃美英，《民俗曲藝》（臺灣）1984 年第 32 期。

55. 《從歷代傀儡戲發展與中國傳統戲劇的關係談布袋戲》，詹惠登，《民俗曲藝》（臺灣）1985 年第 35 期。

56. 《中國傳統劇場之規矩與禁忌：傀儡戲》，江武昌，《民俗曲藝》（臺灣）1985 年第 40 期。

57. 《傀儡戲的宗教儀式》，宋錦秀，《民俗曲藝》（臺灣）1985 年第 38 期。

58. 《從傀儡戲紋鏡看木偶戲的起源》，楊桂榮，《文物天地》1986 年第 2 期。

59. 《木偶戲史述略》（上、下），沈繼生，《福建戲劇》1986 年第 3～4 期。

60. 《木偶戲溯源》，宋侃，《古今掌故》，四川社會科學院出版社，1987 年 9 月。

61. 《小梨園與提線木偶——傀儡的關係》，劉浩然，《泉州地方戲曲》1987 年 12 月第 2 期。

62. 《論木偶服飾的功能》，姜冠文，《劇海》1988 年第 3 期。

63. 《禪與木偶劇》，馮·克里斯特，徐進夫譯，《禪與藝術》1988 年 5 月。

64. 《傀儡戲祭典儀式之演出》，宋錦秀，《臺灣文獻》（臺灣）1988 年 39（4）。

65. 《泉州傀儡目連的獨特性與考源淺析》，柯子銘，《福建戲劇》1989 年第 4 期。

66. 《木偶戲的起源》，康浩，《廣州日報》1989 年 8 月 19 日。

67. 《中國木偶戲形成的年代》，秦學人，《戲劇》1990 年第 1 期。

68. 《木偶皮影藝術文獻資料知見錄》（木偶部分），楊傳鋼，《藝術研究》1990 年冬季號。

二、近年來見於各學刊的主要論文

1. 《不可忽視的偶戲史料——古代詠偶戲詩彙釋》，秦學人，《戲劇》1997 年

第 3 期。

2. 《池州儺戲與成化本〈說唱詞話〉──兼論肉傀儡》，王兆乾，《中華戲曲》第 6 輯。

3. 《中國影戲源流考》，魏力群，《河北師院學報》1995 年第 1 期。

4. 《佛教與中國傀儡戲的發展》，康保成，《民族藝術》2003 年第 3 期。

5. 《木偶藝術論綱》，陳世雄，《文藝研究》1995 年第 3 期。

6. 《木偶戲與河東線腔》，景昆俊、李自讓，《戲劇藝術》1981 年第 1 期。

7. 《古代水傀儡藝術形態考探》，葉明生，《戲劇藝術》2000 年第 1 期。

8. 《兩宋文化南移與莆仙戲的形成》，馬建華，《文藝研究》2004 年增刊，福建戲劇研究專輯。

9. 《傀儡戲與辟邪巫術》，夏敏，《文藝研究》2004 年增刊，福建戲劇研究專輯。

10. 《梨園戲的形成及其歷史地位》，吳捷秋，《文藝研究》2004 年增刊，福建戲劇研究專輯。

11. 《藥發傀儡考略》，黃維若，《戲劇》1993 年第 2 期。

12. 《侏儒與傀儡關係探源》，汪曉雲，《戲曲藝術》2004 年第 2 期。

13. 《國外木偶藝術大觀》，焦鋒，《中國戲劇》1997 年第 2 期。

14. 《川東木偶戲搬目連片論》，蔣瑩，《四川戲劇》1991 年第 3 期。

15. 《四川木偶古今談》，文謹，《四川戲劇》1994 年第 1 期。

16. 《中越水傀儡漫議》，麻國鈞，《戲劇》1999 年第 1 期。

17. 《秧歌與陽戲》，康保成，《戲劇藝術》1998 年第 6 期。

18. 《談談中西木偶》，丁言昭，《戲劇藝術》1996 年第 1 期。

19. 《木偶、皮影和宗教文化》，丁言昭，《戲劇藝術》1997 年第 3 期。

20. 《略論中國皮影戲藝術》，崔永平，《文藝研究》1993 年第 3 期。

21. 《從木偶戲的演變看木偶與戲曲的原生關係》，汪曉雲，《四川戲劇》2004 年第 3 期。

22. 《論參軍戲和儺》，黃天驥，《戲劇藝術》1999 年第 6 期。

23. 《木偶戲音樂現狀初探》，何明孝，《四川戲劇》2004 年第 3 期。

24. 《對象劇場與木偶藝術》，薛家塗，《中國戲劇》1997 年第 2 期。

25. 《傀儡戲三辨》，翁敏華，《戲史辨》第 1 輯。

三、未發表碩士論文

1. 《山西影戲研究》，孔美豔，山西師範大學戲曲文物研究所，2002 年碩士論文，馮俊傑教授指導。

2. 《合陽線戲與河東線腔》，姜莉，山西師範大學戲曲文物研究所，2005
　　年碩士論文，馮俊傑教授指導。

注：所列論文索引主要參考傅曉航、張秀蓮主編《中國近代戲曲論著總目》
　　（文化藝術出版社，1994 年版）；劉霽、姜尙禮主編《中國木偶藝術》（中
　　國世界語出版社，1993 年版）；以及作者在泉州地方戲研究社、山西師大
　　戲曲文物研究所、首都圖書館等處所查閱的資料。根據與本研究的關聯
　　性及其內容的學術性，作者進行了較大程度的取捨。

參考書目

1. 《北齊書》，中華書局，1972 年版。
2. 《隋書》，中華書局，1973 年版。
3. 《舊唐書》，中華書局，1975 年版。
4. 《新唐書》，中華書局，1975 年版。
5. 《宋史》，中華書局，1975 年版。
6. 《遼史》，中華書局，1974 年版。
7. 《金史》，中華書局，1975 年版。
8. 《樂書》，陳暘，影印文淵閣四庫全書 211 冊。
9. 《避暑錄話》，葉夢得，影印文淵閣四庫全書 863 冊。
10. 《南部新書》，錢易，影印文淵閣四庫全書 1036 冊。
11. 《王文正筆錄》，王曾，影印文淵閣四庫全書 1036 冊。
12. 《龍川別志》，蘇轍，影印文淵閣四庫全書 1037 冊。
13. 《孫公談圃》，劉延世，影印文淵閣四庫全書 1037 冊。
14. 《國老談苑》，王君玉，影印文淵閣四庫全書 1037 冊。
15. 《談苑》，孔平仲，影印文淵閣四庫全書 1037 冊。
16. 《珍席放談》，高晦叟，影印文淵閣四庫全書 1037 冊。
17. 《聞見近錄》，王鞏，影印文淵閣四庫全書 1037 冊。
18. 《道山清話》，王暐，影印文淵閣四庫全書 1037 冊。
19. 《耆舊續聞》，陳鵠，影印文淵閣四庫全書 1039 冊。
20. 《山房隨筆》，蔣正子，影印文淵閣四庫全書 1040 冊。
21. 《隨隱漫錄》，陳世崇，影印文淵閣四庫全書 1040 冊。

22. 《萍州可談》，朱彧，影印文淵閣四庫全書 1038 冊。

23. 《高齋漫錄》，曾慥，影印文淵閣四庫全書 1038 冊。

24. 《張氏可書》，張知甫，影印文淵閣四庫全書 1038 冊。

25. 《默記》，王銍，影印文淵閣四庫全書 1038 冊。

26. 《步里客談》，陳長方，影印文淵閣四庫全書 1039 冊。

27. 《童蒙訓》，呂本中，影印文淵閣四庫全書 698 冊。

28. 《青瑣高議》，劉斧，上海古籍出版社，1983 年版。

29. 《湘山野錄》，釋文瑩，中華書局，1984 年版。

30. 《玉壺清話》，釋文瑩，中華書局，1984 年版。

31. 《澠水燕談錄》，王闢之，中華書局，1981 年版。

32. 《邵氏見聞錄》，邵伯溫，中華書局，1983 年版。

33. 《洛陽伽藍記》，楊衒之，四庫本。

34. 《閒情偶寄》，李漁，作家出版社，1995 年版。

35. 《宋元伎藝雜考》，李嘯倉，上雜出版社，1953 年版。

36. 《宋元戲曲文物與民俗》，廖奔，文化藝術出版社，1989 年版。

37. 《宋金元戲曲文物圖論》，山西師大戲研所編，山西人民出版社，1987 年版。

38. 《古典戲曲存目彙考》，莊一拂，上海古籍出版社，1982 年版。

39. 《中國古典戲曲論著集成》，中國戲劇出版社，1959 年版。

40. 《元明清三代禁燬小說戲曲史料》，王利器輯，上海古籍出版社，1981 年版。

41. 《中國戲曲通史》，張庚、郭漢城，中國戲劇出版社，1981 年版。

42. 《話本與古劇》，譚正璧，上海古籍出版社，1983 年版。

43. 《宋金雜劇考》，胡忌，古典文學出版社，1957 年版。

44. 《宋元戲曲史》，王國維，上海古籍出版社，2000 年版。

45. 《傀儡戲考原》，孫楷弟，上雜出版社，1952 年版。

46. 《敦煌曲子詞集》，王重民輯，商務印書館，1956 年修訂版。

47. 《唐戲弄》，任半塘，上海古籍出版社，1984 年版。

48. 《唐聲詩》，任半塘，上海古籍出版社，1982 年版。

49. 《說劇》，董每戡，人民文學出版社，1983 年版。

50. 《福建傀儡戲史論》，葉明生，中國戲劇出版社，2004 年版。

51. 《中國古代服飾研究》，沈從文，上海世紀出版集團，2002 年版。

52. 《中國制度史》，呂思勉，上海世紀出版集團，2002 年版。

53. 《中國古代都城制度史研究》，楊寬，上海人民出版社，2003 年版。

54. 《中國戲劇史長編》，周貽白，上海書店出版社，2004 年版。

55. 《中國戲劇史論考》，周華斌，北京廣播學院出版社，2003 年版。

56. 《戲劇與考古》，馮俊傑，文化藝術出版社，2002 年版。

57. 《宋元南戲考論續編》，俞為民，中華書局，2004 年版。

58. 《中國戲曲發展史》，廖奔、劉彥君，山西教育出版社，2000 年版。

59. 《道教與戲劇》，詹石窗，廈門大學出版社，2004 年版。

60. 《東京夢華錄》（外四種），文化藝術出版社，1998 年版。

61. 《日本演劇史概論》，河竹繁樹，文化藝術出版社，2002 年版。

62. 《中國古代戲劇形態與佛教》，康保成，中國出版集團東方出版中心，2004 年版。

63. 《明刊戲曲絃管選集》，龍彼得輯錄，中國戲劇出版社，2003 年版。

64. 《泉州傀儡藝術概論》，黃少龍，中國戲劇出版社，1996 年版。

65. 《中國民間傀儡藝術》，李昌敏，江西教育出版社，1989 年版。

66. 《梨園戲藝術史論》，吳捷秋，中國戲劇出版社，1996 年版。

67. 《中日韓戲劇文化因緣研究》，翁敏華，學林出版社，2004 年版。

68. 《中國古代舞蹈史話》，王克芬，人民音樂出版社，1980 年版。

69. 《宋代商人和商業資本》，姜錫東，中華書局，2002 年版。

70. 《宋元樂妓與戲劇》，王寧，中國戲劇出版社，2003 年版。

71. 《隋唐五代燕樂雜言歌辭研究》，王昆吾，中華書局，1996 年版。

72. 《戲曲文物研究散論》，黃竹三，文化藝術出版社，1998 年版。

73. 《中國古代音樂史稿》，楊蔭瀏，人民音樂出版社，1981 年版。

74. 《中國小說史略》，魯迅，上海古籍出版社，2000 年版。

75. 《中國古代戲劇服飾研究》，宋俊華，廣東高等教育出版社，2003 年版。

76. 《中國早期戲劇觀念研究》，胡明偉，學苑出版社，2005 年版。

77. 《中國古代戲曲與古代文學研究論集》，黃天驥主編，中華書局，2001 年版。

78. 《中國戲劇學通論》，趙山林，安徽教育出版社，1995 年版。

79. 《泉州海外交通史料彙編》（內部資料），1983 年版。

80. 《泉州木偶藝術》，陳瑞統編，鷺江出版社，1986 年版。

81. 《中國戲曲概論》，吳梅，中國人民大學出版社，2004 年版。

82. 《戲曲人類學初探》，容世誠，廣西師範大學出版社，2003 年版。

83. 《唐墓壁畫研究文集》，周天遊主編，三秦出版社，2001 年版。

84. 《中國大百科全書》（戲曲曲藝卷），中國大百科全書出版社，1983 年版。

85. 《古絲路音樂暨敦煌舞譜研究》，席臻貫，敦煌文藝出版社，1992 年版。

86. 《20 世紀戲曲文物的發現與曲學研究》，車文明，文化藝術出版社，2001 年版。

87. 《唐五代筆記小說大觀》，上海古籍出版社，2000 年版。

88. 《泉州傳統戲曲叢書》（十五卷），中國戲劇出版社，1999 年版。

後　記

　　寒窗十幾年，歷練十幾年，不惑之年，終於要完成「立言」的大業了。從通過答辯，整理成書到現在，已過去了五年，所以並沒有想像中那麼激動。

　　學人所寫的後記，大抵可分為兩種類型：千恩萬謝型和指桑罵槐型。我也不能免俗，拿起筆來，首先想到的便是感謝。就這本書而言，排在感謝榜上第一位的當然是我的恩師張燕瑾先生。2004 年，我第一次敲開先生門的時候，自以為兜裏揣著的文章還有些分量，談吐舉止頗為激昂。及至真正拜在先生門下，才愈來愈覺得自己就是個淺陋的河伯，態度也隨之謙恭起來。先生和師母總以為我比別的師兄師弟們要多些社會經驗，所以表現不至於拘謹，這個秘密我今天可以說出來了，其實我只是善偽裝而已，心裏再緊張，也能不形於色。先生是真正的大方之家，學問自不必說，先生的寬廣和仁厚也是有口皆碑。記得剛入學不久，我和曉慶弟陪先生參加一個學術會議。期間接到家裏電話，說父親心臟病突發，住院治療。我急忙去找先生請假，先生囑咐我不要因心急而亂了陣腳，先回學校去，倘若錢不夠，找師母去拿。這份溫暖讓我自得了許久，直到以後和其他師兄弟們交流多了，才知道這並不是只給我一個人的恩寵，每個人都毫無例外地有類似的經歷。先生七十大壽慶典前，我在單位趕製一個賀壽的視頻，有同事不無醋意地說，你們師門可真是幸福啊！我想，張門的弟子們，大約都被這麼嫉妒過吧。

　　接著感謝的是曉慶師弟和新苗師兄。我於古代文學是游擊隊出身，大學讀的是理科，畢業了從事的是新聞工作，考研時因為英語成績太差才被調劑到了戲劇戲曲學專業，一年後就越級考上了博士，看著個兒高，其實腳下沒

根兒。那段日子成天和新苗、曉慶廝混在一起，二位都功底紮實，每日的「閒聊」對我來說都是大有裨益的加課。就連這部書的具體框架，也是在一次次的「三人行」中逐漸清晰起來的。負笈首都師範大學的三年很充實、很快樂，那一段記憶永遠不會褪色。感謝聞雞起舞老當益壯的老李，感謝性格爽朗書法飄逸的老晁，老黃老衛、老邱老朱，你們的名字不用一一列出，你們的音容笑貌將與我的生命相終始。

有位朋友說我不光名字取得柔媚，性格也有點女孩子的多愁善感。翻翻前三十多年的歷史，還真無法反駁他，只是把多愁善感改為優柔寡斷更準確。以這樣的性格處世，對「世」這個客觀環境要求很高。「烏托邦」大約是最合適的，但不可得；實際一點，能生活在暫時能做穩奴隸的「第一種時代」也好。不幸的是，1894 年黃海慘敗後，中國似乎一直未能走出「第二種時代」，我這樣的小家碧玉的命運便只能用多舛來形容。別的例子就不多舉了，只說說這部書吧。

古人說笨鳥先飛，在曉慶夜夜把酒論道的時候，我已經蝸行龜步般地開始了論文的寫作。答辯前夕總算勉強交卷，但其中尚有很多缺憾。到中國藝術研究院工作後，本想能借地利人和加以增補，誰知被分配到的部門是文化藝術出版社《傳記文學》雜誌社，糊裏糊塗地做起了編輯。作為「非研究」人員，申報科研項目似乎低人一等，連續兩年以論文內容申報國家青年藝術科學項目都是泥牛入海。因此每年獲批的項目都會惹得我醋意大發，怎麼看人家都是顆可疑的酸葡萄。

2009 年初，出版社當時不多的幾個博士裏有一位在本社出版了自己的專著，其後便有消息傳來，說本社優待職工，若是有書稿，可以申報出版。於是興沖沖跑去找社長，社長說，你報嘛。書稿交到編輯手中，評價似乎還不錯。而幾十天後，出版社改制，《傳記文學》雜誌社脫離出版社，歸屬研究院直接管理。既非人家的職工，自然也就享受不到「優待」，幾乎觸手可得的「立言」就此夭折。當時雜誌社的社長喻靜大姐見我為此事煎熬，說你把書稿給我，我給你找個出版社吧。希望重燃，再次翹首。數月後，喻大姐把我叫到辦公室，表情複雜地說，我要調離了。

把這鬱悶和繁之兄傾訴，他給了我一張表，說有個「木鐸文庫」正在收稿，你投投看。這次沒報什麼希望，所以春節前得到消息說通過審核可以出版後，真是驚喜。隨後的校讎也很順利，雖然沒有時間彌補寫作時筆力、材

料不足的缺憾，但至少將一些字句上的硬傷修補了一番。按照出版的一般規律，萬事俱備，幾個月後應該可以見到這個難產的胎兒了。可這胎兒竟是個哪吒，一等兩年，杳無音信。老著面皮向主編這套文庫的賈勤兄詢問，賈兄無奈地說，學術於今沒有市場，文庫當初過於樂觀，現在恐難以為繼了。晴天霹靂！我承認自己缺乏進取精神，有坐等天上掉餡餅的心理，因此錯失的機遇車載斗量。可這次，玩笑開得也太持久且曲折了吧。

2012 年歲末，師門例行聚會，為先生祝壽。我虛度一年，兩手空空，找了個藉口推脫未去。幾天後收到先生寄來的臺灣花木蘭文化出版社約稿函，細看所列目錄，並無我的論文。先生在電話裏說，你可以直接向對方咨詢一下嘛。由此開始領略楊嘉樂女士的幹練。我的論文簡介一周通過出版社審核，楊女士以極其老道的「史筆」在郵件裏寫明了出版相關事宜，每看一行，心裏便踏實一分。這次，是真的。構思兩年，寫作一年，等待五年的這部小書，真的要出世了。

癸巳孟春　於京華靜得齋